JN091489

大人だって読みたい！

少女小説ガイド

〈人気作家に独占インタビュー〉

津原泰水

Yasumi Tsuhara

構成・文＝**三村美衣**

撮影：榎本壯三

つはら・やすみ　1964年、広島市生まれ。1989年に津原やすみ名義で作家デビュー。第1長編『星からきたボーイフレンド』（講談社X文庫ティーンズハート）が好評を博してシリーズ化。《あたしのエイリアン》全18巻、さらに続編シリーズ《あたしのエイリアンEX》4巻が刊行された。ほかにも学園ミステリ《ルピナス探偵団》シリーズや、単発の長編を発表。長らく性別を明らかにしていなかったが、1996年刊行の『ささやきは魔法』のあとがきにて、男性であることをカミングアウトした。この作品を最後に少女小説系の文庫から一般書籍へと活躍の場をシフトし、翌1997年に津原泰水名義の幻想小説『妖都』を上梓。代表作に『バレエ・メカニック』『蘆屋家の崩壊』に始まる《幽明志怪》シリーズ、『クロニクル・アラウンド・ザ・クロック』などがあり、ミステリ、SF、ホラーを横断するクロスジャンルな幻想小説の書き手としてコアな読者を獲得する一方、音楽を題材とした青春小説『ブラバン』がベストセラーとなり、幅広い層にも受け入れられている。

❖デビューの頃

――少女小説作家・津原やすみとしてデビューした経緯からおうかがいしたいと思います。津原さんは菊地秀行さん、風見潤さん、竹河聖さんといった幻想系の作家を輩出した青山学院大学推理小説研究会に所属していらっしゃいましたが、デビュー以前は幻想ミステリ系の作品を書かれていたんですか？

津原　『星からきたボーイフレンド』が初めて書いた小説です。大学の推理小説研究会の会誌におふざけの掌編を書いたことくらいはあったんですが、小説を書きたいとか、作家になりたいと思ったことはありませんでした。

――作家志望ですらなかった？

津原　家が書道教室をやっていたので、紙と墨の匂いの中で育ったし、本は惜しみなく買い与えられていて愛着もあったんですが、小説家に憧れたこともなければ、小説を書きたいと思ったこともありませんでした。

――それがどういう運びで講談社X文庫ティーンズハートからデビューすることになったんですか？

津原　推理小説研究会の先輩のツテで、学生時代から編集プロダクションでライターのアルバイトをしていました。大学卒業後、印刷会社に就職したんですが、寮暮らしなうえに、土日も「さあ、みんなで街に繰り出すぞ！」と集団行動を強いられてしまうのが肌に合わなくて、5ヶ月で退社したんです。3ヶ月の社員研修の後、1ヶ月で取引先の引継ぎを受け、その次の1ヶ月で元の担当に引継ぎ直して、考えてみたら非道い新入社員ですが、もうどうにも我慢できなかった。退社と同時に会社の寮も出ないといけなかったので、荷物は友達のところに分散して預けて、身一つで学生時代に縁のあった編プロに転がりこんで、事務所のソファに寝泊まりしながら、ライティングから編集雑務までなんでもやっていました。

――『宝島』の編集をなさっていた村松恒平さんが興した村松企画ですね。

津原　はい。図書館向けの地味な本とか。もっとも、若い頃の雑文でいちばんよく憶えているのは、学生時代の、健康雑誌のホスピス特集に書いた記事です。まだ「ホスピス」というものに定型の説明がなくて、ネガティブなイメージもあり、他のライターがみんな嫌がったのか、新米の僕にお鉢が回ってきた。後に、そのとき自分の書いた説明がそのままＮＨＫの朝のニュースで使われる瞬間に遭遇し、「あ、上手く書けてたんだ」と思いました（笑）。その翌年か翌々年かですね、村松さんから「花井愛子を知っているか。そういうのは書けるか」と尋ねられた。

——ご存知だったんですか？

津原　花井愛子もティーンズハートも知りませんでした。やがて講談社から、既刊が10冊くらいサンプルとして送られてきて、「こういうのを書く自信はあるか」と改めて聞かれたんです。

——書けると思いましたか？

津原　まあ、できるかなと。村松さんと打ち合せたのは、極力シンプルな、読んだ子が友達に「こういう本を読んで面白かった」と伝えやすい設定にするべきだということですね。タイトルもずばりが良いだろうと。『ママは忍者』とか（笑）。そういう候補群のうちで生き残った、スピルバーグ映画『E.T.』のような話、という案を元に書き始めたのが、『星からきたボーイフレンド』です。タイトルは二転三転した結果で、もともと僕が付けていたのは『地球に落ちてきたイトコ』です。言うまでもなくデヴィッド・ボウイ主演のSF映画のもじりで、要するにホシオくんにまつわる設定は、語呂合わせに過ぎなかった。星男という名前も〈Starman〉というボウイの曲の直訳。デビュー作に対しては「ちょっと意味が解らない」とボツられたタイトルが、どうしたことか復活して続編に付けられました。

❖少女小説について

——花井愛子さんの作品を読んだ感想は？

津原　僕にはお手本にしようがない、特殊な文体だと思いました。でもそれが当時のティーンズハートメインストリームであり、基本形と見なされていた。

——表紙にマンガ家やイラストレーターを起用し、挿絵を多用したり、改行を増やしてリーダビリティを上げる当時の少女小説のスタイルを作り、「月刊花井」と言われるペースで新刊を刊行していた。

津原　花井愛子、神戸あやか、浦根絵夢と3つの名前を使い分けておられたので、実際には月刊以上ですが（笑）。花井さんのご本業はコピーライターなんですよ。だから少ない言葉の組合せで情景を浮かび上がらせることに長けている。一部を拡大してポスターにして、部室の壁にでも貼っておきたいような感じです。「あんなのは小説じゃない」と言う人は多かったし、確かに従来の文学からはかけ離れた表現でしたが、あれは花井さんにしか書けないものです。

——ティーンズハートの読者世代は当時、15歳とかけて「いちご世代」と呼ばれ、新人類よりもさらに理解しがたい生き物としてくくられていたと印象があるんですが。

津原　読者は80年代の良くも悪くも軽佻浮薄（けいちょうふはく）な文化の中で育った女の子たちでしたが、僕自身はその時点での彼女らの嗜好（しこう）に寄り添うのではなく、数年後の、より見聞を広げた自分に出会わせてあげたい、といった意識でいました。ボウイの歌詞やパフォーマンスを想起させる要素をちりばめてあったりしますけど、読者の大半はもちろん知らないですよ。でも成長するにつれ、輸入文化や伝統的文化との付き合いが否応なく生じていく。その通過点にいる女の子たちに、本物ではないにせよ、できるだけ良質な情報を提供したい……というと、上からの物言いになっちゃうんだけど、分をわきまえた善意が根底にあったと思っています。

――《あたしのエイリアン》シリーズは、後の巻で別の話者が過去の事件を別の視点から語り直し、ヒロインの千晶も知らない真相が明かされるという、独特の構造を持っています。読者はこの世界には別の側面があるということに気づくと同時に、いつしかヒロインを超え、より広い視野から物語を俯瞰するようになる。

津原　ヒロインだし人気はあったんだけど、僕は千晶がそう個性的な娘だとは思ってないんです。それ以前に、自己紹介的な独白や言動の意図を説明させることはなるべく避けていたので、物語の中心にはその座席があるだけなんですよ、読者が代わりに座れる。岡村五月や赤羽根菊子や坂本真希といったアクの強いキャラクターが騒ぐことで周囲の空間が埋まり、輪郭がわかる。でも最後、千晶とホシオの物語はハイ・ファンタジーへと吸い込まれてしまう。現実世界に居残るヒロインは五月や菊子、という構造は、『五月日記』の時点で決めていました。

――五月が語り手となる『五月物語』と『五月日記』はシリーズのターニングポイントでしたね。

津原　遠からずティーンズハートで書くのは辞めようと思っていた時期なので。

❖女性作家について

――辞める話に入る前に、デビューの話をもう少しお聞かせください。女の子を書くにあたって、取材や調査はしましたか？

津原　そんなツテも能力もないですよ。仕方なく、マクドナルドで隣の席に座った女子高生たちの会話にじっと耳を傾けたりしていましたね。そうして音声だけ切り離してみると、じつに会話になってないんです。みんな自己申告というか、ただ順番にモノローグを演じている。「それ、やばいんじゃない？」なんて合いの手が入るけど、相手の話を承けるわけでもなく、また別のモノローグが始まる。ずっとその調子で、そのまま文字に起こしても、会話だということ自体がわからない。でも、そういう雰囲気を残しながら読者に通じるように書くのは面白かったですね。

――執筆は順調だった？

津原　冒頭の十数枚分を書いて村松さんに見せたら、翌日くらいに講談社に連れていかれて、目の前で編集者に読まれて、「このまま進めてください。他社へは持っていかないでね」と。本編に関しては、かなり書き進めたところで、はっきりとは終わらせないでほしい、という注文があったくらいですね。なぜそんなことを言われるのかは解りませんでした。売れたらシリーズ化、という慣習を知らなかったので。続編は想定外であり、注文が来た時は困り果てて、ここまで滅茶苦茶をやればきっと「次は別の主人公で」と言われるだろう、というものを書いたわけです。ところがブームというのは恐ろしいもので、それも売れてしまった。それからあとがきに関して、作者の性別が判然としないように、とかなり強く言われました。そこで登場人物の誰かに語らせようとしたんですが、「それはもう秋野ひとみがやってるからダメ」と。べつに秋野さんの発明ではないだろうにと思ったんですが、ともかくダメ。そこで話し手の人称代名詞を使わない、すなわち主語のないあとがき、という手法をひねり出し、以後も延々と。

——被るのを避けたい？

津原　そういうことだったんでしょう。棲み分けというか、食い合いの防止というか、編集部としては出来るだけ多様な読者層を拾い上げたい。読者の絶対数が少ない場に配置された作家はたまったもんじゃありませんが、戦略としては理解できなくもない。花井さんと被るような作風で花井さんの読者を食われても叢書にとっての旨味はない。秋野さんの読者でも、倉橋燿子さんの読者でも同じです。求められていたのは、ティーンズハートを手に取ったことのない層をターゲットにできる書き手でした。

——津原やすみに求められたのはどのような層の開拓だったんですか？

津原　はっきりそう言われていたわけじゃないんですが、クラスの中でも成績が上位の、流行に関心のない、リテラシーの高い子という設定だったと思います。

——それ、少なくないですか？

津原　あくまで軽口でですが、「辺境向け」「極北」といったことは言われていました。ブームなど起きようのない作家として設計されていた。でも根が楽天家だから、全国の中学高校の学級数を思えば、クラスでトップの子だけでも10万人くらいはいるだろうから、その全員に買ってもらえばいいんだなんて考えていました。

❖少女小説作家であることへの違和感

——ペンネームを女性ともとれるひらがなの「やすみ」にしたのはなぜですか？

津原　あとがきと同じで、実質的には命令です。一応は自由だが、露骨に方針を無視するようなら出版自体を考えさせてもらう、といった感じの。

——少女小説の書き手は女性じゃないといけないという意識はありましたか？

津原　いいえ。コバルト文庫にはどこから見ても男性名の作家が何人もいらしたし、「やすみ」も、中性的ではあるけれど男性に多い名前ですし。

——風見潤さんや中原涼さんなど、あとがきの一人称を「ぼく」にしている作家もいる中で、性別を曖昧にしたため、津原やすみは女性だと思う読者が大半だったのではないでしょうか？

津原　どういうレベルでかは判りませんが、僕の売り方については、そういうプランニングがなされたということでしょう。なるべく女性だと思わせる。僕の希望ではありません。若くて世間知らずだったから、女性の一人称で小説を書けば自分も女性だと思われる、とは思ってもみなかったですね。「女生徒」から太宰治のジェンダーを疑っている人なんて見たことがないし、『ど根性ガエル』の吉沢やすみさんと同じ名前だし。でもあの種の文庫って、巻末に「津原先生に励ましのお便りを」と書いてあるじゃないですか。相当数の読者があの文言をとても素直に受け取って、手紙を書き送ってくれます。とりわけ『なかよし』や『りぼん』の付録がレターセットだった月は。僕のレベルでも年に1，000

通は来ていて、内容はというと、こちらを同性と前提しての打ち明け話や相談が圧倒的に多いんですね。恋の話や、「わたしも津原先生のようになりたい」なんていう夢や。ところがこちらは女性ではないし少女だった経験もないから、共感に限界がある。興味本位から彼女らを騙して、親にも話せない秘密を聞き出しているようで、その罪の意識たるや凄まじいものがありました。

――少女小説作家であることへの違和感はありましたか？

津原　少女小説を書くのが仕事ではありましたが、作家という意識は持ちようがなかったですね。作家として扱われていなかったから。パーティに出れば〝小説も書けるウエイター〟みたいな感じで、吸い殻の溜まった灰皿を片付けたりしていました。もともとティーンズハートの作家は、会社が主催する文筆業者の忘年会にさえ呼ばれなかった。当時の編集長がそれを可哀相に思って、漫画家さんの忘年会に入れるようにしてくださったんですよ。でも父のお下がりのスーツを着て出かけたら、新入社員にしか見えなかったのか、灰皿や使用済みの食器を次から次へと押し付けられてしまって（笑）。

――灰皿の片付けって比喩じゃないんですか（笑）。

津原　リアリズムです。出版業界の羽振りが良くて、誰も彼もが高圧的にふるまっていた時代の話です。でも未だに宴席ではテーブルを片付けそうになりますよ。

❖辞めたいと何度も思った

――辞めようと思い始めたのはいつ頃ですか？

津原　5年も10年も続ける仕事という意識がそもそも無かったので、その意味ではもう最初から、消え時を窺っていました。「津原やすみ」として何を成し遂げたいというヴィジョンも無かったし。その時が来たと思ったのは、4冊めの『夢の中のダンス』を書いている最中です。性別を誤解する読者が多いことを知っていながらこの仕事を続けるのは詐欺なんじゃないかとか、どんな作風にシフトすればアイデンティティを回復できて、読者からの糾弾も躱せるだろうかとか、それはティーンズハートで可能だろうか、なんてことを考え始めるともう、朝から晩まで机に張り付いていながら、ただの1行も書けないわけです。それだけに原稿の催促が怖い。出版業界の若僧が、どやしつけられたり脅されたりは当たり前の時代でした。そのうち電話の音に跳び上がるようになってしまったので、電話線を抜いて、遂には故郷に避難してしまったんです。すぐに電話が追いかけてくると思ったら、意外にかかってこなくて（笑）、親にも「もう辞める」と宣言したんですが、はや数日後には、実家の2行しか表示されないワープロでかたかたと……ただそれは、書きかけのまま放置しているのが気持ち悪かっただけで、出版されるかされないかは、もう二の次でした。遅れはしたが約束は果たした、という形をせめて残したかった。それまで村松さんや編集部との共有物という意識が強かった作品世界で、自分自身は何をやりたいのか、できるのかを、初めて正面から見据えざるをえなかった出来事でもあります。もはや人目を意識せず、満足の行くレベルで完成させることだけに没頭して、出来上がったもののプリントアウトを、たしか手紙も何も付けずに担当に送りました。

――それで、どうなったんですか？

津原　しばらくして実家に電話がかかってきて、「読んだ。良かったよ。よく書いた」と誉められて、遅延については不問でした。以後、作品に向き合う心構えがだいぶ変わりました。商業作品というのは作者の構想とは関係なく、人気があるうちは続きを求められてそれに抵抗するのは難しく、人気が衰えれば不意に打ち切り。誰にとっても幸せな終わり方なんてそうそう望めないんです。常に、これが最後の発表の機会だと思って書いているほかない、思いついていることは全て投入する気概で。もっとも今にして思えば、当時編集部が僕に求めていた方向性と、いまSF界が僕に求めているものとのあいだに大きな違いはない。彼らのプロデュースの方向性は、そう的外れではなかったとも思います。とりあえず超外角、超低めに投げさせてみて、読者にストライクと見てもらえるかどうか試してみる、みたいな。僕は少女小説を志向する書き手ではありませんでしたが、アウトプットはそこしかなかったし、ジャンルやレーベルのフォーマットを遵守していても、1冊の中に1行や2行は、どうしても書き残しておきたい本音を潜ませることはできる。そういう気構えで書くようになって、今でも変わっていません。常に遺作を書いているつもりでいます。もっとも読者というのは、ちゃんとそういう1行2行を見付けてくれるんですよ。やがて、まあ間違いなく失踪を踏まえてですが、部長から、「とりあえず10冊は我慢して書いてみなさい。そうしてみないことには何も分からない」と言われ、そこまでは頑張ってみるかと。

――そして10冊を超え、またも辞める気満々で、語り手をヒロインの千晶からサブキャラの岡村五月に代えた『五月物語』と『五月日記』を執筆して、《あたしのエイリアン》の幕引きへの道筋を作り始めた。『五月日記』の後、『悲しみがいっぱい』まで10ヶ月空いたのはそういう影響があってですか？

津原　いえ、そこで間が空いたのは、イラストを担当なさっていた新井葉月さんが受験期に入られたからです。新井さんは中学生デビューで、僕とタッグを組んでいる間に高校、大学と2回受験なさってるんですよ。新井さん待ちの間、僕の方は《ルピナス探偵団》やホワイトハートの『ロマンスの花束』を。

――ホワイトハート文庫は、ティーンズハート文庫のお姉さんレーベルという側面と、ティーンズハートでは主流ではなかったファンタジーやSFを刊行するための器という意味合いがあったと思うのですが、『ロマンスの花束』は純粋なお姉さんの恋愛小説ですよね。

津原　僕が依頼を受けたのは、ホワイトハートが立ち上がる前で、ティーンズハートを卒業した読者のための、より文芸寄りの文庫、というお話でした。本当ははっきり定まっていたわけではなく、どういう路線なら読者に受け容れられるか、いくつか観測気球を上げてみよう、という段階だったんでしょう。

――その後も、《あたしのエイリアン》、そして《あたしのエイリアンEX》、さらに《ルピナス探偵団》や単発長編を1996年まで発表していくのですが。ルピナス探偵団の1巻目のタイトルの「うふふ♡」は、凄まじい破壊力といいますか。

津原　あれも僕がつけたタイトルじゃないです。シリーズ名は《ルピナス探偵団》で

行くとして、書名は追々考えようという話だったはずなんですが、ゲラが届いたらハシラにあのタイトルが入っていた。作品は、僕なりの新本格の解釈というか挑戦状のようなつもりだったんですが、器がティーンズハートだったせいか「探偵団」と付いていながらミステリの総覧からも洩れているくらいで、そういう意味での評価は、原書房から出し直すまで皆無でした。今のミステリ界からのラヴコールが嘘のようです。

——津原さんは『星からきたボーイフレンド』の中で、真希のセリフのフォントを変えたり、文章をハート型に組んだりしているので、あの「うふふ♡」も狙ったのかなと思っていました。

津原　「うふふ」は時間をかければ愛せるようになったかもしれませんが、ハートマークは避けてほしかった。機種依存で文字化けするから。ハート型のタイポグラフィは、アポリネールのカリグラムをパロったつもりだったんですが、今見ると気恥ずかしいですね。子供時代、休日に家族で美術館へ行っても、絵や彫刻ではなく書が展示されているフロアに直行だったし、そうじゃなくても街に出掛ければ必ず書道用品店へ、家の中はまるで古書市の会場、という環境で育ちました。だからレタリングやブックデザインには親しみがあった。ところがいざ出版の片隅に身を置いてみると、いくらでも遊べる余地があるのに、定型の物ばかり量産されているような気がして、つい。

『星からきたボーイフレンド』P208より

——そして1996年の『ささやきは魔法』のあとがきで、自分が男性であることをカミングアウトし、それがティーンズハートの最後の作品となる。

津原　あれは予定外だった作品です。《あたしのエイリアンEX》の完結編『エトランゼに花束』が、最後のティーンズハート作品になる予定でした。ティーンズハートが対象年齢を引き下げたことで居場所のなさは感じ始めていましたし、僕から言い出さなくても、いずれ開店休業になっていたと思います。ところが不意に担当から電話がかかってきて「2週間で1作、なんとかなる？」と聞かれたんですよ。誰かの都合でラインナップに穴が空いたんじゃないかなと想像しているんですが、お困りのようなんで引き受けました。ただし「あとがきで男性であることを公表する」ことを条件に。その電話の最中にはもう書き始めていて、だからあれは突然電話がかかってくる場面から始まります。さすがに2週間では無理でしたが、著者校正を返すまでに3週間だったと記憶しています。

——カミングアウトに対する読者の反応はどうでした？

津原　僕は読者に恵まれたんだと思います。「騙された」と謗られるのを覚悟していたんですが、僕を非難するような手紙は1通もなく、むしろ事情を察してねぎらってくださったり、僕のつらい立場に気付かなかったことをお詫びになっていたり。思えばデビューから8年、初期からの読者は、もう立派なおとなになっていたんです。

❖その後の活躍

——その後、津原やすみから津原泰水へと名前を改め、『妖都』が刊行されました。実はあの作品は少女小説のつもりで書き始め

たと聞いたのですが。**

津原　少女小説というのは正確ではないです。しかし現在のライトノベル読者層に近いところを想定していました。元々の依頼は、ティーンズハートを編集していた企画部の元部長が立ち上げた、新レーベルからでした。しかし、描写が残虐すぎる、と途中でボツにされてしまった。例によって放り出すことのできない性分ですから、『エトランゼに花束』や『ささやきは魔法』と同時進行で最後まで書き上げ、設定を一緒に考えた脚本家の小中千昭さん、それから既に知り合いで作中のオートバイの描写に助言をくださった綾辻行人さんに、「書き上がりました」とテキストファイルを送ったわけです。もはや、ほかに送るべき相手もいなかったので。だいぶ経って、読まれた綾辻さんが「凄いね」と電話をかけてこられ、原稿を文三（講談社文芸第三出版部）の宇山日出臣さんに渡してくださった、という経緯です。

――綾辻行人、小野不由美、井上雅彦、菊地秀行という錚々たる推薦での刊行で、再デビュー後はダークな幻想系作家というイメージでした。ペンネームをひらがなから漢字にしただけですが、字面の印象がすごく遠く、少女小説作家時代のことは伏せるのかと思ったら、２００６年に音楽を題材にした青春小説『ブラバン』がベストセラーになり、その後『クロニクル・アラウンド・ザ・クロック』に《あたしのエイリアン》の岡村五月と赤羽根菊子が登場する。あれは嬉しかった。

津原　『ブラバン』のヒットを承けての音楽ものの依頼でしたが、語り手は十代の女の子にしました。男性の少女小説作家として生きていたことの最大の収穫で、僕は一人称で書く時、語り手の性別と年齢を自由に選べます。30代で書いた『ペニス』の語り手は50代の男性、『赤い竪琴』や《たまさか人形堂》シリーズは30代の女性。自分からかけ離れた存在に化けて語ることに慣れている。そういう作家を、僕は自分以外にあまり知りません。編集者も読者も慣れてしまっていて、今さら驚かれませんけど。津原やすみの時代から長い時間が経って、その読者だったことを公表なさる若い作家が珍しくなくなり、往年の読者を意識して書くことへの抵抗感がやっと薄れたのが、あの頃です。正直、「五月や菊子にまた会える」という口コミに期待するところもありました。新潮文庫がそこに価値を認めてくれず、まったく広報されなかったのは残念でしたが、まあそれが出版界に於ける、あの時代の少女小説の位置付けですよ。かつてあの文化を支え、今は大人の読書人に成長している分厚い層が、見えていない。その昔《あたしのエイリアン》正編が突然打ち切られ、新しい主人公を立てた《ＥＸ》へと移行させられたことにより、とりわけ岡村五月と赤羽根菊子には未消化の設定がたくさん残っていました。正編のラストでは、千晶とホシオの存在を忘れまいと、忘却に必死に抗う赤羽根菊子の姿を描く予定でした。

――最後になりますが、今、振り返ってみて、少女小説の作家であったことを、どのように考えていらっしゃいますか？

津原　一昨年、画家の宇野亞喜良さんがトークショウで、「寺山修司を支えたのは少女たちでした」とおっしゃっていたのがとても印象的だったんですよ。それは宇野さん自身のことでもある。

『妖都』や『ピカルディの薔薇』を装丁してくださった金子國義さんも、若い女性層から絶大な支持を得ていた。彼を世に送り出した澁澤（龍彦）さんもそう。画壇での評価がどうあれ、宇野画伯・金子画伯の絵は次の時代へと残っていきます。今でもファン層が若いから。僕自身、ティーンズハートで執筆していた頃は、大人の世界で評価されたいという気持ちが強く、作家として扱われないこと、作品を文学として認められようがないことへの苛立ちが強かったものの、今は、運がよかったと思っています。僕は今55歳で、この年齢になると、若い頃の自分を引き上げてくれた編集者は、みな一線から退いています。でも僕の場合、若い頃、更に若い世代に向けて書いていたおかげで、かつての読者が編集者として原稿を依頼してくれたり、読書人として作品を買い支えてくださる。幸運だと思っています。

※1～8ページの書影・中面写真：講談社

〈人気作家に独占インタビュー〉

若木未生 *Mio Wakagi*

構成・文＝**三村美衣**

わかぎ・みお　1968年12月2日 埼玉県生まれ。1989年、早稲田大学文学部日本史専修在籍中に「AGE」で第13回コバルト・ノベル大賞佳作入選。同年12月に『天使はうまく踊れない』で書籍デビュー。好評を博し〈ハイスクール・オーラバスター〉（以下《オーラバスター》）のタイトルでシリーズ化。コバルト文庫で《エクサール騎士団》《XAZSA》《グラスハート》、スーパーファンタジー文庫で《イズミ幻戦記》をスタート。80年代末から90年代にかけてのコバルト文庫を代表する作家の一人。のちに《グラスハート》を幻冬舎コミックスバーズノベルスで完結させ、現在徳間ノベルスで《ハイスクール・オーラバスター》最終章および《真・イズミ幻戦記》を執筆中である。近刊は、新境地の幻想歴史小説『われ清盛にあらず』（祥伝社）。

❖コバルト文庫のファンタジー路線とは

――若木さんは、集英社コバルト文庫の新人賞出身の、90年代コバルトを代表する作家ですが、ご自身は自分のことをコバルト作家や少女小説作家というように考えていらっしゃいましたか？

若木　ただの「小説家」です。近い時期にコバルトの新人賞でデビューした方が名刺に「コバルト作家」と入れていたことがあって、その誇らしさみたいなものもわかるんですけど、わたしはむしろいつもコバルトからはみ出していてすみません的な気持ちでした。強いて言うと「ファンタジー作家ではなくSF作家」と思っていました。もしくは、青春小説家という分類があるかどうかわかりませんが、青春小説を書いている人というのが、いろんな要素を含んでいて一番しっくりくるような気がします。「コバルトは青春小説を書いていい場所だ」という認識は最初からあったので。

――「コバルト作家」になりたかったわけではないということですか？

若木　ノベル大賞で佳作をいただいて、最初に雑誌の編集長と文庫の編集長にお会いした時に、「うちの本読んでる？」って聞かれたんです。実は非常に偏っていて「新井素子先生の本は全部読んでますが、他はあまり」って答えました。編集長は先入観がなくていいと思われたらしいんですが。とにかく死ぬほど作家になりたくて、しゃにむに作品を投稿したら拾ってくれたのがコバルトだったんです。

――若木さんがデビューした頃は、ハヤカワ・SFコンテストがなくなり、ファンタジー系の新人賞はまだ始まっていなくて、いろんなタイプの書き手がコバルトに応募していた時期ですね。

若木　100枚で応募できる新人賞というのが、わたしにはとてもありがたかったんです。それで受賞後に、受賞作を集めたアンソロジーの『コバルト・ノベル大賞　入選作品集』を1から順番に読みました。

――順番が違う（笑）。

若木　藤本ひとみさん、唯川恵さん、山本文緒さんなど錚々（そうそう）たる人たちの受賞作を読んで、そこで初めて、大変なところに来てしまったぞと自覚しました。でも、すごく面白かったので、これならわたしの感覚はコバルトとズレていないかもしれないなとも思いました。

――若木さんのデビューは、ちょうどコバルト文庫が恋愛小説路線からファンタジー路線へと切り替わる時期ですね。

若木　学園を舞台にしたユーモアや、恋愛小説が減っていきましたね。恋愛小説を書いていた先輩作家の方々が、コバルトを卒業なさっていって寂しいなと。でもコバルトというレーベルは、基本的に、舵(かじ)取りは読者に任せるんです。「うちはこういう方向性の文庫だ」と頑なに決め込まず、読者が求めているようにどんどんかたちを変えていく。そんなコバルト文庫をファンタジーの方向に向かわせたのは、ひとえに前田珠子さんが偉かったからだと思っています。

——前田珠子さんもデビュー作はSFなんですが、その翌年に異世界ファンタジーの『イファンの王女』を刊行、このヒットがコバルト文庫がファンタジーへシフトするきっかけになったといわれていますね。

若木　確かに『イファンの王女』は爆発的な人気だったんですけど、前田さんはとても頭のよい人なので、自分一人だけではムーブメントにはならないと思っていたんです。だから他にもファンタジーを書く人はいないかと網を張っていた。

——そこに若木さんがかかったんですね。でも若木さんの受賞作「AGE」は青春ものので、全くファンタジー色はありませんが。

若木　そうなんですよ。選考評にも「純文学的」といった評価が書かれていたんで、最初は前田さんも「こいつは違うかも」と思っていたみたいです。でも授賞式の後の二次会でお話しした時に、オタクな話になって盛り上がり、ずっと温めていた《オーラバスター》の設定の話をしたら、「あなた、それは絶対に書きなさい」と。

——仲間におなりなさい（笑）。

若木　さらに、わたしの半年後のノベル大賞で桑原水菜さんが受賞するんです。桑原さんが《オーラバスター》を読んでお手紙をくださったんです。「すごく好きです。社交辞令じゃありません」って書いてありました。惚(ほ)れ込んだ、という感じのとても熱い手紙なんですが、ただファンですというだけじゃなく、桑原さんらしい「負けないぞ」という闘志が伝わってくるんです。

——そのライバル心が《炎の蜃気楼(ミラージュ)》になったんですね。桑原水菜さんの受賞作「風駆ける日」もファンタジーではなく青春小説なんですよね。前田珠子さんから始まった流れが、若木さん、桑原さんへと広がり、コバルト文庫のファンタジー時代が始まった。ただコバルトは保守的で、コバルトに流れが来た時には、流行はもう終わっている、というような発言を作家の方からよく聞くのですが。

若木　編集部からは積極的に仕掛けないので、他でたくさん流行った後に、コバルトに波及する感はありました。BLが典型ですね。BLが流行って、専門レーベルが次々に立ち上がった時にも、コバルトのBL進出は遅かったですよね。《炎の蜃気楼》をBLだと言う方もいますが、あれは別枠だと思っています。ある時、BL作品を一挙にコバルトが出し始めた時期があって、担当さんに「文庫にBLのイメージがつきませんか？　BLそのものは否定しないけど《オーラバスター》がBLだと誤解されるのが心配です」と尋ねたんですよ。そしたら、「何言ってるんだ。コバルトはずっとこうやってきたんだ」って返されたんです。規制もせず、誘導もせず、流れに任せて、外から来るものも拒まず。そう言われてみれば、小説ジュニアだった時代からずっとそうだなと思いました。

——編集部から、こういう作品がほしいとか、逆にこのジャンルはダメみたいな制限も、全くなかったんですか？

若木　ありませんでした。ただわたしは《グラスハート》を書きたかったんですが、《オーラバスター》などの「ファンタジー作家」というイメージを守るべきだと言われて、ファンタジー以外はなかなか書かせてもらえなかった。

❖イラスト待ちからの複数シリーズ並行展開へ

——《グラスハート》に着手する前に、複数のシリーズを並行して刊行することになったのはどういう経緯だったのでしょうか。

若木　最初は《XAZSA》ですが、雑誌の『Cobalt』で連載をするにあたって始まりました。《オーラバスター》連載の要望もありましたがイラストの杜真琴さんがご自分の漫画でお忙しくて無理だと。そしてスーパーファンタジー文庫の創刊ラインナップで《イズミ幻戦記》を始めます。その頃に《グラスハート》もプレゼンしていたんですけど、ファンタジーではないからと却下されて。さらに91年の冬のファンタジーフェアにどうしても一冊必要だと言われ、《オーラバスター》はイラストを断られてダメ、《イズミ幻戦記》は同じ集英社とはいえレーベルが違うのでダメ、《XAZSA》は雑誌連載のクライマックスでまだ文庫にまとめられないタイミング。急遽《エクサール騎士団》を刊行しました。

——《オーラバスター》のイラストを断られたというのは？

若木　《オーラバスター》はこの時期、イラストの杜真琴さんの人気がとてもあって、白泉社の編集部から漫画に専念させたいのでと一年くらいストップがかかってしまったんです。当然、本業が漫画家の方なので、小説の表紙やイラストがその次になるのは仕方ないです。ただ「シリーズを増やしたせいで《オーラバスター》を書かないんだ」と読者の皆さんにはみえたようで、別のシリーズなんか書くなという抗議の手紙がどっさり届きました。杜真琴さんにそれだけのインパクトがあったのはわかります。どのシリーズを始めても「表紙を杜真琴さんに変えろ」という手紙は来ましたね。少女向けではない《イズミ幻戦記》にすら来ました。

——岡崎武士さんなのに！　というよりも、そもそもその杜真琴さんからイラストをもらえないから《オーラバスター》が休載で、だから始まった新シリーズなのに（笑）。

若木　それを言えばよかったのかもしれませんが、それをすると、この抗議の手紙が今度は杜真琴さんの方に届きますよね。作品に人気があるのは本当にありがたいことなんですけど、そのぶん過激な攻撃もあったので。けっこうメンタルがやられて、大人の事情に合わせてばかりではダメになる、やはり《グラスハート》を書きたいと思うようになりました。で、そんな折に雑誌で若木特集を組んでいただく話になり新作を3本書くからと主張して、《XAZSA》と《エクサール》とそれに無理やり《グラスハート》を突っ込んだんです。第一話だけだったんですが、担当さんが「面白いからいいよ」と言って掲載してくださって、連載が始まりました。その後、《オーラバスター》が再開できたのは、杜真琴さんによる《オーラバスター》のコミカライズが決まったからという背景があります。漫画化したらヒットしたので、それで小説にイラストをつけることも許していただけた。漫画のヒットがなかったら小説は『炎獄のディアーナ』までで終わっていたかもしれません。

――漫画家にお願いすると、本職とスケジューリングがうまくいかず、イラスト待ちで止まることがあったようですね。

若木　今思うとですけど、シリーズものなのにイラストの方と前もって長期的なスケジュールの調整をするわけでもなく、いきなりお願いして、「締切は来月です」みたいな感じで。画料は安いし、多分人を拘束できる金額ではなかったと思います。当時は、小説とイラストの共存という感覚が少なく、イラストレーターさんを便利に使っていた気がします。今のライトノベルだと事前にキャラデザや挿絵のラフをもらえるじゃないですか。

――イラストを見て、小説に反映させるという話も聞きますね。

若木　わたしがデビューした頃のコバルト文庫はよくも悪くも、あくまでも小説が主であって、補助的に挿絵がついているという姿勢でした。時間の余裕という問題もあったんですが、本になって初めて、自分の小説のイラストを見るのがあたりまえでした。冴子さんがここでセーラー服を着ているのはおかしいんだけど、もう本になってるしどうしようもないというようなこともいろいろありました。

――読者は注意深いので、そこを突いてくる？

若木　それは当然です。今はSNSとか、気持ちの発信の場がたくさんありますが、当時はもう手紙が唯一の手段なのでぎっしり手紙に想いを込めてくる。ちょっとしたことでも反響がすごくて。ストーリーの展開に対しても、抗議の手紙が来るんです。自分の小説を重く受け止めてくれているからこその反応なので、それは嬉しいんですが、100通の嬉しい手紙が来ても、1通「死ね！」って書かれていると、それが響いてしまうんですね。

――コバルトは雑誌もあるし、あとがきでもお便りを募集していたので、ファンレターも多かったんでしょうね。

若木　ええ。ファンレターの雰囲気や内容も作品ごとに違っていて面白かったですよ。《グラスハート》の読者さんからはレポート用紙10枚に文字がびっしり詰まったような手紙が来るかと思えば、《オーラバスター》は『りぼん』の付録の便箋に「希沙良だいすき」って大きく書いてあったり。両極端ですがどちらも嬉しいなあと思っていました。

――《グラスハート》と《オーラバスター》の読者は重なっていましたか？

若木　両方に読者集合の輪があって、その重なり合う部分がコアな若木ファンって感じじゃないでしょうか。

――ノベル大賞を受賞した「AGE」も《オーラバスター》も少年が主人公ですが、コバルトで少年を主人公とする作品は、当

時は珍しかったのではないでしょうか。

若木　「ＡＧＥ」を褒めていただけたので、少年を描く方が向いていると思っていました。《オーラバスター》の冴子さんにしても亜衣ちゃんにしてもですが、わたしが書く女の子は凛とした優等生で、少年マンガのヒロインタイプで、あまり少女小説的ではないと思っていました。自然に女の子が書けたのは、『グラスハート』からですね。西条朱音を書く時は、女の子だと思うからダメなんだ、男の子と同じだと思って書こうと決めて、だから言葉遣いが悪いんです（笑）。でも担当さんからも、女の子を主人公にしろとは言われませんでした。多分なんですけど、氷室冴子先生の担当もされていた方だったので、氷室先生の『なぎさボーイ』という前例があるから少年でいいと思っていたんじゃないでしょうか。

――読者はどう感じていたんでしょう。

若木　『天使はうまく踊れない』の表紙は最初は諒と冴子がメインのものだったんですが、編集長命令で口絵と差し替えられて、ピンク色の女の子メインのラブコメっぽい方になりました。コバルト文庫的な判断としては間違ってないと思いますが、実は《オーラバスター》に最初に重版がかかったのは、希沙良をメインにした表紙の2巻目からで、それで男の子でもいけるんだと確信を持ちました。

❖コバルト女工哀史

――コバルト文庫は、当時は年に3、4冊というペースで刊行することが決まっていたんですか？

若木　昔コバルト文庫は1月、5月、8月に強いラインナップが組まれてたんですが、人気が出ると、そこに間に合わせろと言われます。もちろん自分もそこで出したい。「早く続きを出せ」という手紙も来ている。さらに全国を巡回するサイン会イベントなどもあって、そこでサインする新刊がないと、それは間抜けなことになる。でもわたしは、そんなにさらさらと大量に書けるタイプではないので、なかなか一冊の分量にならないんですよ。新刊を季節ごとに出すのが理想ですが、そのペースが守れない。だから最初から「もう無理です」とお断わりすることもあったんですが、そうすると担当さんが「無理ならしょうがないけど、ぼくたちがサポートするから、できるところまで頑張ってみよう」とおっしゃるわけです。無理だったらしょうがないんだと思いつつ頑張っていると、いつの間にか来月の新刊予告に自分の名前が載っていて、あれっ、てなる。もう逃げられない。

　布団で寝ると長時間寝てしまうので、どうしても眠い時は寝心地の悪い机の下で仮眠しながら書く。そうやって、どうにかこうにか書き上げて送ったら、「言えなかったけど、実はもう間に合わない。無理なんだ」と言われ、号泣です。間に合わなかったら翌月回しじゃなく、もう一度刊行スケジュールから組み直しになってしまうんですね。だから余計にプレッシャーが大きくて、刊行に間に合わすということだけが、人生の全て、みたいな時期があります。その頃は、小説を書くだけで、他に何もしてない。

――精神的に追い詰められましたか？

若木　わたしもですが、周囲の作家はほとんど皆、心身が病んだ時期があると思います。小説を書くことが好きで真面目に向き合うから、そうなってしまう、そのまま辞めてしまった人も多いですね。特に女性は体調が不安定な時期があるじゃないですか。出産や子育てだってあるのに、「産休です」「育休です」「更年期障害です」と言って休めるわけではない。新刊が出なければ「書かなくなった」と思われてフェイドアウトするしかないんです。だから無茶をして働いて、心身を壊してしまう。同期で、今も小説を書き続けている人たちをみると、まるでベトナム戦争からの帰還兵をみているような気持ちになります。

——サバイバーですか。

若木　たぶん傍からみている人には、彼らが戦場でどんな経験をしてきたか、どれだけ傷つき、心身共に疲弊しているのかわからない。栄光や誉れの部分だけがみえる。

——新井素子さんがコバルト作家をたとえて、〝女工哀史〟という言葉を使っていらっしゃいましたね。

若木　一番ひどかった時期は、朝にまずユンケルを飲んで無理やり体を起こすんですが、自律神経がおかしくなっていて、身体がぶるぶる震えて何もできないんです。常に喘息状態で救急車にもたびたび乗りました。「自分を守るのも作家の仕事だよね」って担当さんに言われた時は、確かに正論なんですが「ここまであなた方の言うことを聞いてきた結果ボロボロなのに、今になってそんなこと言うの」って思いました。

——コバルト文庫は、新刊が出ないまま、いつの間にかいなくなってしまった作家が多いですね。

若木　デビュー作がどんなにすごくても、いろいろな事情から辞めざるを得ない方がたくさんいましたね。そういう方が名前を変えて再デビューしているのを見つけたりすると、本当によかったなあと思います。当時のコバルト文庫はメディア展開に積極的ではなく、《オーラバスター》のOVAをやると言っても編集部は興味を持ってくれなかったです。今なら、アニメ化イコール本の宣伝になるという風潮ですけど。当時の現場は、小説を書くことの邪魔になるものは排除したいわけです。『XAZSA』のCDが出た時は、最初の打ち合わせ以外全くタッチさせてもらえず、完成してから初めて聴きました。それくらい、とにかく執筆の時間を割かれたくなかったんだと思います。作家だけではなくて、編集もすごい激務で早逝した方が複数います。

❖感じ始めたズレ

——90年後半に、《グラスハート》のイラストは羽海野チカさんに、《オーラバスター》のイラストは高河ゆんさんに変わりましたね。

若木　《グラスハート》が完結間近の急展開で、《オーラバスター》もストーリーが大変な展開になった時期、このどちらも出せなくなってしまったんです。羽海野チカさんも高河ゆんさんも非常に多忙になってしまって。担当さんとは「お二人のスケジュールが空くまで待とう」という話をしていました。ただどちらの方からも実は「降板します、というお話を編集部にしていた」と後になってうかがったので、それだったら無為に待つべきじゃなかったんですけど……。新シリーズが必要だということになって、『ゆめのつるぎ』をスタートさせました。ただこれが、ファンの間で大変不評で。雑

誌に掲載された時はまだ暖かく迎えてくれたんですが、文庫が出た時、「なんで《グラスハート》や《オーラバスター》じゃないんだ」と怒りの声が多くて。書店の売れ行きをみてもまずいなあと思っていたんですが、編集長に食事に呼ばれてそこで売れ行きを突きつけられ「もうわがまま言ってられる部数じゃないのよ、すぐに2巻目を書きなさい」と言われて。今まで、部数をかたにわがままを言ったつもりはないのに、こう言われてしまうのかと思いました。とにかく《グラスハート》がもう少しで完結するので、《グラスハート》の方を書かせてほしいと頼んで、書き上がった原稿を送ったんですが、なんの返事もいただけず放置されたので、こちらから編集部と話をしたいとお願いしたら「前の巻とこれだけ時間が空いてしまったら、もう《グラスハート》は出せない」と宣告されました。なら《グラスハート》はよその出版社さんで出すとして、自分はどうしたらこれからコバルトで書いていけるのか、と必死に考えたんですけど、結局出ていくことにしました。

——それはどうして？

若木　コバルトに貢献できる作家ではないからだと思います。コバルトで最初に書き始めた時、コバルトの作家を続けられるのは30歳くらいまでじゃないかと、漠然と思っていました。読者と年齢が離れてしまうから。実際は30歳になってもまだシリーズを抱えていたし、全部終わらせてから卒業したかった。ただ、《グラスハート》の「LOVE WAY」を雑誌に掲載したところ、『Cobalt』は読者アンケートで常に作品の人気を計っているんですが、その成績がとても悪かった。「LOVE WAY」はわたし自身もピークまでマニアックな書き方をした作品なので、これがコバルトにうけるわけはないなという予測はあったんです。でも《グラスハート》の読者さんの間では今でも非常に評価の高い作品なんです。

——そのズレはどこから来ていると感じましたか？

若木　「若木ファン」が、「コバルトの読者」ではなくなり始めた時期があったかもしれません。わたし自身の作品が変化していたこと、シリーズ読者がすでにコバルトを支える層ではなくなっていたのもあって、もうコバルトの読者の求めるものと、わたしが投げ込むことのできるボールのストライクゾーンは同じではなくなってきたんだと思いました。「コバルト作家としては落第だ」という気持ちでした。

——いつ頃のことですか？

若木　2007年くらいかなあ。

——若木さんにとって、コバルト文庫とは何ですか？

若木　「青春」です。それと「故郷」。自分が「コバルト出身」であることは純粋に幸せなことです。青春の定義って「必ず終わるもの」だと思うんです。《グラスハート》は完結できたので、今度は《オーラバスター》が終わります。今は青春の後片付けをやっているようなもので、これを越えたら次の景色が見えてくると思っています。また新しい青春が始まるのかもしれない。

※11～15ページの書影：集英社

目次　大人だって読みたい！　少女小説ガイド

作品紹介ページの表記について
《 》――シリーズ名
『 』――書名
e-book――電子書籍あり
※書誌情報は、2020年10月15日までに公開された情報をもとにしています。

I
妖

楽しくて怖い！本格オカルト探偵シリーズ

《悪霊（ゴーストハント）》小野不由美 *Fuyumi Ono*

（上）装画：中村幸緒／1989-1994年／全8巻+続編2巻／講談社X文庫ティーンズハート・ホワイトハート、（下）装画：六七質／2020年-／3巻-／角川文庫

「旧校舎を取り壊すと祟がある」。

クラスメートからそんな学校の怪談を仕入れた麻衣は、翌朝、好奇心からひとり木造校舎に足を踏み入れた。ところが無人のはずの旧校舎で麻衣は人影に遭遇、驚いて周囲の機材を倒し、相手にも怪我を負わせてしまう。彼は学校長の依頼を受けた心霊現象の調査員で、録画機材や収音マイクのセッティング中だったのだ。麻衣は壊した機材の弁償代わりに調査の手伝いをすることになる。調査機関・渋谷サイキックリサーチの所長である渋谷一也（通称ナル）は、容姿端麗・頭脳明晰でなおかつ弱冠16歳。何も知らないクラスメートからは羨ましがられるが、性格は最悪で、他人にはとことん辛辣なナルシストだった……。

所長ナルと助手のリンと臨時バイトの麻衣。渋谷サイキックリサーチの3人に加え、高野山で修行したという坊主、ド派手メイクの巫女、金髪碧眼で童顔のエクソシスト、TVでも引っ張りだこの美少女霊媒師ら個性豊かな「霊能力者御一行様」が捜査に協力。科学的分析を得意とする渋谷サイキックリサーチを中心に、それぞれが得意分野から心霊現象にアプローチ、原因を解明し霊障を取り除く過程が丁寧に描かれている。

キャラクター同士の掛け合いや舌戦は楽しく、友情や恋愛要素にはほっこりできるが、恐怖描写は容赦なく怖い。超常現象から科学的に説明できる部分を除外し、さらに巫女やエクソシストがお祓いをし、それでも払い切れずに起きる超常現象の数々が五感を揺さぶる。

各巻一話完結形式だが、登場人物の過去や能力が徐々に明かされ、人間関係も巻を追うごとに変化するので、1巻より順に通読することをお勧めする。

シリーズは、ナルの過去と麻衣のラブストーリーにとりあえずの決着がついた8巻で、第一部が完結。その後、叢書をティーンズハートからホワイトハートに移籍、《ゴーストハント》とシリーズ名を改めた第二部『悪夢の棲む家』がスタートしたが途絶。いなだ詩穂によるコミカライズ、CDドラマ、アニメ化などメディアミックスな展開をとるも、書籍版は著者の意向により長らく絶版となっていた。が、2010年にメディアファクトリー幽ブックスから全面大幅改稿した《ゴーストハント》シリーズとして第一部が蘇り、2020年には、角川文庫への収録が開始された。

（三村美衣）

key word▼［オカルト］［現代］［学校の怪談］［片想い］［恐怖］

平安陰陽師のネクストジェネレーション物語

《鬼舞》瀬川貴次 Takatsugu Segawa

key word▼［少年主人公］［平安］［陰陽師］［成長］［ユーモア］

装画：星野和夏子／2010-2016年／全16巻＋短編集1巻／集英社コバルト文庫

e-book

15歳の宇原道冬は従者の行近と共に、陰陽師を養成する機関・陰陽寮で修行を積むため播磨から上洛した。ところが、京の知人を通じて手配した借家は物の怪屋敷のように荒れ果て、時を経た調度品は付喪神と化している。おまけに陰陽寮でも初日から新入りいびりの標的にされるなど、新生活は前途多難だった。

入学初日、道冬は他の生徒から嫌がらせに遭ったことをきっかけに、稀代の陰陽師・安倍晴明の息子、吉昌と懇意になる。晴明の長男吉平とその弟吉昌は見目麗しい優等生として憧れを集めていたが、道冬は偶然吉昌の本性を知ってしまい、吉昌もまた素の顔を晒せる相手として道冬に気を許す。以後、道冬は吉平・吉昌兄弟と共に京を脅かす物の怪退治を始め、さまざまな鬼を討ち取る中で、自身の中に眠る力と向き合う――。

これまでにも数々の時代物を手掛けてきた作者による《鬼舞》は、ベテラン作家らしい筆致でコミカルとシリアスを書き分けた平安伝奇物語。この世ならざるものを見てとることができ、そのうえ物の怪に異様に好かれる道冬は、屋敷の付喪神たちに懐かれ口々熱烈な愛情を注がれる。付喪神はそれぞれ愛嬌に溢れ、中でも「畳」はとびきりキュートでいじらしく、女性キャラクターが少ない本作では〝ヒロイン〟と呼んでよいほどの存在感を放つ。

他にも死してなお女好きの血が消えない死霊の源融など、人間くさくユーモラスな妖たちが作品を独特の空気感に染め上げる。むろん、作中には残虐でおどろおどろしい鬼も数多く登場し、平安陰陽師ものらしいキャラクター造型とストーリー展開は、読者の期待を裏切らない出来栄えだ。

道冬は学び始めたばかりの未熟な陰陽師だが、時折予想外の力を発揮して事件を解決する。シリーズが進む中で道冬の亡き父の名前が明かされ、父世代の因縁や、彼の中に眠る力についても掘り下げられる。道冬、そして安倍晴明の血を引く息子を中心としたネクストジェネレーションの陰陽師物語として、作者の力量が遺憾なく発揮されたシリーズ。なお本作は《暗夜鬼譚》ともつながりがあり、あわせて楽しむことも可能だ。

《鬼舞》シリーズは全17巻で完結を迎え、このうち『ある日の見習い陰陽師たち』は番外編的な短編集。また、厘のミキによるコミカライズも全2巻で発売された。

（嵯峨景子）

飯テロあやかしお仕事ファンタジー

《かくりよの宿飯》友麻碧 *Midori Yuma*

key word▼［異世界］［和風］［食事］［恋愛］［ほのぼの］

装画：Laruha／2015-2019年／全10巻／KADOKAWA富士見L文庫

e-book

「――ようこそ、かくりよへ。僕の花嫁殿」。

ある日突然、鬼によってあやかしが住む世界・隠世へと攫われた少女は、祖父の借金をかたに嫁入りを迫られた。

あやかしが見える女子大生の津場木葵は、ひと月前に唯一の身寄りである祖父の史郎を亡くし、天涯孤独の身の上となった。強い霊力を持つ破天荒な祖父の死は、葵にとって寝耳に水の事態をもたらす。かつて祖父は隠世の宿・天神屋で莫大な借金を作り、将来孫娘を宿の主人・鬼神の嫁にする契約を交わしたという。葵は全力で結婚を拒否し、天神屋で働いて借金を返すことを宣言した。従業員の嫌がらせで仕事探しは難航するも、葵は祖父に鍛えられた料理の腕前を見込まれ、天神屋の離れで小料理屋を開店する。

葵にとって美味しいものを食べること、空腹を解消することは、幼少期のトラウマと深くかかわる。葵は幼い頃にネグレクトで飢え死にしかけ、見知らぬあやかしに命を救われた経験を持つ。それゆえ、現世にいる時から空腹なあやかしを見ると放っておけず、彼らに食事を与えてきた。かつて葵を救ったあやかしの正体は誰なのか、そして祖父と鬼神との約束の真意とは……。料理を通じてあやかしの心をつかみ、徐々に居場所を作り上げていく葵を中心とした、ハートフル〝飯テロ〟ファンタジー。

空腹時に決して読んではいけない《かくりよの宿飯》は、作中に登場する食べ物がとにかく美味しそうで、魅惑的な描写はあやかしと読者の胃袋をがっちりとつかむ。葵の家庭料理には作者のルーツである九州の田舎色が反映され、ローカル色の強い食材や料理が登場する。葵が作る甘めで薄味な味つけはあやかし好みで、彼らの霊力を回復させるという設定をとることで、料理をする意味に説得力が加えられているのもポイントが高い。

あやかしもまた、本作の重要な柱となる。正体がつかめない鬼神こと大旦那をはじめ、葵に嫉妬丸出しの雪女や、葵を目の敵にする番頭の土蜘蛛、最初期から葵の味方となり彼女を支える若旦那の九尾の狐など、天神屋の従業員は一筋縄ではいかない面子ばかり。人外とのロマンスを描く異種婚姻ものとしても楽しめる。

シリーズは全10巻、衣丘わこによるコミカライズも全6巻で刊行。２０１８年にアニメ化された。本作は、作者の別シリーズ《浅草鬼嫁日記》の世界ともリンクする。なお作者のツイートによると、『かくりよの宿飯』の新刊短編集が今後発売されるようだ。（嵯峨景子）

晴明の子孫を千年見守り続ける二人の鬼

《封殺鬼》霜島ケイ *Kei Shimojima*

key word▼［伝奇］［バトル］［鬼］［陰陽師］［バディ］［神話］

装画：西炯子／1993-2005年／全28巻／小学館キャンバス文庫（※装画：也／2007-2013年／全13巻／小学館ルルル文庫）

e-book

もう誰も恨んではいけない。

平安中期。人を恨み、人の肉を喰らって不老不死の鬼となる道を選んだ二人の鬼が、怨念を抱えたまま死ぬことも叶わず京の都をさまよっていた。鬼使いでもある陰陽師・安倍晴明は二人を捕えたが、調伏も封じることもせず、生涯をかけて説得し、彼らを妄執から解き放った。歴史には安倍晴明の子孫である土御門家が陰陽道を受け継いだと記されているが、実は京都の神島家、奈良の秋川家、四国の御影家三家に鬼使いの能力は引き継がれ、〝本家〟と呼ばれるこの三家もまた、陰からこの国を悪霊から守る役割を担い続けている。そして二人の鬼は、晴明との約束どおり人を恨むことなく、晴明の子孫である鬼使いの使役鬼となり、怨霊や鬼を封印する手助けをしてきた。

安倍晴明が没してから千年後。現代の日本を舞台に、志島弓生（雷電）、戸倉聖（酒呑童子）と現代風に名前を改めた二人の鬼と、三家の後継者である若い陰陽師たちの活躍が、外連味たっぷりに描かれている。本家の次期当主たちは子どもの頃から、一族への責任や陰陽師としての能力といったものへの自覚を余儀なくされ、それぞれが葛藤を抱えている。鬼はそんな彼らを愛し守ろうとするが、そもそも鬼になる道を選んだ生き下手な性格は千年経っても治らない。一方で、人の生涯は短く早い。陰陽師たちは、戦いをとおして駆け足で成長し、そしてこの世から去っていく。違う時間を生きる鬼と陰陽師たちの関係性の変化、そしてもし相棒が死ねば終わりのない生をたった一人で生き続けなければならないという鬼の切実さが、読むものの心を揺さぶる。

キャンパス文庫版が28巻で完結した後、2003年より独立して読める序盤のエピソードを選び加筆修正した《封殺鬼選集》（全3巻）が新書版で刊行された。次いで2007年より、昭和初期を舞台にし鬼使い神島桐子と鬼の活躍を描く新シリーズがルルル文庫でスタート。キャンバス文庫で刊行された桐子もの『花闇を抱きしもの』もルルル文庫より再刊され、さらに本編の後日談『数え唄うたうもの』が刊行された。このシリーズ、登場人物が多く、設定が複雑なためにややウォーミングアップが長いが、巻を追うごとに面白さが増していく。国家機関の術師をも交え、日本の歴史や神話の神様も絡む大きな話となる終盤の展開は圧巻だ。（三村美衣）

俗物仙女と不埒な妖魔の善行道中ラブ記

《天外遊戯》ミズサワヒロ *Hiro Mizusawa*

装画：高星麻子／2012年／全3巻／小学館ルルル文庫

e-book

仙人の住まう仙界、神々が暮らす天界、そして人間がいる下界が調和を保つ世界。仙界の主・西王母に捧げる仙桃を育てる果実園にある日、退屈を持て余した妖魔・崋山が侵入し、桃を食い尽くす。果実園の管理者を務める仙女・翠簾は怒りのあまり崋山を追いかけるも、逆に彼に気に入られてしまい、首に所有印を刻まれる。

やがて捕らえられて西王母の前に連れ出された崋山は、罰を言い渡された。崋山は額に経で縮む金の輪・緊箍児をはめられて下界に放逐され、1200個の仙桃を食べた罰として、同じ数の善行を積むことを命じられた。翠簾も果実園の任を解かれ、崋山の監視役として下界に同行する羽目になる。出世街道に復帰するために早く仙界に戻りたい翠簾と、「おまえは俺のもんだ」と彼女に迫る崋山は、善行珍道中を続ける――。

『西遊記』や『封神演義』をベースに、中華系神話世界を描く《天外遊戯》。全3巻からなる本作は、緻密な構成力と登場人物のキャラ立ちが魅力的な、読みやすくて楽しい中華風ファンタジー小説だ。物語の主役は、傍若無人な色魔だが陰のある崋山と、美貌の仙女で出世欲の強い俗物翠簾。これまでは恋愛とは無縁のまま箱入りで生きてきた翠簾が、崋山と出会うことで変わり、最終的に結ばれるまでの過程と心の機微が丁寧に描かれる。

崋山は翠簾に対して少女小説的にはギリギリの際どい発言を連発するが、一方でたびたびの妨害による〝お預け〟に対しては意外と我慢強く、そのギャップが絶妙な味を醸し出す。コメディ色が打ち出されているが、二人の過去はそれぞれに壮絶で、翠簾の事情は第1巻で、崋山の背景は第2巻で掘り下げられる。シリアスとラブコメのバランスのよさも、本作の魅力といえよう。

脇に登場するキャラクターもクセが強く、一筋縄ではいかない人物が多い。翠簾を溺愛する師・二郎真君は、弟子の純潔を案ずるあまり、絶妙なタイミングで邪魔を入れ続ける。崋山の過去とつながりがある天界の支配者・玉皇大帝と、その妻である西王母は、第2巻で壮大な夫婦喧嘩を繰り広げて周囲を振り回す。白鶴童子も〝いい性格〟をしたキャラクターで、無表情かつつかみどころのない姿と意外性のある本性や、第3巻での活躍ぶりが印象深い。（嵯峨景子）

key word▼［異世界］［中華］［妖魔］［仙人］［ラブコメ］

パブリックスクールの妖異事件簿

《英国妖異譚》篠原美季 *Miki Shinohara*

装画:かわい千草／2001年-／全20巻+番外編3巻+スペシャルブック1巻+続編24巻-／講談社X文庫ホワイトハート

e-book

key word▼［少年主人公］［オカルト］［英国］［学園］［友情］

ユウリ・フォーダムは全寮制のパブリックスクール、セント・ラファエロに在学中の16歳。ある夏の夜、ユウリと友人たちは日本の百物語を模して寮で怪談大会を開いた。ところが、参加者の一人・シモンが学校の湖にまつわる忌まわしい伝説を語ったところ、これが引き金となってこの世ならざるものが蘇る。

やがて、湖のほとりにある開かずの霊廟で逢瀬を楽しんでいたカップルの片方が消え失せた。その後、残されたもう一人の生徒も悪霊に取り憑かれたように怪死する。強い霊感を持ち異形のものが見えるユウリは異変に気づくも、友人を助けることができず、彼の死に自責の念を覚える。そんなユウリに、〝魔術師〟という異名を持つ上級生のコリン・アシュレイが「力がほしければ、いつでもおいで」と囁きかけた。アシュレイに導かれるように、ユウリは学園で起きた怪異現象に深入りする――。

女性人気が高いパブリックスクールと、同じく根強いファンが多い西洋オカルト。これら二つを組み合わせるという、ありそうでなかったジャンルを開拓したシリーズとして、《英国妖異譚》は特異なポジションを築いた。作中にたびたび登場する歴史や美術、神話や伝承、オカルトの蘊蓄は物語の背景を巧みに解説し、作品に深みと説得力を与えている。

よい意味でペダンティックな作風もさることながら、主人公のユウリと彼をとりまく二人の少年のいささか距離の近すぎる関係性も、物語を危うい魅力で彩る。ユウリが事件を呼び込み、霊感体質に理解を示すシモンが友人として支えて寄り添う。他方、アシュレイはオカルトに造詣が深く、蠱惑的な誘惑者としてユウリを翻弄する。友情以上・恋人未満の関係性を描いたオカルトロマンは、BL的な読み方もできる作風だ。

パブリックスクールは独自の制度を持つことで知られるが、《英国妖異譚》でも上流階級の子息が集まる学校ならではの学生生活がふんだんに描写される。ユウリたちが暮らすヴィクトリア寮を中心に、寮長や階代表など生徒間のヒエラルキーも語られ、パブリックスクールらしい設定を活かした少年寄宿ものとしても楽しめる。

シリーズは全24巻で、ドラマCDも4枚発売。続編にあたる《欧州妖異譚》は、セント・ラファエロ卒業後の物語として今も執筆されていて、完結が近い。（嵯峨景子）

退魔師コンビが魅せるオカルトファンタジー

《鬼の風水》岡野麻里安 *Maria Okano*

装画：金ひかる（外伝以降は穂波ゆきね）／1995-2011年／全8巻＋外伝2巻＋夏の章2巻＋秋の章1巻／講談社X文庫ホワイトハート
e-book

私立高校昴学園に通う17歳の筒井卓也は、退魔師一家の落ちこぼれ。父は花守神社の宮司で優秀な〈鬼使い〉、母は渡辺綱の末裔という血筋に生まれ、6人の姉もそれぞれ退魔師として活躍するが、卓也だけが未だ半人前のままだった。やっかいなことに、鬼を使役する力に欠ける彼はやたらと鬼を惹きつける体質に生まれ、幼少の頃から幾度も襲われ続けてきた。

そんな卓也を修行させるため、日本の退魔師の元締め・七曜会は、篠宮薫とコンビを組むことを命じる。16歳の薫は人間の父と鬼の母の間に生まれた半陽鬼で、鬼だけが使える術をも操る凄腕の退魔師だった。ずば抜けた才能と魔性の美貌に恵まれながらも、他者への関心や協調性に欠ける薫。高い潜在能力を秘めつつも、未だ実力を発揮できない卓也。七曜会は二人にタッグを組ませることで、それぞれの成長を促そうとした。

最初に与えられた任務は、鬼の世界である鬼道界と、人間界を隔てる〈障壁〉を維持する霊能力者のボディーガードだった。この事件を皮切りに、二人は全国を飛び回り、人間界を侵略する鬼と戦う。第2巻からは薫の妹・透子も登場し、人と鬼の双方の宿命を背負った篠宮兄妹を中心に、激しい陰陽バトルが展開する。

オカルトファンタジー《鬼の風水》は、卓也と薫の成長物語、そしてラブストーリーでもある。バイセクシャルで浮名が多い薫と異性愛者の卓也は当初は反目するが、やがて相棒として認め合い、それ以上の関係へと仲を深めていく。鬼にとって、最上級の愛情表現は惚れた相手を食べること。鬼の血を引く薫は人間の価値観とは相容れない愛情を示し、そんな彼を理解し、最終的には受け入れるまでの卓也の葛藤が丁寧に描かれている。

「――鬼は、嫌いか」という問いかけで始まる物語は、同じセリフで結末を迎える。透子もまたロミオとジュリエット的な愛の道を歩んでおり、鬼と人間の愛の物語としても興味深い。

細部に時代を感じさせる古さは残るものの、本作は少年退魔ものの王道作品の一つとして、今もなお魅力的なシリーズだ。どの巻からでも読めるよう記述は配慮されており、手に取りやすい（それゆえ通して読むとやや重複が目立つ）。本編完結後に「外伝」「夏の章」「秋の章」が刊行、またメディアミックスとしてドラマCDが5枚発売された。（嵯峨景子）

key word▼［少年主人公］［バトル］［退魔師］［異種族］［恋愛］

いちゃらぶ中華幽明ファンタジー

《双界幻幽伝》木村千世 *Chise Kimura*

key word▼［ラブコメ］［中華］［幽鬼］［引きこもり］［あまあま］

装画：くまの柚子／2011-2015年／全15巻（未完）＋番外編1巻／エンタープレイン・KADOKAWAビーズログ文庫

e-book

幽鬼を見ることができ、周囲の人にも見せてしまう「双界の瞳」の持ち主・朧月。その異能ゆえ、彼女は極度の人間恐怖症かつ引きこもりに育った。

だがある時、神華国の皇宮で幽鬼がかかわる事件が発生し、皇帝は「双界の瞳」を持つ朧月に助力を求めた。朧月は嫌がり拒否しようとするが、皇宮からの迎えはすでに到着していた。目つきが鋭く無愛想な武官・劉蒼刻と対面した朧月は、悲鳴をあげて逃げ出す。蒼刻は外に出たくないと脅える少女をなだめ、彼女を抱きかかえて屋敷から連れ出した。

強面だが実は面倒見がよい蒼刻は、隙あらば引きこもろうとし、ネガティブ発言を繰り返す朧月を引っ張りながら皇都に向かう。珍獣とそれを躾ける飼い主のような道中を経て、皇宮に到着した朧月は、忽然と消え失せた皇女と離宮の調査を任された。さらに彼女は、幽鬼が見える体質を隠すため、蒼刻の恋人のふりをすることを命じられて――!?

本作は、幽鬼よりも人間が怖い引きこもりヒロインと、堅物にみえて意外と天然なヒーローが繰り広げる、中華幽明ラブファンタジー。コメディをベースにした作風は、気負いなく小説を読みたい人や、甘さたっぷりのラブコメ好きにお勧めだ。朧月と蒼刻は序盤から互いを意識し合い、第1作の時点で糖度の高い展開をみせる。朧月と蒼刻の無自覚ないちゃいちゃや、テンポのよい掛け合いが楽しい。

朧月は何事に対しても後ろ向きだが、いざという時は頑張りをみせ、少しずつ成長を遂げる。周りを固めるキャラも愉快なメンツが並び、死してなお恋に燃える朧月の守護幽鬼兼友人や、過保護なシスコン異母兄、渋くてダンディなもふもふ神獣など、死者も人間もバラエティ豊かだ。

シリーズは番外編を含めて第16巻まで刊行。物語は最終章に突入し、クライマックスらしくシリアス色が強まり、緊迫の展開が続いた。だが、とある人物の裏切りで締めくくられた2015年の最新刊を最後に、シリーズは中断。神華国と冥界を巻き込んだ政争や、「冥界公主」と呼ばれる朧月の謎が明かされつつある中で、物語が途切れたのが惜しまれる。

『ビーズログ文庫アンソロジー オトキュン!』には、朧月が輝夜姫になって引きこもるという、竹取物語パロディが収録。続編アンソロジーにも、引きこもり巫女を主役にしたパロディが掲載された。あまさかえでによるコミカライズ（白泉社）も、全3巻で刊行。（嵯峨景子）

半人前陰陽師が奮闘する長編シリーズ

《少年陰陽師》結城光流 *Mitsuru Yuki*

装画：あさぎ桜・伊東七つ生／2001年-／46巻-＋短編集7巻＋外伝1巻＋現代編2巻／角川ビーンズ文庫

e-book

13歳の安倍昌浩は、稀代の陰陽師・安倍晴明の末の孫。ことあるごとに、「あの晴明の孫」として名指されることを疎ましく感じている。

実のところ、天狐の血筋を色濃く受け継いだ昌浩は、晴明に匹敵するほどの霊力をその身体に秘めているが、まだ本人は全く気づいていない。大きな猫のような体躯の物の怪・もっくんを相棒に、「誰も犠牲にしない、最高の陰陽師になる」ことを目指して修行に励む日々を送っている。

ある時、内裏に起こった炎上騒ぎの最中、昌浩は藤原道長邸の方向に妖気を感じ取った。急いで駆けつけた昌浩は、道長の娘・彰子を襲う異形のものを退け、彰子を救い出す。道長からも「さすが晴明の孫」と感謝され、窮地を脱したかにみえたが、この事件はほんの前触れに過ぎなかった。高い霊力を持つ彰子の身を、異邦の妖怪・窮奇が狙っていたのだ。やがて、窮奇の襲撃によって彰子は、拭いがたい呪詛を負うことになる――。

半人前の陰陽師が、次々と迫りくる怪異に立ち向かう《少年陰陽師》シリーズ。素直で健気な主人公の昌浩は正義感が強く、しばしば自らの命を賭して大切な者を守ろうとする、少年ヒーロー然とした魅力に満ちている。物の怪のもっくんからは、祖父のことや彰子との仲をたびたび冷やかされるが、応戦して互いに憎まれ口を叩き合うさまもまたチャーミングだ。

ペットのような可愛らしい姿と口の悪さが特徴のもっくんだが、実は晴明配下の十二神将のうちの一人・騰蛇がその本性である。騰蛇には十二神将としての禁忌を犯してしまった過去があり、そのことが彼自身の現在に影を落としている。複雑さを抱えながら、普段はもっくんとして昌浩をそばで見守る姿には頼もしさと哀切が宿り、昌浩とのバディ的な関係性にも深みをもたらしている。

第1巻刊行から約20年を数える長編シリーズとなり、昌浩や彰子らも年齢を重ねてそれぞれの道を歩み、紆余曲折を経ながら物語は継続中。現在まで本編46巻のほか、短編集や現代編など番外10巻の計56巻が刊行され、アニメや舞台、ゲームをはじめとしたメディアミックスも展開されている。また、オリジナルのビーンズ文庫のほか、角川文庫や角川つばさ文庫といった複数レーベルでも、シリーズ序盤の作品を中心にリリースされている。（香月孝史）

key word▼［少年主人公］［平安］［バトル］［陰陽師］［成長］

不思議の生きる村での美味しいスローライフ

《にゃんこ亭のレシピ》椹野道流 *Michiru Fushino*

key word▼［現代］［田舎］［食事］［疑似家族］［ほのぼの］

装画：山田ユギ（※レシピイラスト：ひろいれいこ）／2004-2009年／全4巻／講談社X文庫ホワイトハート

e-book

その不思議な村は、住人を呼ぶ——。

東京の地中海料理店でコックとして働くゴータのもとに、父方の祖母・カツが亡くなったことを知らせる手紙が届く。両親が離婚して母に引き取られたために、カツとは20年ほど没交渉だったが、家や畑をゴータに遺してくれていた。何かに「呼ばれている」と感じたゴータは、カツの四十九日に合わせて幼い頃に何度か訪れたことのある銀杏村を訪れる。法事の前夜、ゴータは農道に浮かび上がる人魂のような鬼火に導かれ、祖母の幽霊と再会する。守り神のおきつね様に見守られた銀杏村は、そんな不思議が息づく場所なのだった。

一度東京に戻ったゴータは、自分が「村に呼ばれた」ことを自覚する。1カ月後、銀杏村に移住することに決めたゴータは、周りの人々に助けられながらレストラン「ロティサリー・ドゥ・シャ」をオープンする。ゴータの店が「にゃんこ亭」という愛称ご親しまれるようになったある日、お腹を空かせた青年・サトルがやってくる。なし崩しに居候兼パティシエとして加わったサトルと共に店を切り盛りしていたゴータは、ある日僧侶の朗唱の頼みごとを聞いたことをきっかけに、おきつね様の子ども・コギを預かることになる。

祖母から受け継いだ家に移り住んだゴータが銀杏村で過ごす日常が、優しい「不思議」を交えながら描かれる。

穏やかに流れる季節の中で、美味しい料理や不思議が違和感なく共存する物語の根底には、誰もが心に持っている寂しさや、心のどこかで探し求めている「自分の居場所」への優しいまなざしがある。まるで村そのものが生きているかのように「人を呼ぶ」銀杏村は、家族を亡くし日々に追われるようだったゴータや迷い込んできたサトルを柔らかに包み込んでいく。そんな二人の関係は時折揺らぎながらも、コギを含めた三人での疑似家族的な暮らしが楽しく描かれ、読んでいてほっこりと心温まる。

こまやかな食事描写に定評のある著者らしく、物語には銀杏村のみずみずしい食材を活かして作られる四季折り折りの料理が登場し、読者の食欲を誘う。また、各章の末尾に、作中に登場する料理のレシピが家庭でも作りやすいようアレンジを加えて収録されているのも嬉しいポイントだ。

少女小説では珍しく、3巻までは本文が二色刷であるのも印象的。レシピやノンブルを飾る猫のシルエットなどが柔らかいカラーで表現されており、心温まるストーリーに寄り添っている。**（七木香枝）**

隣り合う世界の不思議を描くフェアリーテール

《霧の日にはラノンが視える》縞田理理 *Riri Shimada*

key word▼［少年・青年主人公］［英国］［妖精］［ファンタジー］

装画：ねぎしきょうこ／2003年-／全4巻＋続編1巻-／新書館ウィングス文庫

e-book

クリップフォード村で七番目に生まれた子供は、妖精の呪いで気が狂う——。

6人の兄を持つ少年・ラムジーは、自分と同じく第七子で呪いにかかって死んでしまった叔父が残した「呪いを解く鍵はロンドンに行くこと」という走り書きを手掛かりにロンドンへやってきた。右も左もわからない中、ラムジーは不良に襲われたところを霜色の瞳が印象的な青年・ジャックに助けられる。

ラムジーは、謎めいた雰囲気を持つジャックが、腹違いの弟を暗殺しようとした罪を問われて故郷を追われたことを聞かされる。その故郷とは、ロンドンと対をなす妖精郷・ラノンであり、ジャックはラノンを統べるダナ人（ダナ・オ・シー）の元王子だったのだ。ラノンを追放された妖精たちは相互扶助組織〈在外ラノン人同盟〉に所属するのだが、ジャックは〈同盟〉に属さず、自転車便の仕事をしながら、カディルという心を閉ざした美しい人の世話をして暮らしていた。

ジャックたちと過ごすうちに、ラムジーは自分がラノンの先祖返りの人狼（ウェアウルフ）であることを知る……。

現代のイギリス・ロンドンを舞台に、隣り合う妖精郷・ラノンから追放された妖精やその子孫たちが繰り広げるロー・ファンタジー。

本作の魅力は、なんといってもケルトの妖精伝説をもとに練られたキャラクターたちのいきいきとした描写だろう。狼（おおかみ）の姿になるとよりジャックへの懐きぶりが顕著になって微笑ましいラムジーや、面倒見のよいブルーマン・レノックスを筆頭に、今よりも少し前のロンドンを舞台に生きる彼らの描写の端々には、妖精やその存在を伝える伝説への深い愛が込められている。

故郷を追われた痛みを抱えながらも、妖精同士だけでなく人間との交流も描かれる日常パートは微笑ましく、もしかすると現実にも妖精が潜んでいるかもしれないといった想像を掻（か）き立てる。そんな心惹（ひ）かれる物語は、ラノンの〈魔術師〉フィアカラの登場によって、隣り合う二つの世界の謎へと導かれていくことになる。

はるか遠い昔から今に伝わる妖精をはじめとする、現代に溶け込んだ不思議の魅力をたっぷりと味わえるフェアリーテールだ。

丁寧に伏線を拾い上げると共に、ファンタジーが持つ浪漫と底力を感じる結末を迎えた本編は、4巻で完結。15年の時を経て、2020年に新作『新・霧の日にはラノンが視える』が刊行された。本編から約4年半後を舞台に、成長したジャックたちと再会できる。（七木香枝）

訳あり巫女と童顔僧の戦国諸国放浪記

《姫神さまに願いを》藤原眞莉 *Mari Fujiwara*

key word▼［戦国］［転生］［前世］［恋愛］［ドタバタ］

装画：鳴海ゆき／1998-2008年／本編23巻＋平安編7巻＋短編・番外編4巻／集英社コバルト文庫

e-book

日本天台宗の総本山、比叡山・延暦寺で修行を積んだカイは、童顔が悩みの22歳。諸事情があり寺を出奔したカイは、有髪の行脚僧として、諸国を放浪しながら修行を続けていた。

安房の国に滞在中、カイは巫女の恰好をした10歳ほどの女童に、突如にぎり飯を強奪された。少女・テンは、一方的に食べ物を奪った後、自分を追う侍たちから守ってほしい、助けなかったら祟ってやると脅しをかける。

刺客を撃退したカイたちは、テンが客として身を寄せる稲村城に向かう。賓客として城主・里見義豊からもてなされるテンは、初対面のカイが密教占星術の一つ、宿曜の達人であることをなぜか知っていた。城主は二人に信頼を寄せるが、義豊の乳兄弟・千倉景行は、テンとカイの存在をうさんくさく思い……。そして二人は、里見家のお家騒動に巻き込まれていった——。

藤原眞莉の代表作として知られる、《姫神さまに願いを》。史実をベースに大胆な脚色を加え、伝承や神話、仏教・陰陽道・キリスト教などもミックスした《姫神さま》ワールドは、歴史好きの心をくすぐる設定と、個性的なキャラクターが魅力的なシリーズだ。

物語の柱となるのは、テンとカイの前世から続く因果因縁、そして壮大な愛の物語。テンの正体は、カイの前世と浅からぬ因縁を持つ摩多羅神だ。二人の波乱万丈な関係が、戦国時代を舞台にした本編、そしてハルこと安倍晴明を主役にした平安編を通じて描かれる。

平安編の主人公ハルは、第2巻から登場。京を舞台に天台宗と法華宗の対立が繰り広げられる中、カイとテンの前世の因縁も徐々に明かされる。物語には戦国時代の武将をはじめ、さまざまな史実上の人物も登場。なお第1巻はシリーズ中でもとりわけテンションの高い一冊であるため、ノリが厳しいと感じた読者もここでやめず、第1部が完結する第3巻までは読み続けてほしい。

平安編では、ハルの過去話が語られる。父・安倍保名や師・賀茂保憲なども登場し、《姫神さま》本編の飄々とした雰囲気とは異なる、人間くさい晴明の姿を楽しめる。

平安編のさらなる番外編として、『清少納言 梛子』シリーズ全3巻も刊行された。やや設定の異なるパラレルだが、梛子や晴明などお馴染みのキャラクターが登場するのが、《姫神さま》ファンには嬉しい。

（嵯峨景子）

不老不死の仙姫の永い旅を描く伝奇幻想譚

《仙姫幻想》桂木祥 *Sho Katsuragi*

装画：珠黎皐夕／2002-2003年／全3巻／講談社X文庫ホワイトハート

疾く、目覚めよ——。

祖父母と弟の彰と共に暮らす高校生・桐生泉の周囲では、幻聴を耳にするようになって以来、奇妙な出来事が起こり始める。

かつて両親が身を投げたという江ノ島の海を眺めていた泉は、銀色の髪と瞳を持つ不思議な青年・杜遊馬と出会う。見知らぬ青年の美しい笑みを見た泉は、奇妙な既視感に襲われる。

同級生が行方不明になったことを聞いた日、学校で怪我をした泉は、その場に居合わせた隻眼の青年・園城に、遊馬に感じたのと同じ既視感と不快感を感じる。そして泉は、自分の怪我が治っていることに気づく。奇妙な出来事が続く中、泉は自分に3年前より昔の記憶がないことへの疑念を深めていく。

何かに呼ばれるように海へと出かけた泉は、人ではない何かに操られた彰と友人の亜希実によって錫杖で身体を貫かれる。死を意識した時、彼女は自分が桐生泉でもなければ人間でもないことに気づかされるのだった……。

人魚の肉を食べたことで不老不死となった少女が死を求めてさまよう、八百比丘尼伝説を下敷きにした伝奇幻想譚。

1巻『仙姫午睡』は、不老不死の呪いから逃れるようにするも、絶望の果てに海で眠りについた比丘尼が、一度死んだはずの少女の身体に入り込んでいたことに気づいて「目覚める」物語。

2巻『人魚の黒珠』からは、泉の中から目覚めた比丘尼・セイが、呪われた運命から解き放たれるために旅を続ける様子が描かれる。セイに同行するのは、一つの身体に炎を操る朱羅と水を操る蒼摩という二つの人格を宿した異形神・遊馬。遊馬が人として死にたいと望むセイに授けた呪いを解く唯一の方法は、人の記憶から消えること。それは、長い時間をさすらい、白椿と共に各地に伝説となって残ったセイにとって残酷なまでに果てのないものだった。

3巻『冥海の霊剣』で、セイと遊馬は不死を滅ぼすという霊剣を求めて此岸と彼岸の間にある妖ノ都へ辿り着く。霊剣が導く「滅び」の果てにセイに訪れた結末は、ほのかに陰りを帯びながらも静謐で美しい。永遠の時を生きる宿命の行く末を描いた、物哀しくも強さを秘めた物語が味わえる。

著者の桂木祥は、『仙姫午睡』で第9回ホワイトハート大賞佳作受賞。同レーベルで『月狩士』や《猫眼夜話》のほか、漫画のノベライズ『小説 彼岸島 紅い鬼』を執筆。（七木香枝）

key word▼［伝奇］［幻想］［バトル］［人魚］［不老不死］

吸血鬼とハンターをめぐる業と救済

《死が二人を分かつまで》前田栄 *Sakae Maeda*

装画：ねぎしきょうこ／2005-2008年／全4巻／新書館ウィングス文庫

劇場で働くミカエラは、新しい女優がヴァンパイアなのではないかと疑い、ヴァンパイア・ハンターJ．C．のもとを訪れる。J．C．と共に劇場へ向かったミカエラは、窮地に陥ったところを懐かしい青年に助けられる。その青年・カールこそ、13年前にヴァンパイアとなった姉を倒した人物だった。しかし奇妙なことに、カールは13年前と変わらない姿をしていた。

実は、カールもまたヴァンパイアだったのだ。ヘルシングの一族でハンターとして育ったカールは、人ならぬ身となっても狩りを続けながら、自分を変えたヴァンパイアのエリオットを倒すために戦い続けているという。

ミカエラは、一見青年に見えるJ．C．が実は男装した女性であり、全てを捨てて――ハンターとしてあるまじきことに、ヴァンパイアのヘンリーと契約までして、カールを呪われた運命から解き放つために倒そうとしていると知る。

そんなJ．C．を放っておけないミカエラは、ヘンリーと交渉してJ．C．が暮らす家の家事を請け負うことに。ヘンリーに仕える青年・ウォルフの胃袋をつかみながら過ごすうちに、ミカエラは自分に流れる聖女の血によって、ヴァンパイアをめぐる戦いにかかわっていく。

吸血鬼と人間、またそのどちらでもある存在が織り成す相克（そうこく）を描いた本作では、追う者と追われる者との戦いの永遠にも思われる果てのなさが重くのしかかる。その一方で、J．C．とミカエラの微笑ましい友情と、ミカエラに好意を抱きながらも全く気づかれないウォルフというコメディパートが加わることで、物語に明るさが生まれている。

そんなミカエラの朗らかさに引っ張られるようにして進む物語は、J．C．の過去やカールの事情を織り混ぜながら、ヴァンパイアたちが生まれた「根の国」へと向かう。

4巻では、旧約聖書の創世記をもとに練り上げられたヴァンパイアと人間の起源がひと息に明かされると同時に、カールとエリオットの戦いに主眼が置かれていく。閉じた関係性の中での身を食い合うような戦いは、ほかにどこにも辿（たど）り着きようがなかった結末を迎える。対照的に、その戦いを見届けることで解き放たれたJ．C．の傍には、ミカエラをはじめとする仲間がいることが頼もしく、救いとなっている。

また、外伝的な位置づけの漫画『クリムゾンクロス』では、カールとエリオットの関係がほの暗くも魅力的に語られており、4巻の前に読むのがお勧め。**（七木香枝）**

key word▼**［英国］［バトル］［吸血鬼］［執着］［友情］**

妖怪絵師×執着系男女×モノノケ祓い

『モノノケ踊りて、絵師が狩る。―月下鴨川奇譚―』水守糸子 *Itoko Mizumori*

key word▼［現代］［京都］［モノノケ］［幼馴染］［執愛］

装画：Minoru／2020年／全1巻／集英社オレンジ文庫

江戸時代末期に活躍した天才妖怪絵師・月舟。百鬼夜行を描いた百枚連作「月舟シリーズ」には、本物のモノノケが閉じ込められ、絵の持ち主を憑き殺すと噂されている。月舟の死後、その連作は散逸するが、彼の妖怪画は今もなお一部の蒐集家の間で熱狂的な人気を集めていた。

時は現代。月舟の末裔・時川詩子は美大で日本画を学ぶ傍ら、先祖代々の家業である「憑きもの落とし」を引き継ぎ、百枚連作に封じられたモノノケを祓っている。時川家に伝わる手法は、モノノケを描くことで己の画中に封じ直し、あるべき異界へと返すやり方だ。詩子は自分ではモノノケを見ることができないため、幼馴染の青年・七森叶が彼女の「目」の役割を果たすことで、憑きもの落としを行っている。

二人のもとには、さまざまな怪奇現象を起こす「月舟シリーズ」が持ち込まれる。火の気もないのに突然発火する「ねこまた」、奇妙なメッセージが刻まれた「ろくろくび」、涙を流す「めんれいき」、見たものが神隠しに遭うという「なもしらず」……。

やがて「月舟シリーズ」の来歴を辿る中で、その絵に執着する画商・九十九の暗躍が浮かび上がる。その名は叶にとって因縁深く、かつて犯した〝罪〟と共に決して忘れられないものだった。将来を嘱望される画家の卵の少女と、とある理由から絵筆を捨て、今は美術研究所に勤める年上の幼馴染。先祖代々の呪いを受け継ぐ二人は、互いのよき理解者、そして協力者でありながらも、一方ではまるで相容れない遠さを抱えているのであった――。

京都を舞台に、妖怪画があぶり出すさまざまな欲望や執着を描く『モノノケ踊りて、絵師が狩る。』。魔に魅入られた人間の中でも、とりわけ主役コンビにまつわる業が根深く、一筋縄ではいかないその関係性が得も言えぬ中毒性を生み出す。6歳の年齢差があり、互いに敬語を使うなど、表向きは一定の距離感を保つ詩子と叶。だがその裏には、互いに対する壮絶な執着と憧憬が渦巻く。そのギャップの激しさと、二人を結びつけるただならぬ因縁が、読者の心をとらえてやまない。

とりわけ詩子の叶に対する執着は重く、その狂気じみた底知れない情念は、物語のヒロイン像として異色のバランスを生み出す。現代小説でありながら、どこか古風な匂いを漂わせる会話も、一風変わった読み口で興味深い。（嵯峨景子）

日常と幻想の間を旅する少年と天狗

『桜行道』佐島ユウヤ *Yuya Sajima*

key word▼［少年主人公］［天狗］［旅］［ノスタルジー］［バディ］

装画：佐島ユウヤ／2004年／全1巻／講談社X文庫ホワイトハート

妖が見える少年・籐也。当て所のない旅を続ける彼は、旅の途中で逗留した家の主人の頼みを請け、その家の屋根に棲みついている天狗の周平を、彼の故郷の山まで送り届けることとなる。というのも、周平はかつて僧侶に縛され、故郷の山とのかかわりを断つ呪いをかけられて、そのため故郷の山に足を踏み入れることはおろか、山を前にしても山を見ることができないというのだ。

しかし、故郷へ帰る道を見失っているのは周平だけではない。実は籐也は江戸時代の生まれで、桜の花に誘われ桃源郷に足を踏み入れ、目覚めたらそこは百数十年も先の世界だったという浦島太郎状態なのだ。そんな迷える二人の孤独のせいか、籐也に染み付いた桃源郷の桜の匂いに惹かれるのか、各地の祭りを訪ねながらの気ままな旅のつもりが、行く先々で物の怪や妖や幽霊に絡まれる。宿屋に泊まれば、庭先の池に流れついた大鯰に食われそうになり、路地を歩けば魔風に手を切られ、さらに周平に恨みを抱く怪しげな山伏にまで追われ……。

容姿は平凡だが穏やかで人好きのする少年と、赤茶の髪が人目を引く飄々とした性格の天狗。年齢も見た目も性格も異なるうえに、二人とも淡白かつマイペースな性格で、一緒にいても周囲から同行者とはみられない。そんなちぐはぐな二人の距離が、旅を続けるうちに少しずつ変化するのも楽しい。

人と人外のペアが妖絡みの事件を解決する作品は少なくないが、本書を際立たせているのは、淡々とした中に笑いを含ませた筆の妙と、二人が旅する地方都市や田舎のノスタルジックな風情だ。妖怪や伝承が生き残っている「少しむかし」の日本。豊かな自然がまだ残されており、此岸と彼岸、現世と異界との境界が曖昧で、黄昏時には異界の気配が混ざり込み、稀にだがいろいろなものが視えてしまう人もいる。梨木果歩の『家守綺譚』、マンガなら緑川ゆき『夏目友人帳』とも通じるそれは、わたしたちの心の中にも存在するいつか還るべき場所、日本の原風景なのだ。

佐島ユウヤは2003年に第10回ホワイトハート大賞を受賞。ホワイトハートから、受賞作『春陽』、本書、『松の四景』の三作を上梓した。エンターテインメント性が強い物語が主流の時代に、つかみどころのない不思議な空気感で読ませる稀有な存在であり、続編を期待する声も強かったが、残念ながら『松の四景』を最後に作品の発表はない。（三村美衣）

謎めいた本が怪奇を導くビブリオ幻想譚

『名もなき本――怪奇幻想譚』ゆうきりん *Rin Yuuki*

key word▼［怪奇］［幻想］［魔女］［精霊］［闇］

装画：七瀬おと／1998年／全1巻／集英社コバルト文庫

本に囲まれて暮らす青年ウィル・クリップは、古本屋で一冊の古書に目を奪われる。タイトルのないその本は、吸いつくような手触りの革装丁で、印刷技術が確立したばかりの頃に作られたもののようだった。強い衝動に突き動かされたウィルは、失業中にもかかわらずその古書を購入する。

少しずつ読み進めるうちに、ウィルの周囲では奇妙な出来事が起こり始める。ある時はけたたましく鳴った電話から賛美歌が聞こえ、久しぶりに会うはずだった友人が不幸な死を遂げる。またある時には大切にしていた希少本が破壊され、終末を予告する獣が現れる……。

次々と起こる怪奇や幻覚に悩まされるウィルは、亡くなった友人の姉に誘われて、久しぶりに故郷へと向かうが――。

活字中毒の青年ウィルが題名のない本を読み進めるうちに、雑誌に掲載された三つの短編を名無しの古書を軸としてつなぎ合わせた物語。

第一の物語「夜の家の魔女」は、森の中で暮らす若き魔女リュシルが、怪我を負った異境の男を世話するうちに惹かれていくロマンスが、抑えた語り口で紡がれる。

続く第二の物語「夢の糸」は、商人の男がタペストリーに織られた恋物語に魅入られたことから始まる、長い時をかけた恋の成就が描かれる。

第三の物語「精霊の壺」では、森で行方知れずとなった弟を探すメイドのサラが二人の魔女に導かれて精霊を封じ、遠い昔にかけられた呪いの解呪を見届ける様子が語られる。

三つの物語に埋め込まれた密かなつながりは、いつしか怪奇というかたちを取ってウィルの日常を浸食していく。じわじわと忍び寄る怪奇が確かなものであったはずの「現実」を揺らがせ、変容させていくさまには、得体の知れないものへの不気味さと共に、抗しがたい魅力を感じる。

入れ子構造の物語が終盤に向かうにつれて、読者が感じていた小さな違和感は少しずつ拾い上げられていき、世界は一気にひっくり返される。そのぱっと幕を落としたかのような結末には、ウィルが名無しの古書を通じて味わったように、手にした本から作中の怪奇が読み手の現実に染み出してくるような錯覚を覚えずにはいられない。

硬派な翻訳物のファンタジーを思わせる短編を味わえるだけでなく、本という存在を巧みに使ったビブリオものとしての魅力をもあわせ持つ、隠れた名作だ。（七木香枝）

京都の情景に重なり合う少女の感情と幻想

『上弦の月――キョウト・イカイ・ソウシ』倉本由布 *Yu Kuramoto*

key word▼［幻想］［京都］［友情］［四角関係］

装画：榊ゆうか／2001年／全1巻／集英社コバルト文庫

高校生の里桜には、小学生の頃からずっと一緒に過ごしてきた友だちが二人いる。

転校してきた里桜に真っ先に声を掛けてくれた、大人びた美しさを持つ親友の柚月。母親同士が仲がよく、優しい少年・空哉。二人と共に高校の修学旅行で、小学1年生まで過ごした京都を訪れた里桜は、あの世への入り口と言われる六道珍皇寺の井戸を覗いてみたいという衝動に駆られる。

自分を呼ぶ声に振り向いた里桜は、気づけば森の中にいた。夢なのかと思いながら進む先で、里桜は眼窩に赤い紫陽花を咲かせた髑髏に出会う。助けてほしいと里桜に訴える髑髏の声は、どこか聞き覚えのあるものだった。それがクラスメイトの壬生子の声だと気づいた里桜は、捕らわれた闇の中で夢を見る……。

人ならぬものが見え、聞こえてしまう里桜が、京都の地に呼応するようにして現と夢を行き来する本作では、三つの少女たちの物語が語られる。

紫陽花にさいなまれる髑髏となった壬生子が抱える心残りを描いた「アズサアイ」では、少女同士の複雑な感情を挟んだ友情が垣間見える。

続く「十六夜う月」では、里桜に強い執着をみせる柚月の内側に、生後半年で死に別れた双子の兄・夏月や過去生の人々の魂が集っていることが明かされる。

最後の物語「降るひかり」で、里桜は千本鳥居の中をさまようようにして過去と幻想の中に迷い込んでいく。柚月の中にいる人ならぬ存在・夏月の存在を求めながらも、一方でもう一人の幼馴染である空哉と過ごす時間に安らぎを覚える里桜が、夢と現の間で揺れ動くさまが危うく描かれる。

少女たちの感情を浮かび上がらせる柔らかな語りは、時にその内側に包まれた生々しさを見え隠れさせながら、京都の情景にこの世ならぬ魂や情念を重ね合わせる。その遠いようで近い幻想描写は、冒頭から結びまでをぴったりと包み込んでいる。

幻想から醒めた里桜がどことも知れない山道を一人下りていく結びの場面では、その先に辿り着くはずの現実は、物語全体に立ち込める幻想のように霞がかっていて杳と知れない。そうした幻想の淡さは、物語と読者の間にも一枚透明な紗をかけており、恐ろしいようで慕わしくもある、心惹かれる陰りを生み出している。

倉本由布は少女がさまざまな時代にトリップする《きっと》シリーズをはじめ、揺れる恋心を歴史に絡めた作品を多数執筆。近著に、《むすめ髪結い夢暦》などがある。

（七木香枝）

少女の夢と学者の想いが咲かせた花の物語

『眠れる女王――ラクラ＝ウリガに咲く夢』鷹野祐希 *Yuuki Takano*

key word▼［ファンタジー］［恋愛］［精霊］［女王］

装画：清瀬のどか／2002年／全1巻／角川ビーンズ文庫

かつては精霊の恵みと花に満ちていた大陸ラクラ＝ウリガ。

300年前にほとんどの精霊が去った後、唯一留まった大地の精霊を代々の女王が夢を見ることでかろうじてつなぎとめていた。眠る少女の夢が精霊を喜ばせ、精霊はその喜びで大地に恵みをもたらすのだが、一柱の精霊のみに頼っているために、ラクラ＝ウリガから花の姿は失われつつあった。

〈花枯れ〉が進む中、精霊の恵みを行き渡せるために研究を重ねる花学者の青年グラド＝ロゥは、女王の眠る寝所で、甘やかな香りを放ち、血潮のように赤く大きな花の蕾を見せられる。その花は、当代の女王サユヴァの腹を苗床にして育っていた。

女王護衛官の依頼で花の異変を調べることになったグラド＝ロゥは、女王になる前までは自分の助手だったサユヴァを救うため、これまでに女王を務めた少女たちの故郷を訪ねる旅に出る。行く先々で妨害に遭いながらも旅を続けるグラド＝ロゥは、かつての女王たちの多くは若くして死に、あるいは心をどこかに置き去りにしたように虚ろな状態になってしまったことを知るのだった……。

少女の腹に根ざした不思議な赤い花をきっかけに、大地を潤す精霊と女王の関係が解き放たれるまでを描いたファンタジー。

物語は、現在と過去を行き来しながら展開する。かつて精霊を夢で慰めていた女王たちの行方を追う旅を綴る現在のエピソードでは、女王と精霊に支えられている世界の歪みが次第に明らかにされる。過去のエピソードでは、グラド＝ロゥのもとに助手としてやってきたサユヴァ視点で、互いの想いが穏やかに育まれる様子が語られる。

最年少の花学者にして極めたる者の称号を持つが、研究馬鹿でちょっと間の抜けているグラド＝ロゥと、女性としては珍しく植物の生長を促す能力を持つ〈目覚めの手〉であるサユヴァ。それぞれ少しずつ普通ではない点を持つ二人の関係が近づいていくさまは、小さな出来事一つをとっても微笑ましく、愛おしい。

交互に語られる過去と未来が近づくにつれて、過去のエピソードはサユヴァが精霊に見せる夢であることが示される。二人のラブストーリーに読者が感じるくすぐったいような温かさは、やがて乳白色の夢にたゆたう精霊のまなざしと重ね合わされていき、物語は結末を迎える。

花学者と女王、二人の想いが咲かせた花の鮮やかさと、穏やかに胸を満たす読後感で心に残る、1巻完結の良質なファンタジー。

（七木香枝）

column

埋もれた「少女小説」を探せ!――YA・児童文学作品から

文=土居安子

少女小説作家の中には、YA・児童文学作品を書いている作家がおり、また、埋もれた「少女小説」も数多くある。

1 少女小説作家の活躍

倉橋燿子は、児童文学界でも大活躍している。『夜カフェ』(講談社青い鳥文庫、2018年-)は、学校でも家でも居場所のない花美が、おばさんの家に居候して、友だちの星空ちゃんや同居人で年上のヤマト君と一緒に「夜カフェ」という子ども食堂を開催する。花美の心の揺れが繊細に描かれている。

小林深雪『泣いちゃいそうだよ』(講談社、2006年-)も、恋や友だち関係、家族や進路について「泣いちゃいそう」になりながらも、前を向いて進む小川蘭、凜姉妹の物語。30冊を超える大ヒット作で、胸キュン間違いなし。名木田恵子も多くの作品を書いているが、『ラ・プッツン・エル　6階の引きこもり姫』(講談社、2013年)は、父との喧嘩がもとでグリム童話「ラプンツェル」のように引きこもる少女・高倉涼の物語。涼の気持ちの激しさ、涼を救う少年との出会いが興味深い現代フェアリーテイルである。

村山早紀は、2019年に『愛蔵版　シェーラ姫の冒険』全2巻(童心社)を刊行。石にされてしまった父を救うため、シェーラ姫がライラという魔神の出る指輪を持ち、魔法使いで幼馴染のファリードたちと冒険をする。佐竹美保の絵が冒険の不思議さ、楽しさを醸し出している。たつみや章(秋月こお)も、『月神の統べる森で』(講談社　1998年)に始まる4部作の縄文ファンタジーを書いている。

2 少女どうしの友情

「少女小説」の中で、少女同士の友情は欠かせないテーマであるが、『リリコは眠れない』(高楼方子、あかね書房、2015年)は、主人公リリコが外国へ引っ越してしまった親友スーキーを思う作品。「おかっぱの髪を耳にかけながら話を聞く〈スーキー〉の顔が真剣にかがやき、それからぱあっと笑顔に変わるのを見ると、リリコは満ち足りて、熱い息をふぅ……と吹くのだった。」(12ページ)と、リリコのスーキーへの思いが描写されている。リリコは、眠れない夜に、ジョルジョ・デ・キリコの絵の中の少女がスーキーに見えて、絵の中に入って追いかける。高楼方子の文体は美しく、その文体の美しさは、『小公女』(フランシス・ホジソン・バーネット、福音館書店、2011年)の翻訳でも発揮されている。

厳しい境遇にある少女たちが「死」に引き寄せられる様子を描いた作品に梨屋アリエ『スリースターズ』(講談社、2007年)がある。お金持ちで親から全く無視されている弥生、親にお金がなく、ごはんを作ってもらうことも忘れられるほどの愛弓、高学歴の母親にメールで分刻みのスケジュールを立てられ、失敗することを知らない水晶がインターネットや携帯メールを通じて知り合い、弥生に誘われて一緒に自殺しようとするという物語で、それぞれの境遇に対する絶望感と孤独、少女同士の友情と死に対する憧れが読者に伝わってくる。

また、濱野京子は、『バンドガール!』（偕成社、２０１６年）、『フュージョン』（講談社、２００８年）、『レガッタ!』（全3巻、講談社、２０１２-２０１３年）でバンド、縄跳び競技、ボート競技をする少女たちの友情を描いている。

３　年上への憧れ

同性の教師への憧れを描いた作品として、戸森しるこ『理科準備室のヴィーナス』（講談社、２０１７年）を挙げたい。主人公は中学生の結城瞳で、名字が人見という理科の先生に憧れるようになって理科準備室へ通う。「黒いフレームの眼鏡、標準よりも長い首。かわいらしい顔ではないけれど、洋風の印象的な顔立ちをしている。」（16ページ）と描写された先生は、花模様の裏地の白衣を着ていてシングルマザー。同級生の正木君と共に、先生をヴィーナスのように崇拝する。戸森には真青が幼馴染で年上の真姫を苦しくなるぐらい恋い焦がれる『トリコロールをさがして』（ポプラ社、２０２０年）もある。

『しずかな魔女』（市川朔久子、岩崎書店、２０１９年）は、不登校の少女・草子と司書の深津さんとの関係を描いた作品。深津さんは、草子に「しずかな子は、魔女に向いている」と言い、自分が書いた少女の友情物語を手渡す。

４　ファンタジーの中で

なんといってもかっこいいのは、上橋菜穂子「守り人」シリーズ（全10巻、外伝3巻、偕成社、１９９６-２０１８年）の女用心棒バルサ。第1巻『精霊の守り人』では、体の中に異界の卵を宿した王子を救い、国の陰謀を暴く。

平安時代を舞台に、萌黄が、清少納言が仕えている中宮の下働きになり、泥棒の濡れ衣を着せられて、河原で歌を歌う紅葉と暮らすようになるという『もえぎ草子』（久保田香里、くもん出版、２０１９年）は、登場人物の名前も情景も美しい。

『天山の巫女ソニン』（全5巻、外伝2巻、菅野雪虫、講談社、２００６-２０１３年）は、巫女として育てられながら夢見の能力が使えず、下界に戻り、沙維国の末っ子の王子に見込まれて侍女になったソニンの物語。巨山のイェラ王女との友情も印象深い。

茂市久美子『つるばら村』シリーズ（全10巻、講談社、１９９８-２０１２年）は、くるみさんがつるばら村のパン屋にクマやアナグマなどの動物のお客さんを迎えながら奮闘する姿を描く心温まるお話。

このように、YA・児童文学作品は埋もれた「少女小説」の宝庫。胸キュン系、ヒリヒリ系、ほっこり系、リアル系、ファンタジー系など、全てのジャンルが揃っている。ぜひ、訪ねてみてほしい。

土居安子（どい・やすこ）
大阪国際児童文学振興財団 総括専門員。

Ⅱ 宮廷

型破りなお姫様が活躍する少女小説の金字塔

《なんて素敵にジャパネスク》氷室冴子 *Saeko Himuro*

key word▼［平安］［陰謀］［政治］［ラブコメ］［幼馴染］

（上）装画：峯村良子／1984-1991年／全10巻／集英社コバルト文庫、（下）装画：後藤星／1999年

e-book

「冬だ。人生の冬よ、まったく」と嘆く瑠璃姫は16歳。大納言の父親は年頃の娘に日々縁談を持ちかけるものの、瑠璃姫は初恋の人「吉野君」との清い思い出を胸に、独身主義を貫いている。しびれを切らした父親は自宅で宴を開いて権少将を招き、瑠璃姫に夜這いをかけるよう手引きした。無理やりにでも既成事実を作ってしまうことで、娘を結婚させようとしたのである。

貞操の危機に瀕した瑠璃姫は逃げ出し、たまたま居合わせた幼馴染・藤原高彬に助けを求めた――。平安時代を舞台に異例の初夜コメディとしてスタートした物語は、のちに東宮廃位をめぐる宮中陰謀劇へと変貌し、おてんばな瑠璃姫はその渦中に飛び込んでいく。

数多い氷室作品の中でも、ダントツの知名度と人気を誇る《なんて素敵にジャパネスク》。綿密な時代考証に基づく平安世界を背景に、口語文体や現代的な要素を大胆にミックスした作風は、時を経た今もなお強いインパクトを残す。のちに少女向け読み物の定番ジャンルとなった平安ものの先駆けであり、多くの読者に平安文学の扉を開いた少女小説の金字塔は、もはや〝古典〟と呼べる存在であろう。山内直実によるコミカライズ（白泉社）は、キャッチーな絵柄と秀逸な構成力で物語を漫画に落とし込んでおり、より間口の広い入門編としてお勧め。

元来ストーリーテラーとして定評のある氷室だが、今作ではそれに加え、バラエティに富んだキャラクター設定の妙が光る。主人公の瑠璃姫は平安貴族の姫ながら、当時の常識や規範に囚われない型破りな人物。時には周囲と摩擦を引き起こしながらも、自らの信念を貫き主体的に行動するその姿はどこまでも潔い。

そんな規格外の瑠璃姫を一途に愛する年下の高彬、高貴な身分ゆえの強引さが魅力になる鷹男、衝撃的な再会を果たす初恋の人・吉野君など、男性たちはそれぞれのかたちで瑠璃姫に想いを寄せていく。他方、瑠璃姫の腹心の女房小萩や、リアリストの煌姫など、女性キャラも瑠璃姫に負けず劣らず個性的な面子が登場する。

1999年刊行の新装版全10巻では、装画が後藤星に代わり、本文も時代に合わせて若干の加筆修正が加えられた。その後も集英社みらい文庫や、挿絵なしのコバルト文庫が発売されるが、いずれも第2巻までの復刊に留まる。（嵯峨景子）

庶民派ニセ王女は毒好き皇子と離婚したい！

《(仮)花嫁のやんごとなき事情》夕鷺かのう *Kano Yusagi*

key word▼［ラブコメ］［政略結婚］［婚約破棄］［執着］［庶民派］

装画：山下ナナオ／2012-2017年／全12巻＋短編集2巻／エンターブレイン・KADOKAWAビーズログ文庫

e-book

王は我が妹の身代わりを務める少女の手を握り、「気品あり、優雅で、姿は美しく、根性悪で高飛車で高慢ちきで煮ても焼いても蒸しても揚げても喰えない史上最強の毒嫁として、あの毒龍を懲らしめてきてくれるか！」と、迫った。そして、そんな無茶ぶりをされた少女の方もまた、高い報酬に目がくらみ無理難題を引き受けてしまうのであった。

孤児院育ちのフェルディア（通称フェル）は、週に29もの仕事を掛け持ちして仲間を養う勤労少女。フェルは時折王宮に呼ばれ、病弱な第一王女と瓜二つの容姿を活かし、病弱な王女の影武者を務める仕事を請け負っていた。ところが今回の身代わり業務は、「毒龍公クロウ」と呼ばれる敵国の第三皇子に嫁ぎ、王族の婚姻特有の夫婦関係を結ばない期間内に〝離婚〟することだった。

守銭奴の本性のままに依頼を引き受けたものの、敵国に嫁いでみれば、顔合わせの場で夫はフェルに剣を突きつけて殺意をみせる。加えて使用人の嫌がらせで食事も出ないなど、新生活は散々だった。しかし逞しいフェルは逆境にめげず、王が密かに荷物に忍ばせた召使のお仕着せと変装道具を身にまとい、妃と使用人の二役を演じる二重生活に乗り出す。妃として対面する夫とは険悪な関係だが、使用人として言葉を交わせばクロウは気遣いをみせる優しい城主だった。そのギャップに戸惑いつつも、フェルはなんとか期限までに離縁されるようにと奮闘するが――。

ポジティブで逞しいヒロインと、鬼畜な策略家で毒好き皇子による政略結婚ラブコメ《(仮)花嫁》シリーズ。本作は王宮ものではあるが、作品の随所でフェルの庶民派感覚が発揮され、数々のバイトで身につけたスキルを駆使して窮地を脱するなど、独特のコメディテイストが笑いを誘う。当初は本心が見えにくいクロウも、バックグラウンドが明かされるにつれて、その健気さを応援したくなるだろう。

聖職者でオネエキャラの孤児院院長や、見た目は貴公子だが実態は裸族な第一皇子など、脇も含めて濃いキャラクターが次々と登場。第1巻は身代わり政略結婚の王道展開をみせるが、シリーズの進展と共にファンタジー要素もストーリーに絡む。物語の設定自体はシリアスだが、ヒロインの明るさや軽妙な文体で暗くなりすぎず、テンポよく読み進められる。

シリーズは短編集と短編を収録したスペシャルブックを含めて全14巻。兎ろうと作画によるコミカライズは全2巻で刊行。

（嵯峨景子）

後宮にいながら夜伽をしない妃とは?

《後宮の烏》白川紺子 *Kouko Shirakawa*

key word▼［歴史］［中華］［後宮］［陰謀］［ファンタジー］

装画：香魚子／2018年-／4巻-／集英社オレンジ文庫

e-book

後宮の奥深く、〈烏妃〉と呼ばれる妃が住んでいる。

その妃は、妃でありながら夜伽をすることのない、特別な妃だった。

次代の帝を誕生させるためにある後宮にいながら、夜伽をしない烏妃とはいったい何者なのか。謎を孕んだ冒頭の一文から、物語に引き込まれる。

烏妃は不思議な力を持ち、その正体は不老不死の女仙とも幽鬼ともいわれている。後宮の妃嬪や宮女とも交わりを持たないために、噂が一人歩きして、灯籠に火を入れる係の宦官さえ烏妃の夜明宮には近づこうとしない。ただ、呪殺や祈祷、失せ物探しなど、止むに止まれぬ事情を抱えたものだけが、夜陰に紛れて烏妃のもとを訪ねる。ところがその夜、烏妃の夜明宮を訪ねたのは、誰あろう時の皇帝・夏高峻その人であった……。

皇帝を出迎えたのは金色に輝く化鳥だが、神々しいというより丸々とした鶏のような姿で、お付きの宦官に危うく絞められそうになるという緩急が絶妙だ。そこに化鳥を救いに当代の烏妃・柳寿雪が現れるが、これがまだ16歳の美しい少女。10年前に後宮に連れてこられ、以来、年老いた先代の烏妃が手ずから教育したために、言葉遣いは古風で慇懃、愛想の欠片もなく態度はつっけんどん。相手が皇帝だろうが関係なく、最初はけんもほろろに追い返す。しかし、根は優しい娘で、その依頼に成仏できずにいる幽鬼が絡むと聞くと捨てておくことができなくなる。

寿雪が人を寄せつけないのは、先代からの「烏妃は孤独でなければならない」という教えと、彼女自身が幼い頃に母を見殺しにしてしまった自分を許せずにいるためだ。同じ痛みを抱える高峻は、そんな寿雪に対し、友になろうと手を差し伸べた。高峻の友情を受け入れたことをきっかけに、寿雪の周囲には宮女や宦官が集まり、徐々に、人との関係や思いやる心を受け入れ始める。しかしこの国には、皇帝と烏妃は決して近づいてはいけないという、不文律があった。高峻はその理由と、さらに寿雪を後宮から解き放つ方法を求め、国史を調べるのだが……。

幽鬼絡みの謎解きとして始まった物語は、やがて宮廷内の陰謀劇に発展し、そしてさらに烏妃という存在、後宮設立の秘密にもつながる大きなファンタジーへと展開する。人の世と神の因縁、二つの世界に翻弄される寿雪の運命から目が離せない。(三村美衣)

仮面夫婦による野望と笑いの宮廷陰謀ロマン

《プリンセスハーツ》高殿円 *Madoka Takadono*

key word▼［身代わり］［政略結婚］［精霊］［陰謀］［笑い］

装画：香代乃・明咲トウル／2007-2011年／全11巻／小学館ルルル文庫

e-book

50年前に統一を果たした歴史の浅いアジェンセン公国は、大陸一の強国パルメニア王国の庇護下にあった。アジェンセン公国の王子に生まれたルシードは、幼少期に人質としてパルメニアに送られ、14歳までここで育つ。不遇な子ども時代を過ごした彼を支えたのは、パルメニアの第一王女で初恋の人、メリルローズの存在だった。

後年、父を討ち取り双子の弟を幽閉してアジェンセン大公の座に就いたルシードは、メリルローズを妃に迎え入れた。ところが、パルメニアが寄越したのはメリルローズではなく、彼女に瓜二つの身代わりの少女ジェフルディ（通称ジル）だった。ルシードとジルは互いに愛情のないまま、それぞれの目的を果たすために仮面夫婦になり、国王の失策で疲弊しつつあるパルメニアの玉座を狙う。

《プリンセスハーツ》は、作者が長らく手掛けてきたパルメニアシリーズの流れを汲む作品。時代的には《遠征王》の祖父母世代にあたる。先行作品で築かれた世界観の厚みをベースに、物語は暗殺や裏切りがはびこる血なまぐさい政治劇と、仮面夫婦から始まる主人公二人のロマンスを中心に進む。作中では複雑な人間関係が入り乱れ、波乱万丈のストーリーは最後まで怒涛の展開をみせる。政治的野心と愛憎が渦巻くパルメニア大河小説を全11冊というほどよい分量にまとめ、エンターテインメントとしての魅力に満ちた読み物に仕上げた作者の、プロフェッショナルな仕事ぶりが爽快なシリーズだ。

本作を最も特徴づけるのは、作中に散りばめられた〃笑い〃の描写の絶妙さであろう。王宮に居る時でさえ気が休まらないルシードが、唯一大公専用のトイレで己の時間を確保するさまには、哀れみとおかしさが入り交じる。他方で、一見クールにみえるジルも少しずれた感性の持ち主で、本人的には至極真面目な行動がコメディになってしまう。やたらと食にこだわる大公妃らしからぬ逞しさなど、当初は鉄面皮だった彼女のチャーミングな一面が徐々に明らかになっていく。

ジルは娼館育ちで医学や毒薬に造詣が深く、武術には秀でるが政治的な駆け引きは苦手なルシードを知略で支える。やや頼りない武将型ルシードと、その参謀役として悪魔的な知力を発揮するジルは、さまざまな難局を通じて少しずつ心を通い合わせる。笑いという強めのスパイスで味付けされたロマンスも《プリンセスハーツ》の醍醐味なのだ。（嵯峨景子）

甘いだけじゃない殺伐系中華後宮譚

《後宮》はるおかりの *Rino Haruoka*

装画：由利子／2015年-／全10巻＋短編集（電子のみ）2巻＋1巻-（第二部）／集英社コバルト文庫・オレンジ文庫

e-book

実母を亡くした淑葉は、継母や義妹に虐げられる日々を過ごしていた。笑顔を失った淑葉の慰めは、亡き母に教えられた書法に親しむこと。しかし、ある日を境に能書の才能さえも失ってしまう。絶望の淵に沈む淑葉のもとへ突然、皇帝の異母兄・夕遼との政略結婚の命が下った。ところが嫁いでみれば、書を愛好する夕遼は淑葉の異母妹の筆跡に惚れ込み、淑葉ではなく彼女を花嫁に望んでいたことが判明する。

　夕遼は淑葉を冷遇して離縁前提の険悪な新婚生活を始めるが、やがて彼女の書の才能に気づき、自身がひと目惚れした筆跡の真の書き手が淑葉であると悟る。書を通じて徐々に距離を縮めた二人は、呪いを解いて淑葉の能書の才を取り戻す。晴れて相思相愛となった夫婦のもとに、後宮で起きたトラブルと謎が持ち込まれた。淑葉は、「書」に込められた男女の愛憎を解き明かす――。

　架空の国・凱帝国を舞台にした《後宮》シリーズは、作者らしい糖度の高いカップル描写を取り入れながらも、一方では後宮のグロテスクな人間関係や悲劇性もふんだんに描き、一筋縄ではいかないストーリーが展開する。単巻完結の物語は毎回主役カップルのハッピーエンドに終わり、その安心感は頼もしいが、サブキャラクターを中心に後宮の嫉妬陰謀と、男女の重い愛憎劇が繰り広げられる。

　加えて、続巻を読むと主役カップルも安泰とはいえず、後宮という場所のダークな現実感がつきまとう。〝結ばれた二人はその後も末永く幸せに暮らしました〟というファンタジーを貫かず、後宮ならではのえげつない人間関係を突きつけるところが、このシリーズの真骨頂といえよう。

　望まぬ結婚から始まる恋＋ヒロインの技能を活かした謎解きが柱となる本作は、毎巻異なる特技を持つヒロインが登場する。毎回のテーマ選定や謎解きが興味深く、専門的な知識を取り入れた描写が作品に奥行きを加える。さらに、中華後宮らしい衣装のきらびやかさも群を抜いており、小道具描写の華やかさは他の追随を許さない。家系図や年表も作成され、ヒストリカルらしい世界観の作り込みも堪能できるシリーズだ。

　シリーズは現在までに第一部が全10巻、電子書籍の短編集が全2巻、オレンジ文庫に移籍して始まった第二部『後宮染華伝』が第1巻まで刊行。桜乃みかによるコミカライズはマーガレットコミックスＤＩＧＩＴＡＬとして配信中。（嵯峨景子）

key word▶［中華］［政略結婚］［陰謀］［推理］［愛憎］

最強騎士と王女の物騒な王宮サスペンス

《首の姫と首なし騎士》睦月けい *Kei Mutsuki*

装画：田倉トヲル／2011-2013年／全8巻（未完）／角川ビーンズ文庫

e-book

大陸全体を支配するオーランド国の暴政に耐えかねて、将軍ジョセフ・フォルモント率いる連合軍が立ち上がった。だがオーガという怪物を使役する大国オーランドを前に、連合軍の劣勢が続く。ある時、戦いの場に一人の少年が現れた。少年の高い戦闘力を見抜いたジョセフは、彼を軍に勧誘する。少年は笑いながら次々と敵軍の首を刎ね、味方も恐れる戦いぶりを見せつけた。

　連合軍はオーランドを打ち破り、ジョセフはフォルモント国を建国して、国王に即位する。勝利の立役者アルベルト・ホースマンは、「首なし騎士」の悪名を轟かせ、その後もジョセフだけに忠誠を誓い続けた。

　それから7年の時が過ぎた。亡き建国の英雄ジョセフの孫で、現国王の第四子シャーロットは、インドア派の王女。父王や第二王子と不仲な末姫を、第一王子だけが溺愛した。ある日、父王の命令で「首なし騎士」と狩りに出かけたシャーロット一行は、森の中でオーガの襲撃を受ける。その後、先王の忠実な騎士であり、国王の護衛すら断るアルベルトが、シャーロットの護衛に名乗り出た。先王はアルベルトに特別な王冠「クラウン」を託し、王の資質を持つ者を見定めるよう、遺言を残していたのだった。アルベルトはシャーロットの資質を見極めようと、引きこもりの姫につきまとう――。

　本作は、最強にしてあまりにも自由な「首なし騎士」と、愛憎渦巻く複雑なフォルモント家の末姫を中心とした、王宮サスペンス。物語は、王の資質を持つ者を探す国王問題と、「魔女の祝福」と呼ばれる薬石にまつわる陰謀が絡みつつ展開する。

　皮肉屋のシャーロットは、思ったことをうっかり口に出してしまう悪癖がある。心の声が駄々洩れになった、テンションの低い一人称文体は、どこか癖になる語り口だ。「首なし騎士」や血みどろ王子、ダンスの練習で相手の足の指を踏み砕く姫など、物騒な表現の数々も独創的。少し危ない性格をしたキャラクターたちや、スリリングな陰謀物語が生み出す、得も言われぬ中毒性が魅力的なシリーズだ。恋愛色は薄めだが、シャーロットとアルベルトの間の、微糖ながら絶妙な匙加減をみせるやりとりが愛おしい。

　２０１３年発売の第8巻で物語は一区切りを迎えるも、シリーズは未完。千歳四季作画のコミカライズ（白泉社・全3巻）と、蒼崎律作画による原作第2巻のコミカライズ（あすかコミックスDX・全1巻）も発売。

（嵯峨景子）

key word▼［サスペンス］［身分差］［微糖］［陰謀］［ハラハラ］

「食」で居場所を切り拓く後宮ファンタジー

《一華後宮料理帖》三川みり *Miri Mikawa*

key word▼［中華］［和風］［後宮］［恋愛］［政治］［食事］

装画：凪かすみ／2016-2020年／全11巻／角川ビーンズ文庫

e-book

和国で神に捧げる食事を作る役目をしていた理美は、大陸の大帝国・崑国への貢ぎ物として海を渡り、後宮に入ることになった。この時、持参した故郷の味である漬け床を没収されそうになるが、崑国の食学博士・朱西に助けられる。朱西の優しさに思いを馳せ日々を送る理美だったが、今度は皇帝陛下に対する不敬罪を宣告されて、突如逮捕されてしまう。

　理美が逮捕されたのは、和国から贈られた食材を皇帝・祥飛が木切れと勘違いし、侮辱されたと思い込んだためであった。理美は疑いを晴らすため、それらの食材を使った料理を祥飛にふるまうことになった。処刑まで7日間の猶予を与えられ、和国の食事に興味を持つ朱西の力を借りて調理を始めた理美。しかし、なぜか普段どおりに作ることができない。さらに、そもそも祥飛は何を食べても美味しいと思ったことがないという、もう一つの問題も浮上する。追い詰められた理美は、いったいこの難局にどう立ち向かうのか。

　中華風の宮廷を舞台に、異邦人としてやってきた理美が「食」をつかさどる神職ならではの発想で、周囲の人々の心を解きほぐしていく《一華後宮料理帖》。物語は理美と朱西の恋愛を軸にしつつも、やがて帝国を二分する大きな事変へと展開していく。

　祥飛や彼に仕える4人の夫人など、初めはそれぞれの事情を抱え心理的に距離のあった人々が、理美の料理や健気な姿勢に惹かれて信頼を寄せていくさまは、心地よいハイライトの一つだ。それはまた、確かな後ろ盾を持たない理美が、自分の居場所を探し求めるプロセスでもある。

　理美と相思相愛の朱西、そして朱西の君主である祥飛の三角関係は、単にもつれたラブストーリーであるだけでなく、主従のかかわりや血筋、そして他ならぬ理美の居場所をめぐる人間模様としての切実さを持つ。シリーズ中盤、朱西のある行動は恋の行方に大きな転機をもたらすが、それが三人の立場だけでなく崑国全体をも大きく揺るがしていく。

　全編を通じて主人公たちを見守る武官・丈鉄や、出生の秘密が影を落とす宦官・伯礼、あるいは理美に懐いている一見可愛らしい生き物〝珠ちゃん〟などのサブキャラクターも味わい深く本作を彩り、またそれぞれにストーリーの鍵を握る。

　朱西と祥飛が最大級の緊張関係を迎える最終11巻をもって、2020年にシリーズは完結。まつばら咲によるコミカライズもリリースされている。（香月孝史）

中華風後宮を舞台にした転生＋歴史改変小説

《威風堂々惡女》白洲梓 *Azusa Shirasu*

key word▼［歴史］［中華］［転生］［恋愛］［シリアス］

装画：蔀シャロン／2018年-／4巻-／集英社オレンジ文庫

e-book

尹族出身の皇帝寵姫・柳雪媛がかつて謀反を起こしたため、瑞燕国ではその一族は永久に奴婢の身分に落とされた。

尹族に生まれた少女玉瑛は、屋敷の主人の慰み者にされ、他の奴婢からは虐げられる過酷な境遇に置かれている。それでも向学心を持ち、世捨て人のように暮らす老人を先生に、勉学に励んでいた。だがある日、皇帝が尹族の一掃を命じる。両親は殺害され、玉瑛は逃亡するも、老将軍・王青嘉に発見されて切り捨てられた。ただ尹族に生まれたというだけで虐げられ、理不尽に殺される玉瑛は、雪媛を恨みながら事切れる。

その後、豪奢な寝台で目を覚ました玉瑛は、差別の元凶を生んだ雪媛として生まれ変わったことを知る。雪媛となった玉瑛は、歴史を変えて平和な国を作ろうと、陰謀渦巻く後宮で知力を武器に策をめぐらせていった。

やがて雪媛は、武骨な若き武人・王青嘉を護衛として呼び寄せる。後宮の守りという不本意な仕事を任された青嘉は、夜ごと部屋に違う男を招き入れる雪媛に反感を抱いた。だが目的のために非情な手段を厭わない雪媛は、一方では民衆や弱者に対して手を差し伸べる。青嘉は反発を覚えつつも、少しずつ彼女に惹かれていった。主人公の前世を殺した男と、女帝への野望を秘めた雪媛の運命は、思いもかけない展開を辿る——。

あらすじだけを説明すれば、《威風堂々惡女》は一見流行りの転生リプレイもののようにみえる。だが本作にはそうした転生もののお約束といえるノリは皆無で、未来どころか国そのものを変えようとする雪媛の過酷な歩みを、苛烈かつドラマチックに描き出す。悪女としてふるまいながらも、雪媛には非情にはなり切れない一面があり、その人柄は複雑な魅力を生み出している。

後宮ものらしい女たちの泥沼の陰謀策略や、互いに想い合いながらもすれ違う雪媛と青嘉の切ない愛など、もつれ合う人間模様もスリリング。野生児や美形女形など、シリーズが進む中で登場するサブキャラクターも面白い。

シリーズは現在も刊行中で、第4巻まで発売。後宮の邪魔者たちを排除し、思惑どおりに事を進めてきた雪媛だが、最新刊にきて誤算が浮上。玉瑛として生きた時とは違う展開をみせ始めた歴史や、ある人物の闇落ちと暴走の果てに、衝撃の展開が待ち受ける。今後物語は、そして雪媛はどのような道を進むのか、心を躍らせながらその行く末を見守りたい。（嵯峨景子）

拳で殴り合う男女の型破りな後宮小説

《紅霞後宮物語》雪村花菜 *Kana Yukimura*

key word▼［戦記］［中華］［後宮］［歴史］［ユーモア］

装画：桐矢隆／2015年-／11巻-＋第零幕4巻-／KADOKAWA 富士見L文庫

e-book

15歳でなりゆきから徴兵に応じ、女ながら腕っぷしと才覚と努力で指揮官にまでのし上がった関小玉。33歳となり、結婚なんてどうでもよくなっていた彼女に、ある日、結婚話が舞い込んだ。

お相手はなんと皇帝の文林。惚れた腫れたの婚姻話などではない。小玉と文林は、かつては指揮官と副官として共に戦った仲だ。ところが3年前、突然、文林が皇帝となり、バディ関係は解消された。それ以降、小玉の才能を高く買っている文林は、皇帝の権力をフル稼働して小玉を昇進させてきた。しかし皇帝の力をもってしても、平民上がりの女性を短期間で昇進させるのは、将軍までが限度であり、このままでは小玉は真価を発揮できず、国にとって大きな損失になる。そう考えた文林は、正攻法をやめて、小玉を妃嬪にすることで禁軍を指揮させようと考えたのだ。

小玉はこの文林の頼みを断り切れず、後宮・紅霞宮に入った。

ところがそこは、嫉妬と欲望が渦巻く女の世界。嫌がらせは日常茶飯事、枕元に豚の生首が置かれたりもする。しかしながら、それをもったいないと鍋で煮て食べてしまう大雑把でマイペースな性格が小玉である。だが、妃嬪のはずが気がつけば皇后にされ、さらに出産で母親が命を落とした文林の三男の養育まで任される。そのくせ肝心の戦争にはなかなか行かせてもらえない。文林との関係も、もはや友だちすぎて男と女の関係になりようがない。そんな八方塞がりな状況でも、楽しむようにすり抜けていく小玉のイケメンぶりが小気味いい。

激烈な戦神であると同時に、慈愛に満ちた国母でもあったと語り継がれる皇后の生涯を描いた型破りな後宮小説であり、酸いも甘いも噛み分けた大人の女が楽しめるエンターテインメントである。

語り口はユーモラスでざっくばらん。独特なリズム感のある下町口調は、ディスカッション小説的側面も含めて、新井素子を彷彿とさせる。平民出身の軍人で天然な性格の小玉と後宮のギャップで笑わせながら、本質を突く鋭い一行で、居住まいを正させる。手慣れた筆運びだが、著者の雪村花菜は、「小説家になろう」に『生々流転』のタイトルで掲載していた本書で、第2回ラノベ文学賞を受賞してデビューした。なお本編と共に、前日譚である『紅霞後宮物語 第零幕』がスタートし、現在も継続している。また栗美あいによるコミカライズ『紅霞後宮物語　小玉伝』も進行中だ。

（三村美衣）

少女のためのお伽話集

《夢の宮》今野緒雪 *Oyuki Konno*

装画：久下じゅんこ他／1994-2013年／全23巻／集英社コバルト文庫（※21巻『竜のみた夢』は1巻の再刊で同じ内容）

群雄割拠する大陸に位置する鸞国。この国の王宮の奥深く、幾度も折れ曲がる回廊のその先にある小さな離宮「夢の宮」。長きにわたる鸞国の歴史の中、後宮とは少し性格の異なるこの美しい宮で繰り広げられた、妃媛たちの恋と運命の物語。『マリア様がみてる』でブレイクした今野緒雪が、デビュー以来長年にわたって書き継いだ中華ファンタジーの連作シリーズだ。

シリーズ第一話「竜のみた夢」は、1993年度上期のコバルト・ノベル大賞の大賞と読者大賞を同時受賞した中篇。夢の宮の主は、前の宰相の娘で17歳になる瑛蘭だ。巫女のお告げで、産まれる前から次の王の正妃となると決められていた彼女は、周囲の愛情を一身に受け、この宮で大切に育てられた。そして17歳になったある日、宰相である兄から、二人の王子のどちらを夫にするか選ぶよう求められる。側室腹の兄・希劉と、正室の子の弟・康峻。三人で一緒に育った幼馴染なのに、どちらかを選べば、この幸せな関係が壊れてしまう――そう考えた瑛蘭は、自分の本当の気持ちを確かめることもせず、決定を兄に委ねてしまった。それが取り返しのつかない悲劇を生むことになるとは思いもせず……。

キャラクターへの愛着で読ませることの多い少女小説では珍しい、読み切りのオムニバス形式をとった連作シリーズだ。編年体でもないため、物語の順番もはっきりしない。隣国より巫女姫を迎え入れるために夢の宮を造営する20巻目『夢の宮～始まりの巫女～』が最も古い話であること以外は、わずかに近隣国家との関係と、国勢のみが手掛かりとなる程度だ。登場人物が重複するものも、薔薇シリーズと呼ばれる三冊（『夢の宮～薔薇の名の王～』『夢の宮～十六夜薔薇の残香～』『夢の宮～薔薇いくさ～』）だけなので、他の巻はどの順番で読んでも構わない。絵描きになりたかった皇帝と侍女の恋物語や、10歳の年の差婚もの、兄妹や同性との結ばれない恋や、血で血を洗うようなお家騒動まで、悲恋もあれば、ハッピーエンドもあり、姫や妃の運命は千差万別ながらどれも実にドラマチック。「むかしむかし」という語りこそないが、これは「眠れる森の美女」や「ラプンツェル」や「人魚姫」に胸焦がした少女にもう一度贈る、プリンセス・ストーリーなのだ。現在入手困難で、電子書籍にもなっていないが、苦労して探してでも読みたい傑作シリーズである。（三村美衣）

key word▼［恋愛］［中華］［ファンタジー］［オムニバス］

妄想好きヒロインと残念系皇帝の後宮コメディ

《贅沢な身の上》我鳥彩子 *Saiko Wadori*

key word▼［ラブコメ］［中華］［後宮］［ドタバタ］［笑い］

装画：犀川夏生／2011-2014年／全14巻／集英社コバルト文庫

e-book

趣味に費やす時間が削られる結婚なんて、私は耐えられない。結婚したくないから、いっそのこと逆転の発想で後宮に上がろう。念願が叶い三食昼寝つきの生活を満喫していた少女に、予想もしない未来が訪れた。

男よりも趣味に生きたい豪商の娘・花蓮は、両親に縁談を迫られ、一世一代の妙案を思いつく。後宮に入り、何千人といる妃に紛れて暮らせば、結婚問題に煩わされることなく趣味に没頭できるはず。そう考えた花蓮は、唯一自分の生き方に理解を示す侍女・鳴鳴を引き連れ、後宮に潜り込んだ。賄賂用に親から送られてくる金銭を全て趣味に散財し、日々後宮を抜け出す気ままな生活を満喫する花蓮。ところがある日、皇帝が毒で倒れるという事件が発生する。

皇帝が命を落とせば自分は実家に戻され、悠々自適な生活が失われてしまう。花蓮は今の生活を死守するため、皇帝暗殺未遂事件について調べようと夜の庭をうろつき、事件を追いかける警吏の男・典琅と知り合った。典琅から頼まれて後宮の調査に協力する花蓮だが、実は典琅の正体は、身分を隠した皇帝・天綸本人だった。前帝の庶子に生まれ、帝位についても傀儡皇帝という立場に甘んじる天綸は、花蓮の明るく規格外な性格に心を奪われる。彼女を寵姫にしようとするも、生身の男に興味はないと拒否される天綸。皇帝の寵愛を拒む妃と、妄想好きな少女に入れ込み振り回される残念系皇帝は、今日も後宮をかき回す。

後宮を舞台に、己の欲望のままに生きる自由なヒロイン花蓮の姿を描く《贅沢な身の上》。自身の恋愛や結婚に関心を示さず、趣味に全てを捧げる花蓮のオタク的な生き方は、多くの読者の共感を誘うだろう。美姫を見ては興奮のあまり鼻血を出し、日々脳内で妄想を繰り広げる花蓮を追いかけ回す天綸が、「陛下の女の趣味の悪さには切なさを覚える」と言われるのも納得せざるを得ない。

そんな二人が繰り広げるラブコメは、後宮の陰湿さとはほど遠い〝軽さ〟で読者を魅了する。作中に登場する《寸止我愛協会》をはじめ、煌恋小説や好男子、煌星的男子などの現代的な言葉を取り入れたお遊び要素も、本作独特のテンション作りに貢献。

シリーズは全14巻。山本景子によるコミカライズはマーガレットコミックスから全2巻で発売された。（嵯峨景子）

少女の柔らかな口調で語られる国盗り物語

《七姫物語》高野和 *Wataru Takano*

key word▼［中華］［戦乱］［群像劇］［姫］［成長］

(上)装画：尾谷おさむ／2003-2011年／全6巻／メディアワークス電撃文庫、(下)装画：A・S／2019年-／1巻-／KADOKAWAメディアワークス文庫　e-book

「いいか、俺が将軍、コイツが軍師。お前がお姫様な。三人で天下を取りに行くぞ」。ある日突然、孤児院に現れた脳天気で嘘（うそ）つきな二人組の青年テン・フオウとトエル・タウ。彼らの言葉にのせられ、一人の少女の姫様修行が始まった。

舞台は、中国大陸の端に位置する東和。象徴的な国王が存在するものの、まだ中央集権にはほど遠く、周囲の大国からいつ侵略されてもおかしくない不安定な状況にあった。にもかかわらず、ある年、国王とその一族が相次いで死亡し王室は後継者を失う。ところが、その途端、まるで示し合わせたかのように、7つの都市がそれぞれ、先王の隠し子と称する姫を擁立し国家統一への動きをみせる。もちろん、都合よく7人もの姫が発見されるわけもなく、どの姫も偽者なのは公然の事実だ。しかし、国も民衆もできすぎた物語を求めていた……。

青年たちに「カラスミ」と名づけられた少女は、7都市中でも最も辺鄙（へんぴ）なカセンの姫君となる。そして、修行の甲斐（かい）あって、姫様らしいふるまいを身につけ始めた12歳の夏、隣の都市ツヅミがカセンに侵攻を開始し、7都市が鎬（しのぎ）を削る戦乱が始まった。

傍若無人で嫌われ者、いい加減で自信過剰な二人だが、嘘の上にも有益な国家は築けるとばかりに、真剣に国の未来を考え、新しい東和を興そうとしている。カラスミの役割は象徴としての姫である。ふるまいも幼く、口調もほんわかとしているが、しかし孤児院育ちの彼女は、死を知らないわけではない。戦地では血が流れ、負ければ彼ら共々、自分も反逆者として追われることも理解している。それでも、喰（く）わせものの詐欺師である二人の夢についていこう、同じ空を見ようと背伸びするカラスミが健気で可愛い。カラスミだけではない。他都市の姫君たちも、それぞれの役割を理解し、信念をもって演じることを選択した少女たちだ。その芯のとおった凛（りん）とした姿が深く印象に残る。

第1巻は、第9回電撃ゲーム小説大賞で金賞受賞作。刊行当初より高い評価を受け、全6巻を8年がかりというライトノベルレーベルでは異例のゆっくりとしたペースで完結した。電子版には書籍版未収録の短編も収録されている。また2019年より、加筆修正版の刊行がメディアワークス文庫で始まったが、まだ第1巻が刊行されたのみ。こちらも初刊時同様に気長に待たないといけないのかもしれない。（三村美衣）

饅頭にも嫉妬する自虐姫

《後宮天后物語》夕鷺かのう *Kano Yusagi*

key word ▼［ラブコメ］［中華］［神話］［幼馴染］［執着］

装画：凪かすみ／2018-2019年／全4巻／KADOKAWAビーズログ文庫

e-book

「君は今日から、俺の妻だ」。

小さい頃から大好きだった志紅から突然のプロポーズ。これまで雛花は、公主であり、天后候補であるという立場から「好き」という気持ちをひた隠しにし、妹のようにふるまってきた。ところが、嬉しいはずの言葉に返した返事は「――死んでもお断りよ!!」だった。それもそのはず、志紅は雛花の大切な異母兄・黒煉を殺して、帝位を簒奪したのだ。

槐帝国はその創世神話に、男神が縦糸を、女神が横糸を、混沌より「文字」として濾し取り、紡ぎ出し、織り上げた世界と語り継がれる。肥沃で広大だが、化け物が跋扈するこの地を治めるのは、男神を身に降ろす皇帝と、女神を降ろす巫女・天后の二人だ。ヒロインの雛花は槐帝国の公主ながら、兄弟姉妹からも疎んじられ、嫌がらせから離宮に火をかけられそうになったこともあるというほどの徒花。訳あって天后を目指しているが、全くそちらの才能にも恵まれず、誰もが無理だと思っている。これほどの逆境にも決して諦めない努力家なのだが、いじめられっ子時代が長すぎて、すっかりヤサグレてしまったために、趣味は自虐、特技は嫉妬。侍女の巨乳を羨むなんて序の口、饅頭を見ても「肌が白くてもちもちで、頭の中に濃厚な餡がぎっしり詰まっている」と羨むほど。自称「槐宗室の自虐姫」。

そんな彼女が、街中で暴漢に絡まれ、必死の思いから奇跡を起こし、天后を己の身に降ろしたとたんに、志紅の叛乱が勃発。誰よりも優しかった志紅が、なぜ無二の親友である黒煉を殺害し、天后を目指す雛花の夢を奪おうとするのか。雛花は叛乱の背景を知るために、軟禁されていた後宮を脱出しようとする……。

雛花の言葉は、一見、ひがみっぽい意地悪のようにみえる。しかし、彼女は一国の公主でありながら、相手が誰であろうと（饅頭に対してさえも）、よいところを瞬時に見抜き、それを羨む心を隠そうともしない。そして自虐的なセリフを吐き続けながらも、決して諦めず努力を怠らない。そんなど根性ヒロインを主人公にしたギャグテイストな後宮ものかと思いきや、やがて、志紅が簒奪帝とならねばならなかった理由がこの世界の創世神話へとつながり、本格ファンタジーに着地する。ロマンス好きも、ファンタジー好きも納得の一冊である。

（三村美衣）

戦の女神と呼ばれる若き女王の苛烈な恋物語

《砂漠の花》金蓮花 *Renka Kin*

key word▶［古代］［恋愛］［陰謀］［幼馴染］［三角関係］

装画：珠黎皐夕／2003-2004年／全5巻／集英社コバルト文庫

16歳の若き女王は戴冠式の日、「和を持って統治する」と「血によって支配する」という、矛盾する二つの神託を授けられた。

砂漠の王国カナルサリの姫君カリュンフェイ（通称カリュン）は、父王の急死を受け、女王に即位する。戦の申し子として天賦の才を持つカリュンだが、ある事情から父からは愛されず、孤独な王女として育った。

亡き王の友人で、その右腕でもあった宰相一家は、そんな不憫なカリュンを幼い頃から慈しんでいた。とりわけ宰相の息子で従兄でもあるレンソールは、カリュンに密かに想いを寄せ、彼女のためにこの身を捧げる覚悟を固めている。語学と武術に秀でた美貌のレンソールは、女王の側近としてカリュンを支えながら、時が満ちて彼女が自分を男としてみる日を待ち続けていた。

ある時カリュンは、王宮内で美しい青年と出会う。金髪碧眼の男は、留学という名目で人質となった敵国シルヴァス公国の第三公子シリスだった。彼との謁見をすっぽかしていたカリュンは、とっさに身分を偽り、女王の侍女だと名乗る。侍女姿で彼と逢瀬を重ねるカリュンは、次第にシリスに惹かれていった。やがてカリュンの正体が明かされ、二人の関係は思いがけない結末を迎える——。

砂漠の国を舞台に、女王カリュンの戦いと恋の行方を描く《砂漠の花》。幼い頃から涙を見せず、わずか12歳で未踏の戦果を挙げた〝戦の女神〟は、女王としてのプライドと責任感を背負った強く美しい少女だ。

だがカリュンは父王の愛に飢えており、そんな彼女が一人の少女として心を許し、胸の内の寂しさや孤独を分かち合えたのが、敵国の公子であったのが切ない。

カリュンとシリス、そしてレンソールの三角関係が物語の柱となるが、とりわけレンソールの一途で深い愛が心を打つ。報われない想いを抱え、時にはカリュンに憎まれながらも、彼女のためを思って動くその健気さは、涙を誘わずにはいられない。

国内外のさまざまな陰謀を乗り越え、女王として国を盤石なものにしながら、カリュンは真実の愛へと辿り着く。そのきっかけとなるアイテムが、タイトルにもなった「砂漠の花」であるのが心憎い。

本作の世界は、《銀朱の花》へとつながる。《銀朱の花》シリーズで語られる伝説のセイランダ王妃は、《砂漠の花》のキャラクターで、第2巻から登場する。

（嵯峨景子）

レディを目指す男前ヒロインの王宮ラブコメ

《レディ・マリアーヌ》宇津田晴 *Sei Utsuta*

装画：高星麻子／2010-2016年／全3巻／小学館ルルル文庫

e-book

アルナール王国シノン領主の次女・マリアーヌは、元騎士の叔父に憧れ、自らも騎士となった変わり種。だが兄弟子への失恋をきっかけに、これまでの自分を捨てて可愛い乙女に生まれ変わることを決意する。

にわか仕込みの淑女修行を経て、マリアーヌは12歳の王女ミリエールの話し相手として王宮に上がった。ところが王宮に来てみれば、あちこちの警備は手薄で、おまけにディアボリ教という怪しげな一団がのさばっている。跡継ぎである第一王子アルベルトはディアボリ教に心酔、第二王子ロベルトは女遊びにうつつを抜かす現状に、マリアーヌは危機感を募らせていった。

ある日マリアーヌは不審者を見かけて追いかけるが、疑った相手は第二王子ロベルトだと判明。ロベルトの下僕にさせられたマリアーヌは、ディアボリ教のたくらみを調べる仕事の協力を命じられる。王宮内で身軽に動くために、マリアーヌは一度は捨てたはずの騎士服を再び身にまとって動き出した——。

淑やかなレディを目指しているはずなのに、ことあるごとに持ち前の騎士道精神を発揮してしまい、そんな姿が周囲を魅了する男前ヒロインを描くラブコメ《レディ・マリアーヌ》。マリアーヌに惹かれるのは男性だけに留まらず、彼女の颯爽とした立ちふるまいや言動は、王女や侍女など女性たちをもメロメロにしてしまう。

だが凛々しい騎士ぶりとは裏腹に、マリアーヌは恋愛に対してはどこまでも初心で奥手だ。そんな真面目なマリアーヌが、ロベルトの言動に振り回されるさまが糖度高く描かれる。サブキャラクターも個性豊かで、マリアーヌに忠誠を誓う曲者従者カイルや、マリアーヌを「隊長」と慕う熱血騎士団長ルース、お人好しの乙女系第一王子なども登場。マリアーヌをめぐるロベルトとカイルの攻防をはじめ、キャラクター同士の掛け合いが軽妙で楽しい。当初は軽薄な女好きにみえた第二王子の真意を含め、王宮らしい陰謀話や王位継承問題も展開する。

シリーズは第2巻をもって一度完結するが、5年のブランクを経て第3巻が発売された。第2巻では回収されなかったディアボリ教の残党問題や、王宮の秘宝「月の欠片」にまつわる要素が掘り下げられ、物語は大団円を迎える。

ロマンスやドレス描写など、少女小説らしいキラキラ要素をふんだんに織り込んだ本作は、肩肘張らずにさらりと読めるエンターテインメント小説だ。（嵯峨景子）

key word▼［ラブコメ］［王宮］［陰謀］［騎士道］［あまあま］

飛行船と戦争、そして王女の成長と恋物語

《翼は碧空を翔けて》三浦真奈美 *Manami Miura*

key word▼［西欧］［恋愛］［年の差］［戦争］［飛行船］［成長］

装画：椋本夏夜／2006-2007年／全3巻／中央公論新社C★NOVELSファンタジア

小国ロートリンゲン王国の王女アンジェラは16歳。天真爛漫に育った彼女だが、近頃は縁談が頻繁に持ち込まれ、結婚を考えねばならない立場となった。おまけに戦争の気配も近づきつつあり、開戦となれば兄王子フランツも出征するという。

そんなある日、エグバード王国の飛行船が故障し、王宮の前庭に緊急着陸した。船長セシルと、彼が保護者を務める少年ランディは、フランツの客として王宮に逗留する。初めて目にする飛行船に、アンジェラは興味を掻き立てられていった。

ロートリンゲン王国は、強大なラスール帝国と同盟を結んでおり、出兵を要請されれば開戦は免れない。だが、王位継承権第二位の自分がいなくなれば、兄フランツは出征せずにすむのではないか。そう考えたアンジェラは、修理が終わった飛行船に乗り込み、密航を企てた。祖国から飛び立った王女は初めて外の世界を知り、迫りくる戦争の中で、王族としての責務と向き合う――。

第一次世界大戦頃の雰囲気を漂わせる架空の国を舞台に、飛行船と戦争、そして王女の成長とロマンスを描く《翼は碧空を翔けて》。第1巻のアンジェラは、読者を苛立たせるほどに、典型的な世間知らずでわがままなお姫様だ。だがシリーズが進む中で、アンジェラは自身の行動が他者に与える影響を自覚し、己の役割を考えるようになる。活発さはそのままに、無知で人迷惑だった少女が、意思を持つ行動派へと羽ばたく姿はまぶしい。

少女の成長物語と共に、本作で重要な位置を占めるのが、戦争というテーマ。第2巻では戦争そのものが、そして第3巻では戦後の変わりゆく状況が展開された。開戦時と終戦後の価値観の転換が描写され、最前線における戦いとはまた異なる、戦争がもたらす影響の生々しさが浮き彫りとなっているのが興味深い。

例えばアンジェラは、戦時中に「国防婦人の会」の会長を務め、国のために活動を続けていた。だが終戦を迎えると、この会は戦争を賛美する活動として、一転非難に晒される。さらには、戦争の道具となった飛行船や、新聞報道のあり方など、テクノロジーやメディアリテラシーをめぐる視点も浮かび上がる。

少女小説らしい恋愛要素は第3巻に凝縮され、シリーズは大団円を迎える。飛行船という冒険心溢れるモチーフを使い、激動の時代に生きる人々を描いた、航空ロマンス小説。（嵯峨景子）

亡国の王女の運命を描く良質なヒストリカル

《廃墟の片隅で春の詩を歌え》仲村つばき *Tsubaki Nakamura*

key word▼［恋愛］［陰謀］［幽閉］［愛憎］［シリアス］［成長］

装画：藤ヶ咲／2019–2020年／全3巻／集英社コバルト文庫電子オリジナル

e-book

革命により王政が倒された国、イルバス。国王夫妻と王子は処刑され、生き残った三人の王女は、それぞれ幽閉の身となった。

第三王女アデールは、極寒の辺境地に立つ「廃墟の塔」に閉じ込められ、寒さと飢えに苦しむ過酷な境遇で7年を過ごす。全てを奪われ、希望もなく生き続けるアデール。だが、第一王女ジルダの命を受けた青年貴族エタンが迎えにきたことで、運命が回り出した。

エタンはアデールを廃墟の塔から救い出し、すでに国外に亡命済みのジルダのもとに届ける。ジルダは潜伏先で、王政復古に向けて準備を進めていた。そして2年ののちに革命派は倒れ、ジルダは女王としてアデールを伴い王宮に凱旋する。

即位したジルダは愛人のエタンを重用し、アデールは従兄グレンとの結婚を命じられた。そんな二人の前に、亡命先で平民階級と秘密結婚した、第二王女ミリアムが現れる。先の見えない不安な国家情勢の中、姉たちは王位をめぐり対立を深めた。二人の関係に心を痛めるアデールも、政略結婚した夫とのギクシャクした関係に悩む。だが大切な人が命の危機に瀕したことで、アデールは己の感情を押し殺すことをやめ、意思を持って行動することを決意した——。

廃墟から連れ出された王女の激動の運命を描く《廃墟の片隅で春の詩を歌え》。第1巻はアデールの目覚めで終わり、物語は次巻以降大きく動き出す。亡き王妃や姉たちは、ある事情からアデールが無害で愚鈍となるよう、彼女の心を折って押さえつけていた。そんなアデールが本来の賢さを取り戻し、成長を遂げるさまは逞しい。

夫グレンとのすれ違いや、三姉妹の思惑が入り乱れた愛憎劇、そしてエタンとの関係など、アデールをとりまく人間関係は最後まで怒涛の展開をみせる。冬の廃墟から始まる物語は、思わぬかたちで再び廃墟が登場し、タイトルを回収して幕を閉じる。シリアスかつシビアな展開を辿りながら少女の成長を描く本作は、少女小説ならではの醍醐味に溢れた、ヒストリカルロマンの良作だ。

コバルト文庫は紙媒体の新刊発行がなくなり、本作は電子オンリーで展開。完結後にオレンジ文庫から発売された『ベアトリス、お前は廃墟の鍵を持つ王女』は、同じイルバスを舞台にしたのちの時代の物語。本作が電子配信限定なのはいかにも惜しく、オレンジ文庫での展開に期待を寄せたい。

（嵯峨景子）

政変陰謀ロマンス＋巫女たちの友愛

『反逆の花嫁』鮎川はぎの *Hagino Ayukawa*

key word▼［恋愛］［駆け引き］［陰謀］［策士］［友情］

装画：ねぎしきょうこ／2012年／全1巻／小学館ルルル文庫

e-book

病める時も怒れる時も微笑んで、首を絞めるなら真綿で。それがレグルス王国王女ジークリンデの、対人の流儀だった。

　母を亡くし、父王の再婚で王宮に居場所をなくした幼いジークリンデは、自ら俗世と離れ、星神に仕える巫女になることを決意した。彼女は少女カリンと共に聖地に渡り、以後面倒見のよいマーサや、少し軽薄な性格のニアなど、個性豊かな巫女仲間と友情を育みながら修行を続けている。

　だがある日、ディーハルトという男が現れ、彼の父ヴィルヘルムが革命を起こし、ジークリンデの父に代わって新王となったことを告げた。カリンは新王の「聖剣の乙女」に選出されて人質となり、ジークリンデはディーハルトの婚約者として王都に連れ戻される。

　亡き父の悪政により国は荒廃し、民は新王に期待を寄せていた。結婚を回避しカリンを救い出すため、ジークリンデは自らのやり方で戦うことを決意する。表向きは従順にふるまいながら、ジークリンデは味方に引き込む人材を探り始めた――。

　〝策士系〟なヒロインとヒーローの駆け引きを通じて、レグルス王国の政変とロマンスを描く『反逆の花嫁』。最悪なかたちで出会ったジークリンデとディーハルトだが、激動する政治情勢の中で互いを認め、やがては唯一無二の関係となる過程が丁寧に描かれる。ポップなラブコメとは一線を画す、知略殺伐系な陰謀とロマンスが味わい深い。

　ジークリンデは身近な人から「腹黒」と称されるが、彼女は私欲で動くタイプではなく、大切な人を助けるために策略をめぐらす人情派だ。そんなジークリンデは巫女たちから慕われており、作中では女の子同士の友情も重要なテーマとして掘り下げられる。聖地から離れても揺るがない巫女との強い絆や信頼は、ジークリンデの心の支えになり、戦い続ける彼女の背中を押す。

　ジークリンデをお姉さまと慕うニアの無鉄砲な明るさは、シリアスな物語の清涼剤の役割を果たす。そしてマーサとジークリンデの深い友愛は、作中でもとりわけ印象深い。ニアとマーサは《横柄巫女と宰相陛下》に登場するキャラクターであるため、既読の人は意外なリンクを楽しめるだろう。

　プロットと執筆を分業した二人組作家・鮎川はぎのは、近年は降田天名義で推理作家として活躍。『女王はかえらない』は、第13回「このミステリーがすごい！」大賞を受賞した。（嵯峨景子）

ひそやかな両片想い×宮廷陰謀劇

『招かれざる小夜啼鳥は死を呼ぶ花嫁——ガーランド王国秘話』久賀理世 *Rise Kuga*

key word▼［サスペンス］［陰謀］［両片想い］［じれじれ］

装画：ねぎしきょうこ／2018年／全1巻／集英社コバルト文庫

e-book

「小夜啼鳥が宮廷に帰還すると、必ず人死にが出る——」。

もともとは離宮として建てられた、辺境の地に建つ古城。そこはやがて政治的な理由で宮廷を追われた者たちが送られる流刑地となり、古城の住人はいつしか墓場鳥の異名を持つ〈小夜啼鳥〉に譬えられるようになっていた。

当代の小夜啼鳥である先王の遺児エレアノールは、いつか不要とされて処断されてしまうかもしれない運命を覚悟しながらも、穏やかな幽閉生活を送っていた。3カ月に一度監査としてやってくる第二王子ダリウスの訪れをささやかな楽しみとしながら、ひっそりと暮らしていくものと思われたが、王命により、10年ぶりに王宮へ呼び寄せられる。王太子と大国の王女の婚姻交渉が進む中、エレアノールはダリウスの妃の座をめぐる貴族たちの争いを牽制するための花嫁候補として選ばれたのだった。

久しぶりに帰還した王宮で、エレアノールはダリウスへの想いを募らせると同時に、陰謀劇に巻き込まれていく……。

本作は、亡き母の想い出と共に穏やかな日々を送っていたエレアノールと、年に数度彼女に会うために辺境の古城を訪れるダリウスのロマンスと陰謀劇が絡み合う、正統派のヒストリカル。

互いにはうまく伝わっていないが、周りには一目瞭然である恋心が膨らんでいく中、王宮ではさまざまな思惑が渦巻き、エレアノールは古城での静かな生活から一変して、命の危険に晒されてしまう。

居室荒し、王太子の毒殺未遂、収穫祭の劇の最中に起こった宮廷女官の死……。「王宮に舞い戻った小夜啼鳥は死を呼ぶ」という不吉な言い伝えを裏づけるかのように、エレアノールの周囲では次々と事件が起こる。先王時代から尾を引く貴族たちの利権争いやエレアノールの母の死にまつわる謎、秘められた想いが複雑に絡み合った事件は、確かな筆致と巧みな構成によって組み上げられ、結末までひと息に読ませる。

見え隠れしていた謎が明らかになるにつれ、長い間鳥籠に囚われていたエレアノールにも変化が訪れる。追われるようにして城を出た時にはお人形のようだった少女が、古城で過ごすうちにいきいきと息づき、やがて身の内にしなやかな強さを浮かび上がらせていくさまが、精緻な描写で魅力的に綴られている。

読み応えのある陰謀劇と共に、望まれない王女と望まぬまま王子になった二人の淡い交感がもどかしくも楽しい、上質な両片思いロマンスが味わえる一冊。（七木香枝）

武闘派ヒロインと自堕落軟派王子のラブコメ

『剣姫のふしだらな王子』斉藤百伽 *Momoka Saito*

key word▼［ラブコメ］［騎士］［陰謀］［ギャップ］［笑い］

装画：凪かすみ／2015年／全1巻／小学館ルルル文庫

e-book

公爵令嬢のラティカは幼少期に父の故郷に預けられ、武に長けた一族のもとで8年間育つ。天賦の才に恵まれた少女はめきめきと強くなり、凛々しい武闘派へと成長を遂げた。公爵家に戻ってからも、ラティカは年頃の令嬢らしいことには興味を示さず、ひたすら鍛錬に励み続ける。戦士になることを本気で夢見るラティカに、家族は提案を持ち掛けた。そして第一王子レオニスを1カ月護衛し、彼が無事新王になれば、夢を認める約束が交わされる。

ラティカは意気込んで護衛の任に就くが、レオニスはとんでもない自堕落軟派王子だった。一日のほとんどを寝台で過ごし、ラティカを口説いてはスキンシップを求める姿に、彼女は呆然とする。ランバート王国では嫡子が王位を継がず、5人の「番人」が資質を持つ者を見極めて新王を選ぶ。第二王子ウィルフレッドが拮抗する状況で、レオニスは自室に引きこもり、怠惰な態度を取り続けるのだった。

やがてラティカは、レオニスがカリスマ性に溢れた聡明な王子であり、今はなんらかの事情で自堕落を装っていることに気づく。自身の夢を叶えるため、そしてレオニスのため、ラティカはよりいっそう護衛に励み、彼の身に害をなす者を突き止めようとした。だが王位を狙った策謀がめぐらされる中、二人の身に危険が迫る——。

ティーンズラブのようなタイトルだが、本作はどこまでも健全かつキュートな少女小説。逞しく育ちすぎた武闘派ヒロインと、訳あってグウタラにふるまう王子による王宮陰謀ロマンスは、シリアスと笑いのバランスが絶妙で、1巻完結ながら満足度の高い読後感を残す。

クセがありつつも好感度の高いキャラクター造形に、作者のセンスが光る。寝台から動かない第一王子や、物語の後半で予想外の本性をみせる第二王子など、男性キャラクターがみせるギャップが楽しい。ラティカは強くて頼りになるヒロインだが、鍛錬や武具に対するぶれない情熱や、異様に高い野宿スキルなど、規格外な言動は笑いを誘う。

脳筋にみえるラティカは、一方では状況を冷静に見極めて策を練る知力を持ち合わせ、恋愛感情の機微にも聡い。鈍感設定のヒロインが多い中、人間心理を的確に読み取るラティカの姿は魅力的だ。ラティカだけでなく、王子側の心情も丁寧に描写され、二人の関係性が深まるプロセスの説得力が増す。心理描写がこまやかなラブコメとしてもお勧めの作品。（嵯峨景子）

囚われの皇子の運命を描く幻想譚

『帝王の鳥かご――カフェス幻想』紫宮葵 *Aoi Shinomiya*

key word▼［少年主人公］［イスラム風］［陰謀］［恐怖］［耽美］

装画：桑原祐子／2002年／全1巻／角川ビーンズ文庫

先頃からその珈琲店に顔を出すようになった物語師は、左右の瞳に異なる色を宿した美貌の持ち主だった。最も得意なものをと乞われて物語師が語り始めたのは、「天上に咲ける薔薇の物語」――とある後宮に囚われた皇子の物語だった。

かつて栄華を極めたラスオン帝国の後宮には、スルタンの後継者をめぐる争いを防ぐため、帝王位を望めない皇子たちを幽閉する〝鳥籠〟が設けられていた。

スルタンの寵姫を母に持つ第三皇子ナイアードもまた、鳥籠の住人だった。幼い頃の落馬によって片足が意のままに動かないナイアードは、側仕えの小姓イクバルと共に静かな日々を送っていた。薔薇や「憂い顔の大天使」とたとえられる面差しがかつて父の側近であった男に似ていることや、不吉な出来事の前触れを告げる夢が暗く影を落としながらも、優しい心根を持つナイアードは愛され、大切にされていた。しかしその周囲では、帝王位をめぐってさまざまな思惑が交錯していくのだった……。

謎めいた物語師の語りから始まる、オスマン帝国を下敷きにした国を舞台に繰り広げられる、囚われの皇子の物語。

一生出ることのかなわない鳥籠に囚われ、その無垢な美しさを愛でられている皇子ナイアードだが、身の内には幼い頃から見続けている不吉な夢や出生にまつわる不安を抱えていた。うっすらとまとわりつくような息苦しさに呼応するかのように、ナイアードの周囲では陰謀の種が芽吹いていく。

故郷を侵略された恨みを抱えながら、目的のためにナイアードに執着をみせる宰相と密かなつながりを得ている小姓のイクバル。その宰相に嫁いだ姉、ナイアードが深く慕う異父兄の皇太子に猜疑心を抱く父、スルタン亡き後も権勢を握りたいと願う母。それぞれの思いが絡まり合った陰謀が争いごとの外に置かれていたはずのナイアードにひたひたと押し寄せて、ある決意を抱かせるに至る模様が、時に耽美さを薫らせながら描かれる。

美しい檻の中で周囲の望むままに生きてきた従順しい少年が、初めて自らの意志で決めた行動の果てに辿り着いた先は、確かな幸いのかたちの一つであると同時に、ほのかな陰りを帯びてもいる。謎めいた物語師が語り、物語の結びと共に語り手自身へも光が当てられるという構成が、囚われの皇子が辿った運命を幻想的に引き立て、憂いを帯びた余韻をもたらして美しい。

良質なファンタジー作品が多いビーンズ文庫初期にあっても、埋もれているには惜しい一冊だ。（七木香枝）

column 清少納言と「女同士の絆」――藤原眞莉『清少納言 梛子』と宮木あや子『砂子のなかより青き草』

文＝桜井宏徳

コバルト文庫は平安時代と相性がよい――。漠然とそのような印象が抱かれるのは、ひとえに、1980年の少女小説ブームの火付け役となった氷室冴子の代表作『なんて素敵にジャパネスク』シリーズ（1984－1991年）の存在ゆえではないだろうか。『なんて素敵にジャパネスク』を機に、王朝ものは確かにコバルト文庫の中で一定の地位を占めるようになったが、『なんて素敵にジャパネスク』以後はこれといったヒット作に乏しく、松田志乃ぶの『嘘つきは姫君のはじまり』シリーズ（2008－2012年）が思い浮かぶ程度である。

コバルト文庫の王朝ものの多くは著者の純然たる創作で、平安時代の実在の人物を主人公にしたものは少ない。そうした中で、藤原眞莉の『清少納言 梛子』シリーズ（以下『梛子』）は、藤原自身が「どうにかして清女さんと『枕草子』の面白さを伝えよう、と志しました」（『華つづり 夢むすび』あとがき）と述べているように、『枕草子』のエッセンスを散りばめながら、清少納言を主人公に起用した異色作である。本作は、戦国時代を舞台とする藤原の代表作『姫神さまに願いを』（1998－2006年）の平安時代編（2001－2008年）のスピンオフ作品で、『華つづり 夢むすび』（2002年）・『華めぐり 雪なみだ』（2003年）・『華くらべ 風まどい』（2004年）の三作がある。

スピンオフらしく、平安時代編の主人公である陰陽師・安倍晴明（実在の晴明とは異なる）と梛子とのかかわりも描かれるが、『梛子』のストーリーの主軸となっているのは、梛子（清少納言の本名を「諾子」「なき子」とする仮説をふまえつつ、熊野速玉大社の神木にちなんで「梛子」の表記にしたという）が仕える中宮定子の兄・藤原伊周と、梛子の親友である女房の右衛門との秘められた関係である。美貌の貴公子である伊周には、梛子も好意を抱いていたが、伊周と右衛門の密会を垣間見たことをきっかけに、右衛門の暗い情念や、身分違いの女房の想いなど意にも介さない伊周の酷薄さを知っていくことになる。

右衛門に寄り添い続ける梛子は、『枕草子』の「宮仕へする人をば、あはあはしう、わるきことに言ひ思ひたる男などこそ、いとにくけれ（宮仕えする人を、軽薄で、よくないことだと言ったり思ったりしている男は、本当に憎らしい）」という記述さながらに、宮仕えをする女が男に軽く見られることへの憤りとやるせなさを抱えており、その思いを共有する右衛門との「女同士の絆」を、本作は丁寧に描き出している。

『梛子』から6年ほど後、同様に清少納言を主人公として「女同士の絆」を描く作品が雑誌『Cobalt』に連載される。宮木あや子の『砂子のなかより青き草』（以下『砂子』。2010－2011年）である。宮木の持ち味である、どこかひんやりとしたガラスを思わせる硬質な文体は本作でもそのままで、少女小説――少女向けライトノベルらしさはあまり感じられない。コバルト文庫としては刊行されず、平凡社から文芸書として単行本が刊行されることになったのも（２０１４年）、あるいはそのためだったのかもしれない（２０１９年に角川文庫に収録）。大田原恵美による『週刊朝日』（２０１４年7月25日号）の書評でも、「大人の女性のための時代小説」と評されている。

タイトル自体も『枕草子』からの引用で、巻頭と巻末には『栄花物語』から引用した定子と一条天皇の歌を置くなど、『伊勢物語』の世界を背景とする『泥ぞつもりて』（２００８年）や、『源氏物語』を大胆にトレースした『太陽の庭』（２００９年）などの作品もある宮木の、平安文学に対する造詣の深さがうかがわれる。自身が仕える藤原道長の娘・彰子を中宮の座につけるため、定子の命さえ奪おうとする冷酷な悪役として登場する式部の君（紫式部）が、定子の葬送の翌日、清少納言（本作では「なき子」）に『源氏物語』の「夕顔」の巻――夕顔がもののけに取り殺される巻で、そこには「人を殺すのは人の思いだ」というメッセージが込められている――の草子を贈って立ち去る、という印象的なシーンも、『源氏物語』を深く読み込んでいるからこその創作であろう。

なき子が想いを寄せる伊周は、『椰子』とは対照的に心優しく気弱な貴公子として描かれており、ただ一度の逢瀬もかけがえのないものとされているが、本作でも主眼はやはり「女同士の絆」に置かれている。本作での「女同士の絆」は、清少納言と定子の関係を中心としつつ、最終的にはなき子と宰相の君（『枕草子』にも登場する上臈女房）との関係へと帰結していく。定子亡きあと、「ひとりで暮らすための家」を探そうとしたなき子が、宰相の君に「この家には、もうひとりくらい暮らせるかしら」と声をかけられ、雪の中を二人で歩き始めるラストシーンは美しい。

『椰子』も『砂子』も恋を描かないわけではないが、それはあくまでも挿話的なものであって、百合やフェミニズムの要素は抑制されているものの、テーマはやはり「女同士の絆」に他ならない。まるでタイプの異なる『椰子』と『砂子』が、意外にも似た読後感を残すのは、『枕草子』の清少納言と定子との、后と女房にしては濃密にすぎる関係から藤原と宮木が読み取ったものが、奇しくも同じ「女同士の絆」だったからではないか。その意味では、『椰子』の右衛門や『砂子』の宰相の君は、身分差の制約から解き放たれ、清少納言と自由に友情を育むことを許された「もう一人の定子」なのかもしれない。

桜井宏徳（さくらい・ひろのり）
大妻女子大学准教授。専門は平安文学。

III 仕事

妖精博士の少女とワケあり伯爵の冒険ロマン

《伯爵と妖精》谷瑞恵 *Mizue Tani*

key word▼［英国］［妖精］［悪党］［陰謀］［恋愛］［じれじれ］

装画：高星麻子／2004-2013年／全26巻＋短編集6巻＋ファンブック1巻／集英社コバルト文庫

e-book

時は19世紀イギリス。人々は妖精が隣人だった時代を忘れ去り、お伽話の存在とみなすようになっていた。そんなご時世に妖精の姿が見えることを公言し、妖精博士の看板を掲げるリディアは、変わり者扱いされている。

ある時、ロンドンで暮らす父を訪ねようとしたリディアは船上で事件に巻き込まれ、伯爵を名乗る謎の美青年エドガーに誘拐された。エドガーは妖精の国に領土を持つという青騎士伯爵の宝剣を探しており、リディアの妖精博士としての知識を借りたいと協力を求めた。胡散くさいと思いながらもリディアは依頼を引き受けるが、彼が巷を騒がす凶悪強盗事件の犯人の特徴に酷似していることに気づく……。

訳あり青年エドガーと、じゃじゃ馬でお人好しなリディアの攻防で幕を開ける《伯爵と妖精》。本作にはイギリス、貴族、妖精、宝石、次々と繰り出される口説き文句など、少女小説らしいきらびやかな要素がふんだんに登場する。

他方で、随所にダークな設定も盛り込まれ、甘いだけの恋愛物語では終わらない。例えば、エドガーは平気で嘘をつき他者を利用する人物で、人でなしの悪党という一面を持つ。そんな彼のつらい過去や、悪党としてふるまう葛藤も描かれることで、憎み切れない複雑な人物像が浮かび上がる。リディアもまた、自分を騙して利用するエドガーを悪党だと理解しつつも、心の奥底に見え隠れする寂しさを知り、見捨てることができない。そんな二人は妖精にまつわる事件や、エドガーを狙う組織「プリンス」と戦う中で、少しずつ絆を深めていく。

主役カップルだけでなく、サブキャラクターも魅力に溢れ、個性的な仲間や妖精が多数登場する。人間の言葉を喋る妖精猫のニコは、英国紳士ぶりがチャーミングなリディアの頼もしい相棒だ。エドガーの従者として忠実な働きをみせる少年レイヴンや、彼の姉で男装美女のアーミンなど、つらい時代を共にした仲間との関係性も興味深い。

シリーズは妖精事件を中心にした序盤を経て、やがてプリンスとの対峙が主軸に浮上し、緊迫感溢れる展開が続く。完成度の高いストーリーと巧みな伏線・設定回収も冴え、長編シリーズならではの醍醐味を堪能できる名作だ。

メディアミックスは多岐にわたり、テレビアニメをはじめ、ドラマCDやゲームなども制作された。香魚子によるコミカライズ全4巻も刊行。（嵯峨景子）

才ある少女が身を立てる立身出世物語

《茉莉花官吏伝》石田リンネ *Rinne Ishida*

key word▼［中華］［政治］［成長］［恋愛］［身分差］

装画：Izumi／2017年-／9巻-+スピンオフ4巻-／KADOKAWA ビーズログ文庫

e-book

白楼国で働く女官の茉莉花には、人よりも物覚えがいいという特技がある。茉莉花は、商人の娘である自分が運よく宮女になれただけでなく、その特技で手柄を立てて女官になれた現状に満足していた。

そんな茉莉花は、見合いの練習相手を引き受けることになる。しかし、彼女の前に現れたのは、名家の子息ではなく皇帝・珀陽だった。お見合いがしてみたかったという珀陽につき合っている最中に起こったひったくりの犯人の特徴を覚えていたことをきっかけに、茉莉花は珀陽に興味を持たれてしまう。

いずれ皇太子に帝位を譲るつなぎの皇帝として、優秀な人材を揃えておきたい珀陽は茉莉花を高く評価するが、彼女には特別な何かになりたいという望みはなかった。

しかし、茉莉花を諦めない珀陽は、彼女にまずは太学に編入し、科挙試験に合格するようにと言い出して……。

《おこぼれ姫》の著者による、官吏として身を立てる少女を描いた「立身出世物語」。《彩雲国物語》を筆頭に、自らの能力で将来を切り開いていく少女を描いた作品の中でも、本作が群を抜いているのは才能を活かして思考する少女を描く誠実さだろう。

1巻では、珀陽に押し切られるようにして編入した太学で、茉莉花が自らと向き合う様子が丹念に描かれる。思い悩みながらも本気を出すことを決めた茉莉花が、知識という点をつなげて線を紡ぎ、世界の見方を学んでいくさまは鮮やかだ。

名もなき端役でいることに収まろうとしていた茉莉花は、珀陽に導かれるようにして、やがて自分も物語の主人公でありたいと望むようになる。そんな茉莉花には、禁色を与えたい珀陽によってさまざまな課題が与えられる。

才能を持ち、磨き育てた能力でもって道を切り開いていく茉莉花には、毎巻困難が立ちはだかる。だが、茉莉花の成長と歩みは止まらない。彼女は、読者の前に新しい景色を描き出していく。いつも茉莉花を導いてきた珀陽が、やがて一人の青年として茉莉花の前に立つようになる淡い恋の行方と共に、一人の官吏が歩む誠実な物語から目が離せない。

本編に加え、2巻より登場する赤奏国の皇帝・暁月とその皇后・莉杏の結婚から始まる年の差夫婦の恋を描くスピンオフ『十三歳の誕生日、皇后になりました。』も人気。また、本編を高瀬わか、スピンオフを青井みとが担当するコミカライズが共に『月刊プリンセス』にて連載中。（七木香枝）

化粧師ダイをめぐる壮大なWeb小説

《女王の化粧師》千花鶏 *Atori Sen*

装画：起家一子／2019年-／2巻-（※2巻は電子書籍のみ）／KADOKAWAビーズログ文庫

e-book

「あなたの化粧には力がある」「やはりわたしは、あなたが欲しい」。男はまるで愛を告げるように、化粧師に誘いの言葉をかけた。

芸技の国・デルリゲイリア。女王と王女が相次いで急逝したこの国では、上級貴族の娘5人が次期女王候補に選出され、その座を競っている。花街の娼館で腕利きの化粧師として働く15歳のダイのもとに、ある日ヒースと名乗る男が現れた。彼はミズウィーリ家の当主代行を務め、女王候補の一人である令嬢マリアージュの専属化粧師としてダイを雇いたいと、引き抜きをかける。

ダイは住み慣れた花街を離れて貴族街に移り住み、マリアージュと対面を果たす。新たな主人は世間知らずな癇癪持ちの娘で、女王の座には最も遠い存在だと鬱屈を抱え、コンプレックスをこじらせていた。加えてダイは、恵まれた容姿に化粧は不必要だと考える貴族階級の、化粧に対する根深い偏見や忌避感を知る。ダイに求められたのは、確かな技術をもって貴族の化粧に対する固定観念を覆し、マリアージュに女王としての自信をつけさせることであった。職人の矜持にかけてダイは難易度の高い仕事に取り組むも、その新生活は前途多難を極めた。

『女王の化粧師』は2010年よりWeb小説として連載中の作品で、第1巻は壮大な物語のプロローグにあたる。この段階では作中の重要な設定が明かされず、ロマンス要素もほとんど登場しないため、シリーズものの導入として物足りなさは否めない。だが作品全体では恋愛は物語における重要なテーマとなり、政治劇が絡んだ切ないロマンスが展開される。壮大なプロットや巧みに張りめぐらされた伏線など、骨太に組み立てられた物語はカタルシスを生み、長編小説に浸る喜びを味わわせてくれる。

化粧師を生業とするダイを主人公にした本作では、緻密な手順で女性の顔を創り上げる作業がディテール豊かに描かれる。ダイは化粧を通じてマリアージュの境遇を知り、彼女を教育する義務を怠った周囲に対して憤りをみせる。ダイに感化されて変わろうとするマリアージュや、有能だが謎めいた青年ヒースなど、ダイをとりまく人間関係からも目が離せない。

小説の第2巻は電子書籍版のみで刊行。Web版の文章を踏襲して刊行された第1巻とは異なり、大幅な加筆修正が加えられた。綾峰けうによるコミカライズも第1巻まで発売。（嵯峨景子）

key word▶［恋愛］［政治］［王位継承］［友情］［成長］

毒マニア少女の推理が冴える後宮事件簿

《薬屋のひとりごと》日向夏 *Natsu Hyuga*

key word ▼［推理］［中華］［後宮］［恋愛］［ツンデレ］

装画：しのとうこ／2014年-／9巻-／主婦の友社ヒーロー文庫（※2012年／主婦の友社Ray Booksが初出）

e-book

花街の薬屋で働く少女猫猫は、ある日人攫いに誘拐され、後宮に売り飛ばされた。最下層の下女となった猫猫は、2年の年季が明けるまで、無知をよそおい目立たずおとなしく働こうと心に決めていた。ところがある日、皇帝の子が三人続けて不審死を遂げ、現在も寵妃二人とそれぞれの子どもが衰弱しつつあることを知る。

呪いによる不審死が噂される中で、猫猫は興味本位で事件を調べ始め、原因がおしろいであることを突き止めた。そしてほんの少しの正義感から、寵妃の一人、玉葉妃にそのことを伝えた匿名の文を送る。結果、玉葉妃の公主は命を救われ、忠告を受け入れなかったもう一人の妃・梨花の東宮は亡くなった。

この事件をきっかけに、後宮の美形宦官・壬氏は猫猫の優秀さに気づき、彼女を玉葉妃の毒見役に抜擢する。出世にも人間にも興味を持たず、クールにふるまう猫猫だが、珍しい毒や薬を前にした時だけはその人格が豹変するのだった。毒に対して異常な愛情をみせる変わり者の薬師は、後宮内外で起きる事件や小さな謎の数々を、鮮やかに解き明かす――。

今、最も勢いのある人気作《薬屋のひとりごと》。お仕事ものライトミステリの本作は、その読みやすさとは裏腹に、極めて緻密に計算された物語構造をみせる。後宮で起きるさまざまな出来事を、猫猫は毒の知識と冴えた推理力で解決する。やがて別々の事件に思わぬつながりが生まれ、より大きな陰謀が姿を現わす。とりわけ第1巻から解決してきた謎の全てがつながり、驚きの展開をみせる区切りの第4巻は、シリーズ屈指のドラマチックさと面白さを誇る。

物語の主軸は謎解きにあるが、本作はツンデレ少女のラブコメとしても秀逸。美しい容姿で男女を魅了する壬氏だが、猫猫は彼にはなびかず、ひたすら邪険に扱い続ける。「蛞蝓を見るような目」や「そこそこ大きい蛙」など、数々の珍ワードが発生する猫猫と壬氏のコミカルなやりとりが楽しい。謎めいた壬氏の正体を含め、二人の関係性の変化も見逃せない。

「小説家になろう」が初出の《薬屋のひとりごと》は、2012年に主婦の友社から書籍化された。その後、2014年よりヒーロー文庫に移植され、シリーズは現在も継続。コミカライズは2種類あり、倉田三ノ路作画版（サンデーGXコミックス）と、ねこクラゲ作画版（ビッグガンガンコミックス）がそれぞれ展開中。（嵯峨景子）

経費から見た人間模様を描くお仕事小説

《これは経費で落ちません！》青木祐子 *Yuko Aoki*

key word▼［現代］［推理］［日常］［恋愛］［じれじれ］

装画：uki／2016年-／7巻-／集英社オレンジ文庫

石鹸や入浴剤を製造販売する天々コーポレーション。経理部勤務の森若沙名子は入社5年目の27歳、年齢=彼氏なし歴の独身。好きな言葉は「イーブン」で、仕事とプライベートを線引きし、不必要に会社の人とは馴れ合わないことをモットーとしていた。

　仕事に私情を挟まず、ドライかつ公平な姿勢で取り組む沙名子は、「経理の森若さん」として社員から信頼を寄せられている。彼女のもとには日々さまざまな領収書が持ち込まれ、その奥には個人の秘密や人間関係のトラブル、不正の跡が潜む。沙名子は小さな違和感を手掛かりに、時には煩わしい社内の人間関係に巻き込まれながらも、経費の問題に切り込んでいく。

　きちんと仕事をして給料をもらい、それを自分自身のために使う。過不足のない今の完璧な生活に満足し、恋人を作ろうとしなかった沙名子だが、同期社員に彼氏ができたことで多少の迷いも生まれつつあった。

　そんなある日、沙名子に好意を寄せる営業部の若手エース・山田太陽は、仕事にかこつけて携帯にメールを送りつけてきた。調子がよくマイペースな太陽はぐんぐんと心の中に踏み込み、距離を置こうとする沙名子はペースを乱されて困惑する――。

　経費からみえる社内の人間模様を描く《これは経費で落ちません！》は、オレンジ文庫を代表するお仕事小説。本作は何よりも沙名子の設定が絶妙で、筋のとおった仕事観やプライベートを大切にするライフスタイルは、読者の共感と憧れを誘う。沈着冷静でありつつも時には動揺をみせ、また目の前の出来事に心の中で突っ込みを入れずにはいられない沙名子の姿は、どこまでも人間くさくかつチャーミングだ。また、沙名子と太陽の恋の行方も見逃せない。

　物語には企業の各部署の状況や人間模様が登場し、社会人なら思わず感情移入してしまうリアルさも魅力となる。とりわけ人間が持つさまざまな側面や、女性同士の面倒な距離感の描写が秀逸で、心の機微に重点を置いたお仕事ミステリとしても楽しめる。各エピソードは必ずしもシンプルな勧善懲悪型ではなく、時にはすっきりとした解決がないまま終わるところも、かえってリアリティを生み出す。

　シリーズは今も継続中で、『風呂ソムリエ』も同じ会社を舞台にした作品。森こさちによるコミカライズや、２０１９年の実写ドラマ化などのメディアミックスがある。

（嵯峨景子）

甘くて苦い職人世界と妖精との恋

《シュガーアップル・フェアリーテイル》三川みり *Miri Mikawa*

key word▼［恋愛］［異種族］［妖精］［成長］［ときめき］

装画：あき／2010-2015年／全15巻＋短編集2巻／角川ビーンズ文庫

e-book

人間が妖精を使役するハイランド王国。15歳の少女アンは亡き母のあとを継ぎ、最高位の砂糖菓子職人の証である「銀砂糖師」を目指す決意を固める。銀砂糖師を名乗るには、王都ルイストンで開かれる砂糖菓子品評会で、王家勲章を勝ち取らねばならない。品評会に参加するため王都へ向かうアンは、道中の護衛として美しい戦士妖精・シャルを雇う。シャルはその外見からは想像できないほど腕が立ち、そして口の悪さも抜きん出ていた。人間を憎む妖精と少女は、反目し合いながらも王都を目指す。

《シュガーアップル・フェアリーテイル》は、職人として奮闘する少女をテーマにしたお仕事要素、さらには妖精との恋を描いたロマンスが物語の柱になる。ふんわりとしたイラストのタッチも相まって作風は一見甘くみえるが、主人公が生きる職人の世界は過酷で容赦がない。派閥の対立や職人同士の足の引っ張り合いが横行する中、アンは幾度も打ちのめされ、それでも職人の誇りを胸に試練に立ち向かっていく。

仕事にまつわる展開は徹底的にシビアだが、ストーリーのもう一つの柱であるアンとシャルのロマンスは、徐々に甘さを増していく。当初、シャルは過去に大事な人を失った経験から心を閉ざし、人間の支配下から逃げ出すことだけを考え、アンに対しても悪態をつき続けた。そんな孤独な妖精が、砂糖菓子作りに邁進する少女と旅をする中で、忘れていた何かを思い出す。アンを「かかし」と馬鹿にするところから始まった二人の関係は、シリーズが進むごとに近づく。二人のやりとりにときめき、関係性の深化を味わうのもこのシリーズの大きな楽しみだ。

ファンタジックな世界観を作り込んだ作品の中でもとりわけ際立つのが、主人公の仕事である〝砂糖菓子作り〟という独特の設定。聖なる食べ物である砂糖菓子は、砂糖林檎を精製した銀砂糖を素材に水を加えて練り、色粉で彩色し、職人が手わざを駆使し命を吹き込む。砂糖菓子作りの作業工程とその造型を詳細に描くことで、主人公が才能と技術を頼りに闘うさまにリアリティが生まれ、物語に奥行きを与えている。

お仕事要素でシビアさを加えながら、ラブストーリーとしての甘さも外さない。甘くて苦いテイストが絶妙な、大人も楽しめるフェアリーテイルだ。幸村アルト作画によるコミカライズ版全2巻も刊行された。

（嵯峨景子）

幽霊と編集者に見出された天才漫画家

《かなりや荘浪漫》村山早紀 *Saki Murayama*

(上)装画:pon-marsh/2015年/全2巻/集英社オレンジ文庫、(下)装画:げみ/2019年-/2巻-/PHP文芸文庫

e-book

しんしんと雪が降るクリスマスイブの夜。母が失踪し、住んでいたアパートから追い出された茜音は、行き場もないまま公園の雪に木の枝で絵を描いていた。バイト先で着せられたサンタのミニドレスのままでコートもなく、凍死寸前の彼女を救ったのは、まるで外国の絵本から抜け出てきたかのような天使のように愛らしい少女だった。迷子になっていた彼女と共に、古い洋館〝かなりや荘〟に辿り着いた茜音は、暖かい食事と、優しい人々に囲まれた安心感から、張り詰めていた気持ちが緩み高熱を発して倒れてしまう。空き部屋のベッドに寝かされた茜音は、夢うつつの状態で、かつてこの部屋に住んでいた人気マンガ家・紅林玲司の幽霊と出会う。

実は茜音は、作家の母と画家の父を持つ、サラブレッドの天才絵師。彼女が持ち歩くスケッチブックを見た紅林玲司の幽霊と、同じくかなりや荘の住人である辣腕編集者の神宮司美月は、その才能に惚れ込み、茜音を一人前のマンガ家に育てようと決意するのだった……。

村山早紀の小説は全て、風早という架空の港町を舞台にしている。古くより異文化を受け入れてきた歴史のある街で、その気風を好んでか、文化人やクリエイターが多く居住している。中でもかなりや荘のある一帯は、昔ながらの喫茶店や長期滞在型のホテルや洋館などが、時代の波をくぐり抜け今も残っている地域だ。そしてそのノスタルジックな空気のせいか、幽霊や妖怪にまつわる不思議なエピソードにも事欠かない。そんな少し不思議で温かみのある日常を描いた一連の作品の中で、《かなりや荘浪漫》は編集者による新人漫画家の育成と、クリエイターの苦悩をテーマにしているところが新鮮だ。

2巻には美月の後輩編集者が育てるもう一人の少女漫画家のたまごが登場。さらに3巻にももう一人登場し、同世代三人の友情物語が展開されることが予告されている。研ぎ澄まされた夢のような才能発掘物語だが、才能に恵まれて10代で作家デビューしながら、美少女であったがために消費され、スキャンダルを起こして表舞台から姿を消した茜音の母の存在がほどよいスパイスとなっている。

2巻目までの初刊は集英社オレンジ文庫だが、２０１９年よりＰＨＰ文芸文庫で既刊分を再刊、以降新刊はＰＨＰより刊行される予定だ。(三村美衣)

key word▶[現代][洋館][幽霊][再生][ノスタルジー]

心をかたどるドレスと身分違いの恋

《ヴィクトリアン・ローズ・テーラー》青木祐子 *Yuko Aoki*

key word ▼［英国］［恋愛］［身分差］［仕立屋］［ドレス］

装画：あき／2006-2013年／全22巻＋短編集7巻／集英社コバルト文庫

e-book

19世紀のイギリス、ロンドン郊外の小さな町・リーフスタウンヒルにある『薔薇色』。「恋を叶えるドレス」を仕立ててくれると噂されるその店は、店主にして縫い子のクリスとその親友である売り子のパメラが営む小さな仕立屋だ。

ある日、噂を聞きつけたハクニール伯爵の令息シャーロックが妹フローレンスのドレスを作ってほしいと訪れる。採寸のために伯爵家の別邸を訪れたクリスは、フローレンスが心に抱えているわだかまりを知る。そして同時に、フローレンスが着せられたナイトドレスが人のよくない感情を剝き出しにする「闇のドレス」であることに気づくのだった……。

「ヴィクロテ」の愛称で親しまれる本作は、クリスが創り出すたった一人のためだけのドレスがまとう人の心を解きほぐしていく様子と共に、闇のドレスの謎と身分違いの恋をヴィクトリア朝のイギリスを舞台に描いた長編シリーズ。

心のかたちをドレスに仕立てることでまとう人の綺麗な部分を引き出すクリスは、恋する女性の気持ちはわかっても、自分の気持ちはわからない。ただの仕立人としてドレスのことだけを考えてきたクリスだが、闇のドレスにかかわるうちに、シャーロックへの恋心を自覚する。見ないふりをし続けていた自分の心を見つめると同時に、闇のドレスと関係する母と向き合うことで、クリスは柔らかに変化していくようになる。

人の心の醜さを強調する闇のドレスにまつわる謎やシャーロックとの身分違いのロマンスをとおして、物語には甘やかなだけではない現実が立ちはだかる。想いが通じ合っても、一人の仕立屋であり続けるクリスと貴族としての矜持を持つシャーロックの間からは、階級差というずれが完全に消えることはない。だが、そうした違いを受け入れながら育まれていく想いを丁寧に積み重ねていくことで、身分違いの恋を真摯に描き切った点にこそ、本作の真骨頂があるといえよう。

本作は短編集を挟むことで、パメラをはじめとする『薔薇色』にかかわる人々の事情が語られる。ゆるやかに変化する関係性と共に本編では語られなかった側面が補われ、物語に奥行きをもたらしている。

また、挿絵のあきが愛を持ってシャーロックをいじる巻末のあとがきも楽しく、物語との相乗効果でもって読者に「愛すべきシャーリー」像を定着させたことも忘れてはならないポイントだ。物語を熟知するあきのほかに、木々によるコミカライズが制作されている。（七木香枝）

マフィアの花嫁候補は、臆病で内気な少女

《デ・コスタ家の優雅な獣(けだもの)》喜多みどり *Midori Kita*

装画：カズアキ／2012-2013年／全5巻／角川ビーンズ文庫

内気な孤児の少女・ロザベラが引き取られたのは、裏社会を牛耳るマフィアの一族だった。

連れていかれたデ・コスタ家の屋敷で、ロザベラは無愛想で人を寄せつけない次男・ノアとやんちゃな遊び人の三男・ダリオが激しく言い争う中、雷雲を呼び寄せ炎を操る様子を目の当たりにする。その化け物めいた力に恐怖するロザベラに一族をまとめ上げる冷徹な長男・エミリオが告げたのは、いとこの三兄弟の誰かと結婚して、デ・コスタ家の血筋に伝わる〈力〉を受け継ぐ子どもを産まなくてはならないということだった。

ロザベラは少しでも自由を手に入れるため、ファミリーの一員となるべくテストを受けることに。エミリオから与えられたのは、組織の裏切り者を探すという指令だった。ノアの助けを得ながら密輸船の情報を漏らす人物を探るロザベラだが、手掛かりを追ううちに嵌(は)められてしまう。殺人の濡(ぬ)れ衣を着せられたノアを救うため、ロザベラは懸命に考えをめぐらせる――。

呪われた一族の花嫁候補として引き取られた少女が成長していく本作は、少女小説にノワールの魅力をふんだんに取り入れたマフィアもの。

ロザベラには、裏切り者探しから始まり敵対組織との抗争、カジノ経営に連邦検事の追及、死んだはずの一族の生き残りなど、次々と問題が降りかかる。その中で次第に浮かび上がるのは、内気で臆病なロザベラが、薄紙を剝(は)がされるように「悪い子」として目覚めていく、危うくも魅力的な姿だ。

臆病であるがゆえに身につけた賢さでもって、強(した)かさをまとっていくロザベラの成長と共に、異なる魅力を持つ三人の従兄たちとの仲も深まりをみせていく。兄弟で唯一異能を持たないエミリオ、一族への背信の念を抱き、またロザベラの異父兄かもしれないことが明かされるノア、次第にロザベラへ本気の気持ちをぶつけていくようになるダリオ。時に緊張感を漂わせ、揺れ動きながらも、家族や恋の相手として綱引き合う関係性が楽しめる。

ダークな裏社会の抗争とデ・コスタ家の呪われた運命、ロザベラの成長と恋が複雑に絡み合う物語は、最後まで謎と緊迫感を伴い、呪われた一族の運命は、誰よりも一番弱かったはずの少女によって切り拓かれていく。

「堕ちて」いった先で、恐怖を呑(の)み込んだからこそ得た勁(つよ)さでもってロザベラが辿(たど)り着いた未来を、ひと息に読んで見届けてほしい。（七木香枝）

key word▼［ノワール］［マフィア］［裏社会］［異能］［成長］

運命をつかみ取る海軍バトルファンタジー

《レッド・アドミラル》栗原ちひろ *Chihiro Kurihara*

key word ▼［ファンタジー］［バトル］［海軍］［神］［異能］

装画：榊空也／2010-2011年／全5巻／角川ビーンズ文庫

石榴色の瞳を持つ者は、旧神に嫌われる――。

人間の言葉を解する理性的な唯一神・アルモニアを信仰する島国・マディス王国の近衛隊に所属するロディアは、凛と涼やかな美貌の男装の麗人。ロディアは、マディス海軍で最も有名な叩き上げの英雄エリアス・オルディレアス艦長に憧れて軍属となり、海軍への転属願を出し続けていた。

ある日、へたな男性よりも女性にもてるロディアは、同僚に逆恨みされてしまう。命を狙われたロディアに助けを差し伸べたのは、金銀妖眼の青年ランセ。「助けてやったら、俺のものになるか？」とロディアに持ちかけてきたランセは、なんと海軍の軍艦・レーン号の艦長だった。

艦長のランセを筆頭に、女装の船医や無口な航海長、からかいがいのある海尉にソナー担当の少女と、レーン号の主だった面々はなかなかの個性派揃い。彼らと共に過ごすうちに、ロディアはレーン号が海軍に存在しないことになっている「幽霊船」で、国から特命を帯びていることや、ランセたちが旧神と契約し、寿命と引きかえに異能の力を使う能力者であると知る。

ランセが古くは魔法を使ったと伝わる有翼人種であり、近しい存在である旧神を召喚することで魂が呑まれるのを防ぐために、旧神が嫌う「石榴」の瞳を持つ自分を欲したのだと悟ると共に、ロディアはランセの正体を知る――。

本作は、真面目で有能な男装の麗人であるロディアと、派手好き・喧嘩好き・仲間好きと三拍子揃った自由なランセをはじめとする個性際立つキャラクターが繰り広げるバトルを描くエンタメ性と、著者が得意とする人知の及ばぬ存在を描き出す幻想性が魅力的な海洋バトルファンタジー。

軽妙洒脱な掛け合いや異能と帆船によるバトル描写が楽しく、ロディアたちが神に翻弄されながらも強く生きるさまには胸が熱くなる。各巻それぞれに読み応えがあるが、とりわけ綿密に練られた世界観の下で神と人とがぶつかり合う終盤は圧巻。ファンタジーの面白さを感じると共に、後に初の女性将軍となり、赤の提督と呼ばれるロディアがつかみ取った運命の物語が味わえる。

栗原ちひろは『オペラ・エテルニタ』でデビュー以来、読者のイメージを喚起する流麗な文章と個性的なキャラクター、重厚に構築された世界観が魅力的な少女小説を多数執筆。現在はライト文芸などで幅広く活動し、近著に『有閑貴族エリオットの幽雅な事件簿』などがある。（七木香枝）

あやかしと人間をつなぐ童話専門店

《からたち童話専門店》希多美咲 *Misaki Kita*

装画：北上れん／2015-2016年／全2巻／集英社オレンジ文庫

e-book

父親が海外勤務で日本を離れることをきっかけに、高校生の初瀬零次は東京から岡山・倉敷へとやってきた。亡き母が倉敷で営んでいたカフェを長兄の神が引き継ぐことになり、次兄の悠貴、双子の弟妹・尊と彩佳、そして零次の5人きょうだいで引っ越してきたのだ。

母から受け継いだカフェの向かいには、童話を扱う書店「枳殻童話専門店」があった。店主・枳殻九十九の美貌と柔和な雰囲気に零次は思わず見入ってしまい、妹の彩佳はたちまち虜になる。しかし、長兄の神はなぜか九十九を警戒している様子。ある晩、神と彩佳と共に枳殻童話専門店を訪れた零次が見たのは、喋るウサギに座敷童子、天井から降ってくる蜘蛛男ら得体の知れないものたち。九十九が営むこの店は、真夜中になるとあやかしたちが集うための場へと変わるのだった。

あやかしたちを受け入れる〝あやかしバカ〟の九十九に、零次たちは近頃自宅でたびたび発生する怪現象について相談する。九十九と共にその謎に迫ると、初瀬家の怪異の背景には、あやかしだけでなく、かつて心ならずも子どもたちと離れればなれになった母の思いが秘められていた——。

人間離れした癒やしオーラで「ほっこりさん」と呼ばれる九十九と初瀬家とが触れ合いながら距離を縮め、その中で零次と兄・弟妹との絆も次第に浮かび上がってくる。さらに、それぞれ憎めない特徴を持つあやかしたちが潤滑油のように加わり、にぎやかさに華をそえるのが楽しい。

けれども、あやかしたちは単に楽しげな存在であるだけではない。特に1巻後半以降に主題となるのは、あやかしと人間との間に起こるすれ違いの切なさである。1巻のエピソード「美女と野獣と人魚姫」では川を根城にするあやかし・水天の悲恋が、2巻の「雪だるまと飛べないストーブ」ではあやかしと零次や神、九十九らの幼少期からの因縁と友情をめぐるストーリーが綴られる。属性の違うもの同士ゆえに生じる葛藤は、時に命にかかわる深刻な事態を招いてしまう。そのやるせなさを超えて共存する彼らの姿が、読む者の胸に優しく響いてくる。

2巻の最後に収められた「尊の災難」は、語り手の視点を変えることで登場人物が立体的になり、有能で華やかな兄や弟妹に囲まれた平凡な三男・零次にそれまでとは別の角度でスポットが当たる、微笑ましい掌篇になっている。（香月孝史）

key word▼［少年主人公］［倉敷］［書店］［家族］［妖］［切ない］

英国貴族で魔女の孫が淹れる魔法茶(ポーション)をどうぞ

《紫陽花茶房へようこそ》かたやま和華 *Waka Katayama*

key word▼［恋愛］［大正］［カフェ］［魔女］［女学生］［ほっこり］

装画：田倉トヲル／2013-2015年／全3巻／集英社コバルト文庫（※2巻のみ集英社文庫）

e-book

「いらっしゃいませ！　紫陽花茶房へ、ようこそ！」。銀座の路地裏にたたずむ隠れ家的洋館の扉を開ければ、青い瞳と黒髪の美形店主と、給仕を勤めるハイカラ女学生が出迎える。今日もまたワケありな客人が茶房を訪れ、束の間その翼を休めていく。

小鳥遊月子(たかなしつきこ)は西洋文化を愛好し、将来は海外へ行くことを夢みる女学生。海運業で財を成した船成金で、勤労を推奨する小鳥遊家の家訓にならい、月子は女学校に通いながら紫陽花茶房で働いていた。紫陽花茶房のオーナーは、英国人の父と日本人の母を持つ伯爵家の若き御曹司、紫音(しおん)・イシャーウッド。日本をこよなく愛し、母の生まれた国に憧れて単身海を渡り茶房を開いた紫音は、自称〝魔女の孫〟という一風変わった青年だった。

紫陽花茶房のコンセプトは、お客さまにとって「止まり木」であること。商売っ気に欠け、常に閑古鳥が鳴くお店だが、数少ないお客さまを店主は帝都一のイングリッシュ・アフタヌーンティーでもてなす。そんな紫陽花茶房には、時折悩み迷える客人が迷い込む。紫音は真夜中のお茶会を開催して魔法茶(ポーション)で夢の世界へと導き、彼らの心の糸を解きほぐしていくのであった。

明治と大正の匂いを織り交ぜたレトロ近代的舞台に、英国テイストと魔女術(ウィッチクラフト)も取り入れた《紫陽花茶房へようこそ》。1巻につき3作の短編が収録され、ライト文芸らしい読み口をたたえた各話は、読者をハートフルな世界へと誘う。紫陽花茶房という場所に心を救われているのは、お客だけではない。ロンドン社交界に息苦しさを感じる紫音、そして女学校に居場所を見つけられない月子もまた、この場所で運命の人に出会ったのだ。

西洋人らしくスキンシップが多く、「マイ・リトル・レディ」や「かわいい月子」と臆面なく口にする紫音と、そんな彼に翻弄される月子。二人の微笑ましいロマンスも本作の見どころの一つである。「あ、月子！　草木も眠る〝ハチミツドキ〟だよ！」「〝丑(うし)三つどき〟です」など、おかしな日本語が入り混じる会話も楽しい。またロマンチックなシチュエーションで二人が口にするのが、魔女術のアイテムである悪趣味な目玉茶というギャップも、独特の味わいを醸し出す。

シリーズは全3巻、このうち第2巻のみ集英社文庫から刊行された。より一般向けを企図したこの変則的な試みには、オレンジ文庫創刊以前の集英社の、ライト文芸をめぐる模索が表れている。（嵯峨景子）

20年かけて完結した三人組怪盗団の物語

《ブラック・キャット》新井素子 *Motoko Arai*

key word▼［現代］［SF］［怪盗］［バトル］［疑似家族］

装画：石関詠子・四位広猫／1984-2004年／全6巻／集英社コバルト文庫

19歳の孤児・広瀬千秋（ひろせちあき）は、天性のトラブルメーカーだった。ウエイトレスをやれば、三回に一回はお客様の上にお茶をぶちまけ、皿洗いをすれば、壊したお皿の代金のほうがバイト代より高くなる。不器用ゆえ働いてもすぐクビになってしまう千秋は、仕方なくスリで生計を立てていた。彼女は人の物を盗む時だけ、なぜか天才的な才能を発揮するのだった。

ある時千秋はトラブルに巻き込まれ、「キャット」と名乗る謎の女に助けられる。キャットは千秋が持つ〝やっかいごとを引き起こすたぐいまれな才能〟を見込み、自宅に匿った。キャットと、その仲間でスナイパーの黒木明招（くろきあきひろ）は、岡沢デパートで公開される「皇帝サファイア」を盗み出す準備を進めていた。千秋はこの計画の、撹乱（かくらん）役を引き受ける。

心臓に欠陥があるため過激な運動ができない怪盗、虫も殺せぬ殺し屋、そして人の物を盗む時以外は不器用なスリ。欠点を抱えた三人がチームを組んだ怪盗団「ブラック・キャット」は、さまざまなお宝を狙っていく――。

《ブラック・キャット》シリーズの各話タイトルは、チェス用語に由来。第二作「ナイト・フォーク」で彼らが盗もうとするのは、中学生少年のサイコキネシス。第三作「キャスリング」では、サティ王国のララベス王妃のネックレス「海の涙」が標的となった。この巻では謎に包まれたキャットと明招の過去が掘り下げられ、彼らがなぜ怪盗団ブラック・キャットとして世間をにぎわせているのか、その目的が明かされる。そして第四作「チェックメイト」では疑似家族のような三人の生活は終りを迎え、最後の戦いが始まる。

アルセーヌ・ルパンのような怪盗の美学を持つ、魅力的なブラック・キャット。作中ではとりわけキャットと千秋の関係性が印象的で、孤独な生い立ちの二人が築いた絆（きずな）が胸を打つ。そんな彼らを追う警察側も、負けず劣らず個性豊かだ。叩（たた）き上げの警官でお人好しの秋野警部や、新人でトラブルメーカーの山崎ひろふみが事件をかき回す。なおこの二人は他の新井作品とも関連が深く、秋野警部は『……絶句』のキャラクター、山崎ひろふみは《星へ行く船》シリーズの山崎太一郎の祖先にあたる。

本作は断続的に刊行されたため、全6巻のシリーズが完結するまでに20年かかった。途中でカバーは様変わりし、流れた年月の長さを実感させるが、物語が完結したことが何よりも喜ばしい。（嵯峨景子）

絶世の〝ブス〟が贈るブライダルお仕事小説

《Bの戦場》ゆきた志旗 *Shiki Yukita*

key word ▼［現代］［ラブコメ］［変人］［ブラックユーモア］

装画：伊東フミ／2016-2019年／全6巻／集英社オレンジ文庫

「ずっと……探していました。貴女のような、絶世のブスを」。夕映えのさいたま新都心。王子さまのようなその人は、優美な微笑みを投げかけて、私に手を差し伸べたのだった――。

物心ついた時から〝ブス〟だった北條香澄は、子どもの時に参列した従姉の結婚式で、夢の世界を体験する。結婚式に憧れた彼女は、自分の夢が叶わないのなら、せめて他人の夢の舞台を演出する人になろうと決意した。

ルミエ新都心ホテル宴会部婚礼課に就職し、ウェディングプランナーとなって6年。先輩にも恵まれ、仕事にやりがいを感じる日々だが、新しく赴任した美形の上司・久世課長には馴染めず、心の中で苦手意識を抱いていた。だがある仕事のトラブルをきっかけに、上司としての有能さを実感し、彼への認識を改める。

そんな香澄は突然、久世課長から結婚前提のつき合いを申し込まれた。生まれて初めて男性から告白され、一瞬舞い上がったものの、彼は自称「意識の高いB専」だった。久世は〝ブス〟を連呼し、ゴキブリを引き合いに出しながら、彼女の素晴らしさを嬉々として語る。その姿に、香澄はドン引きした――。

さいたま新都心を舞台にした、ブライダル業界お仕事恋愛小説《Bの戦場》。B専課長と香澄の一風変わったやりとりとロマンスがインパクトを残すが、本作はお仕事小説としても秀逸だ。毎回さまざまな事情を抱えたカップルが登場し、思わぬトラブルやアクシデントに振り回されながらも、香澄はお客様の笑顔と最高の結婚式のために奔走する。

リアリティに溢れた仕事の描写や、結婚を通じて浮かび上がる人間ドラマを、作者は軽快な筆運びで展開する。中でも第4巻は、子連れの新婦の再婚や、ブライズメイドをめぐる新婦と友人たちとの葛藤、豪華絢爛な結婚式を挙げようとする親の事情など、重めのテーマが目を引く。「世の中は変わる。息苦しくない方向に、少しでも風を送りたい」と、ブライダル業界に新しい空気を持ち込もうとする香澄の姿は、爽快で心強い。

《Bの戦場》は〝ブス〟を物語のキーワードに据え、全ての章タイトルを「B」から始まる単語に統一するなど、最後まで突き抜けた作風を貫く。問題のある発言が多い久世課長のキャラクターは強烈だが、単なる「残念なイケメン」では終わらず、物語が進む中で彼の気配りやサポートもみえ、それが独特のラブコメに落とし込まれている。本作は2019年に実写映画化された。

（嵯峨景子）

下宿屋の「小間使いさん」

『三日月背にして眠りたい』彩河杏 *Anzu Saikawa*

key word▼［日常］［下宿屋］［木造アパート］［ほっこり］

装画：小原智香／1989-1990年／全1巻＋続編1巻／集英社コバルト文庫

両親の海外赴任を機に一人暮らしを始め、高校も中退して自活を決意した生菜子（きなこ）。ところがその矢先、アルバイト先のレストランでミスを連発した挙句、店長に対して売り言葉に買い言葉を返し解雇されてしまう。収入のあてがなくなって途方に暮れる彼女に手を差し伸べたのは、いかにも善良そうな一人の老人だった。

突然彼女のアパートに現れた老人・天野（あまの）小次郎（こじろう）氏は、自分は先だって亡くなった生菜子の祖母の恋人であったと自己紹介。生菜子に自分の家に住み込み、経営する下宿屋で掃除・洗濯を引き受ける「小間使いさん」として働かないかと持ちかけたのだ。こうして二階建て全8室の木造アパート・三日月荘の従業員になった生菜子は、おせっかいな小次郎にたきつけられ、下宿の人々が抱える悩みや夢の聞き役としても奔走することに……。

下宿屋に暮らす人々との交友を連作形式で描いた作風は、近年流行りのお仕事小説のはしりともいえるが、それぞれのエピソードは終始、どこにでもありそうな日常の連なりであり、幽霊や座敷童子が棲（す）みつくようなファンタジー的な仕掛けもドラマチックなオチもない。ただ、北海道から東京に進学した女子大生は環境の違いからホームシックに悩み、仲よし女子大生コンビはゲームのように恋愛談義を続け、劇団員の青年は日々室内でセリフの練習をしては隣人にどなられる。

大人ならではの孤独や矛盾を抱えながら、したたかに生きる住民たちとかかわることで、人との関係に息苦しさを感じ、高校も飛び出した生菜子の心も少しずつ解け始め、さらに続編『満月のうえで踊ろう』では、生菜子自身の恋も語られる。ハートウォーム系にありがちな押しつけがましさがなく、時の流れにのちの展開を委ねるかのようなゆるやかな構成が、地味ながら印象に残る。

著者の彩河杏は、『対岸の彼女』で直木賞を受賞した角田光代の別名義。1988年、大学在学中に彩河名義の「お子様ランチ・ロックソース」で第11回コバルト・ノベル大賞を受賞、同年『胸にほおばる蛍草』で書籍デビュー。コバルト文庫がファンタジー一色になる直前の時期に地に足のついた青春小説を中心に7冊を上梓（じょうし）。しかし1990年には角田名義の「幸福な遊戯」で第9回海燕（かいえん）新人文学賞を受賞し、活躍の場を一般書に移した。（三村美衣）

遺言状が導く覆面作家と堅物騎士の偽装結婚

『ひみつの小説家の偽装結婚――恋の始まりは遺言状!?』 仲村つばき *Tsubaki Nakamura*

key word▼［恋愛］［偽装結婚］［秘密］［作家］［しっとり］

装画：藤ヶ咲／2017-2018年／全1巻＋スピンオフ1巻／集英社コバルト文庫（※スピンオフは電子書籍のみ）

e-book

――夫の遺言は、自分の部下である堅物騎士と再婚することだった。

訳あって騎士ヒースと名目上の結婚をしていたセシリアは、夫の死後、窮地に立たされていた。覆面作家・セオとして書いている小説の売り上げが悪く、国一の規模を誇るバルデア小説大賞を受賞しなければ出版社から契約を切られることになったのだ。

そんなセシリアには、遺言状が残されていた。ヒースはセシリアの次の夫を見つけており、再婚するかどうかで遺族年金の金額が変わるという。自分を案じてくれた真心と思い遺産を受け取ることにしたセシリアだが、再婚はせず執筆に集中すると決める。

託された遺言状を渡すために再婚相手に指名された騎士・クラウスと会ったセシリアは、「遺産目当てに求婚する女」と誤解されて失礼な態度を取られてしまう。第一印象は最悪だった二人だが、お互いの利害が一致した結果、偽装結婚することになる。作家生命がかかった執筆に悩むセシリアは、ある日クラウスが自分の熱心なファンであることを知る……。

『ひみつの小説家の偽装結婚――恋の始まりは遺言状!?』は、覆面作家のセシリアと、堅物だが本の話をする時には饒舌になるクラウスの、偽装結婚から始まる恋の物語。

女性が本を読めば「才女気取り」とされ、女流作家の作品はつまらないという風潮がある国で、セシリアはセオという男性名でなくては作家活動を続けることが難しい。だが、小説で身を立てたいという思いを抱く彼女の自立心が物語の芯となって、ロマンスの魅力を引き立たせている。

一緒に過ごすうちにセシリアがクラウスの不器用な誠実さに惹かれていくように、クラウスもまた、セオの硬派な作品に根ざしたセシリアの魅力を、彼女が作者だとは知らないままに見出していく。そんな、ゆっくりと近づいていく距離感を丁寧に描いたロマンスが読者の心をくすぐる。

二人のロマンスを温かく彩るのは、ヒースの遺言状だ。幾通も用意されていた遺言状は、二人を見守るように、折に触れて届けられる。茶目っ気あるメッセージに込められた紛れもない親愛が、一冊をとおして心憎い演出を担っている点にも注目したい。

電子オリジナルのスピンオフ『ひみつの小説家と葡萄酒の貴公子』は、セシリアの覆面小説家仲間のフレデリカが主人公。硬派なセオとは対照的に、いきいきとした人間関係の描写が魅力のフレデリカが、勝手に小説のモデルにしたワイン商の令息・アルテに弱味を握られたことからつき合うことになる表題作と、後日談二編を収録。（七木香枝）

column

独断と偏見の花井愛子読み

文＝コイケジュンコ

1980年代末、少女小説ブーム全盛期。周りの女子がみな花井愛子作品を読んでいる中、私はそれを頑なに拒んでいた女子中学生だった。それがなぜか今――。

これは、「円熟した今だからこそ！」と一念発起して40代で初読した女の花井愛子プレゼンである。

あの頃、短くも濃厚な旬であった花井愛子。そんな本人と重なるド頭インパクト型、かつ他の追随を許さぬほどの天然級キャピキャピが漏れ出た作品は予想通りの想像以上であった。その一方で、未成熟な女子たちに向けて意識的にさまざまなハウツーを盛り込む意外な側面があり驚く。恋愛事情に留まらず、箸を正しく持つ利点や領収証の宛名選びに至るまで教育テレビ並みの丁寧さで助言するシーンが多い。そんな学びやわかりやすさが全面に出た花井作品はストーリーの単純さや人間の機微の大味感が否めず、実際、少女小説界での評価は低い。毎回、どんな作品でも終盤にはギアチェンジして大胆なドリフトをブッかましながら大団円へと連行していくのでその反応はもっともなのだが、花井作品にとっては野暮な見解に思えた。考えるに、花井作品の魅力は内容の大半を占める「情緒が踊り続ける少女の脳内ワールド」であり、私はその絶対的主観を冷静に覗き見ることに面白みを感じたのだ。

本を開くと目に飛び込んでくる改行の多さが花井作品の特徴の一つだが、それ以上に気になるのが句読点の連打だ。よくよく読むと使い方が奇抜である。読点解釈の部分が句点であることも多く、読点は切らした息のように細かく脈打つ。が、それはただの一拍ではない。

余談だが、花井愛子の作品を輪読するという狂った会を催したことがある。これがやってみて目から鱗だった。目で追う以上に難しいのだ。一定のテンポで読んでいるのでは少女たちのあの微動な気分がつかめない。読点のたびに首を傾げたり、句点で口をすぼめたりする謎な時間が必要なのだ。紙面の余白が多いのは「無の在」、拍の存在ではないかと思えてくる。

その。
あたしに対して。
男のコの表情には〝真剣っ!!〟に続いて〝必死っ!!〟て切迫感が、
プラスされてた。
さっきの、そのコの視線が、キラリッ！　で。あたしのハートは、
チクン！　ぐらいの、ときめきだったと、すると。
こんどのは。
ぴかーっ!!　光ってるに、近いんだ。
あたしは。見とれるどころか。

見惚(みほ)れちゃった。

（『夢の旅』）

これは交通事故に遭う既(すんで)のところで救ってもらった直後の、恩人の少年を見た少女の脳内シーンである（花井作品の少女はいかなる状況でもハンサムの細部を読み取り萌(も)える能力がある。2010年代に派生した言葉「尊い」的感情が合いの手のように挿入される）。

冷静と情熱のあいだを反復横跳びする目まぐるしい文章だ。相手の感情やオノマトペについている感嘆符が文章のクレッシェンド的な役割も担い、句点がモードのスイッチングのように見て取れる。読点がそれらを彩るスパイスとなり、感情に身を任せた即興性が文章から伝わってくる。私は、花井愛子のこうした文章はジャズ的だと感じている。花井作品を読む時に必要なのは「今」をスウィングする〝ノリ〟なのだ。

ちなみに、脳内の独り言は何ページにもわたることが多い。長文全て読んでこそ濃厚に堪能できるので、ぜひ手にとって補完していただきたい。

次の段階としてコピーライターでもある氏ならではの言葉の魅力もお伝えしたい。たまに「えっ？　今なんつった⁉」と二度見してしまう表現がある。いくつか例を挙げる。

ほとんど、にくみそうに、なって……、いた。

（『夢の旅』）

にくい、けど、はてしなく魅かれそうになる、

（『山田ババアに花束を』）

「ほとんど」という多分さを示す副詞や「はてしなく」という絶対的な形容詞に「〜しそうになる」という曖昧さがつく。ともに相反するような言葉が組み合わされることで微かな違和感や歪(ゆが)みが生まれ思考の余白につながる。後者はそこに「にくい」と「魅かれる」が対比で絡みつくことによってエモさが最高潮に達する。

ちょいと、せつなすぎるかもしんない、

（『青』）

「ちょいと」「かもしんない」のに、せつな「すぎる」！　手旗コントのように読者を揺さぶってくる（これはカバーそでにある作品紹介部分で、作家本人のものと推測する。全ての語尾が含みを持ち混沌(こんとん)としすぎていて読み応えある十行となっている）。

このような独特な品詞コラージュの魅力に取り憑(つ)かれると止まらないのだが、加えて新種のオノマトペも見逃してはならない。

その男のコの姿が、あたしの中に、ジュン!!　と焼きついてしまって、いた。

（『恋曜日』）

一般的に焼印の音は「ジュッ」であろう。「ン」で締めることにより強く深く押し付け刻まれた感覚が想像できる。

電話が　ぱるるん
鳴るたびごとに
死にそうになる

（『アフターバレンタイン』）

すごいと思うと同時に誤植を疑った「ぱるるん」。変化した母音の語感がハレを生み、当時の〝電話〟というツールの特別さを呼び起こされる。

このように花井愛子の言葉選びはとても独創的で感覚的ゆえに私たちに考え楽しむ余地を与えるのである。

語り足りないがお時間である。

話の筋道をドライブするだけならあっという間にゴールしてしまうだろう。しかし気になってドアを少しでも開けたら最後、ようこそ花井ワールドへ☆

コイケジュンコ
あらゆる紙でドレスを作る美術家。

Ⅳ　謎解き

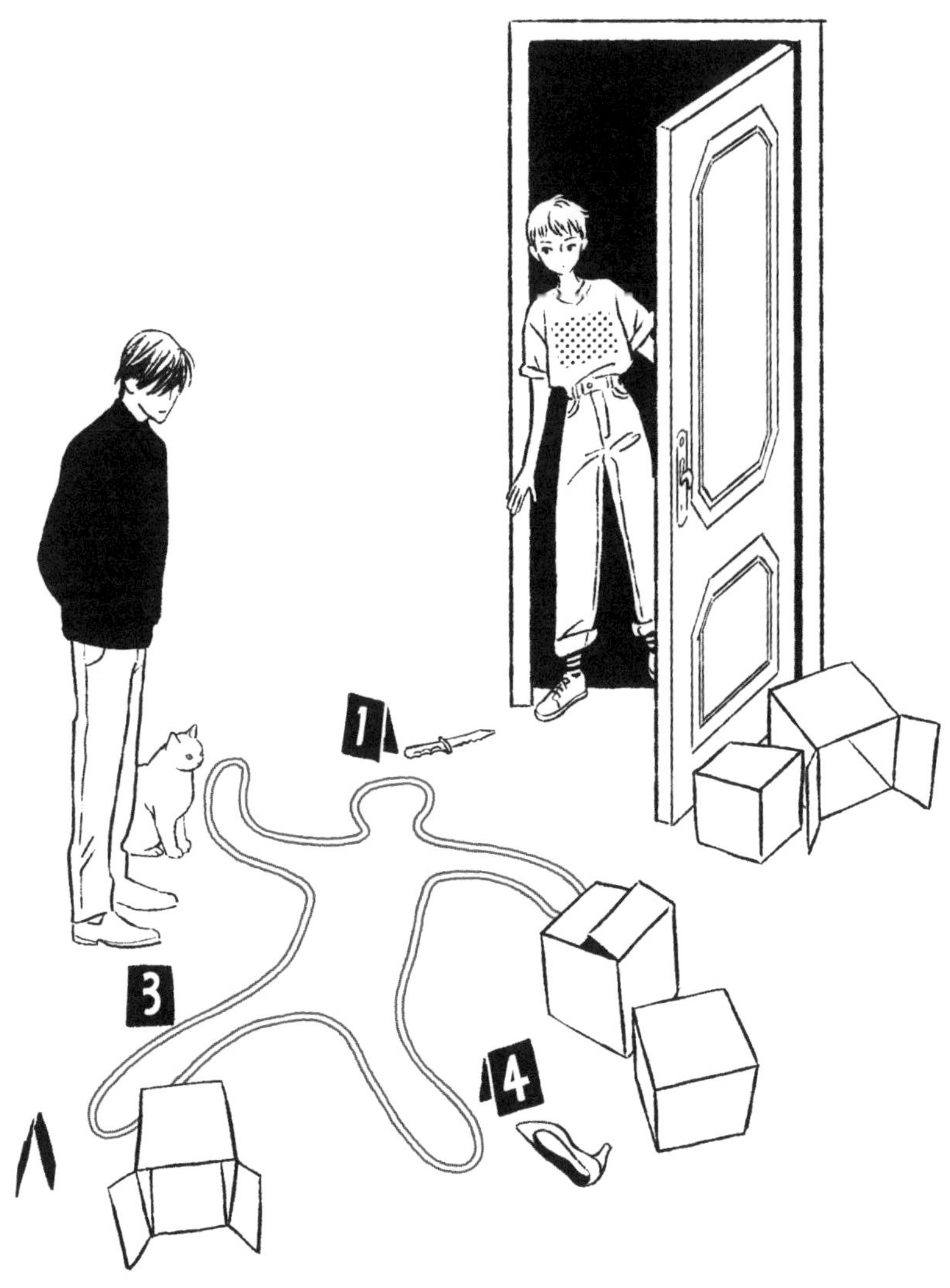

20世紀の黄昏を彩る青春と本格ミステリ

《ルピナス探偵団》津原やすみ *Yasumi Tsuhara*

key word ▶［現代］［学園］［友情］［連作］［ノスタルジー］

（上）装画：谷口亜夢／1994-1995年／全2巻／講談社X文庫ティーンズハート、（下）2007年-／2巻-／東京創元社創元推理文庫（※2004年／原書房）

e-book

聖ルピナス学院に通う高校1年生の吾魚彩子、桐絵泉、鏡野摩耶は仲よし三人組。彩子は同じ学校の詩島龍彦という、博覧強記で化石好きな一風変わった少年に片思い中だ。

彩子はかつて密室の謎を解決したことがあり、傍若無人な刑事の姉・藤子は、以後たびたび事件への協力を強要した。今回の依頼は、人気エッセイストをめぐる殺人事件だった。彼女は自宅で殺害されたが、犯人は犯行後、なぜか現場で冷えたピザを平らげていた。

直観力に優れた彩子、ボーイッシュで筆舌鋭い泉、おっとり美少女の摩耶、そして龍彦による「ルピナス探偵団」。彼らは旺盛な好奇心と突飛なひらめきで、奇妙な事件を解き明かす。続く『ようこそ雪の館へ』では、雪に閉ざされた青薔薇の洋館を舞台に、密室殺人とダイイングメッセージの謎にルピナス探偵団が挑む。

魅力的なキャラクターによる掛け合いの妙と、本格ミステリらしいロジカルな謎解きが融合した《ルピナス探偵団》。本作は少女小説から一般文芸へ活動を広げた津原泰水の歩みと共に、レーベルを超えた展開をみせ続けるシリーズだ。

ティーンズハートから刊行された小説を、のちに津原が全面改稿し、２００４年に『ルピナス探偵団の当惑』（原書房）として復活を遂げる。同書には改稿版「冷えたピザはいかが」「ようこそ雪の館へ」と、書き下ろし作品「大女優の右手」が収録。その後、東京創元社に版元を移して再刊し、続編『ルピナス探偵団の憂愁』も発売された。

『ルピナス探偵団の当惑』は、学校名やキャラクター名に変更があるものの、登場人物の性格づけや核となる謎解きは当時のまま。少女たちのガールズトークも健在で、龍彦や不二子（藤子から変更）を加えたテンポよくユーモラスなやりとりの数々は、どこまでも軽妙で楽しい。

続く『ルピナス探偵団の憂愁』では、時間軸を逆にした巧みな構成の中で、二度と戻らぬ青春のきらめきが描かれた。ルピナス探偵団最後の事件「百合の木陰」を通じて、社会人となったメンバーの現状を突きつけたうえで、物語は少しずつ過去へと遡行する。最終話はルピナス学園の卒業式まで時が戻るが、ラストで少女三人が交わす友情の誓いは、美しくも哀しい物語の余韻をよりいっそう深めていく。

２０１９年、東京創元社「Ｗｅｂミステリーズ！」にて、第3作『ルピナス探偵団の情熱』が開始。物語の完結と書籍化が待ち望まれる。（嵯峨景子）

美貌の宝石商と人たらしの青年のジュエル・ミステリ

《宝石商リチャード氏の謎鑑定》辻村七子 *Nanako Tsujimura*

key word▼［現代］［バディ］［ヒューマンドラマ］［宝石］

装画：雪広うたこ／2015年-／10巻-＋ファンブック1巻／集英社オレンジ文庫

大学2年生の中田正義は、ある日酔っ払いに絡まれていた外国人を助ける。生ける宝石のように美しい男は、リチャード・ラナシンハ・ドヴルピアンという名の宝石商だった。正義は、日本人以上に流暢な日本語を操るリチャードに、祖母の形見であるピンク・サファイアの指輪の鑑別を依頼する。

リチャードから指輪に盗品の可能性があることを告げられて、正義は心から喜ぶ。彼は、かつてスリだった祖母が盗んだ指輪をもとの持ち主に返したいと考えていたからだ。

指輪が正義の手元に来るまでにどのような経緯を辿ったのかを聞かされたリチャードは、彼を神戸へと連れていく。そこで、正義はもとの持ち主である女性が語る、指輪にまつわるもう一つの物語を聞かされる。

ずっと胸に引っ掛かっていた指輪のことを素直に受け止められるようになった正義は、リチャードの店「ジュエリー・エトランジェ」でアルバイトをしないかと誘われる。

美貌の宝石商にして大の甘党であるリチャードと、その名のとおり真っすぐな正義感を持つ大学生アルバイトの正義が宝石をめぐる謎をひもとく本作は、第1部はオムニバス形式で、舞台を世界に移した第2部は長編という構成で進む。

一つひとつのストーリーの面白さは勿論のこと、無意識ながらもあまりにもストレートに胸に飛び込んで来る褒め言葉を放つ正義と、そのことを時にたしなめつつも噛みしめて受け容れるリチャードの関係性が変化していくさまが、色とりどりの宝石とお菓子に彩られながら魅力的に描かれる。

そんな二人の関係をはじめとして、作中には現実に柔らかに切り込む作者のフラットなまなざしが通底する。人と人の間に生まれる「普通」を丁寧に解きほぐすその姿勢は意欲的であると同時に、あくまで自然に物語に溶け込んでいる。

そうした現代的な視点を持つ物語において、宝石に託された人の想いは表面上の美しさや優しさには留まらない深みを備えている。どの方向から光を当てるかによって生まれる輝きや影の深さが異なるように、複雑な揺らめきをたたえて描かれるからこそ、ひもとかれた謎が読者の胸を打つ。

オレンジ文庫を代表するシリーズである本作は、2020年にアニメ化されることでさらなる人気を博す。あかつき三日によるコミカライズのほか、書き下ろしを含むショートストーリーや、リチャードのいとこジェフリーによる人生相談などを収録したファンブックのほか、第2部完結となる10巻にはアクリルスタンド付きの特装版が発売された。（七木香枝）

イケメン×殺人事件の元祖逆ハーレム小説

《まんが家マリナ》藤本ひとみ *Hitomi Fujimoto*

key word▼［現代］［恋愛］［逆ハーレム］［サスペンス］

装画：谷口亜夢・高河ゆん／1985-1995年／全21巻（未完）＋イラスト集2巻／集英社コバルト文庫

読者アンケート最下位の常連で、三流少女漫画家の池田麻里奈（通称マリナ）は、担当編集者から最後通牒を突きつけられた。漫画家生命を賭けた次作は、音楽の世界を舞台にした恋愛漫画というテーマに決定する。作品のため、マリナは中学時代の友人でヴァイオリンの名手・響谷薫に連絡を取り、彼女の通う音楽高等学校の取材に乗り出した。この学園で起きる時価数十億円のヴァイオリンをめぐる殺人事件を皮切りに、マリナは漫画のネタを求めて東奔西走し、行く先々で事件に巻き込まれる。

サスペンス・ミステリの体裁をもつ《まんが家マリナ》は、冴えない主人公マリナが美少年にモテまくる、元祖逆ハーレム小説。出自と容姿に優れた男性キャラクターが次々と登場し、皆が皆マリナを好きになる展開は、圧巻のひと言だ。IQ269の天才で旧公爵家御曹司のシャルル、フランス人ハーフの黒須和矢、名家の三十代当主・美女丸こと弾上藤一郎宗影静香、さらには男装の麗人・響谷薫など、バラエティ豊かなセレブイケメンたちがマリナの周囲に集い、愛を囁く。他方で、主人公のマリナは友人のために一生懸命に駆け回り、他者に尽くす熱い性格。その尊い精神性と図太い明るさが、作品に爽やかな風を吹き込む。

キャラクター小説としての魅力もさることながら、本作には西洋史、美術、音楽、ツーリズムなどの要素がふんだんに織り込まれ、唯美主義を感じさせる華やかさと知的刺激は、唯一無二の世界観を生み出した。和矢とシャルルの初登場巻でもある第2巻『愛の迷宮でだきしめて！』は、フランスを舞台にルーブル美術館とダ・ヴィンチの謎を絡めた物語で、シリーズ屈指の面白さを誇る。ある事件に絡んで日本の死刑制度への言及も多く、東京拘置所が登場する『愛よいま、風にかえれ』は忘れがたい読後感を残す。他の藤本作品とのクロスオーバーもあり、『シャルルに捧げる夜想曲』では、シャルルが《ユメミと銀のバラ騎士団》の鈴影聖樹と聖宝をめぐる死闘を繰り広げる。

シリーズは全23巻で、うち2冊は美少年キャラクターをフィーチャーしたイラスト集『愛してマリナ大辞典』。谷口亜夢によるコミカライズがあり、1990年には劇場版アニメも制作された。なお本シリーズは未完・絶版。集英社文庫から刊行された《鑑定医シャルル》シリーズ4巻は、シャルルを主人公にした一般小説。（嵯峨景子）

少女小説生まれの本格ミステリ

《少年探偵セディ・エロル》井上ほのか *Honoka Inoue*

key word▼［現代］［探偵］［怪盗］［恋愛］［三角関係］

装画：瀬口恵子／1989-1996年／全5巻＋短編集1巻／講談社X文庫ティーンズハート

少女小説というジャンルと、謎解きの親和性は高い。しかしながら多くの作品では、謎解きはあくまで物語を動かす一要素として組み込まれている場合が多い。その中で、井上ほのかはティーンズレーベルを舞台に、ミステリファンをも唸(うな)らす本格推理小説の書き手として活躍した作家だ。

井上の代表作《少年探偵セディ・エロル》シリーズは、少女小説としての「お約束」をふまえたうえで、そこにトリッキーな設定を持ち込み、本格ミステリ要素を展開する。主人公はカナダに住む14歳の平凡で内気な少女眉子(まゆこ)・アロウラス。ある時、事故に遭った眉子はその衝撃で自らの中に別人格を生み出す。「セディ・エロル」と名乗るその少年人格は、彼女が愛読する古い推理小説に登場するキャラクターだった。主人公の別人格が探偵役になり、数々の難事件を解決するというユニークな設定を取ることで、物語は少女主人公という制約を巧みにすり抜ける。

シリーズは第1作『名探偵を起こさないで』を皮切りに、『スコットランド古城殺人事件』『ニューヨーク摩天楼殺人事件』『ロンドン園遊会(ガーデンパーティー)殺人事件』の4作が発表された。いずれも本格ミステリとしての強度をそなえたプロットと、独創的なトリックが駆使されており、中でも『ロンドン園遊会殺人事件』は高い完成度を誇る。巨大な猿「ラコシ」の呪いが伝説として残る名家で起こる殺人事件や、地下納骨堂から忽然(こつぜん)と消える死体など、おどろおどろしい舞台設定も相まって、古典的な風格が漂うシリーズ屈指の傑作だ。

一方で、《少年探偵セディ・エロル》には少女レーベルならではの恋愛要素も登場する。眉子の恋人で彼女を見守り支えるダンカン・アシュレイと、各国指名手配中の天才怪盗S79号の三角関係がラブコメタッチで展開。S79号ことデニス・オブライエンは、有名な警察家系に生まれ、かつてはニューヨーク市警のホープとして活躍するも、刑事から怪盗に華麗なる転身を遂げた異色の経歴の持ち主だ。トリックスター的なポジションのS79号は人気キャラクターとしてシリーズを盛り上げ、短編集『怪盗デニスの眠れない夜』も刊行された。『ロンドン園遊会殺人事件』を最後にシリーズが途切れたため、眉子とアシュレイ、そしてS79号の恋の行方に決着がつかなかったのが惜しまれる。

井上作品はいずれも入手困難だが、個性的な作風と知的刺激に満ちた本格推理の世界は今もなおきらめきを放つ。再評価と復刊が待たれる作家の一人だ。（嵯峨景子）

逆転主従の平安ラブミステリ

《嘘つきは姫君のはじまり》松田志乃ぶ *Shinobu Matsuda*

装画：四位広猫／2008-2012年／全11巻＋短編集2巻／集英社コバルト文庫

e-book

時は平安、宮子は乳姉妹で没落貴族の馨子に女房として仕え、貧しくも幸せに暮らしていた。ところがある日、馨子が故・九条の右大臣の末姫であることが判明し、次男の藤原兼道が異母妹として迎えに来る。貧乏生活から抜け出すまたとない好機が訪れたが、兼道の来訪には何か事情があるにちがいない。そう考えた妊娠8カ月の馨子は、宮子を自身の身代わりに仕立てて対応した。

馨子が読んだとおり、兼道は忽然と消えた姪・一条の大姫の代役として内裏に上がる姫を求めており、そのために馨子を引き取った。宮子は自分には姫君の代役は務まらないと渋るが、馨子は大姫の事件を解決して兼道に恩を売り、口止め料をもらうまでの役目だと丸め込む。主従を入れ替えた二人は、宮子の恋人・真幸や、兼道邸の事情に詳しい謎の少年「次郎の君」の助けを借りながら、大姫失踪の真相を追う。

《嘘つきは姫君のはじまり》シリーズは、氷室冴子の《なんて素敵にジャパネスク》が切り開いた平安小説の、正統な後継者といえるだろう。村上天皇の時代を舞台に、史実の人物に脚色を加えた作者のアレンジぶりは、歴史好きの心をくすぐる。

特に、「強い女の子」像で色づけされた女性キャラクターたちは、読み口を爽快にしてくれる。宮子が仕える主人の馨子は初登場の時点で妊娠中、おまけに父親候補は三人。美しく聡明で、なおかつ生活力に溢れた逞しい馨子と、そんな主人に振り回される宮子のコンビはこの作品随一の魅力を放つ。毒舌を繰り出す兼道の娘・有子も癖のある性格ながら、信念を持つ少女として印象に刻まれる。

ミステリ仕立ての本作は平安の謎解きものらしく、政争も深くかかわってくる。失踪した大姫は御匣殿別当として出仕し、ゆくゆくは東宮の妃候補となるはずであった。大姫は兼道邸にある12個の楽器を納めた密室塗籠の中で神隠しに遭うが、失踪時には謎の十三番目の楽器〝細小蟹〟が演奏されていた。これらの手掛かりをもとにして、知略に長けた参謀役の馨子と現場を預かる宮子の二人は、ホームズとワトソンのように数々の謎を解決する。

また、同時に物語に差し込まれる宮子のロマンスは、恋人の真幸と次郎の君の二人が入り組みながら進行していく。近年ではかえって珍しくなってしまった正統派の三角関係ものとして、この恋愛パートも最後まで目が離せない。サブキャラクターの掛け合いも色っぽく、恋愛小説としても存分に楽しめる一作だ。（嵯峨景子）

key word▼［ラブコメ］［平安］［友情］［三角関係］［じれじれ］

転生タイムスリップ愛と復讐の冒険譚

《還ってきた娘》篠原千絵 *Chie Shinohara*

key word▼［現代］［転生］［恋愛］［年の差］［復讐］

（上）装画：篠原千絵／1991-2000年／全6巻／小学館パレット文庫、（下）2008年／小学館ルルル文庫

ピアニストとして将来を嘱望されていた神崎亜衣子は、16歳の若さで突然、交通事故により命を落とす。

だが亜衣子の意識は、西洋人形のような7歳の美少女・三田村由麻の肉体の中に転生、別人として目を覚ます。この転生の秘密を唯一共有し、亜衣子に力を貸す協力者となったのが、由麻の従兄で高校3年生の三田村林だった。

やがて亜衣子の事故死が、何者かによる殺人であることが判明する。犯人を突き止めたものの、本当の黒幕は神崎家と三田村家に強い復讐心を抱く人物で、関係者が引き続き狙われていった。なぜ亜衣子は殺され、そして生まれ変わったのか。前世の因縁がかかわるこの事件を解決するため、亜衣子と林はさまざまな時代にタイムスリップしながら、復讐者の陰謀を阻止する旅に出る。

亜衣子と林という肉体年齢では11歳離れた歳の差コンビによる、愛と冒険の転生ファンタジー《還ってきた娘》。転生復讐譚を描く第5巻までに二人が出かけるのは、古代ヒッタイト、7世紀飛鳥地方、1912年タイタニック号、3世紀半ばのローマ帝国、そして明治14年の横浜。二人は各時代で神崎・三田村家関係者の前世に出会い、復讐者の魔の手から彼らの命を守りながら、ロマンスを育んでいく。

本作は『闇のパープル・アイ』や『天は赤い河のほとり』などで知られる少女漫画家篠原千絵の初小説。第1巻には『天は赤い河のほとり』のキャラクターの一人、ザナンザ王子も登場するなど、パラレル設定というかたちの嬉しいファンサービスもある。

《還ってきた娘》は若年層読者向けに執筆されているため、今読むといささか軽さが目立つが、作品のアイディアとスケールの壮大さは変わらぬ魅力を放つ。タイムスリップものならではの歴史要素や、音楽にまつわる描写など、少女の知的好奇心を刺激するような作品のディテールも楽しい。

シリーズは1991年から1995年にかけて5巻刊行され、転生タイムスリップ復讐の決着をもって一度完結する。2000年に新版として再刊されたタイミングで、書き下ろしとして第6巻が刊行。シリーズ中に一度も登場しなかった三田村由麻の人格が描かれ、16歳となった由麻と林の物語が補完された。亜衣子の霊体やこれまでのキャラクターも多数登場するなど、シリーズを総括した一冊だ。

《還ってきた娘》はパレット文庫の後続レーベル・ルルル文庫でも再刊され、2008年に全6巻が発売された。**（嵯峨景子）**

絵が秘めた謎と過去を追う美術ミステリ

《異人館画廊》谷瑞恵 *Mizue Tani*

key word▼［現代］［恋愛］［年の差］［幼馴染］［絵画］［成長］

装画：詩縞つぐこ／2014年-／6巻-／集英社オレンジ文庫

一見なんでもない小道具や背景に描き込んだモチーフを用いて、見る人の深層心理に訴えかける特殊なイメージを絵画に組み込む「図像術」を研究していた千景（ちかげ）は、画家だった祖父の死をきっかけに、イギリスから10年ぶりに帰国する。

そんな千景のもとに、盗難に遭ったゴヤの作品と、15世紀に描かれたと思われる作者不詳の作品の鑑定をしてほしいという依頼が舞い込む。その依頼の仲介者は、画廊の若き経営者である千景の幼馴染（おさななじみ）・透磨（とうま）だった。千景は久しぶりに再会した透磨から、絵の盗難にかかわった人間が死んでいることや、その原因が盗まれた絵に図像術による特殊なイコンが使われていたからではないかと疑われていることを聞く。

祖母と透磨をはじめ、占い師や劇団員、美術品にまつわる情報屋からなる美術品の調査や情報収集を行うサークル・キューブのメンバーに加えられた千景は、盗難された絵画の行方を追う――。

絵画に込められた図像と共に事件の謎をひもとく美術ミステリの本作は、1巻完結型の物語だが、それぞれの巻で起こる事件とは別に、幼い頃に誘拐された千景の「忘れられた記憶」がシリーズを貫く謎となっている。

主人公の千景は、大学をスキップして卒業後、修士号を取り研究者として大学に残っていたという少女で、図像術への深い知識を持っている。序盤は透磨につっかかる千景にやきもきさせられるが、次第にその頑なさの下に隠れた危うさが明かされていく。幼い頃に誘拐された時の出来事を――透磨が一番最初に彼女を見つけ出したことも含めて忘れてしまった千景は、物語が進むにつれて自分が封印した過去に向き合うことになる。

本シリーズの読みどころは、図像術という珍しいモチーフが事件と絡み合いながら浮かび上がらせる人の心理、そして空白の時間を挟んでなかなか素直になれない千景と透磨の関係性がゆるやかに変化していくさまにある。聡明（そうめい）だが未熟な18歳の少女でもある千景が周囲に助けられながら成長していく中で、亡き祖父が自分の将来を託した透磨との距離を近づけていく様子がじれったくも魅力的に描かれる。

1巻『盗まれた絵と謎を読む少女』は集英社文庫の体裁で一度出版されたが、現在は集英社オレンジ文庫に場を移して刊行している。（七木香枝）

少年に扮して新聞社で働く子爵令嬢の事情

《英国マザーグース物語》久賀理世 *Rise Kaga*

key word ▼［英国］［サスペンス］［家族］［恋愛］［成長］

装画：あき／2012-2013年／全6巻／集英社コバルト文庫

e-book

「おまえのように賢くて優しい女の子は、このさき苦労することになるかもしれないね。でも父さまはおまえがおまえの望む生き方を自由に選べるよう、全力で応援するつもりだよ」。

19世紀ロンドン。アッシュフォード子爵家の令嬢セシルは、偉大な探検家である父が旅先のエジプトで亡くなったため、喪が明け次第政略結婚することが決まる。父の死因に疑問を抱くセシルは、結婚前の残された一年で真相を暴こうと、性別を偽り大衆新聞社に潜り込んだ。

ある日、見習い記者として働くセシルの事務所に、ジュリアンという青年が訪れた。彼の絵の才能に目をつけたセシルは編集部に推薦し、二人は記者と絵師としてコンビを組むことになった。婚約者の情報を遮断しているセシルは知らないが、実はジュリアンは、長兄の友人でセシルの結婚相手だった。互いに秘密を抱えた二人はロンドンの街を駆け回り、数々の怪事件を解決する――。

《英国マザーグース物語》の舞台は1887年のロンドン。緻密な時代考証に基づく描写は、上流階級から下町の風俗までこの時代特有の空気感を再現し、読者を19世紀イギリスの世界に誘い込む。マザーグースを題材に取った事件も、見立て殺人・オカルト・都市伝説・暗号などバラエティに溢れ、ライトミステリとしても満足度が高い。事件を通じてセシルとジュリアンの距離が少しずつ縮まる恋物語にみえた本作だが、物語は第4巻で驚愕の急展開を迎える。史実を巧みに織り込み、国家を揺るがす陰謀へとスケールを広げた後半のストーリーも見逃せない。

16歳のセシルは幼い頃から浅黒い肌をからかわれ、自分の容姿に対して根深いコンプレックスを抱いている少女だ。来年には社交界デビュー、そして結婚という将来への不安や葛藤を押し込め、セシルは束の間、女性であることの不自由さから逃れた生き方を手に入れる。作中の貴族女性の言葉に滲む、女であるがゆえの生きにくさや諦念には、現代の女性も思わず感情移入してしまうだろう。自己評価の低いセシルが、さまざまな体験を経て成長する姿も本作の見どころだ。作中には個性豊かなキャラクターが登場するが、生真面目な長兄や破天荒な次兄など、仲のよいアッシュフォード四兄弟の掛け合いは何よりも楽しい。

シリーズは全6巻。最終巻の電子版には、物語の後日談を描いた番外短編3本中編2本が収録されている。（嵯峨景子）

リリカルと名づけられた闇

《リリカル・ミステリー》友桐夏 *Natsu Tomogiri*

装画：水上カオリ・四位広猫／2005-2007年／全4巻／集英社 コバルト文庫

e-book

　学習塾のチャットで、毎晩のように、意見を交換し合う5人の少女。暗黙の了解として私生活については一切語らず、互いのハンドル以外は、同じ系列の塾に通う高校生であることしか知らない。ところがある日、5人のリーダー格であるアイリスが、オフ会の開催を提案する。期間は夏季休暇中の5日間。さらにアイリスは、顔バレ後もチャットでの匿名性を保つために、オフ会の場では新たな名前を振り分けて互いを呼び合うが、会話に嘘を混ぜてはいけないという二つのルールを提案した。

　こうして彼女たちは、アイリスが準備した、携帯の電波も届かない山奥の洋館に集合する。ところが、その場所にやってきたのは4人だけだった。伶沙、深月、亜梨栖、宵子という新たな名前を振り分けられた4人は共同生活をスタートさせるのだが、翌朝、深月は館の外に不審な白い人影を目撃する。やがてその不安な気持ちに急き立てられるかのように、彼女たちは、これまで避けてきた自分たちの出自について語り始めるのだった……。

　特に事件らしい事件が起きるわけでもなく、少女たちの告白とディスカッションが続くだけなのだが、誰が誰なのかを探り合う4人の、緊張感溢れる会話で読者を引き込み、徐々に個々のエピソードのつながりを開示する展開が見事だ。ところが、少女たちの関係や縁を解き明かす佐々木丸美調の繊細でロマンチックなミステリだと思っていたら、いきなり恩田陸『六番目の小夜子』的な女神の顕現があり、終盤で畳み掛けるようなどんでん返しが続く。300ページ弱のコンパクトな物語にもかかわらず、読後感は『六番目の小夜子』と『常野物語』と『蛇行する川のほとり』を同時に読まされたような満腹感だ。

　友桐夏は「ガールズレビューステイ」で2005年度ロマン大賞の佳作に入選し、改題した『白い花の舞い散る時間』でデビュー。その前日譚である『盤上の四重奏』をはじめ、《リリカル・ミステリー》のシリーズ名で4冊の長編を上梓した後、一般文庫へと活躍の場を移した。作品の大半は、魔女を輩出する血統や、宗教、学習塾などのキーワードでつながっている。現在は電子書籍のみで新作を発表。コバルト文庫版は品切れとなっているが、デビュー作並びに『盤上の四重奏』は、改題した『ガールズレビュー〈ステイ〉』、『ガールズレビュー〈ゴシック〉』として、またシリーズ第2巻にあたる『春待ちの姫君たち』も、それぞれ加筆修正した電子版が入手可能だ。（三村美衣）

key word▼［現代］［オフ会］［合宿］［魔女］［どんでん返し］

ヴィクトリア朝英国貸本屋奇譚

《倫敦千夜一夜物語》 久賀理世 *Rise Kuga*

key word▼［英国］［貸本屋］［兄妹］［連作］［サスペンス］

装画：sime／2015年-／2巻-／
集英社オレンジ文庫

e-book

ヴィクトリア朝末期の英国で貸本屋を営む兄妹探偵が、身の回りで起きた事件を、本からヒントを得て解決する連作ミステリシリーズだ。

ロンドン郊外の小さな町に開店した一軒の貸本屋。ある日、店番のサラは、幼い男の子から「白い犬の背にのった女の子が、海の国の王子様に頼まれて宝物探しをする」話を探してほしいと頼まれた。しかし博識を誇る兄のアルフレッドをしても、女の子が犬に乗って冒険する物語は発見できなかった……。

本の探偵のように始まった物語は、当時一世を風靡していたウエルズの空想科学小説『タイムマシン』についてのディスカッションがヒントとなり、男の子がその本を探す動機の解明へとつながる。

貸本屋の佇まいがなんともいえない。店の名前はアルフ・ライラ・ワ・ライラ。アラビア語で「千とひとつの夜」という意味を持つ。蔵書票は店名にちなんでシェヘラザード姫、書架には『千夜一夜物語』のさまざまなエディションも並ぶ。サラが店番をつとめ、店の奥にはアルフレッドの装幀工房がある。賃料は中産階級向けの年会費制貸本屋とは異なり、どんな本でも一冊3ペンスとリーズナブル。「お貸しするのは、本とともに旅する時間です」とサラは店のモットーを語る。

そんな店内で、サラとアルフレッド、それに店の客として偶然再会したアルフレッドの寄宿学校時代の後輩ヴィクターの三人が、オルコット『若草物語』、スティーヴンソン『新アラビア夜話』、シートン『動物記』、《シャーロック・ホームズ》シリーズなどさまざまな本について意見を交わしながら、事件を解決していく。

書物とミステリという組み合わせは《ビブリア古書堂の事件手帖》や《文学少女》シリーズなどを思い出させるが、時代がヴィクトリア朝の英国なだけに、おのずと日常の謎だけではなく、密室殺人や猟奇殺人など血なまぐさい事件にもかかわる。アルフレッドとサラの兄妹は貴族なのだが、何者かに両親を殺害され、自身の身の安全のために素性を隠しており、その両親殺害や彼らがかかわる複数の事件の背景に、ドイルのモリアーティ教授、笠井潔のニコライ・イリイチを彷彿とさせる絶対悪的な存在がほのめかされている。いつか兄はその悪と対決するために、どこかに行ってしまうのではないか。サラが漠然と抱いているそんな不安が、物語に陰影を与えている。

（三村美衣）

男装の天才プロファイラー

《EDGE》とみなが貴和 *Kiwa Tominaga*

装画：沖本秀子・緋乃鹿六／1999-2006年／全5巻／講談社X文庫ホワイトハート

東京タワー、レインボーブリッジ、東京都庁、池袋の巨大煙突、防衛庁の通信塔。

東京のランドマークともいうべき建造物が、次々と、何者かに爆破された。どの犯行も日暮れに行われたことから、マスコミは犯人を「黄昏の爆弾魔(ラグナロク・ボマー)」と命名し、その名前はまたたく間に世間に浸透していった。

そんな状況に業を煮やした桜井警視正は、半ば脅迫めいた手段で、3年前に引退した天才プロファイラー大滝錬摩(おおたきれんま)を強引に召喚する。

大滝錬摩はFBIアカデミーで学んだ男装の麗人で、3年のブランクを経た今でもまだ24歳という若さだ。3年前、相棒の藤崎(ふじさき)が頭部に被弾した事件で、錬摩は獄中の犯人を惨殺している。もちろん物証は何もないが、この一件以来、警察内部の錬摩の評価は、「よく訓練された、狂ったドーベルマン」だ。

そもそも犯罪者の内面をのぞき込むプロファイラーは、犯罪者に最も近い存在であり、一歩間違えれば、もろ共に奈落に堕ちる危うさを伴う。そのストッパーであった藤崎を失った錬摩の内面の闇が丹念に描かれていく。また、犯罪者側の心理を、東京という都市の風景にオーバーラップさせる描き方――映画版『機動警察パトレイバー』や近作で言えばドラマ「MIU404」を連想させる東京論的な試みが面白い。読後は、山手線の車内から見る街の景色が、全く別のものに見えるはずだ。

少女小説的な醍醐(だいご)味は、藤崎への愛情の行方だ。藤崎は、そもそも肉体が損傷するたびに、それを超能力で補う異能者だった。

key word▼［現代］［東京］［犯罪］［心理捜査官］［超能力］［シリアス］

3年前に脳を損傷した彼は、幼児に退行したが、同時にテレパシー能力を手に入れ、さらに知能も回復しはじめている。この3年、仕事も引退して藤崎の介護をしてきた錬摩は、果たして失った藤崎を取り戻せるのか、それともあるがままの今の藤崎を愛するのか。さらにそこに全5巻をとおして語られる、大滝錬摩の過去と彼女自身の事件が絡む。かたくななまでに女性性を拒絶していた主人公が、数々の哀しみや痛みを乗り越え、最終的に辿(たど)り着く清冽(せいれつ)な結末にも胸を打たれる。

リアルで丁寧な心理描写と緻密な構成力から、少女小説の枠を超えて高い評価を受け、ホワイトハートでのシリーズ完結後、講談社文庫版の刊行がスタートする。またそれと並行して緋乃鹿六によるコミカライズ《EDGE　黄昏の爆弾魔》(全3巻)がマガジンZコミックスより刊行された。

(三村美衣)

着物に秘められた想い解き明かす連作ミステリ

《下鴨アンティーク》白川紺子 *Kouko Shirakawa*

key word▼［京都］［アンティーク着物］［古典文学］［不思議］

装画：井上のきあ／2015-2018年／全8巻／集英社オレンジ文庫

e-book

高校生の鹿乃(かの)は、幼い頃に両親を亡くし、祖母の手で育てられた。その祖母も一年前に病気で亡くなり、現在は、骨董(こっとう)商を営むぐうたらながらイケメンの兄・良鷹(よしたか)と、兄の親友の大学准教授の慧(けい)と三人で暮らしている。

ある日、古い着物が大好きな鹿乃は、祖母の遺品の着物を虫干ししようと、庭の土蔵に入った。祖母から「土蔵の扉は絶対に開けてはいけない」と厳命されていたため、中にあるのは鹿乃も初めて見る着物ばかりだが、どう見ても祖母の趣味ではない。不思議に思いながら風通しのために母屋で吊(つ)るしたところ、どこからともなく騒ぎ声や足音が聞こえ、綸子(りんず)地の着物の絵柄が変わってしまった。その後も花が描かれていたはずの着物が無地になったり、藤の花の色が抜けたり、中にはすすり泣いたり、逃げ出したりする着物まで現れる。なんと土蔵にしまわれていたのは、祖母が持ち主より預かった、何かが憑(つ)いている着物ばかりだったのだ。

憑き物を題材にしたミステリ仕立ての連作は数多いが、本書はそれをアンティーク着物に絞ったところが特徴だ。鹿乃は怪現象の原因を突き止めるため、着物の持ち主や縁者に会い、柄や仕立てに込められた願いや想いを読み解いていく。『源氏物語』や『秘密の花園』など、古典文学が謎解きのヒントになっているところも面白い。そして名探偵が一同を集めて「さて」と言う、あの瞬間にあたるのが、鹿乃のお着換えだ。鹿乃は帯や帯留め、髪飾りなどの小物を選び、時には見立ての技法を使って、その着物が求める物語を着つけで再現し、着物の荒ぶった心を鎮めるのだ。

着物にまつわるエピソードもそうだが、鹿乃が旧華族の家柄で土蔵のある古い洋館に住み、イケメンのナイトたちに囲まれているなど、設定は浮世離れしている。しかし、物語の舞台である京都という街――千二百年に及ぶ古都の歴史と、現代まで脈々と受け継がれてきた伝統、そして旅人のような学生たちの往来によって形作られる街の姿を、具体的かつ立体的に描くことで、ロマンチックで少し不思議な世界を見事に成立させている。読んでいるうちに、着物に興味がわき、京都に行きたくなる危険なシリーズだ。鹿乃が着るアンティークの着物の説明や描写も素敵なので、ぜひともスタイルブックを刊行してほしい。

（三村美衣）

街が与えてくれる温もりと癒やし

《ある朝目覚めたらぼくは》要はる *Haru Kaname*

装画：烏羽雨／2015年-／2巻-／集英社オレンジ文庫

一人の建築家が旧財閥系・遠江家の協力を得て、広大な私有地に一つのコミュニティを作り上げた。エデンと名づけられたその街は、芸術家や職人が集まってさまざまな店を出す、まるでテーマパークのような場所だ。

ある日、その街に新たな住人として、18歳の坂垣遼が到着するところから物語は始まる。

遼がエデンに来たのは、急死した祖父の夢を継いでアンティークショップ「エトワール」を開店させるためだ。幼い頃から大切にしていた機械人形のララと、身の回りのものを詰めた小さな鞄だけを持って店に入った彼は、さっそくララを外から見える窓辺に飾った。そのララに目を止めたのが、遠江家の一人娘で、エトワールの向かいのオルゴール館の館長を務めるきらだった。遼の名前を親しげに呼ぶ彼女は、ララの本来の持ち主であり、幼い頃に彼女自身が遼にララを預けたという。さらにその夜、なんときらが、半分記入済みの婚姻届を手にウェディングドレス姿で遼のもとに現れた。

実はララは亡くなったきらの母がきらに贈った人形で、母の遺産のありかを示す鍵だった。そして、その大切な人形を見つけてくれた相手と結婚してもいいと、公言していたのだ……。

コミカルな遺産探しが進む一方で、並行して語られるが遼の抱える孤独だ。遼の両親は親族の反対を押し切って駆け落ちをして遼を授かるが、その直後に交通事故であっけなく他界した。遼はその後、親戚の間をたらい回しにされて育ち、短い時は数日で移動するような暮らしを続けてきた。そんな不安定な暮らしが終わったのは、ようやく娘を許す気になった、母方の祖父が迎えにきてくれたおかげだった。祖父との暮らしは楽しく、夢のようだったが、しかしそれでも遼は、祖父が死ぬまで一度も彼を「おじいさん」とは呼ばず、素直に甘えることもできなかった。両親に続き、自分を愛してくれたただ一人の人を失って、人生を諦めてしまった遼を、きらや街の人々が優しく包み込む。

第1巻はサスペンスタッチだが、第2巻は一転、予約二年待ちの人気占い師の失踪事件に端を発し、街の根底を揺るがすような大事件が描かれる伝奇小説になる。物語の方向性はかなり異なるが、人工的に作られた箱庭のような街に人が流れ着き、人のつながりに癒やされ、自己を回復するというテーマは一貫している。（三村美衣）

key word▼［少年主人公］［骨董屋］［機械人形］［再生］［ほっこり］

無鉄砲少女とヤンデレ幼馴染の冒険事件簿

《有閑探偵コラリーとフェリックスの冒険》橘香いくの *Ikuno Tachibana*

key word▼［恋愛］［幼馴染］［ヤンデレ］［怪盗］［笑い］

装画：四位広猫／1997-2006年／本編全17巻＋番外編1巻＋続編7巻／集英社コバルト文庫

e-book

寄宿学校から呼び戻されたコラリーは、父親から突然、幼馴染フェリックスとの結婚を命じられる。近衛騎兵隊将校のフェリックスは、容姿端麗で頭が切れる青年だが、いつも無表情で空気を読まずに思ったことを垂れ流す、変わり者のトラブルメーカーだ。

父親の無茶ぶりにはワケがあった。駆け落ちした亡き母の父親で、百万長者のデローリエが、コラリーが「立派な青年と結婚すること」を条件に遺産相続を申し出たという。母が果たせなかった実家との和解のためと説き伏せられ、コラリーは仕方なくフェリックスと婚約したふりをして、祖父に会いに出かけた。だがデローリエは孤独でかたくなな老人で、フェリックスの不遜な態度や遠慮のない物言いは、ますます状況を悪化させた……。

紆余曲折を経て祖父との和解を果たしたコラリーは、フェリックスと共にデローリエ邸の居候になった。ある時コラリーは、エトワール座の人気女優リアーヌと知り合う。リアーヌの恋人は劇作家で、偶然にもコラリーやフェリックスと旧知の仲だった。美しいリアーヌとの交流を喜ぶコラリーだが、数週間後、彼女は忽然と姿を消した――。

単純でお人好しな絶叫系ヒロインがさまざまな事件に首を突っ込み、ヒロイン大好きで心に闇を抱えたヒーローが、暴走する彼女の側で一人勝手に謎を解く。健全少女とヤンデレ男の幼馴染ケンカップルという、最強コンビが活躍する《コラフェリ》最大の見所は、主役二人が魅せる掛け合い漫才だろう。テンポのよい会話の数々と、シリアスな事件を柱に進む冒険活劇は、読者をあっという間に二人のペースに引きずり込む。

フェリックスの性格は強烈だが、他のキャラクターも負けず劣らず個性に溢れる。変装の名人シュシナックは、長きにわたり物語を掻き回した大怪盗。コラリーへの横恋慕で、フェリックスと激しい攻防を繰り広げた。国王テランス二世は、外面と実態の落差が激しい曲者で、フェリックスを〝遊べる男〟と見込み彼を何かと目にかける。空き巣あがりのヘボ探偵ボナバンは、フェリックスにいいように使われて振り回される、かわいそうな役回りを担う。

シリーズは番外編を含めて全18巻。続編《コラリーとフェリックスのハネムーン・ミステリー》は、結婚した二人が出かけたハネムーン旅行の騒動を描く。同じ世界を舞台にした《ブローデル国物語》は、本作の100年前の時代にあたる。（嵯峨景子）

化け物と噂される長官の正体は牢名主？

《スリピッシュ！》今野緒雪 *Oyuki Konno*

装画：操・美緒／1997-2004年／全4巻／集英社コバルト文庫

ワースホーン国の王都エーディックには三つの検断（ポロトー）があり、当番制で都の法の番人を務めている。その一つ・東方検断（トイ・ポロトー）の東方牢城（リーフィシー）に忍び込もうとした少女がいた。

下町でお針子として働いていたロアデルは、身に覚えのない借金を背負わされ、娼館（しょうかん）に連れて行かれたところを逃げ出して、秘密の恋人に助けを求めようとしたのだった。その恋人とは、東の化け物と噂（うわさ）される東方検断長官ラフト＝リーフィシー。彼との面会を望むロアデルは、獄中で牢名主（ろうなぬし）の少年・アカシュに出会う。

13歳の頃から5年もの間獄中にいるというアカシュは、チョギーというゲームの腕がよく、毎朝東方検断長官の相手を務めているという。何かと自分に関心を示すアカシュに戸惑うロアデルは、自分が知っていたはずの「恋人」像が少しずつずれていくことに気づくのだった……。

《スリピッシュ！》は、《マリみて》で人気を博した今野緒雪の初期シリーズの一つ。検察と裁判所を兼ねた組織・東方牢城を舞台に、牢名主にして検断長官という二つの顔を持つアカシュの周囲で起こる騒動が描かれる。

アカシュの長官としての役割はいわば西洋風のお奉行だが、自由な彼は牢と城を行き来しながら、周囲を巻き込みつつ自ら動き回る。そんな彼の周囲には、アカシュが抱える秘密を守り、時に振り回されてもいる美貌の副長官エイや、西方検断副長官を務めるちょっと抜けたところのある幼馴染（おさななじみ）トラウトに働きもののロアデルなど、個性あるキャラクターが集う。親しみの持てるキャラクターたちの軽妙なやりとりと、二つの顔を持つアカシュを中心に巻き起こる騒動が楽しいシリーズだ。

タイトルの「スリピッシュ」とは、作中の世界にあるボードゲーム・チョギーの技名を指す。格子模様が描かれた盤上で駒を取り合うというチェスを連想させるこのゲームが、シリーズを通して物語の鍵となっている。

恋を信じるロアデルが持ち込んだ謎をめぐる1巻『東方牢城の主』に続き、2巻『盤外の遊戯』では有能な副長官・エイが誘拐されたアカシュの行方を追う様子が描かれる。前後編となる3・4巻『ひとり歩きの姫君』ではややこしい王家の事情と共に女難に見舞われたアカシュの物語が展開し、エイの出生の秘密をはじめとする謎が示されるが、続刊は刊行されていない。3巻の刊行までには5年を隔てたこともあり、いずれまた彼らに再会できる日が来ることを期待したい。（七木香枝）

key word▼［少年主人公］［二つの顔］［事件］［ドタバタ］

物語を〝食べる〟少女が読み解く事件の深淵

《文学少女》野村美月 *Mizuki Nomura*

key word ▼［少年主人公］［学園］［恋愛］［本］［切ない］

装画：竹岡美穂／2006-2011年／全8巻＋短編集4巻＋外伝4巻／エンターブレインファミ通文庫

e-book

かつて〝謎の天才美少女作家〟として、日本中の注目を集めた「井上ミウ」。その正体は平凡な男子中学生・井上心葉だった。その過去を封印した心葉は現在、ごく普通の高校生として生活していた。

高校に入学して間もない頃、心葉は一学年先輩の文芸部部長・天野遠子が、小説のページを破って食べているのを目撃する。遠子は心葉を強引に文芸部へ引き入れ、それ以来心葉は、遠子が「食べる」ための物語を執筆する日々を送っている。心葉が2年生になったある日、文芸部のもとに竹田千愛という女子生徒が恋の相談にやってくる。しかし、弓道部の3年生であるという千愛の想い人について調べてみると、そもそもそんな人物は学園内に存在していなかった。千愛の真意はいったい——。この不可解な出来事は、心葉と遠子の身近に起こるいくつもの事件の幕開けだった。

物語を「食べる」遠子と、遠子のために「おやつ」を書き続ける心葉の二人が、実在の文学作品にちなんだ事件の真相に迫っていく《文学少女》シリーズ。心葉に想いを寄せながらもきつく当たってしまう琴吹ななせや学園理事長の孫娘で遠子に異様な執着をみせる姫倉麻貴、一見社交的で女性にモテるが冷酷な一面を覗かせる櫻井流人、心葉のクラスメイトで誠実な人柄の芥川一詩ら二人の周囲を彩る人物たちが、巻を追うごとに深刻な事件の当事者となっていく。

遠子は事件を外側から眺めながら、〝文学少女〟ゆえの「想像」の力で核心に近づく。やがて、事件の裏側にある当事者たちの陰鬱なバックグラウンドがあらわになり、各エピソードが下敷きにする古典文学の内容とシンクロしながら、痛切さに溢れたクライマックスを迎える。強い哀感をもたらす山場と、「おやつ」を食べるシーンの遠子のとぼけた風情などのおかしみが好対照をなし、テンションを保ったまま緊張と緩和を行き来する読み口が小気味よい。

シリーズ本編は心葉の抱えるトラウマや遠子の出自に迫りながら全8巻で幕を下ろし、他に短編集4巻、外伝4巻をもって完結。最終巻となる外伝『半熟作家と〝文学少女〟な編集者』では、本編エピローグと呼応した後日譚も知ることができる。またコミカライズおよびアニメ化、アニメ版キャストによるドラマCDなどのメディアミックスも展開されている。（香月孝史）

ティーンレーベルの本格トラベルミステリ

《幽霊事件》風見潤 *Jun Kazami*

装画：かやまゆみ・椎名咲月／1988-2006年／全66巻／講談社X文庫ティーンズハート

青山大学に入学した水谷麻衣子（みずたにまいこ）は、スカウトを受けて推理小説研究会（ミステリ・クラブ）に入部した。

1年生部員は、中学時代から推理小説を愛読する麻衣子、SF好きな日下千尋（くさかちひろ）、そして高校時代は演劇部だった中田美奈子（なかたみなこ）の三人。麻衣子は千尋が気になり、彼と親しくなろうとチャンスをうかがっている。

大学最初の夏休み、千尋の発案で1年生の同人誌を作ることが決まった。執筆のため、三人は麻衣子の叔父が経営する清里のペンションに出かける。宿泊するロッジのそばには、3年前に殺人事件が起きた通称〝幽霊屋敷〟が建っていた。

ペンションのコートでテニスを楽しんだ後、ディナーへ出かけた三人は、レストランで食事中の女性客が席に戻らないことに気づく。トイレに行ったはずの彼女は、赤いワンピースだけを床に残し、忽然（こつぜん）と消え失せていた。この消失以降、謎の女が出没し、叔父の周辺で不審な出来事が立て続けに起こる。叔父は一連の動きに何やら心当たりがあるようだが、女の正体は本当に幽霊なのだろうか？

青山大学ミステリ・クラブ所属のトリオが、探偵として活躍する《幽霊事件》シリーズ。ティーン向けに読みやすく書かれているが、本作は本格的なトリックが登場する良質なトラベルミステリだ。物語は基本的に1巻読み切り形式で、麻衣子たちは日本各地、時には海外で殺人事件に巻き込まれ、その真相を解き明かす。作中のところどころに、他のミステリ小説の話題が織り込まれているのも楽しい。

シリーズは、麻衣子たちが大学を卒業する『卒業旅行幽霊事件』で一区切りを迎える。『赤い鳥居荘幽霊事件』以降は京都に拠点を移し、三人で探偵事務所を立ち上げてプロとして活動する「幽霊事件・京都探偵局」として展開。

完成度の高いミステリを楽しむなら、古代史をからめたプロットが秀逸な『ヤマタイ国幽霊事件』や、童謡に見立てた連続殺人事件『名古屋わらべうた幽霊事件』などがお勧め。また『北海道幽霊事件』では、物語中に『北海道幽霊事件』という書籍そのものがキーアイテムとして登場し、メタ的な構造の中に主人公たちが取り込まれていく。

風俗描写に時代を感じるものの、トラベルミステリとしてのリアリティや、丁寧なロジックで組み立てられたトリックの数々は、今もなおその輝きを失わない。1991年に『冬の京都幽霊事件』が、火曜ミステリー劇場でテレビドラマ化された。

（嵯峨景子）

key word▼［現代］［探偵］［恋愛］［旅行］［サークル］

大正浪漫の風薫るポップな連作ミステリ

『わたしの嫌いなお兄様』松田志乃ぶ *Shinobu Matsuda*

key word▼［大正］［ラブコメ］［婚約］［女学生］［探偵］

装画：明咲トウル／2012年／全1巻／集英社コバルト文庫

時は大正、元士族の家に生まれた橋本有栖は、女学校でも「ミス・おてんば」と評判の17歳。そんな有栖は、ある日婚約者ができたと知らされる。それは、有栖の5つ上の従兄・春日要だった。

裕福な家の生まれで知的な美貌を持つ慶応生の要は、一見とても素敵に思える青年だが、その中身は子どもっぽく、のびのびと育ちすぎた自由人。昔から落とし穴に落とされたり、悪戯の片棒を担がされたりと、有栖はちゃらんぽらんな要に振り回されてきたのだった。

そんな要と結婚なんて、と怒った有栖は父から婚約の裏事情を聞かされる。かねてから申し入れがあったという婚約の話を受け入れたのには、父が春日家から借りた西洋人形を紛失したことが関係しているというのだ。

いつものように要の仕掛けた悪戯だと思った有栖は、春日家を訪れて抗議する。だが、要は婚約の件も知らず、当日の夜もアリバイがあるという。探偵小説を書いたり、警視総監の息子と親しくして犯罪現場に出入りしたりしている「素人探偵気取り」の要と共に、有栖は消えた西洋人形の謎を調べ始めるのだった……。

おてんば娘の女学生と素人探偵の青年が事件を追う、大正浪漫の魅力に溢れた連作ミステリ。

西洋人形の行方を追う表題作をはじめ、少女雑誌で人気の「乙女小説」にまつわる謎、探偵小説になぞらえて起こされる連続誘拐事件を追う三編を収録。

《嘘つきは姫君のはじまり》でみせたロマンスにミステリ要素を絡める手腕は本作でも発揮され、いとこ同士の関係と謎解きが短編連作でテンポよく描かれる。

また、端々に有栖の洋服や小物、女学生言葉をはじめとする大正時代の風俗やレトロモダンなモチーフがふんだんに散りばめられているのも特徴だ。その中には、要が有栖と自身をモデルに書いたというエログロ雑誌に掲載された探偵小説や、誘拐された女性が宝石で美しく飾り立てられた活人形として現れるなど、猟奇的な要素も盛り込まれつつ、明咲トウルの挿絵と共に、物語を魅力的に彩っている。

恥ずかしくなるほど赤裸々に、時にややずれた愛情を感じさせる甘い口説き文句を繰り出す要と、表題こそ「嫌い」とあるものの、次第に彼を意識していく有栖の関係を軸に謎解きが楽しめる、ポップな大正浪漫ラブコメだ。（七木香枝）

理知的な少女と吟遊詩人がひもとく迷宮の謎

『鳥は星形の庭におりる』西東行 *Yuki Saito*

key word▶［ファンタジー］［迷宮］［吟遊詩人］［成長］

装画：睦月ムンク／2009年／全1巻／講談社X文庫ホワイトハート

e-book

双都オパリオンの貴族の娘プルーデンスは、祖母の弔いのため、家族と祖母の故郷であるアラニビカ島へ向かう。

海上交通・交易の要所であるアラニビカ島には、鳥の塔と呼ばれる五角柱の塔がある。かつて世界を飛び渡っていた風の精霊・霊鳥ナサイアが羽をやすめに降り立ったと伝わる鳥の塔は、神や精霊が去った後も残る奇跡として人々の信仰を集めていた。

塔の最上階には星の光が集まってできたと歌われる泉が湧いており、その水が外へと流れ落ちる様子を見ることができるが、神聖な塔への立ち入りは禁じられてきた。また、塔には入り口がなく、地下の迷宮を通らなければ出入りができないが、その正しい道は塔を守るアラニビカ大公家に伝わっているとされていた。

古くからの風習に則って大公家の息女であった祖母の遺品を霊廟に遺品を納める前に、迷宮の地図が刻まれた護符と腕輪が盗まれてしまう。祖母から託された形見の品が盗まれたものと対をなす護符だと気づいたプルーデンスは、迷宮がもたらす利権をめぐって争う大人たちの思惑から逃れようと、蒼い衣をまとった吟遊詩人と共に鳥の塔へと向かう……。

唯一の理解者である祖母を喪い、家族の中で孤立する12歳のプルーデンスは、貴族の娘に期待される以上に聡明な少女だ。賢さとかたくなさをあわせ持つ〝可愛げのない娘〟であるプルーデンスは、理知的な思考でもって迷宮の謎を解いていく。

この物語をより魅力的にしているのは、プルーデンスに協力する吟遊詩人の存在だ。神々が去り、創世の時代の名残と人の世が入り交じる地で織りなされる本作の吟遊詩人の造形には、ファンタジーへの確かな愛が感じられる。名前を持たず、何にもまつろうことなく風のように自由な吟遊詩人は、初めプルーデンスの目に不可解に映る。だが、物語が進むうちに、プルーデンスは放浪を運命づけられた吟遊詩人が抱える孤独を知るようになる。

プルーデンスと吟遊詩人の間に結ばれた愛は、わかりやすいロマンスとは少し異なる。その愛のありようは、別れの寂しさをまといながらも、人の心の深いところに根ざした願いをそっと撫でるように優しく描かれる。

大人たちの妨害に遭いながら、迷宮の果てに辿りついた先で、プルーデンスと吟遊詩人の前に現れた光景と少女が得た愛のみずみずしさが心を打つ。聡明な少女の成長と迷宮の謎が魅力的に描かれた、上質なファンタジー。（七木香枝）

column

甘やかな夢はどこから生まれる——藤本ひとみの世界

文＝小池みき

13歳のとき、藤本ひとみの小説にハマった。あとにもさきにも、私がハマった少女小説は藤本作品だけである。私を直撃したその吸引力について、思うところを少し述べたい。

藤本ひとみは1951年生まれ。80〜90年代にかけてコバルト文庫を中心に活躍し、少女小説ブームを牽引（けんいん）した。しかし彼女は90年代半ば、1巻完結もの以外のほぼ全てのシリーズを未完のまま残して少女小説から手を引き、一般文芸の世界に活動の軸を移してしまう。だから87年生まれの私が藤本作品を知ったとき、彼女はすでに少女小説作家ではなかった。

知ったきっかけは、たまたま読んだ彼女のエッセイである。「私が小説に書いた中学3年生のヒーローに、読者の少女たちだけでなく友人も夢中だ」といったエピソードが気になり、その美馬（みま）という少年[1]が登場する小説を古本屋で探したのが始まりだった。

それまで古典児童文学ばかり読んでいた私にとって、藤本作品は衝撃だった。次から次へとヒロインに求愛する容姿端麗・家柄抜群の美形男性キャラクターたち、そして西洋史や医学領域を中心とした雑学の洪水。

彼女の作品が大勢の女性に熱狂的に支持された訳はすぐに理解できた。藤本ひとみの描く男性はとにかく情熱的だ。傲慢なまでの力強さでヒロインを愛し、彼女がどんな問題を抱えていようと徹底的に助ける。その男性が、社会的にもとびきりハイスペックなのだからこれはファンタジーとしてはたまらないだろう。

もちろん2000年代に思春期を迎えた私からみれば、「古い」印象を拭えない箇所も少なからずあった。たとえば、血筋や外見、生活習慣が西洋的であることへの憧れを隠さないキャラ描写や、「男性は／女性はこういうものだ」という男女規範の強さなどである。

藤本ひとみは男女規範意識の強い作家だ。人間を性別できっぱり区分し、自分でもよく書いているとおり、「男は雄々しく戦って女を守り、絶対に弱みを見せるべきでない」という〝美学〟にこだわる。また女性の描写に目を向けると、「少女とは一般的にこういうものだ」という断定が目につく。そして多くのヒロインは、純真な女友だちや亡き母に託された家族など、自分を犠牲にして守らなければならない存在を抱えている。

自己犠牲を強いられる少女が、〝男らしい〟エリート男性からの強い求愛によって救済される世界。強烈な上昇志向と男女規範に支えられたその80年代的ドリームを、私は率直に「古い」と感じた。しかし、それでもなお強く惹（ひ）かれた。

そう、私はここで白状しなければならない。私の心の奥底にも、ハイスペック男性からの救済を望む〝少女〟の自分は存在している。男女規範を憎み否定する自分と共に、確かに〝彼女〟はそこにいるのだ。

とりわけ少女期は、周囲から降り注ぐ「女の子なんだから」という声によって己の内に抑圧を育てながら、そうやって我慢している自分を激しく肯定し、救ってくれる存在を求めていたと思う。藤本作品はその欲求を刺激する力を持っていたし、「これは昔の小説だから、表現や展開が〝正しく〟なくてもいいのだ」という言い訳をも与えてくれた。私が藤本作品にのめり込んだのは、内なる抑圧が、藤本作品の表現する規範に呼応したからにちがいない。

さてそうなると気になるのは、〝今〟の藤本作品と、それを読む子どもたちの存在である。

藤本ひとみは現在、角川つばさ文庫、講談社青い鳥文庫などのジュニア文庫の領域で活躍中だ。その中でも大きな存在感を放つ作品に、『探偵チームKZ事件ノート』シリーズ[2]がある。進学塾に通う少年少女たちが、それぞれの得意分野を活かして事件を解決する軽快な青春サスペンスで、コバルト時代の未完作のリメイクである。今や青い鳥文庫の主力の一つで、シリーズ累計売上は200万部を超え、NHKでアニメ化もされている。

リメイクの情報を得た時は嬉しく思った。しかしその後シリーズを読み進めていくうちに、どんどん戸惑いが大きくなっていった。コバルト文庫時代に展開していた男女規範が、ほぼそのまま繰り返されていたからである。

例をあげれば『七夕姫は知っている』[3]では、危険なことをしようとする少年たちを見て、主人公の彩（13歳）がこう考える。「それが女子とは、決定的に違う点だよね。女の子は、毎日の平和と安定を脅かさない程度の、ちょっとしたスリルで十分なんだもの」。

もう一つ、こちらは『消えた黒猫は知っている』[4]から。「へぇ、男子ってこうなんだ！ってよく思う。将来、結婚したら、この知識を活かして理解ある妻になり、素敵な家庭を作りたいな」。

どの巻にもしつこいほど出てくる「女はこうだ」「これだから男は」といったセリフの数々に、私は危機感を拭えない。なぜなら大人になった私は、かつて「古い」と思っていた80年代的ドリームがまだ現役でこの社会を覆い、呪っていることを嫌というほど知ってしまったからである。

もちろん、藤本作品の魅力は恋愛要素だけではない。謎解き要素や蘊蓄に惹かれる読者もいるだろう。しかしそれでもやはり私は、藤本作品の描く男と女の夢の、その吸引力を特に強烈だと感じる。もしかしたらそれは、今を生きる子どもたちにとっても同じかもしれない。そうだとしたら、それを感じさせているものは何であるかを、大人になった私は改めて考えなければならないのだ。自分の中の〝少女〟と一緒に。

1 コバルト文庫では主に「花織高校恋愛スキャンダル」「新花織高校恋愛サスペンス」などのシリーズに登場する美形キャラクター。一般文芸作にも登場する。
2 2011年より刊行。藤本ひとみは「原作者」となっており、文章を担当しているのは住滝良。リメイク元は、1992年よりコバルト文庫で刊行されていた「KZ少年少女ゼミナール」シリーズ（全3巻、未完）。
3 2015年7月11日刊行。
4 2018年12月16日刊行。

小池みき（こいけ・みき）
フリーライター・漫画家。

V
S
F

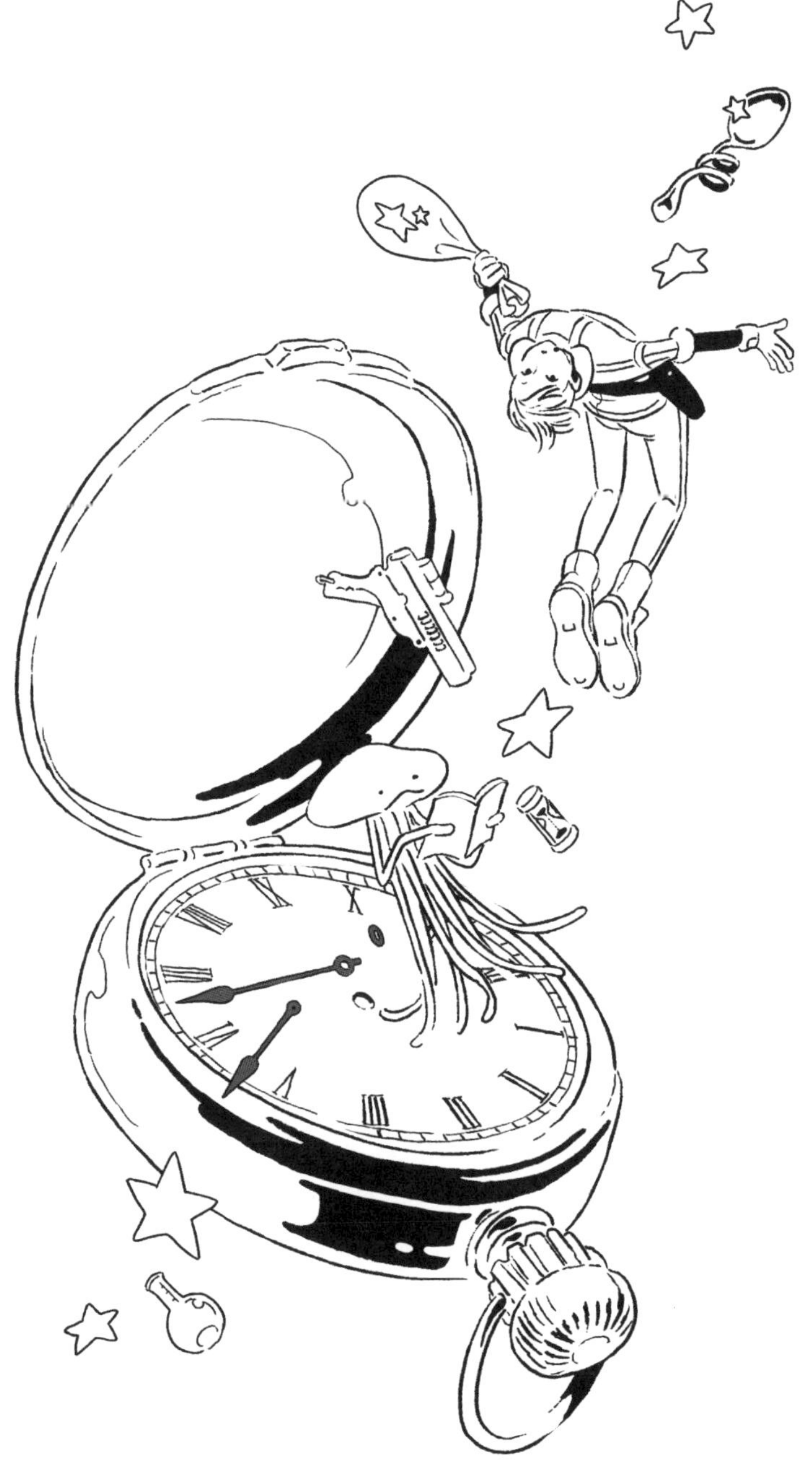

家出少女は宇宙を目指した！

《星へ行く船》新井素子 *Motoko Arai*

（上）装画：竹宮恵子／1981-1992年／全5巻＋番外編3巻／集英社コバルト文庫、（下）装画：大槻香奈／2016-2019年／全5巻＋番外編3巻／出版芸術社
e-book

人類が植民惑星を開拓し、着々と宇宙に版図を広げる23世紀。地球の森村財閥のお嬢様・あゆみは、親が薦める結婚が自分が望む未来ではないことに気づき、家出を決行。兄のパスポートを拝借、男装をして植民星へと向かうロケットに乗り込んだ。ところがなんと、その宇宙船の船内で彼女は、植民星の王位継承をめぐる争いに巻き込まれることに……。

新井素子は高校在学中の17歳で奇想天外SF新人賞佳作に選ばれ、受賞作「あたしの中の……」で1977年にデビューした。十代の少女のおしゃべりをそのまま文字に起こしたかのような「あたし語り」が選考会では賛否両論を呼んだが、その文体の新鮮さに加え、絶望や孤独から立ち上がるポジティブなヒロインの姿は若い読者の絶大な支持を集めた。そんな新井素子の持ち味がいかんなく発揮されているのが、この《星へ行く船》シリーズである。

第一話「星へ行く船」でボディガードのプロである太一郎と知り合ったあゆみは、その後、彼の紹介で火星の水沢探偵事務所に就職、さまざまな事件をとおして人と知り合い、成長を重ねていく。『星へ行く船』は学習誌の連載をまとめたもので、語り手であるあゆみは男の子のふりをしているため一人称は「俺」。「あたし」語りとなるのは、探偵事務所での初仕事を描いたコバルト・オリジナルの短編「雨の降る星　遠い夢」からだ。

また、第2巻『通りすがりのレイディ』には、シリーズ屈指の人気キャラである木谷真樹子が登場。太一郎のかつての恋人にもかかわらず、凛として、可愛くて、才気溢れる真樹子にあゆみはひと目惚れ。貴婦人という意味を込めてレイディと呼び、命を狙われている彼女の押しかけボディガードとなる。憧れのお姉様のために奮闘するガール・ミーツ・ガールな出会いは、少女小説ならではの魅力といえよう。

《星へ行く船》シリーズは、あゆみの特殊能力がテーマとなる『そして、星へ行く船』までの全5巻でいったん完結し、その後、太一郎があゆみと出会う前のエピソード『星から来た船』が刊行された。さらに2016年に、コバルト版を加筆修正し、各巻に書き下ろしの短編を付した新装完全版（全5巻＋番外編）が出版芸術社から刊行された。この版で太一郎からあゆみへの「お宅」という呼びかけが「お前」に代わったことも話題を呼んだ。（三村美衣）

key word▼［宇宙］［家出］［仕事］［超能力］

女曹長のサバイバルミリタリーSF

《キル・ゾーン》須賀しのぶ *Shinobu Suga*

装画：梶原にき／1995-2001年／全17巻＋番外編3巻＋外伝4巻／集英社コバルト文庫

e-book

「私にとって恥とは、死ぬこと。誇りとは、生きること。草を噛んでも、泥をなめても、絶対に生き延びる」。

人類が月や火星に移住した近未来。23世紀の地球は退化の一途を辿り、月面都市を後見人にした地球統一政府率いる治安部隊と、地球のレジスタンスは、烈しい戦いを続けていた。キャッスルは激戦地ボルネオの治安部隊で女だてらに曹長を務め、卓越した戦闘能力でその名を轟かせている。ある時部下が敵の捕虜になってしまい、キャッスルは救出に向かうことになった。

ところが、助っ人として押しつけられた新兵は、暴力事件を起こしたラファエルを筆頭に、札つきの問題児ばかり。女だとなめてかかる新人に軍隊の厳しさを叩き込みながら、キャッスルは戦友のエイゼン軍曹らを引き連れ、果敢に敵地へ乗り込んでいく——。

銃弾が飛び交い、流血と死が日常と化した熱帯雨林のサバイバル。須賀しのぶ初の長編シリーズ《キル・ゾーン》は、それまでの少女小説にはないミリタリー要素を前面に打ち出した型破りな作品だ。軍人として生きる男勝りなキャッスルはどこまでも凛々しく、特にエイゼン軍曹とみせる絶妙なバディは、鮮烈な印象を残す。

ハードな作風に甘さを加えるのが、キャッスルに恋をする年下の部下ラファエルとのロマンス。その一方で、物語が進むにつれて、キャッスルの女性としての弱さや愚かさも露呈する。女性であるがゆえに味わった痛みや怒りを原動力に、キャッスルはこれまで突き進んできた。だが、のちに自ら否定してきた母親の生き方をなぞる選択をしてしまう。女の業を抱えた複雑さをみせるキャッスルは、よくも悪くも理想化されすぎないヒロイン像といえる。この生々しさもまた、作者の持ち味である。

ボルネオを舞台に泥臭い戦闘で幕を開けた物語は、徐々にSF色を強め、第二部以降は月と火星に場所を移し、火星が生み出した強化人種ユーベルメンシュをめぐる政治劇にシフトする。なお、本作と関連の深い外伝《ブルー・ブラッド》シリーズは、火星都市を舞台に《キル・ゾーン》の主要人物の一世代前の物語として執筆された。結果的に《キル・ゾーン》後半は《ブルー・ブラッド》色が強まり、主人公の物語よりも親世代の愛憎劇にストーリーが傾斜する。

シリーズは全17巻刊行、ファンブックを含む番外編も3巻発売。外伝《ブルー・ブラッド》は全4巻。（嵯峨景子）

key word▼［未来］［バトル］［バディ］［恋愛］［異能］［愛憎］

修道院付属学校は同人少女たちの巣窟！

《西の善き魔女》 荻原規子 *Noriko Ogiwara*

(上)装画：桃川春日子／全5巻＋外伝3巻／1997-2003年／中央公論新社C★NOVELSファンタジア、(下)装画：小林系／2013-2015年／全8巻／角川文庫 e-book

幼い頃に母親を亡くし、偏屈な天文学者の父親と人里離れた高地の天文台で育ったフィリエル。15歳を迎えた彼女は、お隣のおかみさんが作ってくれたドレスと母の形見のペンダントを身に着けて舞踏会にデビューした。ところがその席で、そのペンダントが行方不明の第二王女のもので、自分が女王の孫であることを知らされる。

母のない荒野育ちのじゃじゃ馬娘が、舞踏会の一夜にして女王候補となる。少女小説の夢をてんこ盛りにしたロマンチックな幕開けだ。しかし、この後の展開が意表を突く。王家の一員であることが判明したフィリエルは、行儀見習いのために修道院付属学校に入学させられるのだが、貞淑な王侯貴族の子女が通う秘密の花園のはずの女学院が、実は同人少女の集まる腐女子の巣窟なのだ。そして慎ましい美少女だと信じていた女王候補アデイルは、学内一の人気同人作家で、扇情的なＢＬ小説で少女たちの心を手玉に取っている。さらにもう一人の女王候補のレアンドラも、シスターに化けて学校に潜入。これが色仕掛けも聖女のふりも思いのまま、裏と表とを巧みに使い分け、世界の全てを掌握しようとする美女。女王候補が三者三様に誰一人お姫様らしくないところが面白い。

また、世界設定も一筋縄ではない。冒頭より随所にＳＦ的な仕掛けが見え隠れする。なぜ「赤頭巾」や「狼と七匹の子ヤギ」は禁書扱いなのか、狼が登場する物語があるのに、狼という生物が存在しないのはなぜか、天文学はなぜ禁忌なのか。数々の謎と共に少女小説然として始まった物語は、学園コメディ、宮廷政権争い、辺境での竜退治からガチガチのＳＦへと展開する。この物語の目まぐるしさとは逆に、なかなか進展しないフィリエルと幼馴染のルーンとのもどかしいロマンスがなんとも微笑ましい。

初刊の新書版では本編が5巻で完結、その後、外伝が3冊刊行された。外伝の3巻目が事実上の完結編であるため、現在は本編と外伝という区別はされていない。新しい外伝3の刊行と同時に新装版となり、その表紙を担当した桃川春日子によってマンガ化もされ、さらに２００６年にはアニメも放送された。佐竹美保のイラストによる単行本、中公文庫版も刊行されたが、現在は角川文庫に収録されている。（三村美衣）

key word ▼ ［女王候補］［学園］［バトル］［幼馴染］［じれじれ］

八幡高校・超常現象研究会の奇想天外な冒険

《ティー・パーティー》皆川ゆか *Yuka Minagawa*

key word▼［学園］［超能力］［恋愛］［前世］［ドタバタ］

装画：佐藤まり子／1987-1992年／全18巻＋外伝2巻／講談社X文庫ティーンズハート（※1巻のみ電子書籍あり）

e-book

後野まつりは、八幡高校の1年生。高校入学直後に親しくなった新島栄は、男子学生に大人気の美少女で、おまけに超能力の持ち主だった。スプーンやシャープペンを曲げ、念力で時計を直す、そんな栄の他愛のない超能力にも慣れてしまった5月のある日。クラスに中性的な美人の鷲橋蘭が、転入生としてやってきた。

その日から、まつりの周囲では不思議な出来事が次々と起こり始める。まずは栄のペンケースから、季節外れのカブト虫が突如現れた。教室を飛び回ったカブト虫は、異国風の弦楽器の音と共に消失するが、その音を耳にしたのはまつりだけだった。続いて絶滅したはずの巨鳥モアが校庭を爆走し、やはり弦楽器の音とともに消え失せる事件が起きる。

栄がいる場所で、超常現象が次々と発生する。果たして彼女の超能力が、この状況を引き起こしているのだろうか？　まつりたちはそれを確かめるために、志摩逍遥が会長を務める超常現象研究会（通称超常研）を訪ね、相談を持ちかけた。会長によると、不思議な現象の原因は「パラレル・ワールド」にあるという。奇人の会長に栄はひと目惚れをし、なりゆきでまつりと蘭も超常研に入会することになった。

そして超常研定例会の開催日。ヴィーヴルという竜が出現し、教室に流砂が流れ込み、生き埋めになりかける。絶体絶命のピンチを迎えるまつりたちだが――!?

ティーンズハート発のワイドスクリーン・バロック小説《ティー・パーティー》シリーズ。学園小説からスタートした物語は徐々にスケールを広げ、超常研のメンバーは火星王朝の抗争や前世の因縁、果ては世界の崩壊など、さまざまなトラブルに巻き込まれる。インド神話やSFネタをふんだんに盛り込み、奇想天外な設定やキャラクターが次々と飛び出す本作は、異色の少女小説の名を冠するにふさわしい。

壮大なスペクタクルを展開する物語の中でも、とりわけ最終巻の終結場面が素晴らしく、わずか2ページの記述の中に〝世界〟が凝縮されている。時代を先取りしたような蘭とまつりの百合描写にも、改めて注目したい。

シリーズは本編18巻、冴木しのぶを主人公にした外伝《神無月恭一郎》シリーズ2巻をあわせた全20巻。第1巻のみ電子書籍化済み。イメージアルバム『ティー・パーティー音楽夜会』も発売された。

（嵯峨景子）

歴史の〃改変〃をめぐる不朽の時間SF

《運命のタロット》皆川ゆか *Yuka Minagawa*

key word▼［学園］［恋愛］［精霊］［バトル］［時間］

装画：乱魔猫吉／1992-2004年／第一部全13巻＋第二部全11巻／講談社X文庫ティーンズハート(※1巻のみ電子版あり)
e-book

時は1982年。高校2年生のライコ(水元頼子)は、片桐先輩に憧れて新聞部に入部した。ある時彼の提案で、学校の資料館を取材することが決まる。20年間閉ざされた資料館を訪れたライコは、隠し部屋を発見し、中で転んだ拍子に箱に張られた紙を破いてしまった。

箱の中には一枚のタロットが収められていたが、そのカードはなぜかライコのポケットに紛れ込む。不審に思うライコの前に、タロットに宿る精霊〈魔法使い〉が現れた。ライコが封印を解いたことで目覚めた彼は、強制的に彼女が〃協力者〃に選ばれたことを告げる。

その後〈魔法使い〉は、同じタロットの精霊〈恋人たち〉から、「フェーデ」と呼ばれる戦いを挑まれた。〈恋人たち〉は本来の歴史の流れを変える〃改変〃を起こし、それによりとある人物の未来が変わってしまう。ライコはこの〃改変〃を阻止しようと、戦いに巻き込まれていった――。

「運命のタロット」の精霊たちは、「アカシック・レコード」に刻まれた歴史をめぐり、二派に分かれて戦いを繰り広げる。歴史の〃改変〃を目指す「プロメテウス」と、それを阻止する「ティターンズ」の戦いは、少女小説らしい学園小説としてスタートし、やがては時空を飛び交う壮大な時間SFに変貌する。

序盤はスローペースで展開し、フェーデのルールが明かされる第2巻までがプロローグにあたる。第3巻で〃改変〃が行われてストーリーが動き出し、フェーデが終了する第5巻で一区切りを迎える。本作を手に取る人は、物語の設定が判明するこの巻までまずは読み進めてほしい。

精霊はそれぞれ固有の「象徴の力」を駆使して戦い、思念で構成される彼らに人間(もしくは他の精霊)の協力者が力を供給する。個性あふれる設定やキャラクターの数々、張りめぐらされた伏線、そして衝撃的な展開が生み出す、運命と時間をめぐる壮大な物語。《運命のタロット》は皆川ゆかの代表作であり、今も根強い人気を誇る。『銀河旋風ブライガー』をはじめとする古いアニメへの言及や、80年代初頭の同人誌即売会など、随所に登場するオタク文化の描写も楽しい。

第一部は全13巻。第二部は《真・運命のタロット》とタイトルを変え、全11巻で完結(それぞれ第1巻だけ電子書籍あり)。第二部以降は学園テイストが後退し、よりSF色の強い作風となった。第三部「運命のタロットIII」は、2017年から同人誌版として刊行を開始し、既刊は3冊。(嵯峨景子)

陰鬱で鮮烈なミリタリー青春小説

《アンゲルゼ》須賀しのぶ Shinobu Suga

key word▼［仮想現代］［バトル］［恋愛］［幼馴染］［ツンデレ］

装画：駒田絹／2008年／全4巻／集英社コバルト文庫

e-book

地球のあらゆる場所にウィルスが蔓延し、その感染者から「アンゲルゼ」と呼ばれる食人種が生み出される世界。超人的な力を持ち人類を捕食するアンゲルゼと人間は、30年にわたり各地で衝突を繰り返していた。神流島（かんなじま）に暮らす内向的な性格の中学2年生・天海陽菜（あまみひな）は、授業の一環である軍事教練や、息苦しい人間関係に縛られた学校生活の重圧をどうにかやり過ごし、息をひそめるように暮らしていた。

だが陽菜の身近でウィルスに感染し「天使病」を発症した者が出現したことで、彼女をとりまく世界は一変する。普通でありたいと願う少女は、アンゲルゼに対抗するための道具として生きることを余儀なくされ、残酷な運命に翻弄されていく。

物語は、ある日突然普通の少女ではいられなくなった陽菜の学校生活、そしてアンゲルゼと人間との闘いを軸に進行する。従来、須賀作品の魅力は、少女小説らしからぬミリタリー要素やハードなテイストにあった。本作でもその手腕は遺憾なく発揮され、厳しい軍隊生活や、アンゲルゼにまつわるグロテスクな描写は苛烈だ。《アンゲルゼ》ではそうした作風は保持されながら、少年少女期特有のメンタリティの機微も濃密に描かれ、思春期の繊細さとSFサバイバルの醍醐味とが折り重なった魅力が生まれている。気弱で卑屈だが、そのくせ実は自尊心が肥大な主人公や、女の子同士の友情と憎しみが紙一重の関係性など、リアルな心理描写が痛切だ。また、陽気ながら時折闇を滲ませる少年とのかかわりや、ツンとした態度をとる幼馴染との関係性には、青春の甘酸っぱさが炸裂する。

血なまぐさい戦闘に従事しながらも、戦場から離れれば陽菜の生活はつかの間、他愛ない日常に回帰する。いつか再び、平穏な日常に戻りたいという願いが、彼女の闘うモチベーションだ。しかしその思いとは裏腹に、かつていた世界からはどんどん遠ざかり、陽菜が過酷な戦いに身を投じざるを得なくなる姿は切ない。

そんな極限状態を表すように、作中にはフラジャイルな〝卵〟のイメージがたびたび登場する。少年少女はひび割れた小さな世界の中でもがき、そして殻を破り生まれ変わる。この小説を象徴する、美しくも禍々しい表象だ。

本作は当初の予定より短い全4巻で完結したため、2009年に同人誌という形態で『AAST』が刊行、《アンゲルゼ》の世界が補完された。（嵯峨景子）

ファンタジー風異文化コンタクトSF小説

『凪の大祭』立原とうや *Toya Tachihara*

装画：鵜かなこ／1994年／全1巻／集英社コバルト文庫

六枚の羽根を背にもつ神々が、悠々と空を舞う神話時代。男神レオーノフは女神ザノーファの怒りをかって羽根を失い、地上に落とされた。

風の惑星の民は、この神話をもとに自らをレオーノフの子孫であると考え、いつか迎えの神様が訪れて天空に戻れると信じている。民にとって、背に生えた六枚の羽根こそが神の血を受け継ぐ証であり、何よりも大切なものだった。彼らは風に乗って空を飛び、羽根を震わせることで感情を表現する。ところがイルシュカは、羽根を持たないまま生まれてきた少女だった。不吉な「凪（なぎ）の娘」として人々に疎まれるイルシュカは、凪の館で一人孤独に暮らしている。

ある日、銀色の船がこの星に舞い降りた。神様がレオーノフの子孫を迎えにきたと、人々は歓喜する。だが船から現れた青年ハクナーンは四枚しか羽根がなく、空を飛ぶことができない。村人たちは彼を殺そうとするが、村長の息子カリファール、変わり者の賢者ルーギン、そしてイルシュカが止めに入った。

ハクナーンは宇宙船で冷凍睡眠を繰り返しながら、同じ祖先をもつ移民子孫を訪ね歩く放浪者だった。初めて自分を受け入れてくれたハクナーンに対し、イルシュカは恋心を抱く。科学技術が衰退し、神話を信奉して生きる風の惑星の探査を進めるハクナーン。しかし村は次第に不穏な気配に包まれ、「凪の大祭」が催されようとした――。

風の惑星を舞台に、異文化接触を描くSF小説『凪の大祭』。90年代ファンタジーブームの中で発表された本作は、一見ファンタジーと見せかけつつも、作品の本質はあくまでSFだ。閉鎖的な村の人間関係は息苦しいが、その分吹き抜ける風や砂浜が広がる海辺、そして満天の星などの景色描写が美しく、心を遠い場所へと誘う。

素朴な世界観で始まる物語は、進むにつれてどんどんとSF色が増していく。また少女小説レーベルのSF小説らしく、恋愛要素も登場。イルシュカとハクナーン、そしてイルシュカに想いを寄せるカリファールの三角関係の行方も見逃せない。

作者は現在は立原透耶名義で活動し、SF・ホラー・ファンタジー小説など幅広いジャンルで執筆。代表作は『立原透耶著作集』全5巻に収録されている（第1巻が『凪の大祭』）。また、中華SFの翻訳や作品紹介にも精力的に取り組み、『時のきざはし 現代中華SF傑作選』や、大ヒット中の劉慈欣『三体』の邦訳版監修も務める。

（嵯峨景子）

key word▼［異世界］［神話］［恋愛］［三角関係］［宇宙船］

アンドロイドと調律師の絆を描くSFロマン

『マグナ・キヴィタス　人形博士と機械少年』辻村七子 *Nanako Tsujimura*

key word ▼ ［未来］［記憶］［謎］［アンドロイド］［ノスタルジー］

装画：serori／2018年／全1巻／集英社オレンジ文庫

e-book

時は2420年。ノースポール合衆国の自治州キヴィタスは、海上に建てられた全56階層構造のタワー型人工都市だ。科学技術の粋を集めた世界最大のプラントの中では、1億6000万人の人間と、彼らに仕える4万9000体のアンドロイドが共に暮らしている。

調律師のエルガー・オルトン博士（通称エル）は、二週間前に学校（ファーム）を卒業してアンドロイド管理局で働き始めた新人のエンジニア。第56階層で暮らすエルはある日、登録情報のない少年型〝野良アンドロイド〟のワンと出会い彼を保護した。感情豊かで人間くさいワンと、人には言えない事情を抱えた若き天才のエルは、奇妙な共同生活を始める。ワンの記憶を検査したエルは、本来アンドロイドにあるべきはずの出荷記録が彼の情動領域から消されていることに気づく。アンドロイドの記憶を許可なく消去する違法行為を行ったのは、いったい誰なのか。エルはワンの残された記憶を手掛かりに第40階層で情報を探り、〝サーカス〟へと行き着いた。この出来事をきっかけに、エルはキヴィタスの闇へと踏み込んでいく——。

閉鎖的なタワー都市を舞台に、人形博士と機械少年の絆（きずな）を描く『マグナ・キヴィタス』。細部まで作り込まれたSF設定が魅力的な本作だが、物語の主眼はあくまでエルとワンの関係性に置かれており、SFに苦手意識を持つ人にこそ手に取ってほしい。人工物であるアンドロイドが、感情の機微に疎いエリート博士に人間らしい感情や会話を教え込み、やがて二人の絆は深まり互いにとってかけがえのない存在となる。エルとワンの距離感の変化や、軽快な会話の中に登場する甘い言葉や〝褒め殺し〟の応酬など、《宝石商リチャード氏の謎鑑定》にも通じる中毒性の高い描写が光る。ワンの過去やエルの抱える秘密、物語の黒幕的な存在など、ストーリーも最後までスリリングな展開をみせる。

本作の舞台となるキヴィタスは、近未来感と懐古趣味が混在した人工都市で、各エリアの情景は読者のイマジネーションを刺激する。遊園地のアトラクションめいた美しく人工的な上層階や、富裕層の居住区とは異なる猥雑（わいざつ）さが漂う下層階など、作り込まれた箱庭的世界はどこまでも魅力的だ。作者のデビュー作『螺旋（らせん）時空のラビリンス』もSF小説で、こちらも完成度が高い。近年の女性向けレーベルでは極めて少なくなったSFに取り組み続ける作家として、辻村の稀有（けう）な個性に今後も期待が高まる。

（嵯峨景子）

1995年と2025年が交差する夏休み

『きょうの日はさようなら』一穂ミチ *Michi Ichiho*

key word▼［夏休み］［家族］［友情］［再生］［サスペンス］

装画：宮崎夏次系／2016年／全1巻／集英社オレンジ文庫

e-book

2025年7月。双子の高校生・門司明日子と弟の日々人は、父親から見知らぬいとこを引き取り、一緒に暮らすことを唐突に告げられる。

堂上今日子は父の姉の娘で、1978年生まれの〝女子高生〟。30年前、火事で堂上家が全焼し、唯一今日子だけが生き残る。全身に火傷を負った少女は、以後28年もの間、密かにコールドスリープ状態で治療を続けていた。今日子は2年前に目覚め、この時代に適応するリハビリを受けるも、心身の時間は17歳の高校2年生のままで止まっている。

3年前に母親が病死し、以後父親とは険悪な関係にある双子は、持ち込まれた面倒ごとにうんざりした。そんな二人の前に、長い眠りから目覚めた古風なセーラー服美少女・今日子が現れる。1995年の女子高生と、2025年の高校生は、互いの世代ギャップに戸惑いつつも、少しずつ心を通わせていった。

今日子の出現は、バラバラになっていた家族に再びつながりを呼び戻す。だがある時、双子は謎めいた今日子の過去に隠された真実に行き着いてしまう。そして、かけがえのない夏休みを過ごした三人の関係は、切ない終わりを告げた——。

『きょうの日はさようなら』は、BL作家として活躍中の一穂ミチによる、初の非BL小説。軽やかな筆致で綴られたひと夏の時代を越えた友情物語には、現代の感覚やリアリティと、90年代ノスタルジアの両方が交錯し、忘れがたい読後感を残す。二つの時代の対比を単なるジェネレーションギャップでは終わらせず、普遍的な想いを盛り込みながら友情と成長、そして家族の回復を描き出した、SF青春小説の良作だ。

今日子は大変な境遇に置かれながらも、どこまでもあっけらかんとした明るさをみせ続けていた。そんな彼女だからこそ、初恋の男の子を探し出したことで、埋めようもない時の流れを突きつけられる場面が悲しい。巻末に収録された「堂上今日子について、そしてさよならプレイガールちゃん」は初恋の少年視点から描かれた掌編で、こちらも味わい深い。

ポケベル、ソックタッチ、MD、スーパーファミコンや漫画など、本作にはやたらと懐かしい時代風俗が登場する。90年代を追想するかのようなディテールの数々は、この時代を知る人の心をざわめかせずにはおかない。1995年を体験している人にはたまらなく懐かしく、この時代を知らない人にとっては新鮮で楽しいこれらの背景描写も魅力的だ。（嵯峨景子）

開拓惑星の日常を活写したジュヴナイルSF

『ウォーターソング』竹岡葉月 *Hazuki Takeoka*

key word▼［開拓惑星］［酸性雨］［転校生］［日常］［切ない］

装画：竹岡美穂／2000年／全1巻／集英社コバルト文庫

e-book

――僕の町には酸の雨が降る。プラスチックも鉄も溶かす、けっこう強力な奴が。もちろん生身の人間なんて、あっという間にしゅわしゅわだ。

だからナットたち小学生は、雨季になると頑丈なスペーススーツを着て、頭には金魚鉢のようなヘルメットを被って通学する。色はスクールカラーの黄色。装備が重いので、みんな猫背になって、必死の形相で前だけを見て歩く。だから友だちに話しかける時には、ちょっとしたコツがいる。酸の雨に濡れても溶けない、スコップや拾った水道管やトンカチで、相手のヘルメットをコツンと叩いて、呼びかけるのだ。

『ウォーターソング』はコバルトノベル大賞の受賞作「僕らに降る雨」と、その前日譚である「ウォーターソング」の二篇を収録したSF短編集であり、冒頭の通学風景のいきいきと愛らしい描写が、コバルト読者のみならず擦れっ枯らしのSFファンの心もわしづかみにした。

物語は、雨季になるとプラスチックや鉄や人の皮膚を溶かす酸性雨が降り続く、欠陥開拓惑星が舞台だ。住民は住環境の改善を訴えるが、その声が連邦に届くことはなく、不満と絶望を溜め込んでいる。そんな空気を反映してか、ナットたちの6年F組も、金髪巻毛の女王様バージニアが君臨する女子グループと、ナットを中心とする男子グループに分断され、いがみ合っている。

そんなクラスに、遠い地球から転校生がやってきた。オヅ・アサヒは、黒髪の美少女で、スポーツも勉強も万能なスーパーガールだった。アサヒの出現によって女子側が圧倒的優位に立ったかと思われたある日、アサヒがバージニアに反旗を翻した。しかし女王の失墜によって引き起こされたのは、男女の対立によって保たれていた調和の崩壊であり、クラスはまとまりを失い、次々に事件が勃発する。

転校生というトリックスターの出現によってパラダイム・シフトが引き起こされる冒頭は「風の又三郎」パターンだが、ここに欠陥開拓惑星が孕む社会問題が絡み、子どもたちが結託して社会に抵抗する後半はまるで『ぼくらの七日間戦争』。少女小説というよりもYAと呼ぶ方がしっくりくる名作であり、コバルト文庫がナット・ヘントフやロバート・コーミアの出版元であったことを思い出させる。（三村美衣）

懐かしくて新しい奇跡の夏休み小説

『機械の耳』小松由加子 *Yukako Komatsu*

key word▼［夏休み］［田舎］［機械］［妖怪］［成長］

装画：たつねこ／1998年／全1巻／集英社コバルト文庫

幼い頃に珍獣デンキサンショウウオに食いつかれて片耳をなくしてしまったかのこ。バイオリニストを目指して頑張ってきたが、最近、耳がないというコンプレックスから自分の音に自信が持てず、音楽が苦痛になり始めていた。きっかけは、後輩の「先輩の音ってモノラルですね」というひと言だ。かのこの耳は、外側の部分の耳介がないだけで、機能的にはなんの問題もない。後輩の言葉も、やっかみ半分とはわかっていたが、気持ちは沈む一方だった。そんなかのこの様子を心配した母は、夏休みの間、田舎の祖母の家に行くことを勧める。

中3のかのこは高校受験を控える身だが、音楽での推薦入試を狙っており、自然の中で好きなだけ音が出せる祖母の家はバイオリンの練習に最適だった。

それともう一つ。

耳を失った場所をしっかり見ておきたいと思ったのだ。

祖母の住む田舎に向かう列車の中で、彼女は、身体のあちこちを機械で補っている少年・孝行(たかゆき)に出会う。驚いたかのこの様子が孝行の怒りに火をつけ、気が高ぶった彼は通りすがりに駅の自動改札機を蹴飛ばして去っていった。八つ当たりで壊された自動改札をかわいそうに思ったかのこは、祖母の家からドライバーを取ってきて修理する。その夜、ヒステリックな孝行に愛想をつかせた機械の耳が、かのこのもとに現れ、彼女のなくした耳の場所に収まってしまう。すると、かのこには今まで聞き取ることのできなかった、別の世界の音が聞こえ始めた……。

妖怪に片耳を食べられてしまった少女と、機械の身体を持つ少年。失ってしまったものに囚われて、少し世界が狭くなっていた二人の時間が前に向かって動き始めるまでを描く。妖怪や田舎の夏休みといった原風景的な懐かしさと、身体の機械化という未来的なテーマを同居させ、15歳の少年少女のみずみずしい感性を、笑いを含んだお伽(とぎ)話(ばなし)調の筆致で描き出した、奇跡の夏休み小説だ。

著者の小松由加子は「機械の耳」で1997年度のコバルト・ノベル大賞と読者賞をダブル受賞。審査員であった橋本治や眉村卓から絶賛され、デビューした。次いで、図書委員が図書室の地下で紙魚(しみ)の化け物と闘う《図書館戦隊ビブリオン》を発表。その後は、雑誌『Ｃｏｂａｌｔ』に短編が掲載されたものの、書籍が刊行されることなく姿を消した。コミカルかつシュールなテイストを今も懐かしむ声が絶えない。

（三村美衣）

雪に閉ざされた街で起こる惨劇と救済

『この雪に願えるならば』響野夏菜 *Kana Hibikino*

装画：宮城とおこ／1996年／全1巻／集英社コバルト文庫

雪嵐の夜、稲妻が落ちた時から狂い始めた街に響く鐘の音が、惨劇を招く――。絶えず降り続ける雪に閉ざされ、歌劇(オペル)だけが唯一の娯楽である小さな街・ノーウィ。雪嵐の日以来、駆け出しの歌姫モーナネリーアは、自分の名前と〃ドードー〃という言葉以外の記憶を失ってしまっていた。

歌劇場の支援と引き換えに、街の有力者であるフェイドルンの婚約者にさせられてしまったモーナネリーアには、心の拠り所にする相手がいた。歌を評価してくれた最初の支持者である青年ラルフと密かに逢瀬(おうせ)を重ねていたモーナネリーアだが、その周囲では、彼女を冷たく責めるフェイドルンや歌劇場の女神レシータの嫉妬が密やかに蠢(うごめ)いていた。

モーナネリーアの密かな信奉者である街外れの屋敷の主人ダイヴィーッドは、醜い自分を怪物氏(ル・ファントマ)と嘲るフェイドルンに脅されて、不吉な予言の鐘〃ドードーの鐘〃を鳴らす。その翌朝、舞台の上で照明に押しつぶされて死んでいるラルフの姿が見つかる。ラルフの死を悲しむモーナネリーアは、地下室で心優しい幽霊ドードーと出会う。ドードーが奏でるパイプオルガンに心慰められるモーナネリーアだが、鐘の音と共に恐ろしい出来事が起こっていく……。

記憶喪失のモーナネリーアと己の醜さにさいなまれるダイヴィーッドを軸に、次々と場面を切り替える構成で、物語はさながら作中で演じられる歌劇のように展開する。

有力者の青年に見初められた駆け出しの歌姫と醜い傷を仮面で隠す男、歌劇場を支配しているプリマドンナや、次々と起こる恐ろしい事件……。『オペラ座の怪人』を思わせるストーリーは、寄る辺なさを抱えるモーナネリーアに導かれるようにして進むが、第二幕を終えて、ドードーの記憶が語られる幕間(まくあい)を迎えると、読者はかすかに感じていた違和感が少しずつ拾い上げられていくのに気づかされるだろう。書き手によって巧みに散りばめられた〃ドードーの鐘〃の謎へ結びついていくと同時に、物語はSF的な要素を含んだ転換を迎える。信じていた現実がぐるりと裏返されるようにしてあらわになる衝撃が覚めやらぬうちに、読者の前には惨劇の終わりと真実が示され、物語は収束する。

外界から孤立した街に眠る真実と今も続く悲しみは、幸福に満ちた結末はもたらさない。けれども、永遠に続くかのように思われた悲しみに最後に射したひと筋の光が鐘の音のように響く余韻を残す、読み応えのある力作だ。（七木香枝）

key word▼［サスペンス］［謎］［惨劇］［純愛］［歌劇］

転校生は異星人！ドタバタＳＦコメディ

『迷走×プラネット』神尾アルミ *Alumi Kamio*

装画：増田メグミ／2008年／全1巻／一迅社文庫アイリス

銀河連盟から地球を調査するべく派遣された調査団のうち、日本担当の第六調査団の長を務める軍人ルカルタ・ラカルタは、地球人と似た外見を持つ少女型の異星人。調査は順調に終わったが、実は航路を誤り過疎化が進んだ田舎だけを見てレポートをまとめてしまうというミスを犯していた。

もとより調査に熱心でなかったルカルタはそのことに気づいておらず、調査途中に行方不明になった部下ノモロを探していた。そうして、たまたま行き会った少年にバスケに誘われたことをきっかけに、暇潰しによさそうな学校の存在を知る。

迎えの宇宙船が来るまでの間、留学生として高校に潜入したルカルタは、無事に再会したノモロと共に学生生活を楽しむ。お気に入りの漫画『にゃんごろうの大冒険』の同好会を作ったルカルタは、半ば強引にメンバーに引き込んだ友だちと仲よく過ごしていたが、そのうちの一人が銀河連盟から危険視されている重度危険生命体に襲われてしまうのだった……。

好奇心旺盛で明るく周囲を巻き込んでいく宇宙人のルカルタと、そんな彼女に殴られ蹴られても愛を捧げる部下のノモロが田舎の高校を舞台に異星間交流をする、ドタバタ青春コメディ。

物語を引っ張るのは、ルカルタと高校生たちを結びつける漫画のおかしみのある設定や、地球の常識がなく細かいことを気にしないルカルタの自由奔放さだ。異星人のルカルタが友だちと体験する、一つひとつがまぶしい青春模様を追いかけるうちに、読者はこの魅力的な主人公のことが好きになっていることに気づかされるはずだ。

作中のＳＦ度合いはごくライトなものだが、ルカルタの重い生い立ちや平和ではない環境で育ったからこそ感じる心の動きには、地球ではない場所で生まれ育った異星人という設定が効いており、軽やかな読み口ながらもそれだけに留まらない魅力を添えている。

展開はスムーズだが、物語には読者の興味を刺激する要素がぎゅっと詰め込まれている。ルカルタが繰り広げる青春とライトＳＦ、ほのかな恋愛要素に加えて、映像的に魅せるアツいバトル描写もたっぷり盛り込まれ、最後まで飽きることなく楽しめる。

著者の神尾アルミは、本書がデビュー作。同レーベルで執筆するほか、ノベルアドベンチャーゲーム『ボクとセカイのユークリッド』のシナリオ参加などを経て、２０１９年からは神尾あるみ名義で活動。近著に、著者の万年筆愛を優しい物語に閉じ込めた『ようこそ紅葉坂萬年堂』がある。

（七木香枝）

key word▼［青春］［友情］［バトル］［宇宙人］［ドタバタ］

column

あのアリスが導く異世界

文＝髙橋かおり

私がティーンズハートの作品を初めて手に取ったのは確か小学3年か4年の時だった。友人が《幽霊事件》シリーズ（風見潤）を紹介してくれたことがきっかけだったと記憶している。そののち、折原みとや小林深雪などの恋愛小説を読む一方で夢中になったのが、中原涼の《アリス》シリーズだ。このシリーズは『受験の国のアリス』（1987年）から、『アリス大学附属中学校』（2000年）まで、10年以上にわたって36冊刊行された（なお2作目の『時間の国でつかまえて』にアリスは登場せず、話もスピンオフの内容である）。シリーズ名ではピンとこなくても、NHK教育テレビ『天才テレビくん』内で1998年から放映されたアニメ『アリスSOS』の原作、と言い換えれば思い出す人もいるかもしれない。

《アリス》シリーズは毎回、高校2年生のタカシとひろみ、トシオとゆかりの「胸キュン・ペアー」が、タカシの購入した数学の参考書についてきた数学の神様MI（えむわん）に呼び出されては、なぜかどこか異世界に攫（さら）われたアリスを助けるというストーリーである。アリスが攫われる場所が各巻のタイトル（〇〇の国の）になっている。行く場所やそのモチーフもさまざまであり、地獄や妖怪、神様といった想像がつく異世界もあれば、失恋やお金、変身など、タイトルからではわかりにくい場所もある。道中では、MIの使いであるなめくじネコに助けられたり、オカマの西村くんや謎の少年・翔野（しょうや）に邪魔されたりしながら、最終的にはアリスを助け出し、「胸キュン・ペアー」は現実に戻ってくる。冒険はお馴染（なじ）みの展開でありながら、巻を重ねても進みそうで進まないタカシとひろみの関係にもやきもきしつつ、続きが読みたくなるのであった。

《アリス》シリーズの魅力の一つが、作中で展開されるパズルの数々である。毎回、冒頭のMIとの出会いで小手調べのパズルが出されて以降、「胸キュン・ペアー」の道中ではたびたびパズルが課され、それを解くことで物語は進んでいく。基本はいわゆる数学パズルであるが、論理パズルや難解漢字の読みなど、幅は広い。例えばあらゆる地図は4色あれば塗り分けられるとする「四色問題（四色定理）」については、『おまじないの国のアリス』（1994年）で紹介され、巻末付録では作者の中原自ら証明を試みている（なお、中原はこの証明を「世界で初めてかも」とあとがきで述べているが、実際は1976年に証明されていた）。読み返すと中学受験や高校受験の引用や応用と考えられる問題も多いが、小学生当時愛読していた私には少し難しい問題も多かった。

かやまゆみのかわいいアリスの絵柄に惹（ひ）かれて手に取った《アリス》シリーズは、私にとっては知らない世界の知識や論理を教えてくれた作品だった。中には、小鳥遊（たかなし）の読み方や、セントヘレナの赤とんぼの絶滅年（1963年）といったような、いわゆる雑学にあたるものもある。しかし、何年か経ってふと思い出して、「あれは《アリス》シリーズで読んだなあ」という感覚になることはしばしばある。《アリス》シリーズの読書経験は、私にとって何かを知ることの楽しさに気づく原点でもある。

《アリス》シリーズの生みの親・中原涼は、理学部天文学科出身である。それゆえ、専門知識をもとに、数学や論理学の定理を引用したり、そこから派生した問題を作成したりしたのだろう。『受験の国のアリス』のあとがきで少年時代発明家を目指していたと告白する中原は、SF作家としてデビューした後、翻訳なども手掛けながら、30代に差し掛かる頃に《アリス》シリーズの執筆を始めた。

本稿の執筆のために20数年ぶりに《アリス》シリーズを手に取ってみて最も気になったのが、あとがきに表現された中原自身の記述である。本編と全く関係ないと茶化しながら自身のドジなエピソードや身の回りの出来事を書くこともあれば、読者からの手紙にユーモアをもって丁寧に答えることもある。その様子は、ピエロのようでもあった。あとがきからは本編からはみ出た部分でも読者を楽しませたいというサービス精神が溢れ出ていた。

中原の創作への志については、《アリス》シリーズとは別の『タイムトリッパー』（2000年）という作品のあとがきに書かれていた。「ふつうの小説とは違って、この世に存在しないことや、存在したらおもしろいだろうと思えるようなことを中心にしています」と自分の小説の書き方を紹介し、「小説のアイディアを考えるときは、逆転の発想ということを心がけています」とそこでは述べている。それに続けて、街を歩きながら寿司屋に対してありもしない妄想を膨らませたり、かたやその後入ったラーメン屋で思いもかけない展開になったりしたというエピソードを紹介する。つかみどころのないこの一連の話で中原は、小説で現実を超えようとしても、現実が小説を超えてくる面白さがあることを表現したのであろう。

中原はこの世に存在しない世界を書きつつも、どこかでその想像を上回る現実を期待し、だからこそ小説を執筆していたのかもしれない。「胸キュン・ペアー」の異世界での活躍と、彼らの人間関係の交錯は、その試行錯誤の表れといえよう。

今ではもう中原の新作を読むことはできないが、ちょっと不思議なお兄さんがあの頃少年少女たちに語っていた、知識と論理に満ちたあのアリスの世界は、今でもふと、覗きたくなるのだった。

髙橋かおり（たかはし・かおり）
立教大学社会情報教育研究センター助教。

Ⅵ 青春

都落ちしたお嬢様の恋と奮闘を描く名作

《丘の家のミッキー》久美沙織 *Saori Kumi*

(上)装画:めるへんめーかー/1984-1988年/全10巻+読本1巻/集英社コバルト文庫、(下)装画:竹岡美穂/2001-2002年/全10巻

e-book

未来(みく)は、お嬢様が集う名門華雅(かが)学園の中等部3年生。「三番町のミシェール」と呼ばれながら、限られたメンバーしか入れない社交クラブ・ソロリティーの一員として、お姉様たちを慕う日々を過ごしていた。しかし、その日常は太陽族に憧れていた父が勝手に葉山への引っ越しを決めてしまったことから一変する。原則自宅通学で、かつ中等部の生徒は通学一時間圏内に限るという校則のために、華雅に通えなくなってしまったのだ。

引っ越した未来は、森戸南(もりとみなみ)女学館へ転校する。新しい学校は未来にとって戸惑いと驚きの連続だった。ざっくばらんな同級生・麗(うらら)に何かと構われながらも馴染(なじ)めないでいる中、未来は父が古いヨットを譲り受けた高校生——麗の兄・朱海(あけみ)たちに協力を申し出たことを知る。庭のボート・ハウスでヨットを整備する彼らと少しずつ打ち解けていく未来は、朱海が言い出したことから「ミッキー」と呼ばれ始める。

転校をきっかけに、それまでの価値観をひっくり返されてしまった未来の前には、さまざまな「なぜ?」が立ちはだかる。以前なら受け容れがたかったものを見つめ、時に正しくなくても心のままに闘う未来の世界が広がっていく様子がみずみずしく、魅力的に描かれる。

「おかみき」の通称で親しまれる本作を支えるのは、両親から愛されて育った未来の、純でかたくなで、時に向こう見ずに突っ走ってしまう心の揺れ動きをいきいきと描いた一人称だ。溢(あふ)れんばかりの感情を鮮やかに伝える一人称の魅力は恋愛描写にも巧みに働き、肝心の未来本人には微妙に伝わり切らない朱海の気持ちが読者には手にとるようにわかってしまうという、絶妙なじれったさを生んでいる。

6巻までの中学生編、ある決断をして迎えた7巻からの高校生編をとおして、広い世界へと漕(こ)ぎ出していくとびきり魅力的な女の子・ミッキーの成長を描いた、愛おしい物語を満喫できる。

初出時に挿絵を務めためるへんめーかーによるコミカライズのほか、未来の親友・トコと朱海の幼馴染(おさななじみ)・稲子(いねこ)の短編2編と作中の舞台紹介やヨット・香道入門などを収めたファンブック『ミッキーのおしゃれ読本』が出版された。また、2001~2002年に竹岡美穂による挿絵と共に改訂と註(ちゅう)を加えた新装版で復刊を果たし、新たな読者を獲得した。クリーク・アンド・リバー社から出た電子書籍は、新装版の本文に初出の挿絵を採用、各巻にめるへんめーかーとの対談が収録されている。(七木香枝)

key word▼[学園][友情][恋愛][鈍感][成長][ヨット]

清らかなお嬢さまたちの濃密な友愛

《マリア様がみてる》今野緒雪 *Oyuki Konno*

key word▼［学園］［友情］［日常］［群像劇］［成長］

装画：ひびき玲音／1998-2012年／全37巻＋ファンブック2巻／集英社コバルト文庫

e-book

幼稚舎から大学まである伝統的なカトリック系女子校、私立リリアン女学園。高等部一年生・福沢祐巳(ふくざわゆみ)は、容姿も成績も平均的な〝普通のお嬢さま〟として学園生活を過ごしていた。そんなある日、マリア像の前で二年生の小笠原祥子(おがさわらさちこ)に呼び止められ、曲がった制服のタイを直される。全校生徒憧れの的の祥子と初めて言葉を交わし、身だしなみを注意された恥ずかしさに祐巳は茫然(ぼうぜん)となった。そして祥子とのかかわりはこれだけでは終わらず、これを機に祐巳の平凡な生活は一変する。

リリアン女学園高等部には「姉妹(スール)」という、上級生と下級生がロザリオの授受を通じて契りを交わし、姉が妹を導くように指導する独自の制度がある。生徒会「山百合会」に所属する祥子は演劇の配役をめぐり他のメンバーと口論になり、妹(プティ・スール)一人作れない人間に発言権はないと言われ、たまたまその場に居合わせた祐巳を「妹」に選ぼうとした。ところが祐巳は祥子に憧れているがゆえに、こんな経緯で選ばれるのは悲しいとその申し出を拒絶する。そこで山百合会の幹部は、学園祭までに祐巳を「妹」にできれば、祥子はシンデレラ役を降板してもよいと賭けを持ちかけた。祥子は、学園祭当日までに祐巳にロザリオを渡すことはできるのだろうか——。

従来のコバルト読者層を超えて男性からも熱い支持を集め、一大ブームを巻き起こした《マリア様がみてる》（通称マリみて）。作品は現代の学園小説でありながらどこまでも浮世離れし、清らかで美しいお嬢さまたちの世界が濃密に描かれていく。山百合会の役員は「紅薔薇さま(ロサ・キネンシス)」「白薔薇さま(ロサ・ギガンティア)」「黄薔薇さま(ロサ・フェティダ)」と称され、また「紅薔薇さま」の妹である祥子は「紅薔薇のつぼみ(ロサ・キネンシス・アン・ブゥトン)」と呼ばれるなど、独特の呼称が世界観を引き立たせ、読者を《マリみて》ワールドに誘い込む。

百合小説として人気の高い本作は、少女の成長物語としても王道の魅力を放つ。進級した祐巳は山百合会の一員として「妹」を選び、時には他者と衝突しながらも、紅薔薇にふさわしい資質を発揮する。少女たちの葛藤と成長、そして友愛を描く青春群像劇は、唯一無二の花園を生み出した。

本作はアニメやコミカライズ、ドラマCD、実写映画など、さまざまなメディアミックスが行われた。スピンオフ作品《お釈迦様(しゃか)もみてる》は、祐巳の弟・祐麒(ゆうき)を主役にした男子校の青春学園小説として全10巻刊行。（嵯峨景子）

女子校寄宿舎を鮮やかに描くクラシック

《クララ白書》氷室冴子 *Saeko Himuro*

(上)装画：原田治／1980-1982年／全2巻＋続編2巻／集英社コバルト文庫、(下)装画：谷川史子／2001年／全2巻

e-book

札幌のカトリック系女子校・徳心学園中等科3年に在学中の桂木しのぶ（通称しーの）は、宮崎に転勤する家族と離れ、中等科の寄宿舎「クララ舎」に入る。通い慣れて知らぬことはないと思っていたはずの学園生活だが、初めて経験する寄宿舎は別世界だった。

3年生編入生として入舎した紺野蒔子と佐倉菊花、そしてしーのの三人に、クララ舎の伝統行事である新入り生徒への課題が課せられた。今年の課題はシスターの目を盗んで夜の大食堂に忍び込み、45人分のドーナツを作るというもの。三人はそれぞれの特技を活かして調査や根回しを進め、ある夜ついに食糧庫破りを決行する——。

氷室冴子の出世作《クララ白書》は、女子校の寄宿舎を舞台にした、永遠に色あせない女の子たちの物語。お人好しの主人公しーの、漫画家志望の菊花、美意識の高すぎる変人マッキーのトリオを中心に、一見おっとり風美人だが古典オタクでスイッチが入ると豹変する上級生や、しーののことが好きなのに素直になれないツンデレ下級生など、個性溢れるキャラクターが多数登場し、にぎやかな学園生活がユーモラスなタッチで綴られる。

《クララ白書》は好評を博し、高等科進学後の生活を描く続編《アグネス白書》も執筆された。寄宿舎での営みや、生徒会活動や文化祭などの学校行事を通じ、等身大でありつつも理想化された少女たちの姿を描く本作は、少女の友愛物語として今もなおみずみずしい魅力を放つ。少女小説にコメディを持ち込み、その後のコバルト文庫の路線を決定づけた意味でも歴史を変えた一作である。

《クララ白書》シリーズは氷室作品中最もヴァリアントが多く、氷室は復刊のたびに作品の細部に手を加えていった。オリジナル版には１９８０年代ならではの固有名詞が多数登場するが、１９９６年刊行の『Saeko's early collection』では、これらの固有名詞を削除する方向性でリライトが進められた。そして２００１年刊行の新装版《クララ白書》全2巻では、最新の学生文化に合わせてエピソードそのものを書き換えるなど、大胆なリメイクが行われた。

時を経てなお、クラシックな魅力を放つ《クララ白書》は、少女小説における一つのスタンダードといえるだろう。派生のメディアミックスとして、みさきのあによるコミカライズや、少女隊主演による実写映画なども制作された。（嵯峨景子）

key word▼［学園］［友情］［恋愛］［笑い］［ドタバタ］

激動の人生を歩む少女の正統派大河小説

《風を道しるべに…》倉橋燿子 *Yoko Kurahasi*

key word▼［家族］［恋愛］［試練］［乗馬］［成長］

装画:小野佳苗／1988-1992年／全10巻＋続編8巻／講談社X文庫ティーンズハート・ホワイトハート

e-book

ある日突然すべてを失った少女は、北海道で新たな運命に立ち向かう——。

中学3年生の白鳥麻央は、貿易会社を営む父と元女優の母の間に生まれ、田園調布の豪邸で何不自由なく暮らすお嬢様。ところが突然、両親が飛行機の事故で亡くなった。父の死と共に会社の苦しい内情が明かされ、それまで麻央に親切にふるまっていた周囲の大人たちは、皆手のひらを返した。

絶望する麻央の前に、母の妹・星野陽子が現れ、彼女を引き取ることを宣言する。

麻央は14年間暮らした東京を離れ、北海道で牧場「星野ステーブル」を営む叔母夫婦のもとで新たな生活を始めた。突然の両親の死と、激変する環境を受け入れられず、心を閉ざす麻央。だが厳しくも美しい北海道の自然と、新しい家族の愛情や友人の優しさ、そして牧場の馬が彼女の心を癒し、次第に前を向く強さを取り戻す。

その後も数々の試練が麻央の身に降りかかるが、少女は逆境に屈することなく、運命に立ち向かう。やがて白鳥家の秘密が明かされ生き別れの肉親が登場し、舞台は北海道からイギリスへと広がる。

ティーンズハート刊行の本編全10巻は、麻央の14歳から18歳までの物語。さまざまな苦難を乗り越えながら自らの夢を見つけ、それに向かってひたむきに生きる少女の姿がドラマチックに描かれた。ストーリーそのものはダイナミックだが、麻央が直面する友だち関係や恋の悩みは、等身大の少女たちの感覚にどこまでも寄り添う。

シリーズはその後ホワイトハートに移り、《続・風を道しるべに…》全5巻、《風を道しるべに…・完結編》全3巻が発表された。《続》では乗馬留学のためにイギリスに渡った麻央の生活が展開されるが、恋の結末やシングルマザーとなる選択など、少女小説としてはショッキングな展開を辿る。波乱万丈なストーリーで知られる《風を道しるべに…》シリーズの中でも、《続》の内容はとりわけヘビーで過酷だ。

『赤毛のアン』がプリンスエドワード島の風景と切っても切れないように、《風を道しるべに…》は北海道への憧れを掻き立てる。馬もストーリーに大きくかかわり、馬との確執や和解、そして別れも描かれた。ヒロインの少女時代に始まり大人になるまでの成長を追う本作は、多感な読者の人生の道しるべとなる大河少女小説として、今も色あせない。（嵯峨景子）

サイキック・アクションの金字塔

《ハイスクール・オーラバスター》若木未生 *Mio Wakagi*

key word▼［学園］［妖魔］［術者］［バトル］［恋愛］

装画：杜真琴・高河ゆん／1989-2004年／全22巻／集英社コバルト文庫（※装画：東冬／2011年-／3巻-／徳間書店トクマ・ノベルズ）

e-book

《ハイスクール・オーラバスター》通称《オーラバ》は、太古より続く〈妖の者〉と〈空の者〉の戦いという伝奇的な設定を背景に、妖魔と戦う高校生たちを描いたサイキック・アクションの人気シリーズだ。

高校生の崎谷亮介は、感覚が鋭く、他の人には見えない存在が視えることに悩み、クラスメイトとも距離を取るようになっていた。そんなある日、ある夜、2階の自宅の窓から外を見ていた亮介は、家々の屋根の上を軽快に駆け抜ける不思議な少年を目撃する。そしてその翌日、その少年・水沢諒は、季節外れの転校生として亮介の前に現れたのだ。諒は軽妙なトークでクラスの人気者となるが、なぜか亮介にまとわりついてくる。亮介は、なれなれしい諒を警戒しながらも、次第に彼のペースに呑まれていった。

ところがそんなある日、亮介は新宿で鎧姿の不気味な影に襲われ、見知らぬ二人の少年に助けられる。二人は、この世界には人を喰らう〈妖の者〉とそれを退治する〈空の者〉が存在し、影は〈妖の者〉で、自分たちは〈空の者〉の一族だと語った。そして亮介も〈空の者〉の血を引くために〈妖の者〉に狙われているというのだ。〈妖の者〉は人に憑依し、まるで普通の人間のようにふるまうと聞いた亮介は、諒のことを疑う。しかし実は諒は、亮介を守るために〈空者総帥・伽羅王〉が送り込んだ術者だった。

〈妖の者〉と〈空の者〉の善悪で割り切れない複雑な関係と、宿命に翻弄されながらも、大切な誰かを守ろうと必死に駆け回る術者たちの切実な叫びが、コバルト読者の心をわしづかみにし、1989年の開幕当初より絶大な人気を誇った。紅玉いづきをはじめ、多くの書き手に影響を与えた傑作シリーズである。

コバルト文庫から長短篇あわせて22巻とファンブック1冊、ハードカバーの短編集1冊が刊行。また杜真琴によるコミカライズに加え、イメージアルバム、オーディオ・ドラマ、OVAなどが製作された。イラストは14巻『荊姫』までが杜真琴、『烈光の女神』からは高河ゆんが担当している。本編は2004年の『オメガの空葬』でいったん休止するが、2001年に外伝的作品『オーラバスター・インテグラル』（徳間デュアル文庫）が刊行された。さらに2011年より徳間書店に版元を移して最終章『ハイスクール・オーラバスター・リファインド』の刊行が始まり、完結まであと一話を残すのみとなった。（三村美衣）

時代を先取りしすぎたラディカルな少女小説

《お嬢さま》森奈津子 *Natsuko Mori*

key word▼［学園］［悪役令嬢］［恋愛］［パロディ］［笑い］

（上）装画：飯坂友佳子／1991-1995年／全10巻／学研レモン文庫、（下）装画：D.K／2008年／全4巻／エンターブレイン

e-book

1980年代後半から90年代頃にかけて、社会を席捲した〝少女小説ブーム〟。このブームは一方で、「少女主人公の口語一人称学園ラブコメ」というステレオタイプ化を呼び込んだ。森奈津子の《お嬢さま》シリーズは、この硬直した様式を逆手に取り、女の子の一人称そのものをギャグ化した作品だ。

主人公は社長令嬢の綾小路麗花。私立花園学園中等部に通う彼女は、縦ロールの髪型にフリフリのワンピースを身にまとい、「ホホホホホホホホ！」と高笑いを響かせる。そんな麗花の生き方は、小学3年生の時に読んだバレエ漫画によって決定づけられた。

といっても、彼女が心を惹かれたのは健気な主人公ではなく、ライバルの悪役お嬢さまの方だった。最終回で改心し、脇役に甘んじて終わる悪役の姿に悔し涙を流した麗花は、自分こそは悪役お嬢さまとして美しく誇り高く、そして意地悪に生きていこうと決意を固めたのだった。

物語は麗花の一人称で進むが、高飛車な悪役令嬢に徹する彼女の語り口とふるまいの軽妙さ、抱腹絶倒のコミカルさが痛快。そんな麗花をとりまく人物もまた、彼女に負けず劣らず強烈だ。麗花のボーイフレンド岡野拓人は出会いの場面で、請われるままひざまずいて彼女の靴に口づけ、クラスメイトの佐伯は侍従として麗花に尽くすことを生きがいとする。

あるいは、中等部の王子さま工藤圭一を一途に愛し続ける柔道部主将の杉本晴信や、女装キャラのはしりともいえるアクタガワこと文芸部部長の岩清水是清、甥をいじめるサディスト数学教師の花園育夫など、ただ単に個性的なだけでなくキャラクターのセクシャリティも多様に描かれた。

内容もローティーン向けレーベルで執筆されたとは思えないほど攻めている。ファシズムをカリカチュアした『お嬢さま帝国』や、『共産党宣言』のパロディが登場する『お嬢さま大戦』もあれば、耽美・美少年文化を下敷きにしたメタ小説『お嬢さまと青バラの君』など、そのラディカルさは今も色あせない。

シリーズは好評を博すも、学研レモン文庫の市場からの撤退により終了する。その後、2008年にエンターブレインから復刊。各巻には書き下ろしの新作短編も収録され、「佐伯の一日」で初めて彼女のフルネームが明かされるなど、オールドファン必見の内容だ。（嵯峨景子）

バンドを描く若木未生のもう一つの代表作

《グラスハート》若木未生 *Mio Wakagi*

key word▶［現代］［音楽］［恋愛］［痛み］［再生］［成長］

(上)装画:橋本みつる・羽海野チカ／1994-2003年／全7巻＋番外編2巻／集英社コバルト文庫、(下)装画:藤田貴美／2009-2011年／全5巻／幻冬舎バーズノベルス

e-book

プロ志向のバンドでキーボードを弾く高校生の西条朱音は、ある日「女だから」という理不尽な理由でクビを言い渡された。その直後、彼女は謎のスカウト電話を受ける。すでにメジャーデビューが決まり、シングルも出す予定のバンドにドラマーとして参加しないかという誘いに戸惑う朱音。しかも相手は14歳の若さで音楽シーンに登場し、「ロック界のアマデウス」と呼ばれる天才音楽家の藤谷直季だった。大学入学を機に音楽活動を停止した藤谷が、新たにバンドを組んで活動を再開するという。翌日メンバーと対面を果たした朱音は、なし崩し的にバンド「テン・ブランク」に加入することになった。

テン・ブランクは朱音と藤谷、実力派ギタリストの高岡尚、喘息持ちで複雑な家庭の事情を抱えるキーボード坂本一至の4人編成。加入当初はドラマーとして未熟だった朱音だが、ライブやレコーディングを重ねる中で持ち前のセンスとガッツを発揮し、成長を遂げる。テン・ブランクはデビュー以降順調にブレイクするが、音楽に対して真っすぐすぎるメンバーの姿勢はさまざまな摩擦を生み出した。とりわけ天才肌の藤谷は、度が過ぎた才能や集中力でたびたび周囲を振り回す。加えて音楽業界をめぐる複雑な思惑や、人間模様が絡み合い、メンバーは状況に翻弄されながらもひたむきに音楽に打ち込もうとするが……。

ギタリストの高岡尚は、若木未生のノベル賞受賞作「ＡＧＥ」にも登場する人物。いわば作者の原点といえるモチーフが描かれる《グラスハート》だが、本作ではバンドの人間関係だけでなく、音楽そのものの描写にも大きな比重が置かれている。「音」が頭の中で鳴り響くような感覚的な表現の数々と、疾走感溢れるストーリーがあわさり、若さゆえの熱量と痛みがほとばしる作風は心を激しく揺さぶる。物語には藤谷の異母弟・真崎桐哉による音楽ユニット「オーヴァークローム」も登場し、方向性の異なる二つのバンドが物語の軸になる。『ＬＯＶＥ ＷＡＹ』は真崎桐哉のユニットにフォーカスした番外的な作品として刊行された。

１９９４年にスタートしたシリーズは、２００１年開始の第2期『冒険者たち』よりイラスト担当が羽海野チカに変更。２００９年刊行の最終巻のみ幻冬舎バーズノベルスから刊行され（イラストは藤田貴美）、以後もコバルト文庫既刊分が番外編を加えて同レーベルから再刊された。（嵯峨景子）

弱小野球部が本気で甲子園を目指したら…

《雲は湧き、光あふれて》須賀しのぶ *Shinobu Suga*

key word▼［高校野球］［甲子園］［友情］［ライバル］

装画：河原和音／2015-2017年／全3巻／集英社オレンジ文庫

チームの要であり超高校級スラッガーの益岡が、練習のしすぎから腰を故障し、一試合に一打席、代打としてしか活躍できなくなった。絶対に出塁する。そう断言する益岡は、万年補欠の須藤を自分専用のピンチランナーにして、足で追加点をもぎ取る作戦を立てた。しかし、二人で一組、それも試合の終盤にたった一度だけの戦力が、貴重なベンチ入りの二枠を奪っていいのだろうか。須藤は野球部のメンバーたちの心情が気になり、次第に野球が楽しくなくなっていく……。

盗塁のセンスだけを買われてベンチ入りした少年の葛藤を描いた「ピンチランナー」、新人スポーツ記者を主人公に埼玉県大会の一コマを描いた「甲子園への道」、太平洋戦争で甲子園への夢が断たれた高校球児を描いた表題作「雲は湧き、光あふれて」。第1巻には、高校野球がテーマの短編が3本収録されている。

また、シリーズの続刊2冊では、「甲子園への道」で開眼したエース月谷を擁する三ツ木高校の弱小野球部が、激戦区埼玉で本気で甲子園を目指す挑戦が描かれる。

野球はド素人の監督、先生にもタメ口の女子マネ、楽しく野球をするために名門私学を蹴って弱小公立高校に進学したのに結局甲子園を目指すことになってしまったショート、ピッチャーの信頼を得られず自信喪失するキャッチャー。根性なくしては甲子園への道は開けないが、根性だけでも足りない。練習のつらさを嘆き、人間関係に悩み、高校生活3年間を野球一筋に打ち込んでいいものか迷い、才能のなさに心が折れる。精神的な脆さがそのままプレイに出てしまう高校生たちの、躓きながらも前に進もうと足掻く様子が見事に活写されている。

大河ファンタジーから、アクションＳＦ、冒険小説、時代小説と、多彩な作風を誇る須賀しのぶだが、２０１４年に社会人のクラブチームを題材にした『ゲームセットにはまだ早い』（幻冬舎）で野球小説に着手。続いて集英社オレンジ文庫から本書を刊行。甲子園を目指す県立高校の30年を描いた『夏の祈りは』（新潮文庫）、戦後の高校野球復活の舞台裏を描いた『夏空白花』（ポプラ社）もある。

なお、シリーズタイトルにも使われている『雲は湧き、光あふれて』は、全国高等学校野球選手権大会「夏の甲子園」のテーマソング「栄冠は君に輝く」の歌い出しのフレーズである。（三村美衣）

ボーイフレンドは星から落ちてきた宇宙人！

《あたしのエイリアン》津原やすみ *Yasumi Tsuhara*

key word▶［宇宙人］［ラブコメ］［学校］［友情］［SF］

装画：新井葉月／1989-1996年／全18巻（未完）＋EXシリーズ4巻／講談社X文庫ティーンズハート

　街の上空でくねくね蛇行する流れ星が目撃された直後、百武千晶は神社の境内でオレンジ色の髪をした奇妙な少年と出会った。少年はなぜか千晶の自宅までついてきてしまうのだが、さっき初めて会ったはずの彼を、母親はNYから帰ってきたいとこの星男くんだと言う。それどころか学校でも彼は千晶のいとことして、すんなり受け入れられてしまうのだ。誰がなんと言おうとも、昨日まで百武星男なんて人物は存在しなかった。千晶は真実を明らかにしようと、証拠集めに奔走するのだが……。

　津原やすみのデビュー作『星からきたボーイフレンド』から始まる《あたしのエイリアン》は、女子高生の千晶と故郷に帰れなくなった異星人のホシオを主人公にした学園ラブコメシリーズだ。ホシオは見た目のかっこよさもさることながら、千晶が女性に対しては常に優しさを持って接しろと教えたがために、やたらと女性にモテる。千晶はそんなホシオの八方美人っぷりにヤキモキ続きで、岡村五月や赤羽根菊子といった個性も押しも強い女の子たちの猛アタックにもイライラを募らせる。それでも自分の気持ちを素直に表現できない千晶の性格の不便さが、恋愛に臆病な少女たちの共感を呼んだ。

　物語は高校1年の秋から語り起こされ、ホシオが大学進学と共に百武家から独立、千晶は予備校に通いながら、ホシオと同じ大学を目指そうと改めて決意するところで終了する。次いで、高校の後輩にあたる川野和流と、未来から来た千晶たちの子孫である玄之丞のラブストーリー《あたしのエイリアンEX》が刊行され、この中で千晶とホシオのその後と衝撃の真相が語られた。

　シリーズ中盤で、岡村五月視点の『五月物語』『五月日記』を挟み、さらに続編《EX》へとつなげることで、読者は千晶視点だけでは見えなかったもう一つの真相を知る。物事は見た目どおりとは限らないという、読者の成長をも計算に入れたかのようなトリッキーな構造が面白い。また、乙女チック少女な坂本真希のセリフのフォントにまる文字を使用したり、文章をハート型に配置するカリグラム技法を用いるといった、実験的な表現も強い印象を残した。

　なお岡村五月と赤羽根菊子は、津原泰水名義の『クロニクル・アラウンド・ザ・クロック』に大人になった姿で登場しており著者自らが、この作品を《あたしのエイリアン》の続編と語っている。（三村美衣）

先生は、神絵師（わたし）のファンでした。

《腐男子先生!!!!!》

瀧ことは *Kotoha Taki*

装画：結城あみの／2017-2020年／全3巻／KADOKAWAビーズログ文庫アリス

e-book

全ての始まりは、同人誌即売会だった。

二次創作に勤しむ腐女子・早乙女朱葉（さおとめあげは）（P・Nぱぴりお）は、自分の本を買いにきたもっさりした眼鏡腐男子が、高校のイケメン生物教師・桐生和人（きりゅうかずと）であると知る。先生と生徒で、大人と子どもだが、神絵師と信者（ファン）でもある二人は、放課後の生物準備室でオタクトークに花を咲かせる仲になる。

オタク同士として順調に交流を深めつつも、先生と生徒のラインを越えそうで越えないでいたが、朱葉から持ちかけた卒業までの期間限定の取引を機に、二人の関係は変化し始める……。

物語は連作短編形式で軽快に進み、各話それぞれに転売・布教・SNSでの交流や取引・応援上映会など、オタクの日常に密接なテーマが埋め込まれている。2巻からは桐生と同じく朱葉の熱心なファンである後輩の咲（さく）や、朱葉と桐生の関係を嗅ぎつけてかき回そうとする同級生の都築（つづき）といったキャラクターも登場し、卒業式までの日々をにぎやかに彩る。

本作の魅力は、なんと言っても読点の少ない饒舌（じょうぜつ）な早口で交わされるテンポのよい会話し、思わず朱葉たちと一緒に「それな！」と叫びたくなる、オタクの真理を愛と共感で貫くパワーワードだ。

好きなもの（＝推し）に対して誠実でありたいと思うオタクの姿をコミカルに、けれどもどこまでも真摯に描写すると同時に、次第に「神様と信者」である朱葉と桐生の関係性が浮き彫りにされていく。桐生の友人であり、同じく「神様と信者」にして恋人同士でもあるコスプレイヤーのキングと秋尾（あきお）、かつて桐生の「神様」で元カノだったマリカの存在との交流を経て、朱葉の中に生まれる「神様」としての葛藤と、それでもあせない想いが痛いほど描かれていて、胸に迫る。

子どもと大人で、生徒と先生で、そして神様と信者でもある二人の関係は、作中の推し作品へのまなざしがそうであるように、ちょっと面倒くさくて時々ずるいが、とても誠実だ。そんな二人の物語は、オタクはもちろんのこと、「何か」を一心に好きになったことがある人ならば、きっと胸を撃ち抜かれてしまうだろう愛に満ちている。

「小説家になろう」での連載が書籍化。結城あみのが手掛ける豊富な挿絵が、物語の緩急に合わせた多様なレイアウトで配されている。同イラストレーターによるコミカライズも連載中、原作2巻とコミックス3巻の同時発売を記念して、連動特典としてオーディオドラマが制作された。（七木香枝）

key word ▶［ラブコメ］［年の差］［恋愛］［オタク］

女の子同士の圧倒的な友情物語

『あの扉を越えて』飯田雪子 *Yukiko Iida*

（上）装画：唐沢野枝／1994年／全1巻／講談社X文庫ティーンズハート、（下）装画：鈴木志保／2008年／全1巻／講談社X文庫ホワイトハート

水原亜衣は高校1年生。小沢奈津とは中学1年生の秋に出会い、以後無二の親友として特別な時間を過ごしてきた。夢見がちでマイペースな「奈津の世界」を愛する亜衣は、彼女の独特な感性に理解を示し、それを受けとめられるのは自分だけだと信じている。

ところがある日、奈津から「好きな人ができた」と告白され、遠野和樹を紹介された。二人の世界に突然入り込んできた異性に亜衣は嫉妬し、疎外感に襲われる。そんなある日、突然奈津が失踪した。どうやら彼女は現実の空間ではなく、扉を越えた「向こう側」に閉じ込められているらしい。奈津を連れ戻そうと亜衣と和樹は協力し、彼女の気配を求め、図書館や博物館を捜し回る——。

〃女の子同士の友情〃は、少女小説における伝統的な主題だ。そして『あの扉を越えて』はこのテーマに真正面から向き合い、少女の葛藤と成長を鮮やかに映し出す。親密な少女の仲にヒビを入れたのは一人の少年だが、奈津と和樹の関係は恋人ではなく、同じ世界観を共有できる同志的な結びつきだった。和樹が登場したことで、亜衣は自分が愛する「奈津の世界」が彼女の感性そのままではなく、自分の一方的な理想像を投影したものであることを自覚させられる。憧憬が行き過ぎたあまり、いつの間にか相手の本質から目をそらし、独りよがりの偶像を創り上げていた。過剰な理想化という誰もが持ちうる感情に、思春期の少女のかたくなな純粋さが加わることで、その想いはよりピュアで痛々しい色を帯びる。だからこそ、思い込みやコンプレックスを乗り越えた二人の絆は尊いものとなり、結末はカタルシスをもたらす。

物語のキーワードとなる「別の世界へ続く扉」、そして「沈みそう」という感覚を象徴するアイテムとして、作中にはさまざまな書物や作家の名前が登場する。ポップなテイストが持ち味のティーンズハートの中で、飯田の小説は文学少女好みの匂いをまとい、本好きの心をくすぐる。文学趣味だけでなく、アリスや紅茶などの少女趣味、さらには稲垣足穂的な理科趣味・鉱物趣味もあわさって、作中には心地よく秘密めいた空気が漂う。

２００８年にホワイトハートから刊行された復刊版は、内容はほぼ同じながら構成に手が入り、エピソードをみせる順番が変更された。旧版では小出しにされた奈津失踪の話を中盤以降に固めたことで、ストーリーが整理され、より読みやすくなっている。（嵯峨景子）

key word▼［学園］［友情］［成長］［幻想］［切ない］

時を超えた感動のボーイ・ミーツ・ガール

『どこよりも遠い場所にいる君へ』阿部暁子 *Akiko Abe*

key word ▼［学園］［恋愛］［友情］［時間］［切ない］

装画：syo5／2017年／全1巻／集英社オレンジ文庫

e-book

月ヶ瀬和希は采岐島高校の1年生。とある過去から逃れるように、辺鄙な離島の高校へ進学した。過疎化が進み廃校寸前だった采岐島高校は、第十六代校長が復興の立役者となり、今やユニークな教育や高い進学率で知られ、全国から生徒が集う学校となっていた。

ある夏の日、和希は島の人々が「神隠しの入り江」と呼ぶ場所で、倒れている少女を発見する。この島では突然人が消える〝神隠し〟、そして別な時間から来る〝マレビト〟の記録があるが、秋鹿七緒と名乗るその少女も、1974年から来たと語るのだった。つらい出来事を体験してこの島に来た和希と、2017年に迷い込んでしまった七緒。重なるはずのない二人の時間が交わったことで、奇跡が生まれた——。

時を超えたボーイ・ミーツ・ガールが辿る感動の結末。このクライマックスに向けて作者は自然に、そして巧みに伏線をちりばめていく。何気ない日常描写や会話に織り込まれた仕掛けが次々と実を結び、物語の鍵となる秘密が明かされる後半の展開はどこまでもスリリングだ。本作で主人公の苦難の象徴として描かれる「箱船」も、最後には未来へとつながる希望となる。計算され尽くした小説構成が、読者をカタルシスへと誘う。

メインテーマは和希と七緒のラブストーリーだが、本作は少年の友情物語という観点からも極めて魅力的な作品だ。離島の学生寮という閉鎖的な場所を舞台に、少年たちの親密で時に緊張感を孕む関係性が描かれる。中でも〝王子〟と呼ばれる和希と〝乳母〟とあだ名される幹也の掛け合いや絆は、絶妙な味を醸し出す。

もっとも、少年少女の鮮やかな青春小説として爽快な読後感を持つ本作だが、取り扱うテーマは重い。作中に登場する悪意やいじめは、我々の日常と地続きのものであり、だからこそその刃が生々しい。作者のデビュー作『屋上ボーイズ』は、高校生を主人公に、少年の友情やいじめをモチーフにした作品だった。原点に刻まれたテーマが10年近い時を経て、上質なエンターテインメント作品へと昇華されたのが感慨深い。

シリーズ第2弾として発表された『また君と出会う未来のために』は、本作から4年後を舞台にした物語。大学生になった和希や幹也もサブキャラクターとして作中に登場し、彼らのその後の物語も語られる。Webコバルトにてスペシャル短編「どこよりも遠い場所にいる君へ　天国へ続く橋」も公開中だ。（嵯峨景子）

終わりゆく花園で生きる少女たちの青春

『ガーデン・ロスト』紅玉いづき *Izuki Kogyoku*

key word▼［現代］［友情］［恋愛］［痛み］［連作］

装画：上条衿／2010年／全1巻／アスキー・メディアワークス文庫

e-book

たった4人しか部員のいない放送部の、小さな部室。そこが、彼女たちのささやかで、けれどもかけがえのない大切な「花園」だった――。

人を嫌いたくないお人好しで、文通相手の幼馴染に恋をしているエカ。漫画と芸能人が好きな、たくさんの「ダーリン」を持っている可愛いマル。演劇部と兼部していて、自分ではない誰かになりたいと思うボーイッシュな見た目のオズ。母親の決めた「幸せ」な生き方の中で苦しみながら、自分も自分以外の誰も好きになれないでいるシバ。

高校1年生の時に出会って以来、ずっと部室に集ってきた4人の少女たちが、卒業を控えて「花園」の終わりを感じながら過ごした一年を、それぞれの視点で切り取った連作短編。

携帯電話があまり普及していない頃を舞台にした本作には、近づいてくる高校生活のおしまいを予感しながら過ごす少女たちの揺れ動きする感情が、繊細かつ鋭く描き出されている。

物語に閉じ込められたのは、一見脆くて壊れやすい、やがて失われることが決まっている一瞬の連続だ。少女たちそれぞれの一人称という「目」をとおしてすくい取られた感情は、時折ひどく危うげに揺れる。

狭くてちょうどいい部室に仲のいい4人だけで集うときだけ、息が吸えるような気持ちがすること。それでいて親友の声を気持ち悪いと感じる、友情と相反するようでしない気持ち。すぐに心が死んでしまうような気がして、それだけで胸が苦しいこと。王子様がほしかったり、何か特別な存在になりたいという望み。優しさに尖った心を刺激されるときのやるせない苛立ち……。

4つの物語の端々には、ともすれば零れ落ちてしまいそうに柔らかで、けれども一瞬、鮮やかに色づく感情が息づいている。

少女たちが向かうのは、確かに一つの「おしまい」ではある。だが、本作はやがて通り過ぎてしまうものとして区切られてしまいがちな少女という生きものが、決して過去だけには留まってくれないことをも教えてくれる。壊れやすい心に包まれた、自分や誰かと手をつなぐことの得難さと痛みが胸を揺さぶる、少女のための物語だ。

著者の紅玉いづきは、『ミミズクと夜の王』で鮮烈なデビューを果たすと、本作をはじめ、時に優しく、時に痛く心を穿つ作風で人気を得る。少女小説への深い思い入れから、現役作家を中心としたメンバーが集まった同人誌『少女文学』を主宰するなど、幅広く活動している。（七木香枝）

少年少女のいびつな絆、夏の光と水の残像

『水のなかの光り』深谷晶子 *Akiko Fukaya*

装画：竹岡美穂／2000年／全1巻／集英社コバルト文庫

key word▼［学園］［恋愛］［友情］［幼馴染］［罪］［痛み］

「私たちを繋ぐものは、ピンク色の愛情でもただれた憎悪でもなくて、ただ密やかな甘やかな、古ぼけた罪の記憶」。

高校3年生の照美が通う学校に、照美の彼氏・明哲の幼馴染だというギャル系美少女の彩央と、おとなしい少年・永が新入生として入学した。彩央は女王様のように高圧的にふるまい、明哲と永はまるで下僕のように彼女に従う。その日から明哲は照美の連絡に応じなくなり、翌日には別れを切り出した。釈然としない照美が水泳部の練習に出掛けると、明哲と同じマネージャーとして彩央が入部していた。そして彩央は挑発するように、自分が明哲に照美と別れるよう命令したのだと打ち明ける。

幼馴染なのにどこか緊張感を孕み、奇妙な主従関係で結ばれた彩央と明哲と永。この三人には、かつて彩央の姉・彩花を殺したという、人には決して言えない秘密があった。残された三人は彩花の死を隠蔽し、逃れたくても逃れられない罪と秘密を共有する間柄になる。

かつての4人はいつも一緒に過ごし、美しい彩花が女王様のようにふるまっていた。この頃の彩央は少年のような外見をしたおとなしい少女で、姉から理不尽な扱いを受けることが少なくなく、明哲だけがそんな彩央を気遣った。姉に対して憧れと憎しみを抱く彩央は彼女の死後、入れ替わるように女王様の座に収まり、明哲と永を脅して従わせた。そんな過去の罪と歪んだ愛情にとらわれた三人の関係性に、照美の存在が新しい風を吹き込む——。

１９９８年に「サカナナ」でノベル大賞を受賞した深谷晶子は、青春に生きる少年少女の後ろ暗い心象風景や内的葛藤を、独特の繊細な感覚で描き出す作家だ。感受性が強く押し出された深谷の作品は、小説としての技巧という観点からみれば、いささかいびつであることは否めない。しかしながら、思春期の心の鬱屈や10代の危うい感覚を、心理描写と情景が混ざり合った独特の文体で切り取った作品群は、今もなお忘れられない手触りを残す。何かしらのネガティブな要素や、心に欠落を抱えた少年少女が登場する深谷の作風には透明な寂寥感が漂うが、『水のなかの光り』では最後に訪れる救済がまぶしい。また、深谷の本領は短編作品にあり、書籍未収録の「サカナナ」や「あなたを食べよう」、「アスファルト螺旋遊戯」などで、その才をうかがうことができる。（嵯峨景子）

思春期暗黒サスペンス

『砂糖菓子の弾丸は撃ちぬけない』桜庭一樹 *Kazuki Sakuraba*

(上)装画:むー／2004年／全1巻／富士見書房富士見ミステリー文庫、(下)2009年／全1巻／角川文庫

海辺の田舎町に暮らす山田なぎさは13歳。父はすでに亡く、かつて優等生だった兄・友彦は3年前から家に引きこもっている。その境遇ゆえにリアリストにならざるを得なかったなぎさは、生き抜くために世の中にコミットする力、すなわち〝実弾〟だけを求めていた。

そんな彼女の前に現れたのは、浮世離れした転入生・海野藻屑。自らを「人魚」であると語り、現実から遊離した言動を弄する藻屑に対して無関心を貫こうとするなぎさだったが、かえって彼女に気に入られてしまう。エキセントリックにふるまう藻屑となぎさはいつしか心理的な距離を縮め、奇妙なかたちの友情が生まれた。しかし藻屑には陰鬱な秘密があり、二人の日常に不穏な気配が忍び寄る——。

なぎさにとっての象徴的なフレーズとして登場する〝実弾〟とは、現実世界を生きるための手段を意味するものであり、彼女が近い将来に見据えている進路とリンクする言葉でもある。それに対して藻屑が繰り出すのは、本来なぎさにとって無益なはずの空想的な世界だ。ところが物語が進むにつれ、〝砂糖菓子の弾丸〟という言葉で表現される藻屑の不可思議な言動は、無意味な遊戯などではなく、なぎさの〝実弾〟と同じく実世界と対峙するための武器であることが明らかになる。なぎさと藻屑は、それぞれのやり方で現実と戦い、生き延びようともがいていた。

物語の冒頭で、あらかじめ凄惨な結末が示される。それゆえ読者は、二人の関係性の顛末を、緊張感をたたえて見守ることになる。働いて自立することもできず、大人の庇護がなければ生きられない中学生の少女が辿る結末は、あまりにもやるせなく痛ましい。思春期の閉塞感や生きづらさに加え、虐待や引きこもり、貧困を描いた暗黒思春期小説は、ショッキングな内容で読者を打ちのめす。それでもなお手に取らずにはいられない、蠱惑的な魅力を放つ名作だ。

本作はライトノベルとして発売されるも、２００７年に富士見書房から単行本が発売、さらに２００９年に角川文庫版が出版されるなど、一般文芸作品に近い展開をみせた。また単巻の作品であるにもかかわらず、２００６年度「このライトノベルがすごい!」の3位に入るなど、高い評価を受ける。悲しく残酷な少女の友愛物語はみずみずしく尖り、その魅力は今もなお読者を惹きつけてやまない。（嵯峨景子）

key word▼［学園］［友情］［家族］［サスペンス］［闇］

ピエロが誘うダークな谷山ワールド

『きみが見ているサーカスの夢』谷山浩子 *Hiroko Taniyama*

装画：プラナ／1992年／全1巻／集英社コバルト文庫

シンガーソングライターの谷山浩子は小説家としての才能も発揮し、さまざまなレーベルから著作を刊行している。コバルト文庫4作目の作品として上梓された『きみが見ているサーカスの夢』は、鮮烈なイメージに満ち溢れたファンタジー学園小説だ。

物語は主人公・羽鳥彩の友人が憧れる先輩、紺野貴史の失踪から始まる。彼は多くの女生徒から想いを寄せられる人気者だが、告白されても誰ともつき合わず、曖昧な返事を繰り返していた。警察が貴史の行方をつかめない中、彩たちは彼を捜そうとデンマーク人の血を引く彩の叔父（だが彩よりも年下）の占い師・水丸塔也を訪ねる。

直方体の屋敷で暮らす塔也は、室内に生える夢影樹から「夢の影」を引き出し助言する。塔也によれば、この事件のテーマは〝サーカス〟だという。彩たちは塔也の導きで貴史の行方を追うが、その後も生徒の失踪が続いた。

〝サーカス〟というテーマに呼応するように、本作には全編にわたり不気味なピエロの姿が登場する。生徒を攫い、学校に混乱をもたらす犯人であるピエロは、いったい誰の「夢の影」なのだろう。各章の冒頭にはピエロを歌った詩が掲げられるが、風船を片手に学校の前に立つ情景から始まるこのポエムは、ページをめくるにつれてだんだんと不穏さを増していく。物語のクライマックスでは、校舎とサーカスのイメージを融合させた幻想的なスペクタクルが繰り広げられ、生徒の「風船」と真っ赤な「ロープ」による残酷な処刑は、読者を悪夢に誘い込む。

作品はよい意味で人工的で、登場人物もどこか人形めいている。中でも際立つのが年下の叔父・塔也、そして同級生の織沙月だ。彩が「キョーフの少女人形」と呼ぶ沙月は、彼女の分身だという指人形を通じて会話する奇妙な少女。人形めいたふるまいを続ける沙月の姿は、そこはかとなく不気味なこの作品世界にさらなる影を落としていく。

従来の谷山小説はファンタジー路線の作品群と、恋愛モチーフの作品群とに分かれるが、『きみが見ているサーカスの夢』は両者の色を融合させたような趣きがある。人間の中にある孤独や悲しみを、サーカスや夢というモチーフに結びつけてイメージ豊かに描き出した本作は、ダークで毒に満ちた谷山ワールドの魅力が凝縮された一冊だ。（嵯峨景子）

key word▼［学園］［恋愛］［成長］［幻想］［恐怖］

今どき珍しい少女一人称の悩める青春記

『少女手帖』紙上ユキ *Yuki Kamiue*

装画：カオミン／2017年／全1巻／集英社オレンジ文庫

e-book

教室は戦場。誰かの失敗は、誰かの昇格のチャンス。ある地点に留まり続けるためには、超人的な労力が必要なのだ。これは〝普通〟でありたいと地道に戦い続け、小さな油断から居場所を失った、ある女子高生の物語。

小野ひなたの生活信条は、平穏で安定した学生生活を送ること。そのためにさして気が合わない女子グループに所属し、そこに迎合することに全力を注いでいた。そんなひなたの対極にいるのが、誰とも慣れ合わない孤高のクラスメイト・結城さんだった。ある日ひなたは予想外の結城さんの姿を目撃し、その数日後に彼女からの誘いを受け、仲間との約束をドタキャンしてしまう。グループ内の均衡を崩したひなたは、以後彼女たちから無視され、教室内で孤立した。歯車が狂ったまま過ぎる日々の中で、ひなたはもがきながら、自らの価値観を問い直す――。

教室で生み出される女の子独特の世界と、そこからの脱却。『少女手帖』は、「毎日がひそやかなサバイバル」という、等身大の思春期の少女の姿を追求した作品だ。今となっては珍しい一人称文体を採用したことで、本作はよい意味で未成熟で視野の狭い少女の視点に寄り添ったまま進む。冒頭からひなたが長々と思考をめぐらすモノローグが登場し、大きな起伏がないまま進む物語は、万人向けとは言い難い。しかしながら自分の居場所という普遍的なテーマを扱った本作は、「悩める女の子たちに捧げるバイブル」として、ある層には確実に刺さる作品であろう。

もっとも、『少女手帖』には10代の少女だけではなく、より広い層が共感する視点も織り込まれている。ひと回り年上の姉が語る友情に関する失敗談や、60代の大槻さんが〝普通〟に抗い、独り身のまま自立して生き抜いた体験は、幅広い年代に届く人生のヒントとなる。自分にとって居心地のよい場所を作り、心が楽になる作業を持つことの大切さを示す大槻さんの姿は、とりわけ含蓄に富む。

悩める女子に無節操にかかわっていく少年・秋津が背負う闇とその先に彼が見出した生き方や、結城さんが抱える問題に触れる中で、ひなたもまた新しい一歩を踏み出す。〝普通〟のあり方は人の数だけあり、生きている限り、ままならないことも少なくない。そのままならなさに真正面から向き合った本作は、どうしようもなく不器用で、だからこそ愛おしい作品だ。（嵯峨景子）

key word▼［学園］［友情］［成長］［家族］

一瞬のきらめきに満ちた甘酸っぱい恋模様

『桜咲くまで勝負ですッ！』 榎木洋子 *Yoko Enoki*

key word ▶［現代］［ラブコメ］［学園］［友情］［連作］

装画：桃川春日子／2001年／全1巻／集英社コバルト文庫

本作は、学校に通う少女たちの恋模様を描いた三連作と、ショートストーリーを収録した短編集。

一足先に受験を終えた高校3年生の幸乃(ゆきの)は、制服姿で高飛びをする男子生徒にひと目惚(ぼ)れする。親友・陽子(ようこ)の協力を得て調べたところ、彼は二つ下の後輩・多賀(たが)だった。卒業までにどうにかして近づきたいと模索する幸乃は、演劇部に所属していることを活かして、放送部に籍を置く多賀に照明をレクチャーするという作戦を思いつく（表題作）。

幸乃と同じく演劇部に所属する陽子は、受験が近づいてきたクリスマスシーズンのある日、デパートのエレベーターに閉じ込められてしまう。祖母を連れた同級生・佐々木(ささき)と、どうやら彼に恋をしているらしい後輩と共に不思議な世界に迷い込んだことから、サンタの恋煩いに巻き込まれることになる（「敵はクリスマスとともに！」）

二人の後輩で惚れっぽい千春(ちはる)は、学年一の秀才・坂上(さかがみ)の笑顔を見たことから恋をする。坂上のとげとげしい態度にもめげずにアタックし続ける千春だが、坂上が大切に想う場所に足を踏み入れてしまったことをきっかけに、自分の身勝手さを突きつけられる（「ビタービター・ハートチョコ」）。

卒業前のゆったりとして感じられる時間や、受験前のうっすら曇りを帯びたクリスマス。泣いたあとのすっきりした気持ちとほんのりビターな甘さが混じるバレンタイン。何でもないけれど、だからこそ特別に感じられる季節の中で展開される物語は、冒頭を漫画化した挿絵から始まる。

突然のひと目惚れに浮き立つ幸乃や、すきっとした潔さが健やかな陽子、お砂糖のように甘い身勝手な乙女心が素直さをくるんでいる千春。彼女たちの恋をそれぞれの視点から描き出した短編は、思わず抱きしめたくなるような甘酸っぱさと、伸びやかな柔らかさで満ちている。

今しかないように思える青春の、けれどもその先も続いていく未来を含んだ三者三様のラブストーリーは、優しい甘さの中に痛みやほろ苦さを包みながらも、いきいきとしてまぶしい。恋に落ちた瞬間の情景や、まだはっきりと自覚できないけれどもやもやしてしまう恋の予感、自分の身勝手さを突きつけられた時の苦い気持ち。そういった、登場人物の目をとおして切り取られた一瞬が、そのままの鮮やかさで真っすぐに胸へと届いてくる。

高校生たちのみずみずしくてほんのり青い様子を爽やかに写し取った、キュートで甘酸っぱい読み口の一冊だ。（七木香枝）

ここではないどこかに私の本当の故郷がある

『天夢航海』谷山由紀 *Yuki Taniyama*

key word▼［学園］［友情］［成長］［連作］［飛行船］

装画：弘司／1997年／全1巻／朝日ソノラマ文庫

e-book

この青い星の地上は、私の本当の居場所ではない。だから天夢界へ還るのだ。あの銀色の飛行船に乗って――。

両親の離婚で地方の女子校に編入したあさみは、クラスに馴染むことができないまま毎日を過ごしていた。ある日、学校帰りに立ち寄った星華堂書店で、あさみは『天夢界紀行』という無料冊子と出会う。この地上を離れたどこかにある天夢界。地上で異邦人として生きる天夢界人の孤独と、本当のふるさとに対する切ないまでの望郷の念を描いた物語に、あさみは強く惹かれていった。青年店主がひっそりと営む星華堂で、不定期に配布される謎めいた冊子を求め、あさみは足繁く店に通う。

どうしたら天夢界へ、私のための別天地に行けるのだろう。現実を拒んで心を閉ざし、迎えの船を待ち続けるあさみに、ある日星華堂の店主が天夢界行きの船のチケットを渡した。そして夏休み最後の日。あさみの前に、銀色に輝く飛行船が出現する……。

天夢界に憧れ、迎えの船に乗るチケットを手にした少女たちの選択を描く連作短編集『天夢航海』。ここではないどこかに対する憧憬、現実に対する違和感や苛立ち、生きていくことのどうしようもない淋しさやるせなさ。人の心の中に巣食う感情を繊細にすくい上げ、夢みる要素と現実への視座を絶妙なバランスで両立させる本作は、知られざる青春少女小説の傑作だ。

優越感と臆病さを抱えたあさみの心の彷徨を辿る「ここよりほかの場所」を皮切りに、さまざまな境遇の少女が登場する。クラス委員長を務める優等生少女の心に影を落とし続ける飛行船「めざめ（光をあつめて）」、自分を慕う後輩と仲のよい友人との板挟みになる「いのり」、大人の男性と女子高生が束の間共有した夢物語「まわっていく流れ」。

少女たちの夢想と現実へのほろ苦い帰還を主軸に、女の子同士のめんどくさい関係性や、その中で生まれる友情にも目を向けながら物語は進む。そして全てのピースが交わる最終話「交信（――そして、山へ）」を経て、次なる〝私〟に『天夢界紀行』の物語が手渡される。

ケータイもインターネットもなく、ポケベルやFAXが通信手段というノスタルジックさもかえって心地よく感じる、どこか懐かしくて切ない世界。『天夢航海』は、今もなお密やかなシグナルを発信し続けている。この物語が、地上に生きる「異邦人」たちに届くことを願ってやまない。

（嵯峨景子）

少女の心の戦いと成長を描く繊細な青春小説

『さよなら月の船』片山奈保子 *Nahoko Katayama*

key word ▶ ［学園］［恋愛］［友情］［家族］［部活］

装画：竹岡美穂／2002年／全1巻／集英社コバルト文庫

ぬいぐるみ。オルゴール。ガラスの小瓶。ゆったり静かに心を潤す自分だけの王国が、生きていくために必要だった。役に立たない子どもじみたものたちなしでは、きっと私は私でいられなかった。

中学2年生のゆずは、内気で臆病な女の子。料理部に所属し、「バタカップ」と名づけたシュタイフのぬいぐるみが宝物で、自分とは正反対の快活な少女・菜摘（なつみ）が親友だ。両親は数年前に別れ、ゆずはキャリアウーマンの母に代わり、家事を一手に引き受けている。料理と掃除が好きなゆずは家庭的とみなされることが多いが、家事をするのは自分にとって居心地のよい場所を作りたいだけで、本人はエゴイストであることを自覚していた。

何かが変わることで、傷つくのも傷つけられるのも嫌。子どものままでいたいと願う少女の周囲にも、少しずつ変化が訪れる。父親からは新しい交際相手を紹介され、料理部で作ったマドレーヌをきっかけに、クラスメイトの遠藤（えんどう）君とも会話を交わすようになった。陸上部期待の星として活躍する遠藤君は、引きこもりの兄との関係で悩み、走ることに葛藤を抱えていた。戸惑いながらも男子とコミュニケーションを図り、家では価値観の異なる母親に初めて反抗したゆず。彼女の日常が動き出す中、学校でも思いがけない事件が発生する。

家族への想いと反発、学校の中の人間関係や気になる異性の存在。『さよなら月の船』は、思春期の少女の葛藤と心の成長を、リアリティに溢（あふ）れた筆致でみずみずしく描き出す。主人公のゆずは「時折、私は子ども心に痛切に〝一人きり〟になることを望んだ」という、自分の世界を大切にする気質の少女だ。そんな女の子がみせる繊細さや生きづらさは、普遍的な問題として我々の心に迫る。10代の多感な少女の心を通じて、自分だけの居心地のよい世界から一歩外に踏み出すという、ささやかでかつ切実な戦いを主題にした、隠れた思春期小説の佳品だ。

本作では、家族も重要なテーマとなる。大人と子ども、そして大人同士の関係性を通じ、価値観の異なる人間のすれ違いや相互理解の難しさに迫ったヒューマンドラマが展開。両親も完璧ではなく、大人ゆえの心の弱さや甘えがあることが少女の視点から描かれる。さまざまな立場や年齢の人物が抱える葛藤に誠実に向き合った小説として、幅広い世代の心に響く作品である。

（嵯峨景子）

女性教師と生徒が入れ替わるギャップコメディ

『山田ババアに花束を』花井愛子 *Aiko Hanai*

key word▼［学園］［ラブコメ］［成長］［入れ替わり］［ユーモア］

装画：折原みと／1987年／全1巻／講談社X文庫ティーンズハート

e-book

清花女学院高等学部1年C組の神崎瑠奈は、今日も担任の〝山田ババア〟こと山田正子から説教を受けていた。山田は生粋の清花女学院育ち、卒業後は古典教師として教鞭を執り、「高貴かつ聡明な婦女子を育成」という学園の理念を継承すべく女子教育に身を捧げている。

一方の瑠奈は快活で奔放、性的にも開けた「今どき」の女子高生。モデル出身の両親から受け継いだ華やかな美貌を誇り、K大医学部1年生の戸倉真人と交際するなど、学生生活を満喫していた。ある日、朝帰りのまま登校した瑠奈は校内で山田と衝突し、その拍子に心と体が入れ替わってしまう。天敵ともいえる相手の姿になってしまった二人は、果たしてもとに戻れるのだろうか。

世代の異なる瑠奈と山田を主役に据え、二人が入れ替わることで生まれる騒動をユーモラスに描く本作は、極端なまでのキャラクターの違いを鍵とした物語だ。山田は20歳の春に父を交通事故で亡くし、以後山田家の長女として母親や弟妹を養った苦労人。保守的な男女観を内面化した彼女は、慎みを失った現代の女子学生に日々目くじらを立てている。だが、年上の男性教師から若者の価値観を認め変化を受け入れる必要があることを諭され、信念が揺らぎ出す。

一方の瑠奈は華やかなことが大好きな享楽家で、自らの欲望に忠実な少女だ。ボーイフレンドに甘えてわがまま放題、そんな瑠奈像の新鮮さは、リアルタイムの読者にとっては憧れのライフスタイルを送る存在としてまぶしく映っただろう。

花井愛子という作家の特質は、ある時代の風俗や感性を切り取り作品化する瞬発力にある。『山田ババアに花束を』もまた、1980年代後半という時代性が強く刻まれた作品だ。そうした性質を持つ分、小説の普遍的な強度という点ではやや難があるかもしれない。とはいえ、そんな特徴をふまえたうえでなお、山田の生真面目さゆえの不器用さは愛おしくもおかしい。物語の途中で明らかになる山田の初恋と純愛の成就という圧倒的なハッピーエンドも、少女小説の一つの王道といえよう。

『山田ババアに花束を』は1989年にミュージカル化、また1990年に東宝で映画化された。小説の挿絵を担当した漫画家の折原みとは、この仕事をきっかけにティーンズハートでも小説家デビューを果たし、レーベルの全盛期を担う人気作家として名を馳せる。（嵯峨景子）

column 乙女の花園――『マリみて』から始まった少女小説の世界

文＝池澤春菜

『マリア様がみてる』のアニメで、ロサ・フェティダ・アン・ブゥトン・プティ・スール（その後、ロサ・フェティダに進化）こと島津由乃を演じさせていただいたきっかけは、今野緒雪先生が、わたしが出演していたNHKフランス語会話を見て「由乃がいる！」と見初めてくださったから。緒雪先生がたまたまそのタイミングでTVをつけていらしたお陰で、一生ものの宝物と巡り会えた。奇跡のような、冗談のような、運命のような出会い。

さらにそのつながりで、『ときめきテレフォン』『Cobaltときめきwebラジオ』で、たくさんのコバルト作家さんとお話しさせていただいた。

そういえば、こんな思い出がある。コバルトラジオの収録時、さっきまで打ち解けてお話ししていた作家さんが、ディレクターの「では収録入ります」のひと言で、ぱちんと緊張スイッチがオンになる。返答もぎくしゃくとぎこちない。ですよね。わたしはそれが仕事で慣れているけれど、急にラジオで喋ってください、これをたくさんの人が聞きます、って言われたら、動揺する。

そこで一計を案じた。「とりあえず、回しっぱなしにしておいてください。雑談のまま、シームレスに台本に入ります」とディレクターさんにお願いしたのだ。

これならリラックスして、いつもどおりお話しできる。作家さんの人となりも、魅力もちゃんと伝わる。もちろん後で、実は収録してました、と打ち明けて、音源も聞いていただいて、OKをいただいた場合のみ放送した。あれはなかなかよいやり方だったのではないかと、今でも思う。

作家さんとお話しするために、毎月出る新刊は全部読んでいた。その時取り上げる作品だけでなく、前作や、他のシリーズも知っていれば、より厚みのある話ができる。時代の流れに敏感なコバルトが、今、どんなジャンルを推しているのかもつかめる。という大義名分もあるけれど、何より、読みたかったのだ。

あの頃、月に何冊くらい刊行されていたのだろう。だいたいいつも、お送りいただく箱には30～50冊入っていた。毎日1、2冊読む。休みが一日あればお茶とお菓子を用意し、10冊くらい積み上げ、ソファに埋もれて一気に読みふけった。

なんて書くと、なんだかいかにも、生粋の少女小説っ子みたいだけど。でも、正直に告白すると、一番読むべき年代、わたしはほとんど読んでいない。一度、クラスメイトが持っていた本を覗かせてもらった時に、あまりの空白の多さに仰天した。改行に次ぐ改行で、ページ下半分、真っ白だった。切り取ったらメモ帳にできるんじゃないかと思うくらい。活字は詰まっているのを善しとする、ページは黒ければ黒いほどいい派だったわたしにとっては、こんなにも白い本が世の中に存在するのか、と本当にびっくりした。内容も、その頃のわたしには関心がない等身大の恋愛を扱っていた。SF大好き、ミステリ大好き、ペダンチック大好き、翻訳至上で生きてきたわたしには、等身大の女の子たちが恋に学校生活に頑張る話は、宇宙よりも遠かった。

だから、わたしが少女小説の扉をフルオープンしたのは、ほぼマリア様からなのだ。いやもう、その扉の中の百花繚乱っぷりたるや！

軽いもの、重いもの、シリーズに単発、花盛りだった中華ファンタジー、恋愛はもちろん、ミステリ、ホラー、伝奇、場所も時代も何でもあった（残念ながら、SFはほとんどなかったけれど）。コバルトの読者層広しといえども、あんな贅沢な読み方をさせてもらえた愛読者は他にいなかったんじゃないだろうか。

そこにあったのは、わたしが今まで知らなかった、美しい庭だった。

大輪の牡丹から高貴な薔薇、小さな可愛らしい野草までさまざまな花が咲いている。誰かが手入れをし、気を配り、丁寧に育ててきた庭だ。だからこそ、その豊かな土壌にこれだけの花が咲いた。

その花園を守る苦労話も聞いている。読者の求めるジャンルをいち早く察知し、もしくは前もって仕掛けていく編集側。その要望に応えながら、自分自身の個性をいかに出すかという作家側の苦悩。

コバルトという花園、そこに咲いたいずれも見事な花。その花の種をどのように選び、どうやって育てたか、そしてどんな人が庭師なのか。一つの花を咲かせるのに、どれだけたくさんの時間と愛情をかけないといけないのか。奇跡のようなあの花園の、表と裏にかかわることができたのは、本当に幸せな時間だった。

今、花園はどうなっているだろう。

チリのアタカマ砂漠には数年に一回雨が降る。眠っていた種たちがいっせいに花開き、Desierto florido、花の砂漠が生まれ、そして消えてしまう。たった数日の奇跡。

わたしが見たあれは、現れて消える砂漠の花園だったのだろうか。

今、コバルトのような少女小説専門の雑誌はないけれど、いろいろなところで少女小説は咲き続けている。オレンジ文庫、ビーズログ文庫、〝なろう〟、今風のラノベタイトルだけど、実は中身は少女小説だ、という作品も多い。

花園は解放され、花の種が鳥によって運ばれ、あちこちで芽吹いていたのだ。花を慈しみ、守り、手をかけた庭師たちも、いろいろなところでまた新しい芽吹きを生んでいる。世界が少しずつ花で満たされていく。

乙女の花園は今もある。

池澤春菜（いけざわ・はるな）
声優、エッセイスト。「マリア様がみてる」島津由乃役。

Ⅶ 恋愛

愛と戦争を描く異世界トリップファンタジー

《アナトゥール星伝》折原みと *Mito Orihara*

装画：折原みと／1990-2006年／全16巻＋番外編4巻／講談社X文庫ティーンズハート（※講談社X文庫ホワイトハートで再刊）

e-book

高校受験に失敗した元優等生の鈴木結奈（すずきゆいな）（通称ユナ）は、学校にも家庭にも居場所を見出せず、授業をさぼり学校近くの図書館に逃げ込んでいた。ある日ユナは『アナトゥール星伝』という本を発見し、手に取って開いたところ、金色の沙漠に放り出されてしまう。救出されたユナは、ここが「アナトゥール」と呼ばれる世界であり、自分が予言の書に記された民の救い主〝銀の星姫（メシナ）〟であることを告げられる。

ユナを助け出したのは、エスファハン国のシュラ王子とその従者だった。自身の手で国を平和に導きたい王子は、ユナに冷たい態度を取り続ける。一方、自らが平和をもたらす救世主であると伝えられて気をよくしたユナは、異国情緒溢（あふ）れる世界で、冒険小説のヒロイン気分を満喫していた。ところがある時戦争の現実を見せつけられ、浮かれていた心持ちが吹き飛んだユナは、宮殿から逃げ出してしまう。己の弱さに打ちのめされる彼女をシュラ王子が追いかけ、戦いに巻き込んだことを謝罪した。心の距離が近づいた二人は、この世界の平和のために力を合わせていくことを誓う。

ごく普通の女子高生が異世界にトリップし、伝説のお姫様として国を救いつつ、王子と恋仲になる。《アナトゥール星伝》のストーリーを要約すれば、女の子の夢を詰め込んだ物語という印象を受けるだろう。読者はユナと共にさまざまな国を訪れ、冒険ロマンスという非日常を堪能する。

かように舞台設定こそロマンチックだが、本作には「人はなぜ戦争をするのか」という強い問題意識が込められており、作者は奴隷問題や民族虐殺、戦場の性的暴行にも切り込んだ。中でも『緋色（ひいろ）の聖戦士（シェルザート）』は旧ユーゴスラビアの内戦をモデルにし、作中でもこの紛争や〝民族浄化〟にも言及するなど、メッセージ性の強い巻に仕上がった。

折原みとはロマンチックな恋物語の印象が強い作家だが、《アナトゥール星伝》では戦争の悲劇を、『時の輝き』では難病と死を、『静かに、愛が聴こえる』では障がい者との恋愛を描くなど、社会問題への視野も作風を語るうえで欠かせない。ライトさのある作風ゆえに過小評価されがちだが、多感な年頃の少女に世界の問題と向き合うきっかけを作ったその手腕は、今もなお多くのことを考えさせられる。

シリーズは番外編を含めて全20巻、のちにホワイトハートから全巻再刊行された。ドラマCDや作者自身によるコミカライズも発売。（嵯峨景子）

key word▼［異世界トリップ］［恋愛］［神話］［戦争］

男装少女が魅せる王道の宮廷ロマンス

《身代わり伯爵》清家未森 *Mimori Seike*

key word▼［王道］［ラブコメ］［宮廷］［身代わり］［じれじれ］

装画：ねぎしきょうこ／2007-2017年／全23巻＋短編集2巻＋外伝集2巻／角川ビーンズ文庫

e-book

パン屋の看板娘として働く16歳のミレーユは、ある日突然、双子の兄の身代わりとして王宮に出仕することになった。

ミレーユの兄・フレデリックは、幼少の頃に貴族の養子になり、ベルンハルト伯爵として隣国で暮らしていた。そんな兄が、王太子の婚約者と駆け落ちをして、行方不明になってしまう。そこで、フレデリックの不在と駆け落ち疑惑を払拭するため、双子の妹に身代わりをさせる案が浮上した。半ば拉致されるように計画に巻き込まれたミレーユは、あわせて己の出生の秘密を明かされ、兄の養子先が実父の家であることを知る。ベルンハルト家を守るため、男装したミレーユは、兄の友人で護衛役を務めるリヒャルトと共に登城する。だが王宮は変人奇人の巣窟だった――。

元気印の主人公と、彼女を見守る騎士を描くラブコメ《身代わり伯爵》シリーズほど、王道という言葉が似合う作品はないだろう。男装をして兄の身代わりをするという設定に始まり、王宮を舞台に展開するロマンスは、どこまでもベタな路線を貫いていく。

王道は一歩間違うと凡庸になりかねないが、作者ならではの濃い味つけがなされたキャラクターが物語を盛り上げ、スタンダードな設定を十二分に活かした快作に仕上がった。腹黒ナルシスト兄や娘溺愛父、ツンデレ王女や着ぐるみ系王子を筆頭に、シリーズに登場するキャラクターは美形ではあるものの、それぞれに変態度が高い。長めのシリーズだが、波乱万丈でほどよいテンポで進行するストーリーは、最後まで読者を飽きさせない。

主人公のミレーユは猛烈突進型で、その明るく前向きな性格や庶民育ちゆえの逞しさが清々しく、応援したくなるヒロインだ。慣れない身代わり生活に体当たりし、落ち込んでもほどなく復活するその元気さは、読者の心にパワーを与えてくれる。そんなミレーユを優しく見守る美青年リヒャルトとのロマンスも、本作の見どころの一つ。色恋に鈍感なミレーユと、天然の殺し文句を繰り出すリヒャルトは、毎回騒動に巻き込まれながらも、少しずつ距離を縮めていく。二人が結婚を約束したあとも物語は続き、「花嫁修業編」「婚前旅行編」「結婚行進曲編」と少女小説らしく展開していく。

メディアミックスとして、柴田五十鈴によるコミカライズが全6巻、ドラマCDも2枚制作された。（嵯峨景子）

和風シンデレラ×異能ファンタジー

《わたしの幸せな結婚》顎木あくみ *Akumi Agitogi*

装画：月岡月穂／2019年-／4巻-／KADOKAWA富士見L文庫

e-book

「これは、少女があいされて幸せになるまでの物語」。

　超常的な力を持つ異能者が人に害をなす異形を討伐し、繁栄を築いてきた近代日本。異能の名家・斎森家の長女でありながら、その能力を受け継がなかった美世は虐げられて育ち、使用人以下の扱いを受けていた。実母は早くに亡くなり父は娘を見捨て、後妻の継母と異母妹は美世を見下しいじめ抜く。唯一美世を気にかける幼馴染も異母妹との結婚が決まり、美世は家を追い出されるように久堂家当主・清霞に嫁ぐことになった。

　嫁ぎ先の久堂家は異能を受け継ぐ家の頂点に立つ名家だが、清霞は冷酷無比な人物として知られ、これまで大勢の婚約者候補が3日と持たずに逃げ出していた。初対面で清霞につらく当たられた美世だが、同じ家で生活を共にする中で、彼が冷たいだけの人ではないことに気づく。清霞もまた、美世がこれまでの婚約者候補とは違うことを認め、彼女の令嬢らしからぬ様子を気遣った。

　少しずつ心を通わせながら、穏やかな生活を営む美世と清霞。けれども姉の幸せな境遇を知った異母妹は、美貌・能力共に優れた自分の方が清霞の妻にふさわしいと、その座を奪うべく画策する——。

　全てを諦めていた薄幸の娘が、幸せを手に入れるシンデレラストーリーを描く《わたしの幸せな結婚》。王道のラブロマンスを主軸に、異能というファンタジー要素を取り入れることで独自のカラーを生み出す本作は、徹底したベタさが魅力の作品だ。継母と異母妹によるいじめや、第3巻に登場する姑による嫁いびりでは、昼ドラも顔負けの古典的な展開が飛び出す。クラシックな物語が持つ底力を感じさせる、王道ゆえの安心感とカタルシスが頼もしい。

　ヒロインの美世は不幸な境遇ゆえ、自分を卑下し、ことあるごとに卑屈にふるまってしまう。その姿は痛々しいが、清霞の優しさに触れて少しずつ変わり、第1巻のクライマックスではこれまでにない強さを見せつける。愛されることで花開き、芯の強さを発揮する少女と、恋愛面においては不器用な清霞との関係性が、もどかしくも甘く描かれる。

　第2巻以降、異能の要素が全面に押し出され、物語はファンタジー色が強まる。母方の家・薄刃家も登場し、秘められた力も明かされるなど、異能方面の掘り下げも見逃せない。

　シリーズは現在も継続中で、現時点までに4巻が刊行。高坂りとによるコミカライズも第2巻まで発売中。（嵯峨景子）

key word▼［和風］［結婚］［すれ違い］［純愛］［王道］［異能］

恋が時代をつなぐオムニバス中華ファンタジー

《花嫁》森崎朝香 *Asaka Morisaki*

key word▼〔中華〕〔歴史〕〔結婚〕〔オムニバス〕〔切ない〕

装画：由羅カイリ・明咲トウル／2004-2010年／全13巻／講談社X文庫ホワイトハート

e-book

綏国の公主・珠枝は先王が寵愛した妃の娘だが、父王亡き後は母の出自ゆえに王太后から蔑まれ、愛らしい異母妹・仙華の影に隠れるように淋しい日々を送っていた。

大陸では北方を拠点とする騎馬民族の部族が結集してできた新興国・閃国が領地を拡大しており、綏にもその手が迫ろうとしていた。国境の砦が落とされた後、閃から使者が訪れる。和睦の条件は、綏の公主と閃の国王・巴飛鷹との婚姻だった。

悲壮な覚悟で嫁いだ珠枝だが、次第に飛鷹に心を開いていくようになる。だが、綏が南の大国に攻められているとの報せが届く……（『雄飛の花嫁』）。

『雄飛の花嫁』から始まる本作は、一つの大陸を舞台に毎回異なる少女を主役に据えた、オムニバス中華ファンタジー。

時系列を入れ替えながら展開される物語は、閃国を主軸としてゆるやかにリンクしており、時にさりげなく文中に見え隠れし、時にかつてのキャラクターが再び登場するなど、端々にシリーズものとしての楽しみが持たされている。特に、1巻のヒーローである飛鷹は、作中で語られる歴史の中だけでなく、時に別の物語のキーパーソンとなるなど、シリーズを貫く存在として登場する。

さらりとした文章で紡がれる物語には、歴史の中で生まれる恋ならではのシビアさが織り込まれており、少女たちの恋は必ずしも幸せな結末を迎えるわけではない。ある時は前作で示されていた「不幸」を前提に恋が始まり、ある時は少女の存在が歴史の海に呑み込まれていったことが語られ、ある時は衝撃的な結末を迎えもする。後半にいくにつれて「花嫁」としての要素は薄れていくが、一作だけ例外的なタイトルを持つ2巻『天の階』を含めて、時代の中で生きる少女の運命が描き出されている点は共通している。

第一部となる『雄飛の花嫁』から5巻『玄天の花嫁』までは由羅カイリが、第二部となる6巻『孤峰の花嫁』以降は明咲トウルが挿絵を担当した。第二部最終巻であり、シリーズのボーナストラック的存在でもある13巻『藍玉の花嫁』のあとがきでシリーズ再開の可能性がほのめかされているが、続刊は刊行されていない。

著者の森崎朝香は、『雄飛の花嫁』でデビュー。本シリーズのほか、一迅社文庫アイリスで和風ファンタジー《銀嶺の巫女》などを執筆。（七木香枝）

人と竜の異種婚をめぐるほの暗いファンタジー

《白竜の花嫁》永野水貴 *Mizuki Nagano*

key word▼［異世界］［政略結婚］［異種婚］［竜］［切ない］

装画：薄葉カゲロー／2011-2015年／全7巻（未完）／一迅社文庫アイリス

e-book

「この国のために、神の花嫁になってくれ」。国主である父親は、幼馴染との婚礼を控えた娘を、竜に捧げる供物として差し出した。

山城国の妾腹生まれの末姫・澄白は、亡き母譲りの赤い瞳が災いを呼ぶ〈忌み姫〉として、人々から疎んじられて生きてきた。孤独な生活をおくる澄白にとって、幼馴染の詞菜と婚約者の辰彌が数少ない友人で、家族同然の大切な存在だった。ある日山城国は下位の竜族に襲われ、神の加護を求める代償として、人間の娘を花嫁に捧げる契約を交わす。

生贄に選ばれた澄白は、異母兄の計略に従い竜を殺すための呪をその身に刻み、天空の竜族に嫁ぐ。しかし夫となった竜・シュトラールの優しさに触れるうちに、彼を殺して許婚のもとに戻る決心が揺らいでいった。やがて人の世界に居場所を失ったことを知った澄白は、ある決断を下す――。

竜と人との交流をテーマに据えた《白竜の花嫁》は、不遇な生い立ちの娘と美しい竜の青年の二人を中心とした、異種婚ファンタジー小説。寿命も思考も異なる人と竜が、異文化理解を通じて少しずつ距離を縮めていくさまは、異種族ロマンスならではのもどかしさや切なさに溢れ、読者を物語世界に惹き込む。ロマンス面も少女小説らしく時間をかけて展開され、抱擁や手をつなぐなどの淡いスキンシップが、独特の色気をたたえた文体で濃密に描かれる。

心の距離を近づけてもなお人と竜の間に横たわる壁は高く、第3巻では寿命が異なる者同士の結婚の先に待ち受けている悲しい運命に、澄白とシュトラールは直面することになる。異種族が想い合う難しさ、生半可な愛だけでは成り立たないその関係性もまた、二人にとっては逃れられない宿命だ。

本作はファンタジー小説としての一面も持ち、強大な力を持つ始まりの祖の遺骨〈始種〉をめぐる戦いや、優れた薬師であった母の出身一族が抱える秘密など、壮大な物語世界が展開する。コメディ色を排し、シリアス路線を邁進する《白竜の花嫁》は、作品全体に漂うほの暗い雰囲気が魅力的な陰鬱系小説だ。

シリーズは２０１５年刊行の7巻まで刊行のち中断したため未完。シリーズが中断した経緯は作者のＨＰに詳しい。（嵯峨景子）

美しく強かな最強花嫁の結婚から始まる恋

《幽霊伯爵の花嫁》宮野美嘉 *Mika Miyano*

key word▼［結婚］［幽霊］［家族］［事件］［執着］［純愛］

装画：増田メグミ／2011-2016年／全8巻／小学館ルルル文庫

e-book

「私、使えるものなら何でも使って戦いますわ。だって、私は私しかもっていないのですもの」。

侯爵家の血を引く身寄りのない美少女サアラは、亡き祖父と親しかった公爵の申し出により、その甥に嫁ぐことになる。「幽霊伯爵」と噂されるコルドン伯爵ジェイクの17人目の花嫁として向かった嫁ぎ先は、広大な墓地に囲まれ、夜な夜な幽霊が現れる館。代々墓守を務めるコルドン伯爵家は、地上に留まり続ける幽霊たちを隔離し、見張る役目を担っていたのだ。

無表情なジェイクやその親戚だという少年エリオスたちは、かつての花嫁たち同様、サアラも早々に出ていくと思っていた。その予想を裏切って新生活を楽しむ中、サアラは幽霊の少女・アシェリーゼに出会う。彼女はジェイクの母親であり、駆け落ちした果てに自殺したというが……。

本作は天涯孤独の美少女がいわくつきの相手に嫁ぐ場面から始まる物語だが、そこから思い浮かべる印象は早々に裏切られる。悲劇のヒロインかと思いきや、サアラはいっそ清々しいほどに、自分が想像の範疇に収まり切らない少女であることを示してみせるのだ。誰もが認める美少女であり、そのことに自覚的で利用しさえもするサアラの人物造形は、彼女が微笑みながら放ち、向けられた者の常識を揺さぶる台詞をはじめ、一本芯が通っていて小気味よい。

本作の魅力は、そうしたサアラのありようが表すように、少女小説らしいストーリーやお約束や先入観を一見なぞりながらも、軽やかにひっくり返していく点にある。

サアラのどこまでも自由な言動は、仮面を被って感情を抑えてきたジェイクを困惑させる。しかし、サアラの微笑みもまた仮面であることにジェイクが気づいた時から、二人の関係は近づいていく。結婚から始まった二人の恋は、次第に端から見れば狂気めいた純粋さをあらわにする。そんな毒気の効いた少々風変わりなロマンスには、一度ハマると抜け出せない魅力がある。

物語には、幽霊が鍵を握る不吉な事件と共に、さまざまに「毒」を含んだ人物たちが登場する。けれども読み味が重たくならないのは、周囲を軽やかに振り回すサアラの存在が物語を貫いて揺らがないからだろう。

美しく賢い花嫁の矜持ある「強かさ」に惚れ惚れしてやまない、独自の魅力に満ちたシリーズだ。

本シリーズでみせた著者の本領は、小学館文庫キャラブン！で刊行中の《蟲愛づる姫君》でも、いかんなく発揮されている。

（七木香枝）

少女の成長と政治を描いたヒストリカル

《クラシカルロマン》華宮らら *Lala Hanamiya*

key word▼［西欧］［歴史］［戦争］［政治］［微糖］［成長］

装画：石据カチル／2008-2010年／全3巻／小学館ルルル文庫

e-book

架空の世界を舞台に、異なる国に生きる王族の少女を主役に据えた《クラシカルロマン》は、主人公の成長や淡いロマンスに揺れ動く政治情勢を絡めた三部作。

華宮ららのデビュー作でもある1巻『ルチア』は、西大陸戦争の終結から3年後、軍国派と民主派の政治対立が続くティエランカ王国の王女・クエルヴァがクーデターに遭ったことから物語が始まる。国の未来を左右する天然資源の情報を父から託されたクエルヴァはルチアと名を変え、さまざまな人物の協力を得ながら囚われた家族と国を救うために行動する。

2巻『薔薇（ばら）の戴冠』は『ルチア』から時を遡り、近代化による変化を迎えつつある時代が舞台。国王の庶子であることを知らないまま育った少女・エタンセルが、ヴィクトワール王国の次期王位継承者として成長していく様子が、後に起こる西大陸戦争を予感させる陰謀と共に描かれる。

時系列としては2巻と1巻の中間にあたる3巻『嵐に舞う花』は、シュビーツ王国の王女・メリルが主人公。女学院を卒業したばかりの幼さを残したメリルが、兄王が事故に遭ったことをきっかけに王族としての自覚に目覚め、中立国家の王女として西大陸戦争を終結させる方法を模索していく。

シリーズ名が示すように、クラシックな風情をまとった正統派のヒストリカルである物語には、近代の歴史が明確なイメージもととして設定されている。西大陸戦争のきっかけとなった銃撃事件やそれぞれの国にはモデルがあり、そのベースを活かした作中の政治描写が物語に厚みを持たせ、硬質で端正な魅力をもたらしている。

それぞれ独立した物語は単独でも読めるが、前巻に登場したキャラクターが再び登場したり、それまでは語られなかった敵国の内情が明かされたりするなど、シリーズならではのつながりがさりげなく盛り込まれていて楽しい。

恋に至るまでの可能性を薫（くゆ）らせて終わる1巻以降、恋愛描写は増えていくものの、その甘さは控えめだ。だが、登場人物たちの心が通い合う描写には好感が持て、ロマンスの上品な淡さと堅実な筆運びが紡ぐ政治背景が相まって、大人にこそ薦めたいシリーズとなっている。

また、同レーベルで刊行された海軍将校と占星術師がバディを組む《英雄の占星術師》は、《クラシカルロマン》と同じ西大陸の国を舞台にした地続きの世界の物語であることが示されている。（七木香枝）

鬼とその花嫁が繰り広げる学園恋愛伝奇

《華鬼》梨沙 *Risa*

装画：カズキヨネ／2007-2011年／全4巻＋番外編1巻／イースト・プレスレガロシリーズ（※2017-2018年／全4巻／講談社文庫）
e-book

人間と同じ外見に生まれながらも、人とは異なる習性を持ち、600年近い時を生きる〝鬼〟。男しか生まれない鬼の一族は、人間の胎児を花嫁に選んで刻印を刻み、娘が16歳を迎えた日に鬼の世界に迎え入れるのをならわしとしてきた。娘の体に刻まれた刻印は、男を狂わせる媚香(びこう)を放つ。そのため、鬼の花嫁には「庇護翼(ひごよく)」と呼ばれる護衛がつき、娘は大切に守られながら育つのだった。

本来であれば手厚い庇護を受け、相手の鬼に一途に愛される花嫁。ところが朝霧神無(あさぎりかんな)は、鬼の花嫁でありながらいっさいの守りを受けず、見捨てられてきた少女だった。神無は刻印の芳香に惹(ひ)かれた男たちにたびたび襲われ、女性からは憎悪を向けられるなど、悲惨な境遇の中でただ死を望みながら生きてきた。

そして16歳の誕生日。鬼の使者が現れ、神無が鬼の一族の頭・木籐華鬼(きとうかき)の花嫁であることを告げる。神無は鬼とその花嫁が暮らす私立鬼ヶ里(きがさと)高等学校に迎えられるも、そこもまた嫉妬と陰謀が渦巻く陰惨な世界だった。

庇護翼もつけずに16年間神無を放置した華鬼は、彼女を呼び寄せておきながら、今もなお殺意と憎悪を向け続ける。いったいなぜ、華鬼はかくも神無を憎み、その身に害を及ぼそうとするのか。納得がいかない華鬼の三人の庇護翼は、神無を守るために主に反抗し、彼女に異例の求愛を行った。

華鬼の庇護翼に献身的な愛情を捧(ささ)げられ、心を閉ざしていた神無は少しずつ人間らしさを取り戻す。やがて神無は、自分を殺そうとする華鬼が抱える孤独と苦しみに気づき、彼に少しずつ惹かれていく。そんな神無の身に、たびたび危機が迫る。華鬼の嫁という立場に嫉妬し、危害を加えようとする女。鬼の世界の権力争いが絡み、華鬼に私怨を寄せ、神無を巻き込む者。数々の事件を通じて、鬼とその花嫁をめぐる、数奇な絆(きずな)と運命が描かれる。

陰鬱で耽美(たんび)な和風ファンタジー《華鬼》は、美形男性キャラがヒロインに想いを寄せるという、乙女ゲーム的な設定を活かした逆ハーレム小説だ。当初は神無に対して徹底して冷たくふるまう華鬼が、愛情を自覚した後は、慈しみ深く愛する変化の過程も楽しい。

シリーズは本編4巻と番外編1巻からなり、本編は2017年から2018年にかけて、講談社文庫から再刊された（書き下ろし番外編あり）。映画化・舞台化・ゲーム化・ドラマCD化など、メディアミックスも多岐にわたる。（嵯峨景子）

key word▼［現代］［学園］［鬼］［逆ハーレム］［ツンデレ］

暴君夫と天然未亡人幼妻の再婚ラブコメ

《死神姫の再婚》小野上明夜 *Meiya Onogami*

key word▼［ラブコメ］［政略結婚］［天然］［暴君］［ユーモア］

装画：岸田メル・冨士原良／2007-2016年／全20巻＋短編集2巻／エンターブレイン・KADOKAWAビーズログ文庫

e-book

アリシアは家柄だけはよい没落貴族の一人娘で、両親はすでに亡く、古い屋敷で貧乏暮らしを送っていた。後見人の叔父の口利きで伯爵家に嫁ぐことが決まるも、結婚式の最中に新郎が殺され、以後「死神姫」という不吉な異称がつきまとう。それから一年、未亡人のアリシアに、叔父は再婚話を持ち込む。二度目の夫となるのは、アズベルグ地方の領主で、暴君と悪名高い新興貴族のカシュヴァーン・ライセンだった。

嫁ぎ先に出向いたアリシアを出迎えたのは、不気味な装飾を施された怪しい外観の屋敷と、カシュヴァーンの愛人を名乗るメイド。そして初めて対面した夫は、成り上がりのライセン家に箔をつけるために金でアリシアを買い、お飾りの妻に迎えたのだと冷たく言い放つ。それに対しアリシアは、「旦那様、お買い上げいただきありがとうございます！」「あなたが成り上がりでお金と地位しかない方でよかったわ」と満面の笑みを返したのだった……。使用人からは遠巻きにされ、自称愛人のメイドの嫌がらせを受け、その他にも数々の面倒ごとに巻き込まれるアリシア。それでも彼女はどこまでも天然ぶりを発揮し、我が道をマイペースに突き進んでいく。

再婚から始まる関係を描く《死神姫の再婚》は、政略結婚で嫁いだ花嫁と、冷たい暴君の夫が徐々に心を通わせるラブコメディ。作中には一癖も二癖もあるキャラクターが多数登場するが、その筆頭といえるのが主人公のアリシアだ。嫌味が通じない天然さは突き抜けており、つらいことや深刻な状況に直面しても、そのズレた感性で飄々とすり抜けていくさまが笑いを誘う。

作品の基調はコミカルだが、下剋上や宗教問題が登場するなど、シリアスでえげつない要素も少なくない。それでも重さや暗さを感じにくいのは、ひとえにヒロインの剛胆で前向きな言動がシリアスさを相殺し、さらりと読ませるからであろう。

カシュヴァーンは現実的で合理的なアリシアの性格を気に入り、彼女とかかわる中で少しずつ心を開き、変化をみせる。スタート地点での恋愛要素は低めだが、物語が進むにつれ二人の親密さは深まり、やがてカシュヴァーンは臆面もなく妻にデレをみせていく。

シリーズは全22巻でうち短編集が2巻。2009年にドラマCDが発売された。コミカライズは冨士原良作画で全3巻のものと、夏目コウ作画で全3巻の2種類がある。

（嵯峨景子）

偽りの婚約から始まる恋の協奏曲

《ドイツェン宮廷楽団譜》永瀬さらさ *Sarasa Nagase*

装画：緒花／2016-2017年／全2巻／角川ビーンズ文庫

e-book

芸術と醜聞を愛するドイツェン王国で、今シーズン、最も衆目を集めているのは、宮廷楽団の新人〝バイオリンの妖精〟ことミレア・シェルツをめぐる、お伽話のような物語だ。

養護院育ちの貧しい娘が、あるクリスマスの夜に、天使からバイオリンを贈られた。その少女が奏でる音は美しく、またたく間にその噂は国中に広まった。それを聞きつけたシェルツ伯爵が、その娘は行方不明の我が子ではないかと養護院を訪ね、奇跡の親子再会を果たした。孤児から一夜にして伯爵令嬢となった彼女は、今も、聖夜にバイオリンをくれた天使を探している――。

大ロマンの香りすらするような、大時代的な設定だが、この話実は半分は嘘。聖夜に見知らぬ少年からバイオリンを受け取ったという前半は本当だが、感動の親子再会の話は作り話だった。ミレアはシェルツ家の養女で、彼女を養護院の門前に置き去りにした実の父親もまだ生きている。しかしシェルツ家は訳あって、ミレアを行方不明になった実の娘と偽っているため、話題がほしい楽団が嘘を承知でその話をゴシップ誌に流したのだ。

おかげで、時の人ミレアは記者に追いかけられるし、伯爵家には聖夜の天使を騙る怪しい求婚者が相次いで押しかける始末。そんなミレアに、宮廷楽団を取り仕切る公爵家の跡取りにして第一楽団指揮者のアルベルトは、「音楽の邪魔になる求婚者よけ」のための偽りの婚約を提案する。さらに彼は、ミレアが「バイオリンの妖精」という肩書に潰されないように、守ってやるというのだが……。

key word▼［西欧］［音楽］［偽婚約］［ラブコメ］［じれじれ］

自分が天才であるという自覚が乏しく、性格はじゃじゃ馬で暴走型のミレアと、すきのないパーフェクトなアルベルト。『キャンディ・キャンディ』や『ガラスの仮面』、そして『のだめカンタービレ』を想起させるような、少女小説王道の道具立てでてんこ盛りの賑々しい世界を舞台に、追えば逃げるを繰り返し、音楽にも邪魔されてなかなか進展しない、じれったいラブコメディが続く。

楽曲の解釈をビジュアルに表すオーケストラの演奏風景の表現もドラマチックで、ミレアがオーケストラとの演奏の中で、音楽の才能を開花させると同時に、自分の気持ちにも目覚めていく、その開放感がなんとも心地よい。

唯一無二の才能を持って生まれた少女が、夢と恋の両方を手にするために軽やかに駆け抜けていく、少女小説ならではの楽しさが溢れた作品だ。（三村美衣）

ポジティブ女子と犬系後輩男子の魔法学園ラブコメ

《空と鏡界の守護者(エフィラー)》 小椋春歌 *Haruka Oguma*

key word▼［異世界］［学園］［精霊術］［落ちこぼれ］

装画：ホームラン・拳／2015-2016年／全3巻／KADOKAWA ビーズログ文庫

e-book

大陸で唯一の精霊術士の教育機関パンディア国立連術士学園。学園の歴史が始まって以来の大天才との呼び声も高い少年と、これまた歴史的な落ちこぼれの少女が出会い、物語は始まる。

精霊術士は、〈祝詞(しゅくし)〉によって不可視の存在である精霊を讃(たた)え呼びかけるだけで、火や水を生み出し、大地を揺らし、突風を吹かせる。この能力を発現したものは、すべからくパンディアに赴くことが絶対の掟(おきて)であり、身分も事情もいっさい斟酌(しんしゃく)されない。そして、入学した精霊術士たちは、この学校で〈祝詞〉を二人で合唱することによって力を強める〈連祷(れんとう)〉の技術を学び、魔物と戦う連術士となるのだ。ところが3年生の女生徒エリルは精霊術の力が弱いうえに、学園の誰とも連祷することができない。諦めが悪く、さらに努力の人であるエリルは、学園中の生徒に連祷を申し込むも、逆に相手の力を弱めてしまうだけだった。

そんなある日、エリルは校内の人気のないエリアで、1年生の天才少年リト・クローウェルが上級生に絡まれているのに遭遇。止めに入るが、上級生は相手が落ちこぼれのエリルだと知ると増長し、精霊術でエリルもろともリトを攻撃しようとする。リトは咄嗟(とっさ)にエリルに連祷を呼びかけ、なんと、エリルは生まれて初めて連祷に成功する。ところが、エリルとリトの連祷によって増幅された力は度を超しており、精霊王がパンディアを守るために張った結界に穴を開けてしまったのだ。この一件から、二人は互いを運命の相手と確信する。ただし、エリルにとっては仕事のパートナーとしてだが、リトにとってのそれは初恋だった……。

上級生女子と後輩男子というのは、ライトノベルではままあることだが、少女小説には珍しい組み合わせだ。ヒロインが隙のないマドンナでも保護欲を掻(か)き立てるドジキャラでもなくひたすらポジティブな頑張り屋さんで、一方〝氷の王子様〟が恋を自覚した途端にまるで絵に描いたような乙女反応をみせる犬系男子という古典的類型の逆転も楽しい。

ヒロイン、ヒーロー共に一途すぎてハレーションを引き起こしそうだが、ラブコメテイストと国家規模の陰謀劇という緩急の切り替えがうまく、物語がテンポよく先へと転がっていく。手に汗握るラブコメ魔法学園ファンタジーだ。（三村美衣）

男装執事とひねくれ主人のファンタジックロマン

《青薔薇伯爵と男装の執事》和泉統子 *Noriko Waizumi*

key word▼［異世界］［ラブコメ］［主従］［家族］［陰謀］［愛憎］

装画：雲屋ゆきお／2015-2017年／全2巻＋番外編1巻／新書館ウィングス・ノヴェル

e-book

「美味い話には、裏がある」。孤児院育ちのアッシュ・ローズベリーが、爵位を継ぐ人物であることを告げられた時、彼の直感がそう告げた。そして案の定、彼が新当主となった青伯爵家は、莫大な借金を抱えていた。

現女王グラディスは、覇権を争う4つの王国を統一し、光竜連合王国を打ち立てた。そこに属する青竜王国のローズベリー青伯爵家は、今や名ばかりの名門貴族。前青伯爵は青い薔薇の研究に財産を注ぎ込み、巨額の借金を残したまま世を去った。

この家に執事として長らく仕える男装の少女アンは、青伯爵の血縁者探しに奔走する。そして前伯爵の孫にあたるアッシュが、孤児院にいることを突き止め、伯爵家の財産状況についてきちんと説明をしないまま、彼を廃墟のような屋敷に迎え入れた。

屋敷に残る使用人は、アンを含めて5人。3カ月後に迫った期日までに借金を全額返済できなければ、青伯爵家は破産する。借金に加え、「青薔薇をめぐる謎」もアッシュの身に降りかかる。前青伯爵の死には「青い薔薇」がかかわっており、謁見した女王グラディスは、青い薔薇について些細なことでも報告するよう、アッシュに命じたのだった。

青い薔薇とはなんなのか。そしてローズベリー青伯爵家は、無事借金を返すことができるのか。切れ者だが態度の悪いアッシュと、天然でひたすら前向きなアンは、厳しい状況に立ち向かう——。

青い薔薇をめぐる謎と、光竜連合王国をとりまくややこしい血縁関係が交錯するファンタジックロマン《青薔薇伯爵と男装の執事》。本作に登場する親子関係はミスリードを含めて複雑に入り組み、ラストでは数世代にわたる愛憎の真実が、怒涛のように解き明かされる。

出生の秘密や陰謀、そしてロマンスなど少女小説らしい要素を取り揃えた本作は、どこかシリアスになり切れない作風が独特の味を生み出す。アッシュはわざと人をイラつかせるよう、挑発的な語尾を駆使して喋り、一方のアンは善意の塊のような真っすぐさを見せる。二人のかみ合わないやりとりは笑いを誘い、やがて男装執事とひねくれた主人の関係性が、ロマンスに発展していくのも楽しい。

物語は全2巻で完結。大団円後の後日談として、オールスターキャストによる番外編も刊行された。（嵯峨景子）

女王陛下は王配（お婿さん）に摂政代理閣下（狼さん）しかほしくない！

《ミルナート王国瑞奇譚（ずいきたん）》和泉統子 *Noriko Waizumi*

key word ▾［ラブコメ］［年の差］［身分差］［もふもふ］

装画：鳴海ゆき／2019年-／2巻-／新書館ウィングス文庫

e-book

——レナが立派な女王になって、もし10年後も望むのなら、カーイが女王の花婿である王配（おうはい）になってくれる。

父の顔を見ることなく生まれたレナは、ミルナート王国の若き女王。レナは亡き父の親友であり、貧しかった国を貿易国に押し上げた立役者である摂政代理閣下のカーイに恋をしていた。

幼い頃にした約束を胸によき女王となるべく頑張ってきたのだが、レナが15歳になるとカーイは25人もの王配候補者を用意してしまう。14歳の年の差があるうえに、平民の出である自分は王配になれないと告げるカーイに納得がいかないまま、レナは王配候補者たちと交流することになる。そんな中、レナはカーイが黒い毛並みと金の瞳を持つ狼（おおかみ）に変化する〈魔人（まじん）〉であることを知る……。

〈大洪水〉によって様変わりした地球を舞台に繰り広げられる、頑張り屋の女王レナと彼女の想いを受け流しながらもなんだかんだで過保護な愛情を持つカーイによる年の差ラブコメ。上巻『女王陛下は狼さんに食べられたい！』から下巻『狼さんは女王陛下を幸せにしたい！』にかけて、レナの長い片想いに終止符が打たれる最後の2年間を連作中編形式で描く。

〈大洪水〉後、農作地の実りを左右する〈魔力〉を持つ王族や貴族の〈祝福〉なしには国が成り立たなくなった世界では地母神教の教えが浸透しており、その教義に添わない存在は差別されてしまう。

だが、自身が呪われた存在〈魔人〉であるために差別を嫌う人狼のカーイと、彼に育てられたことで柔軟な考えを持つレナのもとには、それぞれ訳ありな王配候補者たちが集う。

実は男装した令嬢で恋愛に興味がないジェス、西方の大国の第12王子・デヴィ、東方で連合王国をまとめた姉を信奉する王弟・ギアンたちが抱える事情を解決していくにつれて、レナにもまた口にできない秘密があることが明かされていく。

本作は独特なゆるさのある世界観と二人のもとに集まる〈魔人〉のもふもふ要素が楽しいラブコメだが、「望まれない王子」だった先王が遺した思いや「難しいことはわからない」美しい母の事情が巧みに織り交ぜられ、軽妙な中にも奥行きのある物語となっている。

女王陛下と摂政代理閣下の恋は決着がついたが、雑誌『小説ウィングス』には番外編が掲載されており、書籍化が待ち遠しい。

（七木香枝）

ハッピーエンドの先から始まる愛と魔法の物語

《ちょー》野梨原花南 *Kanan Norihara*

key word▼［異世界］［ファンタジー］［魔法］［魔王］

装画：宮城とおこ／1997-2004年／全18巻＋番外編1巻＋ファンブック2巻／集英社コバルト文庫

e-book

――獣になる呪いを解く方法はただ一つ、誰かと愛の誓いを立てること。

トードリア国の王子ジオラルドは、王位を狙ういとこの策略により、友である魔法使いによって恐ろしい獣の姿に変えられてしまう。〈絶望の森〉と呼ばれる深い森で虎に襲われたジェムナスティ国の王を助けたことをきっかけに、ジオラルドは押しかけるようにしてやってきた美貌の姫ダイヤモンドと暮らすようになる。

獣の自分を愛してくれるダイヤモンドとくちづけを交わして呪いを解いたジオラルドだが、獣フェチのダイヤモンドにがっかりされてしまう。がっかりついでにざっくばらんな素をあらわにしたダイヤモンドが「もう一度獣になる魔法をかけてもらいに行こう」と提案したことで、二人は新王の戴冠式を控えたトードリアへと向かう……。

コバルト文庫を代表する名作の一つである《ちょー》シリーズは、そんなお伽噺(とぎばなし)の「めでたしめでたし」を軽やかに裏切るところから始まる。第一部はダイヤモンドとジオラルドを軸に、『ちょー新世界より』から始まる第二部では二人の子ども世代へとバトンが渡され、獣の耳を持つ少女・宝珠(ほうじゅ)を主人公として展開する。

本作は、巻を重ねるごとに親しみと愛おしさが増していく個性的なキャラクターたちと、繊細かつロマン溢(あふ)れる文章で描き出される魔法が息づく世界観が魅力だ。

お伽噺のハッピーエンドになるはずだった場面から始まる物語には、魔法と世界の結びつきが明らかになっていくにつれ、重たい運命が秘められていたことが明かされる。だが、世界が滅んでしまうかもしれないというシリアスな展開にあっても、シリーズに通底する「愛」の豊かさは失われない。誰かとかかわりながら生きることの喜びや難しさといったものを希望を込めて紡ぎ出した物語は、一つの「お伽噺」の終わりと明るい未来を示して結ばれる。

読み終えた後に抱きしめたくなるだけでなく、その後もずっと読者と共に生き続けるだろう愛おしさに満ちた、コバルト文庫屈指の名作だ。

1巻『ちょー美女と野獣』のドラマCDやファンブックが制作されたほか、アンソロジー『ちょー聖霊と四龍島(スーロンとう)』に短編が収録されている。また、関連するシリーズとして、魔王と自称・美貌の流浪の大賢者ことスマートが界を渡って旅をする《魔王》シリーズのほか、現在は《ちょー》と地続きとなる新作《ちょー東ゥ京》が電子オリジナルで刊行中。（七木香枝）

秘密の下宿で穏やかに育まれる両片想い

《浪漫邸へようこそ》深山くのえ *Kunoe Miyama*

key word▼［大正］［下宿］［両片想い］［ほのぼの］

装画：あき／2014-2015年／全3巻／小学館ルルル文庫

e-book

時は大正4年。放蕩の果てに行方知れずとなった父親が作った借金を返済するために、質屋を訪れた菖蒲小路子爵家の長女・紗子は、帝大の医学生・伊織と出会う。

火事で下宿が焼けてしまったという伊織と知り合ったことをきっかけに、紗子は貧乏な子爵家で余っている部屋を使って、秘密の下宿屋を始めることになる。最初の下宿人となった伊織の声掛けで集まったのは、猫と一緒にやってきた画家志望の浪人生に山ほどの本を抱えた古書店員、独特な美意識を持つ作家、写真屋で働く伊織の従兄弟といった個性的な面々。

親類にも頼れず、弟妹や頼りになる女中・しのたちの力を借りながら子爵家を背負うことになった女学生の紗子は、なりゆきで始めた下宿人たちとの生活を楽しむうちに、何くれとなく助けてくれる伊織にほのかな想いを寄せていくようになる。だが、作家によって「浪漫邸」と名づけられた下宿には、さまざまな問題が降りかかってきて……。

秘密の下宿屋生活をとおして、淑やかでしっかり者の子爵令嬢と文武両道の優しい医学生のほのかな恋を描いた大正浪漫もの。

公家ゆかりの貧乏子爵家を女学生の少女が背負うという事情はなかなかに厳しいが、窮状を救う手立てとして用意された下宿屋という設定が物語を暗くさせず、ユニークな色合いを添えている。

子爵家の体面上、表向きは書生というかたちで抱えた下宿人たちや、紗子の姉のような気っ風のよい女中・しの、紗子の弟妹としのの子どもたちが楽しく日々を送る様子がほどよい距離感を保ちながらも楽しく描かれており、そのにぎやかなやりとりがしっとりとした恋模様を引き立てている。

子爵家が抱える金銭的な事情のほかにも、紗子には小さくもやっかいな問題が降りかかるが、伊織をはじめとする下宿人たちの助けを得ながら解決に向かっていくさまが、コミカルなやりとりを挟みながら展開していく。

妓女見習いと親王の恋を描いた著者の人気作《舞姫恋風伝》同様、王道な恋模様を得意とする著者らしい甘やかさをまといながら、紗子と伊織の身分違いの恋は慎ましく進む。その恋は手が触れ合うだけでどきどきするような奥ゆかしさだが、二人の性格と時代設定がそのピュアさを優しく包み込み、好感の持てる可愛らしい両片想いとして成立させている。

そんな微笑ましい恋模様や作品に満ちる優しさが魅力の本作は、全3巻と読みやすい長さで、少女小説入門にもお薦めだ。

（七木香枝）

インドを舞台にしたヒストリカルな少女小説

《カーリー》高殿円 *Madoka Takadono*

key word▼［歴史］［インド］［寄宿舎］［スパイ］［甘酸っぱい］

（上）装画：椋本夏夜／2006年／全2巻（未完）／エンターブレインファミ通文庫、（下）2012-2014年／全3巻／講談社文庫

e-book

高殿円は小説を書く前に、まずその世界の詳細な地図を作るそうだ。地図には、その土地の特色や産物が描き込まれ、各国の歴史や風土が作られていく。歴史小説を読むかのようなダイナミズムは、この一枚の地図からスタートする。そんな高殿円が、実際の歴史を取材して描いたのが《カーリー》シリーズだ。

物語の舞台は『あしながおじさん』や『小公女』といった少女小説の伝統を受け継ぐ、英国の寄宿舎である。とはいっても場所はロンドンではない。時代は第二次世界大戦前夜、インドのイギリス駐留地に作られた花嫁学校が舞台だ。ヒロインのシャーロットは14歳。外交官である父のインド赴任についてこの地にやってきたのだが、ロンドン育ちの彼女にとって、インドの学校は理解不能な世界だった。というのもインドの英国人社会は、未だヴィクトリア朝の風習や階級制度が残る旧弊な社会で、花嫁修業の場である学校はまさにその縮図。親の階級によって食事の座席からトイレの順番まで決められている。納得がいかない彼女は、クラスに君臨するヴェロニカと対立、入学早々食事抜きの罰則を受ける。

しかし食事抜きの彼女を心配した級友たちが、こっそりクッキーやパイを差し入れして、真夜中のティーパーティが開かれる。さらに同室のインド美人のカーリーに憧れ、いけすかない同級生とバトルを繰り広げ、迷い込んだお隣の庭で青年貴族と知り合うといった展開は、《クララ白書》に『小公女』のよう。ちょっとセレブな少女たちの日常風景が、面白おかしく描かれているあたりは《マリみて》にも似ている。

しかし、行方不明のシャーロットの母親が元英国情報部のエージェントだったことがわかるあたりから、様相は一変。インドの独立運動の高まり、ヒットラーの台頭といった激動の時代を背景にした、ヒストリカルでロマンチックな冒険物語の色彩を帯び始める。

このシリーズ、初刊時はファミ通文庫から刊行されたが、少女小説の王道的な楽しさがファミ通文庫の読者層には理解されず、少女篇が終了する2巻で打ち切りとなった。しかし傑作の呼び声も高く、2012年より講談社文庫で既刊2冊が復刊。さらに2014年に、大学生になったシャーロットがカーリーを探してインドを旅する書き下ろしの第三部『孵化する恋と帝国の終焉』が刊行された。これまでの伏線は回収されたものの、まだ完結には遠く、さらなる続編を望む声も高い。（三村美衣）

秘密結社の聖宝をめぐるファンタジーロマン

《ユメミと銀のバラ騎士団》藤本ひとみ *Hitomi Fujimoto*

(上)装画:しもがやぴくす&みらい戻／1989-1993年／全7巻(未完)／集英社コバルト文庫、(下)文:柳瀬千博／装画:えとう綺羅／2013-2014年／全10巻／KADOKAWA ビーズログ文庫
e-book

高校2年生の佐藤夢美（通称ユメミ）は数年前に母を亡くし、以後は一家の主婦として、父と幼い双子の弟の世話に追われていた。ユメミは近頃、夜ごと同じ夢を見る。騎士の姿をした憧れの先輩・鈴影聖樹が、女王のように着飾ったユメミの耳に、満月色のピアスをつけるロマンチックな夢。ドイツ人とのハーフで、名家ミカエリス家の後継ぎである聖樹に、ユメミは一方的な憧れを抱いていた。ところがある日、不思議な夢は現実のものとなった。

幼馴染の高天宏と共に鈴影家へ出かけたユメミは、夢に誘われるように、一室で満月色のピアスが入った箱を発見する。ところがアクシデントが起きて箱が破壊され、飛び出たピアスがユメミの耳に刺さり、抜けなくなった。ピアスは7色の光を放ち、その場に駆けつけた高天宏、光坂亜輝、冷泉寺貴緒の三人は光を浴びる。このピアスには呪いがかけられており、ユメミが胸をときめかせると、三人はそれぞれ狼・猫・鷹の姿に変身した。鈴影は自身が秘密結社「銀のバラ騎士団」の総帥であることを明かし、失われた「三宇宙四聖霊の聖物」を揃えれば、呪いは解けると説明する。鈴影の故郷ドイツを皮切りに、ユメミたちは世界各地に出向き、失われた聖宝を探し求める――。

西洋史の流れを汲む魔女狩りや秘密結社要素と、美形キャラクターを打ち出した《銀バラ》シリーズ。銀のバラ騎士団の象徴であり、皆が崇拝するに貴女に任命されたユメミは、やがて出会っていくさまざまな騎士たちを救おうと奔走する。謎めいて高潔な鈴影は、これまで自身の全てを銀のバラ騎士団に捧げて生きてきた。そんな彼がユメミに普通の幸せを教えられ、心を動かされていくさまが切なく描かれる。

シリーズは第7巻まで刊行されたのち未完のまま中断、絶版となった。2013年からビーズログ文庫でリライト版の刊行が始まり、文・柳瀬千博、原作・藤本ひとみという体制で、『夢美と銀の薔薇騎士団』シリーズが全10巻刊行。リライト版は大幅な加筆修正がなされ、ストーリーには鈴影視点も取り入れられた。現在電子化されているのは、このリライト版のみだ。

コバルト文庫版のメディアミックスとして、劇場版アニメやドラマCD、また挿画担当のしもがやぴくす&みらい戻によるコミカライズなどがある。（嵯峨景子）

key word▼［現代］［歴史］［逆ハーレム］［秘密結社］

世界の中心を目指す陰謀だらけの冒険

《マギの魔法使い》瑞山いつき *Itsuki Mizuyama*

key word▼［異世界］［ファンタジー］［SF］［魔法］［バトル］

装画：結川カズノ／2007-2009年／全6巻／角川ビーンズ文庫

——「わたしの宝石」。そう囁いて、世界の調停者は狂ってしまった。

曾祖母を亡くしたばかりの見習い身分の白魔女エメラルドは、秘密組織〈真実の星〉の飛行艇に誘拐されてしまう。状況を把握する暇もなく、亜人類の青年ラグナ率いる集団の襲撃に遭ったエメラルドは、無口な少年トトを連れて脱出する。

降り立った先は、故郷を遠く離れた異国だった。農夫の青年ウォレスとその護衛だという傭兵のハルベルトと出会ったエメラルドは、自分がウィザードに愛された〈宝石〉の血脈を受け継いだ唯一の存在であると知る。

大陸の中央にある万能の都・マギの中心にそびえる聖樹に住み、不思議な〈魔法〉を操る存在・ウィザードが統治するこの世界では、〈宝石〉が暮らす国は厚く庇護されていた。そのために、エメラルドは世界中から狙われることになってしまう。

「オズの魔法使い」から連想されたキャラクターたちが繰り広げる、世界の中心を目指す波瀾万丈の旅を描いたシリーズ。

主人公のエメラルドは、白魔女らしくリアリストで、卓越した化粧技術による大人の武装と年相応の素顔を自在に使い分けながら巧みに交渉するなど、したたかで逞しい少女だ。そんな彼女と旅の仲間たちの関係は、それぞれが違う目的を持っているがゆえに一筋縄ではいかない。ウィザード候補だがウィザードになりたくないひねくれ者のウォレスや、機械仕掛けの心臓を持つ〈傭兵王〉ことハルベルト。亜人類の地位向上を願うラグナに、ウィザードを滅ぼそうとする〈真実の星〉のトト。異なる立場の彼らとエメラルドの旅は、時にぎすぎすしながらもにぎやかだ。

マギを目指すうちに、かつてのウィザード候補たちの記憶に引きずられて〈宝石〉に好意を抱くことを嫌っていたウォレスは、自分が〈宝石〉ではなくエメラルドに惹かれていることを自覚する。恋を知ったウォレスはどこか凶悪なまでに魅力的であると同時に、ウィザード候補たちに与えられた残酷な運命をまとって切なさを帯びている。

ファンタジーの世界観の下にSF的な要素が秘められていたことが明かされる終盤で、エメラルドは厳しい選択を迫られる。

手に汗握る展開の果てに、最後まで自分の足で立つことを諦めないエメラルドだからこそ辿り着いた旅の終わりには、熱く胸を揺さぶられる。

本編は未電子化だが、ウォレスとハルベルトの出会いを描く過去編を含む短編3編が電子書籍で販売中。（七木香枝）

本音だだ漏れのツンデレに悶える悪役令嬢もの

《ツンデレ悪役令嬢リーゼロッテと実況の遠藤くんと解説の小林さん》恵ノ島すず *Suzu Enoshima*

key word ▼［乙女ゲーム］［悪役令嬢］［ツンデレ］［にやにや］

装画：えいひ／2019年／全2巻／カドカワBOOKS

e-book

事情が語られる現代を行き来しながら、物語はコミカルに進む。

自分の気持ちを素直に出せないリーゼロッテの本心が実況・解説によってだだ漏れになり、ジークと一緒ににやにやするのが本作の醍醐味だ。ゲームのストーリーは着々と変化していき、2巻ではリーゼロッテを破滅に導く「古の魔女」が意外な登場を見せつつ、現代とゲームとの間のつながりが明かされ、物語はゲーム以上のハッピーエンドへと向かう。

「小説家になろう」での連載に改稿を加えて書籍化された本作は、現在ではカクヨムに掲載を移転。2巻発売時にはクラウドファンディングによるボイスドラマ化企画が行われ、目標の倍以上の支援を得た。

また、巧みな構成と画力で原作の持ち味を最大限に引き出した、逆木ルミヲによる漫画も連載中。にやにやが加速する名コミカライズもあわせて楽しむことをお勧めする。（七木香枝）

王立魔導学園の中庭で、王太子のジークヴァルト（通称ジーク）は困惑していた。なぜなら、突如天から二柱の神の声が聞こえてきたからだ。

神の声が語るところによると、今目の前で庶民出の少女・フィーネにきつい言葉をかけている婚約者の侯爵令嬢・リーゼロッテは「ツンデレ」で、本当はジークのことが大好きなのだという。嫌われていると思っていたジークは戸惑いつつも神の声に従ってみたところ、婚約者がみせた可愛さに心を撃ち抜かれる。そんなジークに、神はこのままだとリーゼロッテが破滅を迎えると告げるのだった。

その神の正体は、なんと現代の高校生。実況担当・遠藤くんは、解説担当・小林さんに乙女ゲーム「マジカルに恋して」（通称まじこい）を布教され、放送部の練習がてら実況・解説を入れつつ遊んでみたところ、なぜかゲームに関与できることに気づく。小林さんの推し・リーゼロッテをバッドエンドから救えるのではないかと考えた二人は、「最高を超えた最高のハッピーエンド」を目指そうとする。

本作はいわゆる「悪役令嬢もの」だが、転生によって破滅フラグを回避するのではなく、現実の高校生が実況と解説でゲーム内に働きかけ、悪役令嬢の恋を応援しながら救おうとするという変化球が加わっている。そのひねりのきいた新しさとツンデレな悪役令嬢と王太子のベタな恋模様が魅力だ。

ツンデレの概念を授けられたジークがリーゼロッテの本心を知り、その可愛さに悶えるゲーム内と、遠藤くんと小林さんの

リリカルで切ない年の差・身分差ロマンス

『BLANCA　エディルフォーレの花嫁』スイ *Sui*

key word▶［純愛］［年の差］［身分差］［疑似家族］［切ない］

装画：松本テマリ／2014年／全1巻／一迅社文庫アイリス

e-book

ここは常冬の国、エディルフォーレ。銅貨一枚で買われ、獄吏のもとで働く奴隷の少女〝名無し(ノーネーム)〟は、牢獄(ろうごく)に捕らえられた青年軍人と出会う。リユンという名の青年は、エディルフォーレと敵対関係にある国・エスペリアの若き将軍で、俘虜(ふりょ)となった彼を見張ることが〝名無し〟の仕事だった。

御主人様から非人間的な扱いを受ける少女と、俘虜として過酷な境遇に身を置く青年。言葉が通じない二人は少しずつ打ち解け、互いを労わり合いながら心の交流を重ねていった。やがて脱走に成功したリユンは、少女を伴って故国に帰還する。リユンは少女に花を意味する「ブランカ」という名前を与え、養女として引き取り、二人はエスペリアで新しい生活を始めた。

この時リユンは18歳で、ブランカは10歳の幼子だった。父のような兄のようなリユンの庇護(ひご)のもと、ブランカは言葉を学んで学校にも通い、異国で少しずつ居場所を作り上げていく。そんな二人の穏やかな日々に、時折戦争の気配や、過去の忌まわしい思い出が影を落とす。やがてブランカは恋を知り、養父に対する慕わしい気持ちは狂おしい愛へとかたちを変えていった。自らの胸に芽吹いた恋心を持て余したブランカは、ある決断を下す――。

ヨーロッパ風の世界観を舞台にした『BLANCA　エディルフォーレの花嫁』は、ヒロインの一人称視点で綴(つづ)られた、ひたむきで切ない少女の成長譚(たん)と愛の物語。8年の時をかけて成就するブランカとリユンのロマンスを、作者はエピソードを淡々と積み重ねながら、詩情をたたえた文体で丁寧に美しく描き出す。言葉が通じない牢獄での出会いに始まり、秘め事のようにノートの中で交わす会話や、髪の毛や頬(ほお)に触れるスキンシップなど、さまざまなディテールを通じて二人の距離感の変化や心の揺れが映し出されていく。

ブランカを優しく慈しむリユンは、つかず離れずの距離感を保ちながら少女の成長を見守っている。そんな彼が庇護者という立場から一歩踏み出し男の片鱗(へんりん)をみせる場面は、独特の色気が立ちのぼる。舞踏会のシーンは通常のリユンとは異なる〝熱〟を感じさせる場面であり、作中一のラブシーンとして忘れがたい。

本作はWeb小説を書籍化した作品。作者はのちに集英社のノベル大賞佳作を受賞し、水守糸子名義で『モノノケ踊りて、絵師が狩る。―月下鴨川(かもがわ)奇譚―』（集英社オレンジ文庫）などを発表する。（嵯峨景子）

りんごがつなぐ少女たちの物語

『りんご畑の樹の下で』香山暁子 *Akiko Kayama*

装画：耒世可恋／1996年／全1巻／集英社コバルト文庫

『りんご畑の樹の下で』は、樹から落ちたつややかな実が誰かの手にそっと取り上げられるように、りんごによってゆるやかに結ばれた短編集。

最初の「楽園の二人」は、駆け落ちの果てに一人でりんごの樹が連なるイギリスの片田舎・ホワイトヒルへやってきた名家の娘シャロンの物語。あてにしていた昔馴染みの家に暮らしているエドワード＝モーガンの家政婦として雇われることになるが、料理も家事も失敗続き。エドワードを感嘆させるべく、モーガン家のアップルプディングに挑戦するシャロンだが、ある日婚約者と妹が現れる。

表題作「りんご畑の樹の下で」は、昭和初期の東北の農村を舞台にした物語。私学のお嬢様たちに啖呵を切ってしまった千恵は、友人たちと立派なお茶会を開くために奔走する。千恵は、気ままなふるまいで孤立している操にも協力を仰ごうとするが、お茶会の日が迫る中、操が華族の娘で、家のために東京へ連れ戻されてしまうことを知る。

舞台を平成に移した「雨の日はブラームスを」は、通りがかったクラシックバーの前でバイオリンの音を耳にして以来、「りんごの精」を名乗る少年の声が聞こえるようになった高校生・結子が主人公。りんごの精の「復讐」に協力するはめになるが、身体を乗っ取られてはトラブルを起こされ、微妙な関係の彼氏・神尾とも気まずくなってしまう。

異なる時代と場所で生きる三人の少女の物語には、いきいきと弾むように描かれる少女の内面や誰かを想う気持ちと同時に、みずみずしく胸を刺す痛みが内包されている。あることに気づいてしまった時から、笑おうとしても笑えなくなってしまったシャロン。誰にも依ることのない強い意志を持つ操に惹かれ、その羽ばたきを約束とともに見送った千恵。つき合っているはずなのに彼氏の前でうまくふるまえない結子。

彼女たちが抱いた想いは、シャロンが自覚しているように、他者から見ればささやかなものかもしれない。だが、痛みを呑み込んで未来を見つめようとする彼女たちの勁さには、涙を流した後にも似た温かさと、心が動いた一瞬を大切に閉じ込めた鮮やかさがある。

物語の端々でりんごを介してゆるやかにリンクする3編をとおして、元気よく動き回る少女たちの時に甘痒くもある心情が胸を揺さぶる、コバルト文庫の隠れた名作。

（七木香枝）

key word▼［英国］［日本］［学校］［友情］［幽霊］［痛み］

音楽の神に愛され、音楽に全てを捧げた二人

『黄金を奏でる朝に――セレナーデ』沖原朋美 *Tomomi Okihara*

key word ▼［歴史］［音楽］［ヴェネツィア］［社会］［切ない］

装画：北畠あけ乃／2005年／全1巻／集英社コバルト文庫

急逝した父の跡を継いで、16歳で教会のオルガニストとなったミレイラ。しかし彼女を可愛がってくれた司祭も亡くなり、新たに赴任した司祭は女性が教会でオルガンを弾くことを許さなかった。時代は18世紀初頭。まだ女性には高等教育も職業選択の自由もない時代だ。それでもオルガンを諦め切れないミレイラは、母にも告げずに村を出て、女性奏者も受け入れてくれる港湾都市の教会へと向かった。

辿り着いた街には男装の女性や女装の男性、着飾った貴婦人や娼婦たちが溢れ、劇場では夜毎オペラがかかり、多くの観客を集めていた。古風な村で育ったミレイラは、街の退廃した空気はおろか、昼間の活気にもなかなか馴染めず、ほとんど教会から出ずにオルガン演奏に没頭していた。ところがそんなある日、誰もいない昼間の教会に一人の若い女性が現れた。彼女はオルガンの陰にいるミレイラの存在に気づくことなく、堂内に美しいソプラノの歌声を響かせた。その声と姿は、幼馴染のクリスティアンに瓜二つだった。

美しい金髪、なめらかでクリーム色の肌、天使のごとき歌声を持ち、村人たちから金の真珠と呼ばれたクリスティアン。母親が不貞を働いたために村から追われ、それ以来、一度も会っていない。しかしクリスティアンであるはずがない。なぜなら、クリスティアンは少年であり、とうに声変わりをしているはずなのだ……。

やがてミレイラは、その人がフェリーチェと呼ばれる新進気鋭のオペラ歌手であり、ボーイソプラノを維持するために去勢手術を受けカストラートとなったクリスティアン本人であることを知る。

オルガニストになるために故郷も母も捨てたミレイラと、声のために男性の身体を捨てたクリスティアン。音楽の神に愛され、音楽に全てを捧げた二人だが、捨て去ったものへの罪悪感にもさいなまれ続けている。それでも「今のあなたの歌が聞きたい」と自分の思いをぶつけるミレイラに対して、クリスティアンは応えることができるのか……。

恋人がカストラートであるという衝撃の設定のもと、互いに惹かれ合いながらも、幼馴染であるがゆえに無垢な日々の記憶が互いを傷つける苦しい恋を、近代化直前の欧州の世情を背景に描いた異色の少女小説。なお、沖原朋美の書籍は本書が最後となったが、現在は小田菜摘名義で精力的に作品を発表している。（三村美衣）

赤い靴が連れてきた少女の成長と魔法

『ワルプルギスの夜、黒猫とダンスを。』古戸マチコ *Machiko Koto*

key word▼［入れ替わり］［魔法］［ダンス］［成長］［ユーモア］

装画：カズアキ／2008年／全1巻／一迅社アイリス文庫

e-book

——大魔女は、ずっと前からその子供を不幸にしようと決めていた。

パーティ用のダンスシューズを買いに訪れた靴屋で、14歳の内気な少女は赤い靴に目を惹かれる。家に帰るまで待ちきれず、公園で靴に足を通した少女の目の前に、赤い靴をそのまま人にしたような女が現れる。女は少女に、自分の古びた靴と買ったばかりの靴を交換してほしいとねだった。内気な少女は断り切れず、うなずいてしまう。

次に目覚めると、少女の体は赤い女こと大魔女ベファーナと入れ替わっていた。踊ることで魔法を使うという魔女たちが暮らす森に放り出された少女は、ルナという名を与えられる。名づけてくれた魔女の長老によれば、もとの体に戻るためには、一週間後に行われる魔女の祭り・ワルプルギスの夜に黒猫とダンスをしなければならないという。

ベファーナの使い魔を自称し猫耳と尻尾を持つ青年ノーチェと、バズーカ砲を肩にかついだハードボイルドなイエネズミ・ネズチューの協力を得ながら、ルナはベファーナの体と靴にしまい込まれた魔法（ダンス）を探そうとする——。

本作は少女の成長譚だが、自信がなく諦めることに慣れた心が前を向くまでの道のりは、軽妙ながらもシビアに描かれる。

魔女の森の住人たちと交流する中で、繰り返しルナに示されるのは「鏡を見ることの勇気」だ。勇気を出して自分を見つめたからこそ、己のみじめさに打たれたルナが立ち上がるまでには、じれったいほどの時間がかかる。けれどもその葛藤が、一歩踏み込んだ先の苦しさを呑み込みながらも、何者でもない自分になろうとしていく少女の姿を輝かせている。

終盤では、とある「過去」が明かされると共に、ルナがこれから経験することになる長い空白の時間が示される。その果てにもたらされた変化には驚くものの、読後感は優しく温かい。

本作に登場するのはそれぞれ少しずつ駄目な人々だが、その欠けた部分には著者の特長ともいえるおかしみのある眼差しが注がれており、愛おしさを覚えずにはいられない。そんなキャラクター造形や個性的な発想が、少女の成長譚に独自の魅力を添えている。

古戸マチコは、小説投稿サイトではなく個人サイトで連載される「オンライン小説」が主流だった時期に『人喰い魚が人になる』などで根強い人気を得たWeb発の作家。イースト・プレスのレガロより『やおろず』が書籍化されたことを機に、同レーベルや一迅社アイリス文庫で執筆。（七木香枝）

巫女姫と衛士の身分差純愛ラブストーリー

『雪迷宮』本宮ことは *Kotoha Motomiya*

key word▼［異世界］［巫女］［秘密の恋］［身分差］［切ない］

装画：藤ちょこ／2009年／全1巻／幻冬舎幻狼ファンタジアノベルス

王に嫁ぐことを定められた美しい巫女姫(みこ)は、許されぬ恋に身を焦がす。

はるか昔、異界に通じる〈門〉から出現する異形のものたちが、世界を脅かしていた。とある巫女が自らの胎内にその〈門〉を封じることで、世界を救う。以来、彼女の血脈は異界の〈門〉を我が身に受け継ぎ、次なる巫女を産むために代々の王を夫とするのが定めとなった。

37代目の巫女姫・雪(ゆき)は、白雪華(はくせつか)の花の迷路に閉ざされた水晶の塔で、采女たちにかしずかれながら孤独に暮らしていた。16歳を迎えた雪は、王との婚礼が決まったことを告げられる。けれども彼女には、密かに恋い慕う想い人がいた。幼い頃、偶然出会った衛士の鑰(やく)。彼との大切な思い出が忘れられない雪は、鑰を〈鍵〉に任命してしまう。〈鍵〉とは王以外では唯一姫巫女と口をきくことを許された男性で、巫女の感情が高ぶり〈門〉が開いた時に、それを閉じる役目も担っていた。

叶(かな)わぬ恋に苦しむ雪は、過去に〈鍵〉に恋した巫女が綴(つづ)った手記を手に入れる。かつての巫女が告白する切なくやるせない恋の顛末(てんまつ)に、雪は我が身を投影した。手記に刺激されるように、残されたわずかな時間を縫って雪と鑰は逢瀬(おうせ)を重ねるが、ついに王の一行が水晶の塔に到着する――。

身分違いの恋をテーマにしたラブロマンス『雪迷宮』。冒頭で説明されるファンタジー要素はそれほど本筋には絡まず、物語はあくまでも恋を中心に展開する。雪と鑰をとりまく状況と、過去の巫女たちのエピソードが交差する記述には巧みな仕掛けがほどこされ、物語は思わぬ展開を辿(たど)る。ヒロインが外に行けない設定ゆえやや動的な要素に欠けるが、その分揺れ動く恋心や、采女たちとの心の触れ合いが丁寧に掘り下げられていく。白くかぐわしい花・白雪華による茨の迷路と、閉ざされた水晶の塔という神秘的な舞台も魅力的。

『雪迷宮』を読み進める中で、読者はあちらこちらで辻褄(つじつま)の合わない箇所が登場することに気づくだろう。不自然に思える描写は全て伏線で、ラストまで辿り着いた時に明かされる真相は、心地よいカタルシスを生み出す。叙述トリックを活かしたミスリードが秀逸で、技巧を凝らした構成が光る。悲恋に終わりそうな設定でありながらも、ハッピーエンドを迎える本作は、正統派の少女小説といえるだろう。『花迷宮』は同じ世界観を舞台にした作品で、年の差カップルのロマンスが展開する。（嵯峨景子）

不幸へと転がり落ちる少女が燃やす恋

『雪燃花』長谷川朋呼 *Tomoko Hasegawa*

装画：道下有希子／1997年／全1巻／講談社X文庫ホワイトハート

雍台国の王女・阿燐は、若くして即位した兄・樊双を慕っていたが、無邪気で美しい妹・可籃とは違って可愛げのない自分に引け目を感じていた。これには、阿燐が王室の血を引いていないことも多分に影響していた。阿燐は亡き先王を庇って死んだ忠臣の娘で、可籃は阿燐を産み落とした後に請われて側室となった母が生んだ、まさしく王室の血を引いた娘だったのだ。

中原の小国である雍台に、異民族から成る趨几国の軍が近づいてくる。隣国が敗れた後、危機に陥った雍台に趨几国の王・郎颱が和平の代わりに求めたのは、王家の姫を側室に差し出すことだった。密かに想いを寄せていた樊双の「5年経ったら必ずお前を取り戻す」という約束を信じ、阿燐は趨几国へと向かう。

側室ではなく友になってほしいという郎颱とその妻子に囲まれて、阿燐は予想もしなかった穏やかな暮らしを手に入れる。だが、約束の時まで半分が経った頃、兄と妹が結婚するという報せが届いて思い乱れる。婚儀への出席を拒んだ阿燐が落ち着きを取り戻した頃、趨几国を訪れた可籃から身ごもったことを知らされた阿燐は、国から付いてきてくれた忠実な侍従・成衛に可籃を殺すよう命じるのだった……。

聡明で落ち着いた少女が、たった一つの恋を抱きしめた果てに行き着いた運命を描いた本作では、主人公の阿燐が抱える不幸が静かに深まり、狂気を帯びながら研ぎ澄まされていくさまが丹念に描かれる。

側室として嫁いだはずの国で、よき理解者となる郎颱や温かく接してくれるその妻子と出会うが、そのことを嬉しく思いながらも、血のつながらない兄がくれた約束を繰り返し思い起こす阿燐は、信じた恋を手放せない。

可籃の死が雍台と趨几の争いを招く中、病に倒れた郎颱は自分の亡き後は国を支えてくれるよう阿燐に頼む。一度はその頼みを受け入れた阿燐だったが、どうしようもない激情に突き動かされるようにして、自らが望んだ運命へと転がり落ちていく。

物語は、阿燐が恋い焦がれた兄と再会を果たす場面で幕を閉じる。不幸の中で心を燃やし、自ら望んだ不幸をまとって美しさを増す少女の運命が行き着く先と、その先で手に入れた「幸福」が描かれる結末は、忘れられない衝撃と共に胸に刻まれる。

著者の長谷川朋呼は、第1回ホワイトハート大賞佳作を受賞した『崔風華伝』でデビュー。2作目である本作以降、出版は途絶している。（七木香枝）

key word▼［中華］［政略結婚］［兄妹］［狂愛］［シリアス］

シンデレラの娘、絶賛放蕩生活満喫中♡

『ガラスの靴はいりません！――シンデレラの娘と白・黒王子』せひらあやみ *Ayami Sehira*

key word▼［ラブコメ］［三角関係］［双子］［笑い］

装画：加々見絵里／2018-2019年／全1巻＋短編集1巻／集英社コバルト文庫（※短編集は電子のみ）

e-book

――主人公（ヒロイン）は、酒・肉・惰眠を愛する独身貴族（現・三十路）。

20歳を過ぎれば嫁（い）き遅れ、30歳を過ぎようものなら「骨董品（アンタッチャブル）」と言われる古めかしい慣習のある千年王国で、かつては美しい少女だったシンデレラの娘・クリスティアナはぽっちゃりした三十路となり、自由気ままな放蕩（ほうとう）生活を謳歌（おうか）していた。

ところがある日、美しき双子の王子から求婚されてしまう。天使のような第一王子のジュリアスと悪魔のような第二王子のグランヴィルは、表向きは王位をめぐって対立しているが、その実は次期王位の座を押しつけ合っていた。双子の王子には、王位を捨てるために最悪な評判を持つクリスティアナと結婚するという思惑がどちらにもあったのだ。

父から与えられた「自分の代で生家を終わらせる」という使命を果たすため、楽しく放蕩していたいクリスティアナは全力で求婚をお断りし、腹心の侍女ステファニーとともに逃亡するが、捕まってしまい、王城に暮らしながらどちらを結婚相手に選ぶかを決めることになってしまうのだった……。

次第に本気になっていく王子たちの甘くて物騒な口説きと、なんとか逃れようとしながらも、求婚者たちを憎めなくなっていくクリスティアナの三角関係が楽しいどたばたラブコメ。

少女小説の主人公としてはかなり異色なクリスティアナだが、彼女の一番規格外なところは、一見マイナス要素である体型・年齢・放蕩生活を、心の底から満喫し切っていることにある。繰り返し彼女が言い、本作のタイトルでもある「ガラスの靴はいりません」は、クリスティアナの心からの言葉だ。実家が太く痩せれば美人というチート要素はあるものの、クリスティアナが「自分の主は永久に自分だ」とはっきり語る一人の女性として描かれていることが、コメディタッチで軽快な物語を芯から支えている。

ふいに訪れた恋愛沙汰に動揺しつつも、王子それぞれを見つめようとするクリスティアナと、だからこそ自分と結婚してほしいと望む双子の王子たちの関係。そして一歩引いたところで茶々を入れ、時にクリスティアナのために行動する侍女にして女装男子でもあるステファニーとの主従関係もおいしい、どこか一筋縄ではいかない要素が詰まった一冊だ。

電子書籍のみで発売の続刊『ガラスの靴たたき割ります！』は、クリスティアナと侍女ステファニーによる前日譚（たん）。本編以前にクリスティアナがいきいき放蕩する様子を連作短編で楽しめる。（七木香枝）

耽美かつ閉塞感漂う大正少女幻想譚

『蝉時雨(せみしぐれ)の季節は過ぎ』日野鏡子 *Kyoko Hino*

装画：クイチ／2008年／全1巻／エンタープレインビーズログ文庫

「人に暗示をかけ、思うように操っていくのはなかなか楽しい行為です。わたしにその密やかな楽しみを教えてくれたのはおじさまです」。

時は大正。幼い頃に事故で父を亡くした少女・満(み)ちるは、以後何かに脅える母と二人、転居を繰り返しながら育つ。やがてその母も亡くなるが、彼女の弟だと名乗る叔父・榎高歩(えのきたかゆき)が現れ、満ちるを引き取った。

とある田舎の廃寺に身を寄せた二人は、満ちるが奇跡の少女「おがむもん様」となることで、暮らしを立てていた。おがむもん様は千里眼で失せ物を見つけ、霊力で怪我人の手当てをし、未来を予言する奇跡の少女。だがその千里眼は、全てからくりがあるインチキだった。叔父がブレインとなり、彼の手先として尽力する少年・甘木(あまぎ)が小細工を行うことで、満ちるは村人を騙(だま)し続けていた。

かつて辛酸をなめたという叔父は、奴隷の立場から脱却し、支配する側に立つことに執着をみせる。満ちるはそんな叔父を受け入れ、二人で力を合わせ、村人を精神的に支配することに充足感を見出していた。だが、叔父が甘木を奴隷として掌握するさまをみて、自分もまた彼に支配されているのだと気づかされる。そして、叔父が亡き母へ向けた異常な愛情や、自分が母の身代わりでしかないことも……。

それでも少女は、叔父の望むままに、おがむもん様を演じ続けようとした。けれども二人の生活に、徐々にほころびが生まれていった――。

本作はファンタジー小説《エルンスター物語》などで知られる、日野鏡子による大正少女幻想譚。少女の一人称視点で綴(つづ)られた物語は、ほの暗く歪(ゆが)んだ世界観の中で、支配するものとされるものの構造をあぶり出す。

ヒロインの千里眼のからくりを見抜き、彼女の境遇を案じる少年が外へ連れ出そうとするが、それでも満ちるは叔父との世界に留まろうとする。閉塞感漂うストーリーや、薄暗く耽美(たんび)な作風、そして登場人物たちのどうしようもなくいびつな価値観や姿は、万人向けとは言い難い。だが徹底的に歪んで危ういこの物語にひとたび魅了されたとき、忘れえぬ異色作として読み手の記憶に刻まれるだろう。

本作に登場するインバネスの男は、カガミコ名義で発表した《桜の國(くに)の物語》のキャラクターだが、未読でも問題なく読み進められる。作中に登場する透明なセミの羽根のように魅惑的で、ほろ苦い後味を残す少女小説。（嵯峨景子）

key word▼［大正］［家族］［謎］［恐怖］［執愛］［耽美］

神々と巫女の古代ラブファンタジー

『神ノ恋ウタ――あめ つち ほし そら』石和仙衣 *Norie Isawa*

key word▼［古代］［日本］［神］［巫女］［三角関係］

装画：絵歩／2014年／全1巻／講談社X文庫ホワイトハート

古代、天葦原では太陽を司る昼女神と、月を司る弟の伊布夜尊が地を治め、神と人々が近しく暮らしていた。だが20年前に昼女神が突然姿を消し、天葦原からは光が失われ、邪悪な禍津日神がはびこるようになる。一人で国を統べる責任を負い続けた伊布夜は疲れ果て、体を休めようとひなびた里の杜にこもった。

病弱な巫女・雪荷は、里を訪れた美貌の男神を料理やうたで素朴にもてなした。やがて男神の正体が、伊布夜だと判明する。可憐な雪荷をいたく気に入った伊布夜は、彼女を大神殿に召し抱えようとした。高貴な神に見初められたものの、彼に仕えることに自信が持てない雪荷は、迷いを抱えながら旅立つ。

その道中、雪荷は何者かに襲われ、落人の里で禍津日神と化した土地神の生け贄として差し出された。そこに突如、隻眼の美しく荒々しい武神・炬が現れ、禍津日神を倒して雪荷と里を救う。なりゆきで土地神になってしまった炬は、力こそ強いものの、無知で不作法な若神だった。雪荷は、伊布夜のもとで人形のように愛でられるよりも、未熟な炬に仕えて彼と共に里の復興に努めることにやりがいを見出し、この地に残る決意を下す。乱暴な炬は当初は雪荷に反発するも、やがては彼女を認め、二人はつがいとして心を通わせる。一方で、伊布夜も雪荷を探し続けていた――。

『古事記』をモチーフに、神々と巫女の恋物語を描く古代ファンタジー『神ノ恋ウタ――あめ つち ほし そら』。天岩戸や八岐大蛇などをベースに独自の物語を紡ぐ本作は、日本神話を平易で読みやすい物語に落とし込みつつ、少女小説らしい魅力的なラブロマンスを展開する。病弱だが芯の強い雪荷は、荒々しい炬の中にひそむ優しさを見出し、彼に一途な愛を捧げる。炬もまた、自らの力を雪荷や里人を守るために使う喜びや人を愛する幸せを知り、土地神として成長をみせる。

この二人を中心に、伊布夜が絡む三角関係や昼女神失踪の真相など、物語は波乱万丈の展開を辿る。作中にさまざまな神が登場するが、その姿はそれぞれに個性が際立つ。神と人が共にある世界がどこか温かく、魅力に溢れている。

『神ノ恋ウタ――水の巫女姫』は、同じ世界観のシリーズ第2弾。水の巫女・玉藻と兄・岬の同母兄妹を主役にした、禁断の愛の物語が展開する。前作の主要キャラクターも活躍するので、あわせて読みたい。

（嵯峨景子）

港町で重なる出会いと恋

『ファルティマの夜想曲（ノクターン）――恋するカレン』葉山透 *Toru Hayama*

装画：増田メグミ／2007年／全1巻／エンタープレインビーズログ文庫

港町ファルティマに暮らす娼婦（しょうふ）のカレンは、親友のルーイが営む酒場で客を取っている。とある夜、カレンは店で初めて見る顔の男・キースに目を惹（ひ）かれる。そして夜を共にして以来、カレンは謎めいたキースに苛立ちと興味を覚えるようになる。

そんなカレンには、フィルという大切な青年がいた。4年前、里親のもとから逃れてファルティマにやって来たフィルと出会ったカレンは、彼が独り立ちするまで養っていたのだった。

カレンは、弟のように思っていたフィルから、ファルティマで行われるマレネという祭りで踊ってほしいと頼まれる。マレネで踊るのは恋人同士で、保護者を連れていく場所ではないと返したカレンだが、船大工として将来を嘱望されているフィルが、遠い地へと行ってしまうことを知って……。

港町を舞台にした本作は、少女小説では珍しく娼婦が主人公。生きていくために娼婦となった芯の強いカレンの、さっぱりとした気性の中にみえる可愛さに引き込まれるようにして、読者は不思議な謎をまとった物語に誘われる。

表紙を飾るカレンとキースは、作中で鏡合わせのような存在として描かれる。はじめはなぜ彼のことが気にかかるのかわからなかったカレンだが、終盤でキースが想う女性の話を聞き、お互いに手を伸ばしても届かないものを欲しがっていることに気づかされるのだった。

キースや自分を案じる人々に背中を押されるようにして、カレンは不安を抱えながらも自分の気持ちを見つめ、それまでは足を踏み入れることのなかった港へと向かい、望んだ未来をつかみ取っていく。

二つの月が昇るという世界観や、作中でほのめかされたキースとルーイの事情、そしてあとがきで示されているように、端々にシリーズとしての構想がうかがえるが、続刊は刊行されていない。明かされていない謎は残るものの、自立した主人公であるカレンが思い悩みながらも明るい未来へと踏み出していく鮮やかさは色あせない。

時にほの暗さをまといながらも魅力的に描写される港町の風情と、結ばれた恋のまぶしさが印象的な一冊。

本書は、代表作《9S（ナインエス）》で知られる葉山透の、初の少女小説レーベルでの出版作。また、デビュー作の《ルーク&レイリア》シリーズは富士見ミステリー文庫を経て、加筆と書き下ろしを加えた新装版が一迅社文庫アイリスより刊行された。（七木香枝）

key word▼［異世界］［港町］［娼婦］［年の差］［純愛］

呪われた少女と奴隷の青年が語り紡ぐ物語

『アヤンナの美しい鳥』マサト真希 *Maki Masato*

key word▼［呪い］［魔女］［奴隷］［純愛］［切ない］

装画：すもも／2014年／全1巻／KADOKAWAメディアワークス文庫

異人の侵略によって崩壊しつつある帝国の、辺境にある小国ワカ。寒村に暮らすアヤンナは、片方の頬に赤黒い火傷の跡を持つ「雷神イリャパの呪い子」として、周囲から忌み嫌われていた。

ある日、アヤンナは市場で一人の奴隷と出会う。黒い髪に浅黒い肌を持つアヤンナとは異なり、髪も肌も抜けるように白く青い目を持つ青年・リリエンを、アヤンナは魔法を使って解放する。

小さな荒ら屋で身を寄せ合うようにして暮らすうちに、リリエンは物語をアヤンナに語り聞かせるようになる。輝く鱗を持つ蛇や戦士に無償の献身を捧げる従者、地中で歌う小鳥と盲目の土竜、輝く星を拾った娘の話……。

それらは、自分が美しいと思うものへと身を捧げる、美しくも哀しい物語だった。やがてアヤンナは、リリエンに乞われるようにして、語られた物語を幸せなものへと紡ぎ直していく。

そんな二人の日々は、記憶を失った隻腕の戦士が現れたことで変化する。国に渦巻く不穏な空気が押し寄せる中、次第に体調を崩していくリリエンは、アヤンナにもしも自分に何かあったら魔法で鳥に変えてほしいと頼むのだった……。

インカ帝国の歴史や文化を下敷きにした本作は、終始アヤンナの語りで描かれる。その沸き起こる想いを秘めた抑えた語りは、高地の寒村での生活を、冷たく乾いた土の匂いがしそうなほどにまざまざと描き出す。

忌み嫌われながら育ち、孤独な中にも矜持を抱いて生きるアヤンナと、足の不自由なリリエンの生活は、苦しさに満ちている。けれども、その中で二人が語り、語り直していく物語は豊かな彩りを宿してきらきらと輝いて美しい。

共に痛みを抱えた二人が寄り添い、物語をとおして幸いを手繰り寄せようとするささやかさがきらめきを帯びる分、繰り返しアヤンナの語りが予告する結末は、切なく重苦しい。しかし、消えることのない痛みと哀しみが深く胸を刺しながらも、その中でゆっくりと立ち上がり、地を踏みしめて歩き出すアヤンナが語る「物語」には、透徹とした光が射していて、静かに胸を圧する美しさがある。

語り、語り継がれる中で変容していきながらもつながれていく物語と、その中で密やかに、けれども消えることなく輝き続ける美しいもののありように胸を打たれる、「語り」の豊かさに満ちたファンタジー。

（七木香枝）

恋という存在に悩む少女

『荒野の恋』桜庭一樹 *Kazuki Sakuraba*

(上)装画:ミギー/2005-2006年/全2巻(未完)/エンターブレインファミ通文庫、(下)装画:岸田メル/2017年/全1巻/文藝春秋文春文庫

e-book

中学校の入学式の朝。荒野は真新しいセーラー服を着て少し大人になった心持ちだったが、飛び乗った電車の扉に、その大人の象徴であるセーラー襟を挟まれてしまう。じたばたする彼女を、車内で文庫本を読んでいた眼鏡の少年が助けてくれる。少年の読んでいた本『青年は荒野をめざす』に、自分の名前を見つけた彼女の胸は、偶然の運命にときめいた。ところが、学校でクラスメートとして再会した彼は、荒野の名前を聞いた途端に、敵意に満ちた射すような視線を向けてくる……。

出会った瞬間に「荒野はひと目で恋に落ちた」と言えれば簡単なのだが、「恋」を知らない荒野にはその気持がなんだかわからない。荒野はまるで少女探偵のように身の回りに散らばっているヒントを集め、「恋とは何か」という根源的な問いの答えを探し始める。

荒野は幼い頃に母を亡くしており、父親は女性編集者や数々の女性と浮名を流しつづける恋愛小説の大家だ。小説を書いている時はエゴイスト、基本はぼんやりとした蜻蛉のような男だが、娘のことは溺愛している。それが愛人の独占欲を刺激するのか、荒野は幾度も父親の愛人に絡まれた結果、接触恐怖症を抱えている。父親の言葉を借りるなら、人に慣れない「黒猫」、それが荒野だ。今どきの女の子と違う、かたくて青い無垢な少女であった荒野だが、「恋」を知り、父をとりまく女たちの心の闇や自分の中の「女」を意識し始める。その変化――12歳から16歳の少女の、奇跡の一瞬を積み重ねるような成長を描いた、珠玉の青春小説だ。

直感的なフレーズを理屈っぽい解釈が追いかける、緊張感とユーモアが半ばする訥々とした語り口調は、慣れるほどに心地よく中毒性がある。中でも、振り子のように揺れる荒野が、「女の子」から「女の人」に振れる瞬間の鮮烈な言葉に痺れる。

本書は『砂糖菓子の弾丸は撃ちぬけない』で読書界に衝撃を与えた桜庭一樹が、一般文芸に活躍の場を移そうとしていた時期の作品であり、ファミ通文庫から第一部、第二部が刊行されたところでいったん途絶。その後、既刊分を加筆修正し、第三部を書き下ろして『荒野』と改題した単行本が、直木賞受賞後第一作として文藝春秋から刊行された。(三村美衣)

key word▼[鎌倉][青春][家族][思春期][成長]

column

あのとき彼女たちと分かち合った問い――少女小説の中の「戦争」

文＝小松原織香

私が初めて少女小説を読んだのは、小学5年生の宿泊訓練の最中である。私たちは、先生たちに連れられて、山の中にある宿舎に行き、クラスメイトと共に5泊6日の共同生活を送った。その時に、各自3冊ずつだけ本を持っていくことが許された。漫画は禁止で、小説を読むしかなかった。

はやばやと自分の手持ちの本を読み終えた私は、友人たちと本の交換をして読み始めた。その時借りたのが、折原みとの『銀の星姫(メシナ)』の上下巻である。表紙には、お姫様の衣装をつけた女の子のイラストが描いてあり、漫画のようだった。これは、当時、人気を博した異世界ファンタジー『アナトゥール星伝』の2、3巻にあたる。せっかく読むなら1巻から読みたかったが、テレビもゲームもない宿舎で、贅沢(ぜいたく)は言えない。

アナトゥール星伝の主人公・ユナは、現代日本で退屈な毎日を送る女の子の一人のはずだった。ところが、図書館で見つけた古い本を開いたことをきっかけに、異世界アナトゥールへ足を踏み入れる。そこで金髪の美しい17歳の少年・シュラと出会い、恋に落ちる。これは、今でもライトノベルなどで人気の典型的な「異世界もの」である。ただし、このシリーズが特異なのは「戦争」をテーマに据えていることだった。

第1巻で、ユナは異世界アナトゥールに飛び出し、救世主である「星姫(メシナ)」だと歓迎され、活躍しようと張り切る。しかし、ユナは、兵士たちが傷だらけになり、肉が裂け、血が吹き出し、骨まで剝(む)き出しになっているのを実際に目の当たりにして、そのグロテスクさに吐き気を催し、逃げ出してしまう。その時彼女は、王子様であるシュラは、自国を守るためにこんな戦争の現実の中で生きていることに気づく。その彼に、ユナは戦争であっても人を殺してもいいのか、と疑問をぶつける。こうして、二人は「本当に戦争は必要なのか」という問いを前に、関係を深めていく。

この「戦争」のテーマをさらに展開させたのが、2、3巻にあたる『銀の星姫』である。このお話の冒頭はユナと王子の結婚準備という牧歌的な光景から始まる。ところが、突然、敵国が攻めてきたことで、戦争が始まってしまった。ここで重要な役割を負うのが、敵国の兵士であり、捕虜となった少年・パウルである。ユナは同世代のパウルに献身的に接し、心の交流を試みようとする。敵国の兵士であっても、わかり合えるのだと語り、戦争など本当は必要ないとユナは訴える。

そのユナを、戦場の最前線で戦う兵士・ナディルは厳しく批判する。ナディルは、平和な村で生まれ育ったが、敵の奇襲により、家族や友だちをみな惨殺されたという過去を持つ。「こちらが殺さなければ、殺される」という切迫感を抱いている。ユナはナディルとぶつかりながらも、彼が大切な人を失ってしまうことが怖くて、誰も愛せないことに気づく。だからこそ、安心して人を愛することができるように、戦争をなくさなければならないと、反戦の意思を固めていく。

ユナは王子と戦争について議論しながら、「戦争を終わらせる」ためにも強くなければならないと思うようになっていく。こうした二人の思いとは裏腹に、無情にもパウルもナディルも戦争の中で負傷し、死んでいった。ユナは二人の死を看取り、自分は戦争のない世界を作るために「星姫」としての役割を果たすのだと心に誓う。そして、ユナと王子は、まだ自分たちはあまりにも未熟だと結論づけて、結婚を延期する。

作者である折原も、2巻の『銀の星姫』上巻のあとがきで、期せずして「戦争」がアナトゥール星伝のテーマになってしまったと告白している。もともとはこのシリーズは美形の主人公がバタバタと敵を倒していく痛快冒険ファンタジーになるはずだった。だが、書いているうちに「人殺しなんてゼッタイ許せない」と思い、物語として割り切れなくなってしまったという。そして、アナトゥール星伝は何度もこの問題に突き当たると予告している。

小学生の私は、この『銀の星姫』の上下巻をあっという間に読んでしまった。友だちに頼んで、二度目、三度目も読ませてもらったような記憶がある。私はユナに自分を投影して、共にアナトゥールを冒険し、「戦争とは何か」の問いに直面した。私なら、パウルやナディルになんと言ったのだろうか。王子と一緒に戦うのだろうか。戦争をしてはいけないのだろうか。私は学校教育や児童文学で戦争の「悲惨さ」は学んでいた。だが、『銀の星姫』をとおして、初めて倫理的問いとして「戦争とは何か」という問いに突き当たった。

不思議なのはそのときのクラスメイトの女の子たちは、私も含めて無言でこの『銀の星姫』を回し読みしていたことである。生死や戦争といった重いテーマであるが、誰も何も言わず、お互いが夢中になっていることは知っていた。みんなにとってユナは自分であり、「戦争とは何か」という問いもまた、自分のものになり得た。

それから20年以上が経ち、私は大学で教壇に立つようになった。昨年の授業では、学生と共に「戦争の是非」について倫理的に考え、議論をした。その時、私が確信していたことは、学生はみんな「戦争とは何か」の問いを持ちうるということだ。もしかすると、それは小学生の時にみんなで無言で『銀の星姫』を読みふけった経験に基づいているのかもしれないと思う。

小松原織香（こまつばら・おりか）
研究者。専門は哲学・倫理学、ジェンダー。

Ⅷ 歴史

夢は、自分らしく自由に生きられる社会

《彩雲国物語》雪乃紗衣 *Sai Yukino*

key word▼［中華］［後宮］［陰謀］［官吏］［恋愛］［逆ハー］

(上)装画：由羅カイリ／2003-2016年／全18巻＋外伝4巻＋短編集2巻／角川ビーンズ文庫、(下)装画：弥生しろ／2011年-／11巻-／角川文庫

舞台は古代中国の架空王朝・彩雲国。秀麗はこの国きっての名家である紅家の由緒正しき直系の姫だが、世渡りベタな両親のおかげで、家計は米もまともに買えないほどの火の車。家人も置かず、秀麗が全ての家事をこなし、さらに、昼は道寺で子どもたちに学問を教え、夕方からはあちこちの屋敷から仕事をもらって日銭を稼いでいる。ある日、そんな秀麗のもとに舞い込んだのは、後宮に入ってダメ国王を教育するという仕事だった。

問題の国王・劉輝は先王の六男坊。王位継承には無縁のはずが、5人の兄のうち一人は行方知れず、残りの4人は内紛で共倒れになり、末っ子の彼に王位が転がり込んだ。しかし全く政に興味を示さず、朝議にも出ずに全て家臣任せ。さらに困ったことに男色家という噂で世継もいない。このままでは国は乱れ、王家も途絶える。というわけで、彩雲国の将来を憂う重臣たちが、家柄も能力も秀でた秀麗に白羽の矢を立てたのだ。

秀麗には、一人ひとりが、自分の人生を自由に生きられる社会を作る、という夢がある。それにはまず、王にしっかりとしてもらわなければならない。そう考える秀麗の帝王教育は功を奏し、やがて劉輝に王としての自覚が芽生え始める。ところが後宮入りは方便のはずが、凛として可愛くて料理上手な秀麗に、男色家のはずの王がすっかり惚れ込んでしまった……。

第1巻は宮廷陰謀劇を背景にしたコミカルなロマンスだが、シリーズの真骨頂は、王の再教育を終えた秀麗が王妃の座をあっさりと蹴り、官吏の道を選ぶ3巻以降の展開にある。女性初の国試合格者となった秀麗は、了見の狭い男たちの虐めをはねのけ、努力と才能で国政の中心へとのし上がっていく。魅力的な男たちが次々に登場し、秀麗に力を貸す逆ハーレム展開だが、秀麗がそれに甘んじることなく、助力に見合うだけの成果を確実に叩き出していくところも気持ちがいい。

世界を変える勇気と、それを遂行する知恵と根性を素直に描き、前に出ることをためらう女の子の背中を押してくれる、爽やかで痛快な立身出世物語だ。

雪乃紗衣は、本作の原型である「彩雲国綺譚」で第1回角川ビーンズ小説賞の奨励賞・読者賞を受賞してデビュー。広い読者層を獲得し、イラストの由羅カイリによってマンガ化され、さらにNHKで2006年から2年間、全78話に及ぶアニメが制作された。（三村美衣）

十二国の歴史をめぐる傑作ファンタジー

《十二国記》小野不由美 *Fuyumi Ono*

key word▼［異世界］［中華］［宮廷］［政治］［群像劇］

(上)装画:山田章博/1992-2001年/全11巻(未完)/講談社X文庫ホワイトハート(※2000-2001年/講談社文庫)、(下)2012年-/15巻-/新潮文庫

「命が惜しくないのですか。――許す、と仰い」。

奇妙な悪夢に悩まされていた陽子の前に、ケイキと名乗る男が現れ足元に跪いた。訳もわからぬまま、陽子は空を駆ける獣の背に乗せられ、海上の月影を通り抜けた向こうにある異世界へ送り出されてしまう。ケイキとはぐれ、見知らぬ大地を一人あてもなくさまよう陽子。遂には心身共に疲れ果てて道端に行き倒れたところを、大きなネズミの姿をした半獣の楽俊に助けられる。彼の勧めに従い、陽子は日本に帰る方法を求めて雁州国を目指す。しかし、その旅の終わりで、自身に課せられた思わぬ宿命と対峙することになる……。

舞台となるのは古代中国風の異世界、十二国。不老不死の仙人や妖が実在し、人を含めた全ての生物が木の枝に実る卵から生まれ、各国を統べる王が霊獣・麒麟によって選定される。丹念に描かれるその幻想的世界観こそ中国神話の楽園を思わせるが、そこで生きる登場人物たちは苦難の道を歩まねばならない。陽子の場合、それは不安に怯える己との戦いだった。出会う人々からは裏切られ、さらには故郷にさえ帰りを待つ人がいないと知って孤独感に打ちのめされる陽子。絶望に沈んでいた陽子が楽俊との温かな出会いをきっかけに、自らの弱さに立ち向かおうとする姿は胸を打つ。

《十二国記》には固定された主人公は存在しない。シリーズを構成する各エピソードは関連し合いながらも、主役となる人物や、国、時代が異なっており、また作中の時系列とエピソードの順番も所々で前後している。どれも独立した物語として楽しむことはできるが、序章に位置する『魔性の子』、あるいは本編第1作である『月の影 影の海』からまずは読み始めることをお勧めする。

シリーズは当初、講談社X文庫ホワイトハートから刊行されていたが、２０００年に挿絵を省いた講談社文庫版が登場。さらに２０１２年には講談社から新潮社へと移籍し、新潮文庫から挿絵を新たに描き下ろした完全版の刊行が開始された。その際、新潮文庫から刊行されていた『魔性の子』が、エピソード0として正式にシリーズの中に組み込まれている。２０１９年には18年ぶりとなるファン待望の新作長編、『白銀の墟 玄の月』(全4巻)が10月、11月に2カ月連続刊行され大きな話題を呼んだ。メディアミックスとしては２００２年のＮＨＫテレビアニメ化などがある。

(嵯峨景子)

熱狂的ファンダムを生んだ伝説的作品

《炎の蜃気楼》桑原水菜 *Mizuna Kuwabara*

装画：東城和実・浜田翔子／1990-2007年（本編のみ）／全40巻＋番外編7巻（本編のみ）／集英社コバルト文庫

e-book

武田信玄の廟所・魔縁塚が、何者かによって破壊された。その日を境に、高校生・仰木高耶の身辺で、怪現象が頻発する。霊感の強い友人・成田譲がみせる奇妙なふるまいや、路上で突然火だるまになるも、火傷一つ負わない記憶喪失の少女……。

時を同じくして、高耶の前に直江信綱と名乗る男が現れた。直江は高耶に思いもよらぬ互いの正体と、課せられた使命を告げる。歴史に敗れた戦国武将の怨霊が、今もなお天下を取ろうと戦い続ける〈闇戦国〉。高耶の正体は、怨霊を調伏する使命を受けた冥界上杉軍を束ねる大将・上杉景虎で、景虎とその後見人の直江は、400年にわたり他者の肉体を奪うことで生き続けてきた〈換生者〉だという。高耶が景虎としての記憶を取り戻せないのは、30年前に直江との間で起きたある事件が原因となっていた――。

現代に蘇った戦国武将の怨霊と戦う、サイキック・アクション小説としてスタートした《炎の蜃気楼》。冥界上杉軍の中核をなす上杉夜叉衆が集結し、怨霊調伏をしながら日本全国を行脚する物語は、『炎の蜃気楼―断章―最愛のあなたへ』で大きな転機を迎える。「あなたの〝犬〟です」「〝狂犬〟ですよ」というセリフが登場したこの巻以降、景虎と臣下・直江の400年に及ぶ愛憎劇へと傾斜、物語は壮絶な展開を辿り、男性同士の性描写も織り込まれていく。

有名・無名を問わず歴史上の人物に焦点を当て、彼らに独自の物語を吹き込む桑原の筆致はどこまでも熱く濃密だ。その熱に呼応するように、《炎の蜃気楼》は熱狂的なファンダムを生み出した。歴史にハマる「歴女」や、物語の舞台となった場所に足を運ぶ「聖地巡礼」など、今日知られるさまざまなムーブメントの先駆けとなった意味でも伝説的な作品といえよう。

本編の完結後も、外伝シリーズとして物語は継続。400年前の上杉夜叉衆の出会いを描く《邂逅編》全15巻、幕末の京都での闘いを描く《幕末編》全2巻、そして本編の景虎と直江の関係を決定づけた30年前の事件を扱う《昭和編》全11巻をもって、シリーズは〝環結〟を迎えた。

アニメやドラマCD、コミカライズや昭和編の舞台化など、メディアミックスも多岐にわたり展開。2020年はシリーズ30周年にあたり、新たなコミカライズの始動や単行本『炎の蜃気楼セレクション』の刊行など、新展開も見逃せない。（嵯峨景子）

key word▼［少年主人公］［現代］［戦国］［怨霊］［異能］［愛憎］

東京駅発、行先不明。花婿候補を運ぶ特急列車

《金星特急》嬉野君 *Kimi Ureshino*

key word▼［少年主人公］［平行世界］［群像劇］［旅］［冒険］

装画：高山しのぶ／2010-2020年／全7巻＋番外編2巻／新書館ウィングス文庫

e-book

金星の花婿募集。

ある日突然、駅に一枚のポスターが掲示された。応募の条件は「生殖能力のある男性」のみ。花婿に選ばれたあかつきには、金星という絶世の美女と、莫大な富が手に入るというのだ。志願者は決められた期日に駅に集合し、金星から差し向けられた特別列車〝金星特急〟に乗車するだけだ。しかし、これまで幾人もの男たちが金星特急で旅立っていったが、帰ってきた者は一人もいない。花婿は選ばれたのか、選ばれなかった者たちはどうなったのか。何もわからないまま、翌年、また世界のどこかの駅に「花婿募集」のポスターが出現する。

金星特急がこの世界に現れてから8年目、新たなポスターが東京駅に出現。一攫千金を夢見る者から、金星の正体を探る各国の軍人や諜報員、列車目当ての鉄オタまで、さまざまな思惑を抱えた男たちが集まる東京駅のホームに、ただ純粋に金星への恋心から志願した少年・錆丸が到着し、物語は動き始める。

発端はメルヘンだが、展開は冒頭から熾烈だ。志願者の決意を試すかのように、始発駅に停車中の列車の一車両が、目に見えない力で志願者ごとペシャンコに叩き潰され、さらに恐れをなして逃げた男は木に変えられてしまう。金星特急は世界各地を走りながら男たちに試練を与え、容赦なくふるい落としにかかる。特別な訓練など何一つ受けていない錆丸だが、東京駅で知り合った、無愛想な傭兵の砂鉄と、美形なのに残念なほど大食らいの騎士ユースタスの助けを借り、一歩一歩、金星の待つ終着駅へと駒を進めていく。

大まかな展開は、『竹取物語』の婿選び＋『銀河鉄道999』の鉄道ロードノベル的少年の成長譚だが、巻を追うに従ってひと筋縄ではない世界設定が明らかになり始める。実はこの世界は世界言語の統一によって分岐した平行世界なのだ。民族固有の言語は粛清され、聖書すら都合よく書き換えられている。しかし言語を統一しても争いはなくならず、紛争が金星特急の乗客たちにもさまざまな影響を与える。

終盤で錆丸を助ける夏草と三月の傭兵コンビも抜群にかっこよく、痛みと屈折を抱え苦しむ姿が愛おしい。練り込まれた設定と大胆な展開、いくつものラブストーリーや、人々の想いが絡まり、列車は終着駅へと爆走する。少女小説ならではの最高のエンターテインメントだ。なお2020年6月より、錆丸の娘である桜を主人公にした第二部の連載が『小説ウィングス』で開幕した。（三村美衣）

7世紀チベットを舞台にした骨太な少女小説

《風の王国》毛利志生子 *Shiuko Mouri*

key word ▼［チベット］［政略結婚］［夫婦愛］［政治］［異能］

装画：増田メグミ／2004-2013年／全22巻＋番外編3巻＋短編2巻／集英社コバルト文庫

e-book

「そなた、朕の娘となって吐蕃王に嫁がぬか？」。叔父である唐皇帝の命を受け、少女は唐から新興の王国・吐蕃に降嫁する。

李翠蘭は皇帝の異母兄にあたる李淑鵬の娘として育てられたが、実の父親は皇帝の実弟・李元吉と、複雑な生い立ちをもつ。商人である母方の実家で暮らす翠蘭は、馬を乗りこなし、剣や弓に優れた男勝りな少女へと成長した。ある時唐と吐蕃の間で抗争が起こり、戦いに勝利した吐蕃は、唐の公主を王の妃として要求する。唐は武芸に長けた翠蘭に白羽の矢を立て、皇帝の娘と身分を偽り、吐蕃王へと嫁がせた。

自ら馬にまたがり吐蕃に向けて旅立った翠蘭は、その道中で何者かに襲われて川に落ち、一行とはぐれてしまう。彼女を救ったのは、賊の一味で吐蕃の家臣と名乗るリジムという男だった。翠蘭を公主の侍女と勘違いしたリジムは、翠蘭を一行のもとに送り届けることを約束し、二人は過酷な道のりを徒歩で進む。しかし翠蘭の身に、再び危機が迫った……。唐と吐蕃、吐谷渾とさまざまな国の思惑と陰謀が渦巻き、翠蘭は幾度も受難に巻き込まれながら、新しい土地で自らの生き方を見出す。

《風の王国》は仏教伝来期の7世紀チベットを舞台に、主人公翠蘭の激動の人生とロマンスを描く歴史少女小説。翠蘭のモデルはチベット史に名高い文成公主で、他にもチベット初の統一王国・吐蕃を樹立したソンツェン・ガムポなど、歴史上の人物が多数作品に登場する。チベット史を軸に、作者は翠蘭の過酷すぎる運命と、政略結婚でありながらも互いを認め、想い合う仲となった夫婦の愛の物語を展開する。異文化に戸惑いながらも新しい生活を始めた翠蘭は、夫と吐蕃への想いを胸に数々の困難に立ち向かい、この国に生涯を捧げる。息もつかせぬドラマチックな展開と、歴史を下じきにしつつ血の通ったエピソードに仕上げる作者の手腕には、チベット文化への深い理解と愛が込められている。

物語は史実どおりの展開を辿った後も長く続けられ、波乱万丈な翠蘭の歩みと、夫婦間の変わらぬ愛と絆が描かれた。西域の広大な草原や、そこを吹き抜ける風が目に浮かぶ風景描写は美しく、歴史ロマンならではの壮大な奥行きを感じさせる作品。

シリーズは全27巻で、うち外伝が3巻、増田メグミによる漫画が収録された短編集が2巻。２００６年にはドラマＣＤも発売された。（嵯峨景子）

戦女神と若き獅子王が紡ぐ伝説

《デルフィニア戦記》茅田砂胡 *Sunako Kayata*

装画：沖麻実也／1993-2018年／本編18巻＋外伝3巻＋別版2巻／中央公論新社C★NOVELS
ファンタジア

妾腹の出でありながら大国デルフィニアの王となったウォルは、改革派貴族たちの陰謀によって国を追われた。襲い来る刺客の一団を相手に多勢に無勢の戦いを演じていたところ、偶然その場に居合わせた少女リィ（グリンディエタ・ラーデン）の助勢によって難を逃れる。リィは外見こそ華奢な少女だが剛勇の戦士であり、しかも本人曰く本来の性別は男で、別世界からやってきた迷子だという。

他に行く当てもないリィは、危険を承知でウォルに同行を申し出る。牢獄に囚われたウォルの養父フェルナン伯爵を救い出し、奪われた玉座を取り戻すため、王都コーラルを目指す二人。若き国王の帰還を待ち望んでいた人々がウォルのもとに集い、次第にその軍勢は強大なものとなっていく。進撃を続け、王都コーラルへ迫る国王軍。しかし、改革派を率いるペールゼン侯爵は、この状況を覆す驚くべき一手を用意していた……。

可憐な美少女でありながら男として振舞い、戦場では一騎当千の強さを誇るリィと、田舎育ちのため王様らしくない王様のウォル。常識から外れた方法で目前の困難を打ち砕く、型破りな二人の活躍がなんとも痛快だ。ウォルの幼馴染で自由民のイヴンや若き公爵のバルロをはじめとする、魅力的なキャラクターたちのいきいきとした掛け合いもコミカルで楽しい。

なお、リィがやってきた異世界というのは《スカーレット・ウィザード》や《暁の天使たち》等、著者が手掛ける別シリーズの世界のこと。一部の登場人物が作品間でクロスオーバーしているため、他シリーズも網羅することでより深く楽しめる。

当初は大陸書房から出版されていたが、版元の倒産により中断。その後構想を練り直し、中央公論社に版元を移して《デルフィニア戦記》として再始動。原点にあたる大陸書房版の『デルフィニアの姫将軍』と『グランディスの白騎士』は、のちに『王女グリンダ』上・下巻として復刊された。

C★NOVELS版として本編18巻、外伝3巻、大陸書房別版2巻が刊行。さらに中公文庫版と、文庫版を底本とした特装版全6巻がある。また、『茅田砂胡全仕事1993〜2013』には、本編終了後にデルフィニアを襲う新たな戦いを描いた書き下ろし小説『紅蓮の夢』と、沖麻実也による描き下ろしコミックが収録。画集、CDブック、舞台化などのメディアミックスもある。（嵯峨景子）

key word▼［異世界］［西欧］［戦争］［政治］［バディ］

過酷な運命にあらがう少女の壮大な物語

《流血女神伝》須賀しのぶ *Shinobu Suga*

key word▼［異世界］［成り代わり］［陰謀］［宗教］［波乱万丈］

装画：船戸明里／1999-2007年／全22巻＋外伝3巻＋番外編2巻／集英社コバルト文庫

e-book

山村の猟師の家に育った14歳の少女・カリエはある冬の日、狩りに出かけた吹雪の山中でエディアルドと名乗る男に出くわす。彼は言った。「お前はもう、両親のもとには帰れない」。

突然さらわれたカリエが連れてこられたのは北海の城。カリエは、彼女と見た目が瓜(うり)二つだというアルゼウス皇子の影武者になることを告げられる。アルゼウスはルトヴィア帝国の次期皇帝候補の一人だが、重い病に伏していた。カリエは彼になりすまして、皇位継承権を持つ者たちが集う皇子宮に入り、他の三人の皇子と次期皇帝の座を競うことになる。

皇子宮では帝位をめぐる皇子たちの思惑と葛藤がめぐらされ、アルゼウスとしてふるまうカリエの身には命の危険が迫る。やがて、全てが決着し新たな皇帝に即位する者も決まるが、それはカリエの人生が平穏を取り戻すことを意味しない。彼女を待っていたのは、想像を絶する波乱の生涯だった。

中世ヨーロッパの大国を思わせるルトヴィアの帝位継承から始まる《流血女神伝》シリーズは、次第に周囲の国々を含んだ巨編として広がりをみせていく。異なる文化圏や宗教観を背景に描かれる国々の動態と骨太の人間模様が、本作に壮大なスケール感をもたらしている。

過酷な運命に力強くあらがう主人公カリエは、ある時は身代わりの皇子として男性を演じ、またある時は奴隷に身をやつす。あるいは王国の後宮や小姓を経て、またさらに思いがけない立場へと、巨大なうねりに翻弄されながら流転していく。その先々で出会った人々と育んだ絆(きずな)さえ無慈悲に引き裂かれながらも、折れずに立ち向かう快活なカリエの姿は、痛ましくも高潔で美しい。

カリエをとりまく人物たちもまた、それぞれの置かれた境遇ゆえに葛藤しながら、自らの生きざまを貫き、鮮烈な印象を残す。カリエの受難の発端となるエディアルドは、いつしか彼女の流浪の人生に最も寄り添う人物となって、その行く末を見守る。また、カリエが皇子に扮(ふん)していた時分から親交を温めてきたユリ・スカナ王国の男装の王女グラーシカは、シリーズ全体を通じてカリエに劣らぬ精悍(せいかん)さをみせ、激動の世界を凛々(りり)しく駆け抜ける。これら周囲に生きるキャラクターそれぞれの人生の機微もまた、この大作の見どころだ。

全22巻で完結したシリーズ本編のほか、本編でも重要な存在となるラクリゼを主人公とする外伝3巻、また番外編2巻の計27巻が刊行されている。（香月孝史）

滅びの運命と愛憎もつれる古代ファンタジー

《銀の海 金の大地》氷室冴子 *Saeko Himuro*

key word ▶［古代］［ファンタジー］［兄妹］［恋愛］［愛憎］

装画：飯田晴子／1992-1997年／全11巻（未完）＋イラスト集1巻／集英社コバルト文庫

淡海の国・息長の邑で育った真秀は、大和中央の大豪族の首長・日子坐が婢女に生ませた子どもとして、周囲から疎まれていた。病に侵された母・御影と、目も耳も口も使えないが真秀とだけは心の中で会話することができる兄・真澄を懸命に守りながら暮らしていた真秀は、御影が佐保という一族の出であると知る。自分以外に頼みとする存在がないことを心細く思う真秀は、佐保で同じ族人に囲まれて暮らすことを夢見るようになる。

だが、大王の使者として佐保の王子・佐保彦が息長を訪れたことをきっかけに、真秀は自分の出生の秘密と共に衝撃の事実を知らされる。かつて、御影は自分の双子の妹にして一族を統べる巫女姫を日子坐が襲う手引きをして、巫女姫の霊力を損なわせたことで一族から恨まれているというのだ。それだけでなく、佐保には先代の巫女姫が残した「双子の姉妹のうち、比い稀な霊力を持つ姫が生む子が一族を永遠に生かし、霊力を持たない姫が生む子は一族を滅ぼす」という予言が伝わっており、御影の子である真秀と真澄もまた「滅びの子」として憎まれる存在であると知る……。

古事記の「沙本毘古王の叛乱」に着想を得た本作は、4世紀から6世紀頃にかけて転生を繰り返す物語として構想された「古代転生ファンタジー」。

ヤマト王権をめぐる大人たちの勢力争いや、愛憎がもつれ合う人間関係の中で、滅びの運命に翻弄されながらも抗う真秀の戦いが描かれる。

綿密な下調べと豊かな筆力が写し取る古代の情景は、踏みしめた大地の感触や風の匂いが伝わってきそうなまでに生々しい。その濃やかな筆致は真秀が感情を高ぶらせる場面でも発揮され、苛烈に燃やされる心のまぶしさが読者の胸を刺す。

さまざまに交錯する思惑の中で、真秀には過酷な運命が押し寄せる。真秀の戦いは息苦しく、安易な救いは訪れない。だからこそ、誰の手中にも収まり切ることのない真秀の自我の強さがひときわ輝き、濃密な物語に鮮やかな魅力をもたらしている。

序章となる第1部「真秀の章」完結後、イラスト集に外伝「羽衣の姫」が書き下ろされるが、以降は休筆。本編となる第2部「佐保彦の章」が予告され、結末までの構想が練られていたことが伝わるが、続きを望まれながらも未完となった。氷室が思い描いていた真秀たちの行く末を見届けることは叶わないが、力強さと熱量でもって紡がれた物語は、今もなお色あせることなく読者を魅了し続けている。（七木香枝）

男装の女王の半生を描いたグランドロマン

《遠征王》高殿円 *Madoka Takadono*

装画：麻々原絵里依／2001-2004年／全5巻+番外編2巻／角川ビーンズ文庫

　男性にしか見えないアイオリアは、神聖パルメニア王国の女王で、甘く女性を口説き、後宮に何人もの愛妾を抱える「女たらし」だ。

　趣味の温泉めぐりに出掛けて王騎士を取り立てたり、自ら愛妾探しに向かったり、内政を任せる最愛の従姉ゲルトルードの結婚を防ぐべく行動したりと、アイオリアの周囲は何かとにぎやかだ。しかし、その行動の影には、騎士を叙任し愛妾を抱えることで宮廷内に味方を置き、敵国ホークランドとの戦争を始めることで自分の抱える勢力を増やすという意図があった。

　国内外で陰謀が起こる中、アイオリアは幼い頃に結婚したかつての夫であり、現ホークランドの将軍ミルザと再会する……。

《遠征王》は、パルメニアを舞台に繰り広げられる高殿円の大河小説シリーズの一つ。緩やかにつながりあって一枚のタペストリーを織り上げる架空歴史のうち、本作では中世にあたる時代の女王・アイオリア一世の波乱に満ちた半生が描かれる。

　コミカルな掛け合いが楽しいこともあり、アイオリアは一見ちゃらんぽらんな人物に思えるが、次第に彼女の趣味や言動の端々には苦しい過去が紐づいていることが明かされる。軽妙なコメディの下には生ぐさい政治闘争や重い過去が潜んでおり、影が濃さを増すように物語は深まりをみせていく。

　本作はアイオリアが過去と決別する物語であると同時に、登場人物それぞれに訪れた「運命」が複雑に編まれた群像劇でもある。時に残酷な現実を突きつけ、あるいは救いをもたらす運命が運ばれてくる瞬間が絡まり合いながら収束する終盤は息もつかせぬ濃密な展開をみせ、読み応えがある。

　また、登場人物たちが異なる愛で結ばれていることも読みどころの一つだ。アイオリアとゲルトルードの温かくも切ない愛や、アイオリアとミルザの過去がつなぐほの暗い愛、本編最終巻でぐっと掘り下げられるアイオリアと王騎士ナリスの主従愛など、ありきたりの名前を与えるだけではすくい切れない複雑さを持つ関係性が交差することで、物語を魅力的にしている。

　本編のほか、番外編として『遠征王と秘密の花園』と王騎士へメロスの過去を描いた『黎明に向かって翔べ』がある。

　パルメニアの物語はそれぞれ独立しており、どこから読んでも支障はないが、あわせて読むと歴史のピースがはまる楽しさを味わえる。時系列順は《そのとき》《プリンセスハーツ》《遠征王》《マグダミリア》となり、ほかに《銃姫》とも世界観がリンクしている。（七木香枝）

key word▼［架空歴史］［陰謀］［男装］［恋愛］［執着］［群像劇］

帝政ロシアを舞台に謎を追うミステリ

《夜の虹》毛利志生子 *Shiuko Mouri*

key word▼［**近代ロシア**］［**異能**］［**ミステリ**］［**事件**］

装画：増田メグミ／2009-2010年／全2巻／集英社コバルト文庫

e-book

19世紀のロシア・モスクワで暮らす男爵令嬢・オリガは、スケッチをしに出かけた公園で幼い少年の「残像」を見る。オリガには、行方知れずになったはずの父の死を見た夜から、死者の亡くなる直前の行動が現実に重ね合わされるようにして見えるという不思議な能力があった。

悩みながらも放っておけず、オリガは区警察に新しく配属されたいわくつきの青年副署長ロジオンに公園を調べてほしいと頼む。亡くなった少年は伯爵家の子どもで、死ぬ直前まで一緒にいたと思われる少年の兄が行方不明になっていると知ったオリガは、得意の絵と能力を活かしながら事件を追うことになる。

しかし、オリガは行く先々で遭遇するロジオンに苛立ちを覚える。彼は、オリガがなぜ公園を調べてほしいと言ったのかを疑問に思っていたのだという。そこで、オリガはロジオンに、今までずっと秘密にしていた自分の能力について打ち明けるが……。

1870年頃のロシアを舞台に繰り広げられる本作には、当時の風俗がこまやかに織り込まれ、読者を帝政ロシアへと巧みに誘い込む。とりわけ食事にはたびたび筆が割かれており、ピロシキやラステガイといった料理が魅力的に描かれ、食欲をそそられる。また、作中で起こる事件には揺れ動くロシアの社会状況やそこから生まれた価値観が根ざしており、そのうっすらと漂う不穏さが物語に厚みをもたらしている。

物語を引っ張るのは、時に爪を立てる子猫のような気の強さをみせながらも、持ち前の機転と行動力で事件を追うオリガの聡明さだ。少女らしい柔らかい心と、絵を描く者ならではの着眼点、自分の置かれた立場や状況を見定める理性的な面を持ち合わせた彼女の周囲には、ロジオンをはじめ、婚約者の弁護士アーサー、オリガの父の失踪を不審に思う憲兵将校のレオニードといった、それぞれ個性的な青年たちが登場する。

オリガが抱える自分の意思の外で決まっている将来への割り切れない思いなど、はっきりと言い表せないような心情が丁寧に描かれているのも魅力で、ほのかに香るロマンスの気配と共に、事件の謎にほどよいスパイスを加えている。

物語と密接に絡んだ舞台設定の妙と、不思議な力を持つ少女が事件を追うミステリの魅力に満ちた、読み応えのある作品だ。それだけに、オリガの父の謎を残したまま、2巻以降続刊がないことが惜しまれる。オレンジ文庫での再始動を期待したい。

（七木香枝）

自らの足で乱世を駆けるヒロインたち

『炎の姫と戦国の魔女』『炎の姫と戦国の聖女』中村ふみ *Fumi Nakamura*

key word▼［戦国］［政治］［友情］［家族］［復讐］［愛憎］［群像劇］

装画：アオジマイコ／2018年／全2巻／講談社X文庫ホワイトハート（※『魔女か天女か』2013年／全1巻／柑出版社）

e-book

時は戦国、豊臣秀吉の天下。歴史の裏に、時代を鮮やかに駆け抜けた女たちの姿があった。

南蛮出身の母ゆずりの赤い髪をもつ少女・千寿は、母と二人で尼寺に身を寄せて暮らしていた。だが尼寺が焼き討ちに遭い、炎の中で母は亡くなる。千寿は鉄砲鍛冶を営む津田小三郎に助け出され、彼の娘として銃の手ほどきを受けながら育つ。養父が亡くなると、千寿は彼が作った連発可能な新型銃「でうす」を携え、尼寺を襲った秀吉に仇討ちをするべく、旅の僧に姿を変えて京へ向かった。

その道中、千寿は山賊に襲われていたとある一団の危機を救う。一行は出羽の田舎武将・熊谷成匡と末娘・晴姫の一団で、晴姫は関白豊臣秀次の側室として輿入れが決まり、京を目指す最中だった。窮地から救った縁で、千寿は晴姫の護衛として京まで同行することになり、共に過ごす中で二人の間に友情が生まれる。

ところがあと数日で京に到着という時に、関白が切腹したとの報が飛び込んだ。一族郎党も連座で処刑される状況を迎え、晴姫は命を追われる危うい身の上となる。しかし晴姫は自身の心配をするだけでなく、先に側室として輿入れした最上義光の娘で親しい間柄の駒姫を救いたいと心を痛める。こうして、晴姫が巻き込まれた政変と、千寿の秘められた数奇な生い立ちとが複雑に絡み合い、運命が動き出した。

戦国時代末期の関白切腹事件という史実をもとに、その歴史の裏にいたかもしれない女たちの戦いを描く《炎の姫と戦国の魔女・聖女》。史実にほどよく肉付けを加え、動乱の時代の中で宿命に立ち向かう少女の姿に迫った本作は、男女や親子の複雑な愛憎と、政治的思惑が交差した鮮やかで豪快な群像劇だ。

本作で何よりも印象的なのは、ただ運命に流されるのではなく、自らの意志で人生を選び取って生きる、強くて逞しい女性たちの姿。健気で真っすぐな晴姫の心の美しさは、孤独な千寿を慰める。メインヒロインの千寿はどこまでもタフで格好よく、それでいてお節介な性分で人助けに走る人間くさい一面を持つ。他にも、「まどな」と呼ばれてキリシタンに崇められる異人の女や、まどなの世話をする隻眼の少女で、自らの境遇に鬱屈を抱えたお紋がストーリーに深くかかわる。

本書は2013年に柑出版社から刊行された『魔女か天女か』を加筆修正のうえ、文庫化した作品。《魔女》が上巻で《聖女》が下巻。（嵯峨景子）

ひたむきな瞳が王子の心を動かす歴史ロマン

『夏嵐――緋の夢が呼ぶもの』朝香祥 *Syo Asaka*

key word ▶［古代］［宮廷］［陰謀］［恋愛］［巫女］［異能］

装画：北条風見／1996年／全1巻／集英社スーパーファンタジー文庫

巫女をやめて宝姫大王に仕える15歳の額田は、大海人王子が薬狩の際に諍いをうまく納めた時から、彼のことが気になり始める。

宝姫大王の次男である大海人は、生まれつき病弱でぼんやりとしており、その失態の多さで宮廷でも軽んじられていた。その身と心の弱さは、彼が生まれる直前に殺された異父兄・漢の呪いだと噂されるが、額田には大海人がただの愚か者には思えなかったのだった。

宮廷で大王をしのぐほどに権勢を増す蘇我入鹿と、そのことを快く思わない大海人の兄・葛城王子との対立が深まる中、額田はある日、禍々しい緋色の幻影を見てしまう。それは蘇我本家の屋形が一面の炎に包まれるという、不吉な予兆だった……。

飛鳥時代を舞台に、蘇我氏が滅される乙巳の変を額田王視点で描いた本作は、誰もが教科書で知る歴史に、諸説ある大海人の出生の謎や額田王が見る予兆といった要素を盛り込んだ歴史ロマン。

一人ではろくに馬にも乗れず、狩りにも積極的に参加しようとはしない大海人は、のんびりとした無能な人物として登場する。だが、そんな大海人に額田は抜けない棘のような引っかかりを覚える。不思議と気になってしまう大海人の姿を目で追うにつれ、額田はその愚鈍さの下に隠された彼の本質を見出し、次第に惹かれていくが、その想いははっきりと自覚するよりも先に、大海人によってやんわりと煙に巻かれてしまう。

生き延びるために愚か者を装う大海人のとらえどころのなさに覆われた怜悧さは、額田とかかわるうちにうっすらと表れ出て、次第に葛城や蘇我入鹿の目にも触れていくようになる。

周囲でじわじわと進んでいく政変の陰で、額田は大海人の出生の秘密を知る。のんびりとした仮面の下に隠されていた大海人の冷酷さは額田にも容赦なく向けられるが、不思議な予兆を眼差す額田の瞳は、大海人の怜悧さだけでなく、自分自身を追い詰め、傷つけるような弱さをも見通している。

ひたむきな強さを持つ額田の瞳と恋心によって突き動かされた大海人の未来には、結末を迎えた後も不安がつきまとう。だが、痛みを抱えながらも歩き出した大海人と彼に寄り添う額田の想いは、物語に優しい余韻をもたらしている。

歴史の中に埋もれたものをすくい上げて独自の物語に仕上げた、三國志の呉に焦点をあてた《旋風江》シリーズで知られる著者の原点となる一冊だ。（七木香枝）

歴史書形式で綴られた皇帝夫婦の悲劇的な愛

『氷雪王の求婚――春にとけゆくものの名は』湊ようこ *Yoko Minato*

装画：由利子／2010年／全1巻／集英社コバルト文庫

物語は、ヒロインの眠る棺が350年の時を経て開封された場面から始まる。飴菓子の入ったガラス瓶を胸に抱き、埋葬された皇后アイリス。墓所の発掘調査が進み、皇后にまつわる史料が公開されたことで、驚くべき新事実が明らかとなった……。

シュタイン帝国領地方伯の娘アイリスは、皇帝エドリック三世の7人目の皇后に選ばれた。〈氷雪王〉という異名を持つエドリック三世は、肉親殺しや次々と続く皇后の離縁で、人々から畏れられている。幼馴染との恋を諦めて皇帝のもとに嫁いだアイリスだが、夫は妻に冷たく当たり、皇后としての務めだけを求めた。

エドリックと心を通わせようと努力するアイリスだが、その行動の数々はかえって夫を苛立たせる。ところがある出来事がきっかけとなり、エドリックは田舎娘と罵っていたアイリスが、「臣民のための政治」という夢を共有できる同志であることに気づく。国のために私情を殺し、氷の鎧を身にまとうことで生きてきた皇帝の心は、少しずつ溶かされていった。アイリスもまた、エドリックの心のうちを知り、彼を慕って力になろうと奮闘する。けれども、二人を待ち受ける運命はあまりにも過酷なものだった――。

悲劇を予見させる導入で始まる『氷雪王の求婚』。少女小説で定番のヨーロッパ風ヒストリカルという設定や、政略結婚から芽生える愛というポピュラーな要素を使いながらも、作者は王道とはかけ離れた悲恋を描き出す。歴史小説の重厚さと、少女小説の甘さをブレンドしたストーリーは、貴族や聖職者の腐敗、王宮における権謀術数、さらには宗教問題も絡み、奥行きのある骨太な世界が展開される。

小説の構成もユニークで、後世の視点から記述する歴史書を模した地の文をベースに、残された日記や書簡、回想録など史料の抜粋を交えながら進む。史料を通じて同時代の証言が語られ、二人の辿る運命が暗示されることで、結末がいっそう切ない色を帯びる。アイリスとエドリックの人物像はむろんのこと、アイリスに的確な助言を与える有能な兄や、芸術を愛する王弟ルイの立場と想いなど、サブキャラクターたちの血肉の通った造形も魅力的だ。

ハッピーエンドが好まれるジャンルでありながら、作者はご都合主義な展開には持ち込まない。悲恋ではあるが、悲しみの中に希望を見出せるラストゆえ、読後感は不思議と心地よい。究極の愛のかたちを描いた、硬派な歴史少女小説。（嵯峨景子）

key word▼［西欧］［政略結婚］［陰謀］［王宮］［悲恋］

少女と選帝侯の過酷な愛と運命

『マリア――ブランデンブルクの真珠』 榛名しおり *Shiori Haruna*

key word▼［ドイツ］［政治］［恋愛］［年の差］［シリアス］

装画：池上明子／1996-2000年／全1巻＋外伝1巻／講談社X文庫ホワイトハート

e-book

「愛することは、自分で決めたい」。それが、過酷な運命に翻弄された14歳の少女が辿り着いた答えだった。

連邦国家が乱立する17世紀ドイツ地方。1648年、ハルバーシュタット公国はブランデンブルクの若き選帝侯フリードリヒに攻め込まれ、落城する。宰相の娘で14歳のマリアは、公爵の嫡男と令嬢を城から逃し、自ら身代わりとなって敵に捕らえられた。その夜、マリアは公爵令嬢として選帝侯の寝台に送られ、父を処刑した男に純潔を奪われる。

最後の抵抗として選帝侯を暗殺しようと目論んだマリアの試みは失敗に終わり、彼女は心身共に傷ついた。途中で身代わりに気づいた選帝侯は、幼い少女に行った行為を悔やむ。マリアと改めて向き合ったフリードリヒは、父に顧みられなかったという彼女の悲しみを知り、その姿に自らの孤独を重ね、手元で庇護することを決意した。

マリアもまた、敵である男を憎みつつもその優しさに触れて、徐々に心を開いていく。そして、尊敬する父同様ドイツの現状に危機感を抱く選帝侯の姿勢に共鳴し、彼の役に立ちたいと願うようになる。心を通わせた二人は束の間幸せな時を過ごすが、大きな時代のうねりの中で、さらなる過酷な試練がマリアを待ち受けていた。

少女小説の一大ジャンルとして人気が高いヒストリカル。本作は近世ドイツのマニアックな歴史的事象を題材とし、作中でヒロインが肉体的かつ精神的に痛めつけられるというシビアさで、類を見ない個性を確立した作品だ。政治と女の性に翻弄されながらも、自らの手で運命を選ぼうとする少女のいとけなくも凛とした姿を描く『マリア』は、著者のデビュー作にして最高傑作と名高い。史実を換骨奪胎し、心理描写に重きを置いた本作は、どこまでもハードかつロマンティックな愛の物語である。

『マゼンタ色の黄昏』は、マリアの父フランツとハルバーシュタット公爵夫人エルザに焦点を当てた外伝。秘めた恋から始まり、最後まで一線を越えないまま生涯をかけて愛を貫いた二人と、フランツに想いを寄せるユリアの関係が、純度の高い美しい文体で静かに狂おしく綴られている。『マリア』ではみえにくかったフランツの真意や、ハプスブルク家の女としての宿命を受け入れるエルザの姿は切なく、『マリア』と並ぶ名作として忘れがたい。

『マリア』は2005年に講談社F文庫から再刊された。（嵯峨景子）

戦時下帝都に鳴り響くピアノと宿命の恋

『オルフェウスは千の翼を持つ』下川香苗 *Kanae Shimokawa*

装画：矢沢あい／1997年／全1巻／集英社コバルト・ピンキー

昭和15年9月、東京の櫻林院学園に通う仁科佳乃子はある日、何かが起こりそうな予感で目覚める。その予感どおり、ピアノ演奏会への出演決定、憧れの男性からの恋文と、幸運が立て続けに舞い込む。さらに彼女を待ち受けていたのは、並外れたピアノの才能を持つ美少年・有坂凛との出会いだった。

凛が弾く耳慣れない曲の音色が忘れられない佳乃子は、曲名を知ろうと彼を追いかけた。はじめこそ凛からピアノの腕を貶されて反感を抱く佳乃子だったが、次第に彼に惹かれていく。ところがある日、佳乃子は凛の重大な秘密を知ってしまう。凛は「オルフェ」というコードネームで活動する、ソビエトのスパイだったのだ……。

作品の時代設定は日中戦争開戦後の日本。少女小説では選ばれることが少ない戦時下をモチーフに、歴史的事件や昭和10年代の風俗を巧みに取り入れたディテールが光る。モダニズムの気配が消えつつある帝都の情景描写だけでなく、物語の核となるモチーフも同時代に即したものが使われている。例えば、二人を結ぶ運命の曲として登場する〈奇妙な果実〉。本作の舞台は昭和15年だが、その前年にアメリカで発表されたジャズ楽曲の音色がきなくさい時代の空気と溶け合い、作品に陰影を加える。

物語のキーとなるスパイ事件も、ソビエトのスパイ組織が日本で諜報活動を行い、逮捕者には近衛内閣のブレインもいた「ゾルゲ事件」を下敷きにしたものだ。スパイ事件に音楽という要素で色づけを施した本作は、フィクションならではの鮮やかさを手に入れた。

日本は間違った道を歩みつつあるのではないか。これまで自分の境遇や未来について疑問を抱くことがなかった佳乃子は悩み迷い、そして決断を下す——。といったように、史実を参照したサスペンスではありつつも、作品の柱はあくまでもロマンスの方にある。恵まれたお嬢様とダンスホールのピアニスト、境遇の異なる二人はさまざまな出来事を通じて心を通わせ、やがて愛し合う。緊迫した時代の中で、宿命の恋が少女小説らしいロマンチックなタッチで描かれる。

『オルフェウスは千の翼を持つ』は、主としてローティーンをターゲットにしたコバルト・ピンキーから刊行された。『りぼん』掲載漫画のノベライズが中心を占める中、独特のほの暗さと大人びた雰囲気をたたえた本作は、ひと味違った異色作である。

（嵯峨景子）

key word▼［**昭和**］［**音楽**］［**恋愛**］［**スパイ**］［**サスペンス**］

バビロニアを舞台に描かれる生と死の物語

『洪水前夜(あふるるみずのよせぬまに)』雁野航 *Wataru Karino*

装画：川添真理子／2003年／全1巻／新書館ウィングス文庫

かつて、星を渡る船に乗っていた〈天使〉が落ちてきた地・バビロニア。そこでは、故郷からの迎えを待つ天使と人間、その間に生まれた〈半天使(ネピリム)〉が暮らしていた。

半天使は、不老不死の勇士型、死ぬまで成長し続ける巨人型、人のかたちを取らない怪物型の三種に分けられる。

勇士型の半天使「勇士アダ」ことアダイアトゥムは、少年の姿のまま200年の時を生きていた。近い未来にウルの都に洪水が押し寄せる夢を繰り返し見ながら、堕ちかけた天使を追いかけていたアダは、やがてその天使と人間の間に生まれた怪物型の半天使が、人を喰らっていることを知る。

かつてアダに家族を殺されたことを恨み、仇を討とうと追いかけてきた巨人型の半天使・トバルカインと共に、アダは異形の半天使と戦うのだが……。

神と人の世が入り交じる古代オリエントを舞台に、人ならぬ〈天使〉の存在を織り交ぜた本作は、表題作とその後を描いた2編で構成されている。

表題作では、同じく天使と人間の間に生まれた半天使という存在でありながら、異なる特徴の肉体を持つ三人が、戦いを通じて似て非なる互いの存在を鏡のように映し合いながら混ぜ合わせていく様子が描かれる。

天から落ちてきた異質の存在・天使は、人間の女を愛し、繁殖期に入ると正気を失う。繁殖期に苦しむようになった天使は、「堕ちる」と人を喰らうようになってしまう。

そんな人知の及ばぬ天使と、天使を愛した人間の女と、その血を引く半天使たちの運命は、苦しみと愛とが縒り合わされている。アダの親友であったトバルカインの父や、アダに愛ゆえの約束を願ったトバルカインの母、そして洞穴の中で成長し続ける巨女たちを通じて、作中には生と死の姿が繰り返し、呪いのように示される。

怪物型の半天使が戦いを経て感情を持ち合わせていくと共に、生まれつき両性を備えたアダと、アダに執着するトバルカインの関係も変化する。戦いの中で蠢くように、時に凄絶なまでの生々しさを孕みながら、濃密に描き出されていく生と死のありようは圧巻のひと言。自分ではない誰かに満たされる喜びと失うことの幸せや、痛みが持つ温かさが、重たくも深い余韻を残す。

雁野航は、表題作で第20回ウィングス小説大賞佳作を受賞。本作とリンクする「展翅変」等の雑誌『小説ウィングス』掲載作があるが、残念ながら書籍としてはまとめられていない。（七木香枝）

key word ▼［古代］［恋愛］［バトル］［両性具有］［天使］

フランス革命期に花咲く死刑執行人父子の愛

『無音の哀戀歌（セレナード）——さようなら、わたしの最愛』御永真幸 *Sanayuki Minaga*

key word▼［男性主人公］［フランス］［革命］［悲恋］［家族］

装画：風都ノリ／2011年／全1巻／集英社コバルト文庫

革命前夜のパリ。降りしきる雨のなか、死刑執行人の青年は、自由奔放で美しい高級娼婦（しょうふ）と出会った。

1764年、フランス。「パリの死刑執行人（ムッシュー・ド・パリ）」の称号を戴き、人々の畏怖と憎悪を集める一族がいた。その第四代当主シャルル・アンリ・サンソンはある日、馬車の中に逃げ込んできた高級娼婦ジャンヌをなりゆきで助ける。

シャルルは自身の身分を隠し、ミシェルという偽名を彼女に告げた。この日以降、ジャンヌとシャルルは、夜を共にしないかたちでつき合いを続ける。見目のよさだけでなく、機知に富んだ受け答えをするジャンヌに、シャルルは次第に惹（ひ）かれていった。互いに想い合う二人だが、死刑執行人として生きるシャルルはジャンヌを愛するがゆえ、ある出来事をきっかけに彼女を突き放す。

法のもとで人殺しを続ける、血塗られた宿命のシャルル。だが彼の心に芽生えた愛は、その後も消えることはなかった。やがて二人は、数奇なめぐり合わせを経て再会を果たす——。

フランス革命期を舞台にした『無音の哀戀歌（セレナード）』は、実在する処刑人父子をモチーフにした歴史ロマン。表題作は父シャルルの悲恋を描き、「嵐の狂想曲（カプリス）」ではその息子アンリの恋と革命の物語が展開された。特殊な立場に身を置く男たちを主人公に、彼らの一途な愛と家業への葛藤、そして革命期という熱を帯びた時代の流れが、独特のリズムを持つ文体で綴（つづ）られる。

物語の終盤で判明するジャンヌの正体、そして二人の最期のエピソードは、作者による創作ではなく史実に基づく。フランス革命期を題材に取りつつ、死刑執行人に着眼する視点や、歴史的なエピソードをロマンティックな悲恋に仕上げる手つきに、この時代に対する作者の深い関心と愛が溢（あふ）れる。

悲恋に終わる父の物語とは異なり、息子アンリのロマンスはハッピーエンドを迎える。だがアンリの物語でより印象に残るのは、革命に生きる男たちの姿、そして死刑執行人父子の愛と葛藤の物語だ。作中にはサン・ジュストやロベスピエールなども登場し、よい意味で男くさいストーリーは、革命期に生きる人々の姿を鮮やかかつ魅力的に描き出す。父となったシャルルの、息子への想いも切ない。

人類史上2番目に多くの死刑を執行し、国王ルイ16世をも手にかけた男をモチーフにした、ヒストリカルロマンの佳作。

（嵯峨景子）

column 最愛のあなたたちへ——大人になってから『炎の蜃気楼』に萌え狂った話

文＝ひらりさ

1歳の時に始まり、14歳の頃には完結していたそのシリーズを、20歳になる2009年に手に取る気になったのは、振り返れば一種の〝業(ごう)〟だったのかもしれない。

同年の大河ドラマは「天地人」。私がハマっていた俳優・玉山鉄二が、上杉謙信の養子・上杉景虎を演じていた。地道に継続視聴していたのだが、主人公であり名参謀である直江兼続が仕える上杉景勝と跡目争いで対立した上杉景虎は、御館(おたて)の乱を企て敗北し、序盤にあっさりと退場する。史実を知らずに玉山鉄二の美しさに見入っていた私は、「こんなすぐ死ぬ人だったの!?」と、悲しみのままにSNSで感想をサーチ。御館の乱で無念の死を遂げた上杉景虎が、他の人間に《換生(かんしょう)》しながら何百年も現世に留まり、蘇(よみがえ)った怨霊たちが企てる《闇戦国》を阻止するために戦っているという世界観のサイキックアクション、集英社コバルト文庫『炎の蜃気楼(ミラージュ)』（桑原水菜(くわはらみずな)）の存在を知るのだった。

少女小説そのものには、小学生の頃から親しんでいた。1990年代、「りぼん」などの少女漫画誌を愛読している子どもが、本屋をブラブラしていると、漫画とは別の棚に、好きな作家のイラストが表紙の本が置いてあるのに気づくのだ。それらは少女小説というもので、図書館にも置いてあり、親にお小遣いをねだらずとも大量に読むことができる。オタク気質の女児が貪り読むのは自然な流れだった。

中高一貫の女子校に進学すると、「オタク同士の貸し借り」が始まった。当時人気を高めていた『マリア様がみてる』を手に取ったのも、同級生が貸してくれたからだ。現実の女子校で運動部のしごきに泣き暮らす子ザルのような女子中学生（私です）にとって、「マリみて」は切ないくらいのユートピアで、絶好の現実逃避だった。逆に言えば、「マリみて」以外の少女小説には、あまり興味を持っていなかった。友だちから流れてくる貸し借り本はそのうち少年・青年漫画やその同人誌ばかりになり、私もいつの間にか、男と男の愛憎ばかりを追い求める「腐女子」になっていた。だから『炎の蜃気楼』を読んだ時には、本当にびっくりしたのだ。まさか、それなりに嗜(たしな)んでいたつもりだったフィールドで、こんなにも熱苦しく劇的なボーイズラブが、10年以上にわたって展開されていたとは……。

歴史を扱ったフィクションとしても面白い『炎の蜃気楼』だが、物語の軸は、上杉景虎の魂を持った現代の高校生・仰木高耶(おうぎたかや)へ、生前は景虎を討伐する側につきながら死後は景虎と共に怨霊討伐に勤しんできた男・直江信綱(なおえのぶつな)が向ける、こじれにこじれまくった愛憎にある。

「だれがオレを……抱いているんだ……」

直江はゆっくりと顔をあげた。

「――死の国から、帰ってきた男ですよ……」
「…………」
「あなたが愛しくて死にそうだったから、門番を殺して帰ってきた」

（『炎の蜃気楼 十字架を抱いて眠れ』１０９ページより）

こんなすごい小説に、どうしてもっと早く出会えなかったの!? 図書館で借りてきた最初の10冊をあっという間に読み終え、読了した巻も含む本編全40巻を一気に購入した。最終巻は5月2日の夜、山形県・米沢に向かう夜行バスの中で号泣しながら読んだ。米沢は上杉謙信ゆかりの地であり、毎年ゴールデンウィークに、川中島の合戦を再現する「米沢上杉まつり」が行われている。最終日となる5月3日は、直江が《換生》した現代での姿・橘義明（たちばなよしあき）の誕生日でもある。私は推し――玉山鉄二から直江に変わっていた――の生誕を、米沢の史跡を巡りながら祝ったのだった。「炎ミラ」には歴史的スポットが数多く登場し、ファンがそれらを巡る行為は「ミラージュツアー」と呼ばれる。本編終了後も、米沢の土産物屋には、ファンを歓迎するように原作本が並べられており、伝統の木彫り民芸品コーナーでは、高耶のモチーフである虎、直江のモチーフである犬のセット売りがされていた。

　ものの1カ月で私を直江一色に染めてしまった「炎ミラ」は、当然他の人々も狂わせていた。連載終了後5年経っても、ｍｉｘｉの炎ミラコミュニティは動いており、作品を初期から追いかけている老兵たちが、不定期にオフ会を開いていた。私より10～20歳は年齢が上だろう人たちが、カラオケボックスに集まって原作を朗読して泣き、高耶の誕生日には出身地・松本に旅して泣いていた。飛び入り参加した松本巡礼で知り合った後、一人だけ消息が途絶えた年嵩（としかさ）の女性がいた。心配していたら、1カ月後にｍｉｘｉ日記が更新された。なんと、がんの病状が悪くて入院していたらしい。「みんなを心配させたら申し訳ないなと思って黙っていてごめんなさい。私にとってミラは生きがいだから、たとえ体調が悪くなっても、ミラ活を悔いなくやりたいと思ってるんです」。フィクションというのは、こんなにも人の心をつかんで離さないものなのだ、と圧倒される出来事だった。

　あれから10年以上が経った。その後も桑原水菜は、幕末編や昭和編などのスピンオフを多数執筆し、今年の秋には、『炎の蜃気楼R（リブート）』なるコミカライズ連載も始まるそうだ。私はというと、さまざまなジャンルを渡り歩き、ｍｉｘｉも退会してしまった。それでも「炎ミラ」全巻は手放せないし、心の奥底では、自分にとっての〝終の住処〟になるような作品を持つことに憧れている。少女時代に「炎ミラ」に出会ってしまった、このうえなく幸せで業が深い人たちのことを思い浮かべながら。

ひらりさ
ライター。「劇団雌猫」メンバー。

IX 異世界

美しく残酷な王国の秘密を繙くファンタジー

《影の王国》榎木洋子 *Yoko Enoki*

key word▼［ファンタジー］［恋愛］［王位継承］［異能］［巫女］

装画：羽原よしかづ／1997-2002年／全12巻＋外伝2巻／集英社コバルト文庫

e-book

決して赤い月を見てはいけない――。

亡き母からそう言い聞かせられていた高校生の瞳は、空に赤く輝く満月を見てしまった日を境に、他の人には見えないものを見るようになる。白い蔦や異形の影、そして、普段は特に目立たないクラスメイトの月哉が暗い影の中で一際鮮烈な美しさをまとっている様子……。それらは、瞳が亡き母から受け継いだ、月の影にあるもう一つの世界「影の王国」で人見と呼ばれる巫女が持つ力が見せるものだった。

満月が赤く染まる夜にだけ開く扉を通って、影の王国から渡ってきた人ならざるもの・月鬼が起こす不気味な事件の中、瞳は月鬼たちが追う影の王国の王子が月哉だと知る。

影の王国で絶大な力を持つ月の王は、13年ごとに自らの血を引く王子の心臓を喰らうことで力を取り込み、王国を支えていた。4歳の時に生贄に選ばれた月哉は、母と共にこちらの世界へと逃れてきたのだった。

やがて、瞳は血塗られた王位継承から月哉を救うために、もう一つの世界へと足を踏み入れることとなる……。

本作は、隣り合う二つの世界を舞台に、一つの終焉と新しい始まりを描き出したコバルト文庫の名作ファンタジー。

瞳と月哉の冒険と戦いは、影の王国に漂う血なまぐさいいびつさをまといながらも魅力的に繰り広げられる。

物語には真実を見通す人見の力が見せる過去と現在が入り交じり、王国を支える月の王と人見の巫女の秘密が浮かび上がっていく。自ら命を捧げるか、それとも父を斃し自らが王となるか――その繰り返しの中で生じた変化が少しずつ縒り合わされ、一度国を逃れた王子である月哉にしかできなかったであろう選択へと結ばれていく結末は圧巻だ。影の王国を下支えする秘密と重たい運命が絡み合う物語はファンタジーの面白さに溢れており、最後まで目が離せない。

また、明るく正義感の強い瞳と、かたくなだが彼女にだけは敵わない月哉の、互いに想いを寄せながらもなかなか進展しない関係も、物語の魅力を後押しする。そんな二人を支えるのは、第八王子の月留や狼面の騎士イヤルドをはじめとする、魅力的なキャラクターたちだ。羽原よしかづの説得力ある挿絵が裏付ける華やかな美形描写や、さまざまな種族が暮らす影の王国の風俗が物語を彩り、読者を楽しませる。

外伝『十六夜異聞』は、1巻に王国の謎と密接にかかわる短編が収録され、2巻には本編後の様子が描かれているため、刊行順に読むのがお勧め。電子書籍1巻には、書き下ろし短編が収録されている。（七木香枝）

斜め上の方法で破滅フラグを回避して総モテ

《乙女ゲームの破滅フラグしかない悪役令嬢に転生してしまった…》山口悟 *Satoru Yamaguchi*

key word▼［転生］［乙女ゲーム］［悪役令嬢］［ラブコメ］［友情］

装画：ひだかなみ／2015年-／9巻-／一迅社文庫アイリス

クラエス公爵の一人娘としてわがままに育ったカタリナは、8歳の時に庭で転んで頭を打ち、その拍子に前世の記憶を取り戻した。やがてカタリナは、ここが前世でプレイ中だった乙女ゲーム「FORTUNE・LOVER」の世界で、自分はヒロインの邪魔をする悪役令嬢に転生していることに気づく。

ゲーム内のカタリナは、どのルートを選んでも国外追放もしくは死亡という、バッドエンドを迎える設定だった。既定の破滅フラグから逃れるため、カタリナは前世の経験値とゲームの知識を総動員し、悲劇を回避しようと奮闘する。そんな彼女の前に、婚約者となった腹黒第三王子、女たらしな義弟、卑屈でひねくれた第四王子など、ゲーム内の攻略対象が次々と登場し、破滅フラグを打ち立てていく。カタリナは、シナリオで予定されたバッドエンドから逃れることができるのだろうか――。

Web小説を中心に流行し、今や最もホットなジャンルの一つとなった「悪役令嬢」もの。このジャンルをリードする作品として人気を博しているのが、《乙女ゲームの破滅フラグしかない悪役令嬢に転生してしまった…》だ。小説に加え、ひだかなみによるコミカライズ、そしてアニメ化と、その勢いは止まらない。

「転生」や「悪役令嬢」のお約束を踏襲した本作が頭一つ抜きん出た存在となり得たのは、主人公カタリナの〝人たらし〟な性格ゆえであろう。元野生児でオタクという前世が蘇ったことで、わがまま令嬢から野性味溢れる問題児へと転身を果たしたカタリナは、悲劇的結末から逃れようと貴族の少女らしからぬふるまいをみせる。そんな彼女の予想外な行動は、孤独を抱えた攻略対象たちの心を溶かしていく。

他方、カタリナの人気は男性だけに留まらず、ゲームのヒロインをはじめ他の女性キャラをも魅了し、男女問わず恋愛フラグを立てまくる。もっとも本人は破滅を回避することしか眼中になく、寄せられる好意に全く気づいていない。恋愛に無自覚なカタリナのズレっぷりと、彼女に想いを寄せるキャラ同士の牽制がユーモラスに描かれ、男女共に楽しめるラブコメに仕上がっている。

シリーズは今も継続中で、最新刊は9巻。5巻までは魔法学園が舞台となり、6巻以降は学園を卒業したカタリナが魔法省に進むストーリーが展開している。（嵯峨景子）

花粉症から始まる政略結婚戦記物語

《花冠の王国の花嫌い姫》長月遥 *Haruka Nagatsuki*

装画：まち／2016-2017年／全6巻／KADOKAWAビーズログ文庫

一年中美しい花が咲き誇り、「花冠（かかん）の王国」と称される大国エスカ・トロネア。ところが第二王女フローレンスは、生まれつき重度の花粉アレルギーだった。

鼻水と涙で顔がグシャグシャになるフローレンスは、人前に出ることができず、病弱という設定で宮殿に引きこもる生活を続けている。花粉から逃れたい一心で、彼女は雪と氷に覆われた北方の辺境国ラハ・ラドマに嫁ごうとアプローチをかけた。念願が叶（かな）い第一王子イスカとの婚約を取りつけたものの、王子とその側近はあまりに国力の差が大きいため、この結婚には何か裏があるのではと怪しんだ。

本当の理由が言えない姫と、疑心暗鬼な王子。腹の探り合いから始まった婚約生活に、さらなる火種が持ち込まれた。格下の弱小国としてこれまでラハ・ラドマを搾取してきた隣国シェイル・コーレスの姫が、突如滞在を決め込む。イスカが表舞台に立つようになって以来、ラハ・ラドマは抵抗をみせ始めており、シェイル・コーレスは圧力をかけようと動き出したのだ。

イスカは妖魔と称されるほどの美貌の持ち主だが、腹芸のできないお人好しな性格だった。そんな彼とラハ・ラドマの国民性に好感を持ったフローレンスは、イスカの理想論を支え、国のために尽くしたいと願う――。

花粉症の姫という、意表を突く設定を取る《花冠の王国の花嫌い姫》。本作は導入こそコメディ色が目立つが、国の思惑が複雑に絡む政治劇と、政略結婚から始まるロマンスを柱にシリアスな展開を辿（たど）る。第2巻ではラハ・ラドマという国の成り立ちが明かされ、第3巻以降は本格的に戦記物に突入するなど、よい意味で予想を裏切るストーリーが面白い。

見た目に反して中身が純朴な田舎の王子と、頭の回転が速くて処世術に長けた姫君というコンビが、互いにないものを補い合いながら成長する。巻が進むごとにイスカはヒーローらしさを発揮し、そんな彼をフローレンスが支え、彼女もまた軍師としての才能をみせる。フローレンスの兄で策略家セリスも物語における重要人物として暗躍し、大砂漠帝国をはじめとする周辺諸国との外政や、宗教問題も絡みながら物語は展開する。

花粉症という出落ちのような設定もストーリーの中でうまく活かされ、その症状が事件解決に役立ってしまうところが笑いを誘う。一見ネタ小説にみえつつも、美しい理想を追求する王子と姫の姿を描いた真摯な愛の物語。（嵯峨景子）

key word▼［ラブコメ］［戦記］［陰謀］［政略結婚］［シリアス］

残酷で無慈悲な和風異世界召喚ファンタジー

《花神遊戯伝》糸森環 *Tamaki Itomori*

key word▼［和風］［異世界トリップ］［神］［恋愛］［裏切り］

装画：鳴海ゆき／2012-2015年／全10巻＋短編集1巻／角川ビーンズ文庫

e-book

　ごく普通の女子高生・天野知夏は雪祭りの夜、古代衣装姿の不思議な男の手により、突如異世界に送られた。別世界で目覚め、窮地に陥った知夏を、美青年・胡汀が救出する。胡汀は知夏に対して暴言を繰り出しつつも、なぜか親身に世話を焼き続けた。

　古代風の異世界・蒸槻国では、帝が政を行い、天祖陽女神の末裔「緋宮」が特別な力で国を守護する。緋宮は聖なる鉄を操る力を持ち、緋剣という5人の剣士が彼女を護った。滸楽と呼ばれる魔物は、神世の時代に陽女神を犯した大犬の末裔で、人々から忌み嫌われている。まれびとの知夏は、たびたび滸楽であることを疑われ、命の危険に晒された。

　やがて知夏には、聖鉄を操る力があると判明する。異世界に召喚された直後、知夏は滸楽に突き刺さった矛を抜き取り、自らの体内に収めていた。緋宮は知夏を捕らえ、体内にあるその矛を抜き出す。知夏の神力を奪った緋宮は、彼女を亡き者にしようと、胡汀と共に木にはりつけて火を放った――。

　女子高生が異世界にトリップし、国を護る巫女に選ばれ、美形剣士に傅かれる。という本作の設定だけをみると、王道のトリップハーレムものに思えるだろう。だが実際の作風は全く異なり、ヒロインを襲う容赦のない展開の数々は、どこまでも無慈悲で残酷だ。知夏は信じていた人に裏切られ、徐々に明かされる神世の記憶に翻弄され、幾度も叩きのめされて絶望の淵に沈む。それでも爪を立ててどん底から這い上がり、苦しみ憤りながらも懸命に道を開こうと、戦い続けるのだった。

　物語のスタート時点の知夏は、軽率な言動に幼さがにじむ、現代的な感覚の女子高生だ。騒がしいテンションの一人称が悪目立ちする第1巻は、日本神話をベースにした独特の世界観説明も相まって、読みやすいとは言いがたい。だがこの導入を経て、壮大かつ濃密な《花神遊戯伝》の世界が花開く。神世の時代から続く因縁に立ち向かい、辛い定めを受け入れて懸命に道を開く少女の姿を描いた、厳しくも美しい和風異世界召喚小説なのだ。

　本作は、オンラインノベルサイト「27：09の地図」（ｉａ名義）で人気を博した作者の、書き下ろしビーンズ文庫デビュー作。糸森はその後、数々の少女小説レーベルで活躍。ビーンズ文庫の最新作『かくりよ神獣紀』は、糸森らしい異世界転生譚で、本作が好きな人にもお勧めの和風ファンタジー小説だ。（嵯峨景子）

出る杭は打たれても出る!

《楽園の魔女たち》樹川さとみ *Satomi Kikawa*

装画:むっちりむうにい/1996-2004年/全21巻/集英社コバルト文庫

e-book

魔法の力が弱まり、魔術師があまり敬われなくなってきた時代。

物語は、人種も出身も立場も全く異なる4人の少女が、どこからともなく現れた魔術師募集の広告を手にするところから始まる。

彼女たちが募集広告を手にしたのは偶然ではなかった。魔術師組合から「弟子をとらなければ塔から追い出す」と脅迫された魔術師エイザードが、4人を選び、魔法で広告を送りつけたのだ。そんなことはつゆほども知らず、さらにのっぴきならない事情を抱える4人は、運命の導きとばかりに募集広告にとびつき、〈楽園〉と呼ばれる魔術師の塔を目指した。

登場人物が実に個性的だ。まず変わり者として知られる師匠のエイザード。見た目は21歳の美しい青年だが魔術師なので実際の年齢は不詳。腕はすごいが、自由奔放、権力嫌いで怠惰な魔術師組合の異端児だ。師の使い魔のごくちゃんは、もふもふで可愛いだけの、役立たずの大食漢。雨が降ると体が分裂して数が増えるという、迷惑オプションつき。さらに4人の少女。語学堪能なダナティアは本物の王女様だが、兄妹の中で最も有能であるがゆえに、愚かな兄たちから命を狙われていた。想像力が豊かなマリアは、見てくれも言動も幼児並みだが実は未亡人で、親から再婚を強要されていた。神学校でも100年に一人の逸材と評された天才のサラは、泰然自若と言えば聞こえはいいが、感情のスイッチがどこかおかしい。黙っていれば美少年のファリスは、剣の腕前と平和主義な性格があまりに不一致で、いつか人を傷つけてしまうことを恐れている。

魔術師組合は目障りな師匠ごと彼女たちを放逐しようと無理難題をふっかける。その陰険なやり口に怒った4人の弟子は、独創的かつ反則すれすれの方法を使って、魔術師昇級試験を切り抜けていく。魔術師の塔での日常風景や、魔術修行の様子、昇級試験の内容の楽しさは《ハリー・ポッター》や『とんがり帽子のアトリエ』にも勝るとも劣らない、ユーモラスな異世界魔法学園ファンタジーだ。

ぐーたらで、ろくでなしの師匠が、娘たちに教えたのは「売られたら喧嘩は最後まで買うこと」。出る杭は打たれ、変わり者は疎まれ、力なき者は利用される。そんな生きにくい世の中で、師の教えを胸に、自分自身の手で居場所をつかみ取っていく少女たちの成長が、どこまでもポジティブで小気味よい。(三村美衣)

key word▼[ユーモア][魔法][師弟][友情][もふもふ]

堅物騎士と侍女の竜づくしファンタジー

《竜騎士のお気に入り》織川あさぎ *Asagi Orikawa*

key word ▼［恋愛］［年の差］［竜］［ほのぼの］

装画：伊藤明十／2017年-／8巻-／一迅社文庫アイリス

竜に認められて絆を結んだ者だけから構成される、イヴァルト王国の竜騎士団。その頂点に立つ隊長のヒューバードは、希少で高貴な白竜「白の女王」を相棒にした、この国最強の騎士だった。だが竜と竜騎士の管理を行う「辺境伯」の兄が急死したため、退役して故郷に戻り、爵位を継ぐことが決まる。

王宮の侍女見習いを務めるメリッサは、竜が大好きな女の子。幼い頃にヒューバードと竜に出会ったメリッサは、竜の独特な生態や人間とのかかわりを理解し、竜たちからも信頼を寄せられる少女に成長した。そんなメリッサに、ヒューバードは辺境伯屋敷で竜の接待をする仕事を依頼する。

さらにヒューバードは、亡き兄の婚約者が自分との結婚を望み屋敷に居座っているので、恋人のふりをしてほしいとメリッサに頼む。本来は侍女なのに恋人として扱われる状況に戸惑いつつも、メリッサは竜と触れ合う新しい生活に、やりがいを見出す。ある時、白の女王が庇護する卵が孵化し、生まれながらに全ての竜を従える王竜「青の竜」が誕生した。だが喜びも束の間、ヒューバードの兄の毒殺が判明し、メリッサも竜をめぐる策略に巻き込まれていく——。

ヒロインとヒーローの年齢差は10歳。堅物騎士と竜大好き侍女の年の差ロマンスと、竜との交流を描く《竜騎士のお気に入り》は、作者の並々ならぬ竜への愛が詰まったファンタジー小説だ。自由で賢く、そしてやんちゃな竜の姿と、竜をとりまく人々の営みと思惑が、事細かに練られた設定の中で綴られる。とりわけ竜に関するほのぼのとした描写が絶品で、温かな気持ちを呼び起こす。

チャーミングな竜の中でも、幼い青の竜が見せる可愛らしさは、作中随一の癒しとなっている。メリッサに甘えながらも、必要があれば守ろうとする姿は、健気で愛くるしい。気高く知的な白の女王をはじめ、個性豊かな竜とメリッサの交流をメインテーマに据えた、竜づくしな作風がたまらない。

兄のようなポジションから始まり、少しずつ恋人らしさを増すヒューバードとメリッサの関係は、少女小説らしいじれったさで進む。恋に奥手な年上ヒーローと、真面目で頑張り屋なヒロインがみせる奥ゆかしい愛情表現は、ほのかな甘さが心地よい。二人とも恋愛よりも竜を優先しがちで、竜ありきの生活というぶれなさも微笑ましい。

シリーズは継続中で最新刊は第8巻。蒼崎律によるコミカライズも第2巻まで発売。

（嵯峨景子）

艶っぽく華やかな中華アクションロマン

《四龍島》 真堂樹 *Tatsuki Shindo*

装画：浅見侑／1995-2020年／全25巻＋番外編8巻＋特別番外編1巻／集英社コバルト文庫（※特別番外編は電子書籍のみ）

e-book

四龍島（スーロンとう）は4つの市に分かれ、それぞれ龍（ロン）と呼ばれる領主が統治する。先代が亡くなり白龍市を受け継いだ白龍・マクシミリアンは、西洋人の母から生まれた妾腹（しょうふく）の子で、半龍（ハンロン）と呼ばれ人々から侮られていた。父を怨むマクシミリアンは白龍の責務を放棄し、屋敷にこもり続けている。彼の叔父・老蕭（ラオシャオ）がその座に就こうと秘かに暗殺者を雇うなど、街はきなくさい気配に包まれつつあった。

色街として知られる花路（ホワルー）を束ねる若き頭（トウ）・飛（フェイ）は、街の現状を憂えていた。従来どおり白龍に忠誠を尽くすか、それとも見限って決別するか、近々決断を下さねばならない。そのためには白龍と対面し、彼の資質を見極める必要があるが、その機会は思いがけず早く訪れた。

マクシミリアンと対峙（たいじ）した飛は、無能といわれる白龍のふるまいは演技で、本来は統治者としての器を備えた人物であることを見抜く。その直後、白龍の暗殺を企む陰謀に花路の関係者が巻き込まれた。この裏には、白龍市の弱体化を狙う青龍市の思惑も絡んでいる。花路と街を守るため、飛は愚か者をよそおう白龍を揺さぶり起こそうと、彼に接近した――。

《四龍島》シリーズは、飛とマクシミリアンの壮大な挑発合戦で幕を開ける。両親の愛情を知らずに育ち、虚ろな心を抱えて生きてきたマクシミリアンは、自分を強く見つめる飛に初めて魂を揺さぶられた。とはいえ皮肉屋の彼は、私を目覚めさせるならば決して退屈はさせるなと、自分を挑発する飛を逆に焚（た）きつける。一方の飛は花路を守ることだけを考えていたが、マクシミリアンに魅かれ、彼に振り回されていく。白龍市に端を発する騒乱は他の街へも広がり、世代を超えた愛憎劇は二人を数奇な運命に巻き込む。

飛とマクシミリアンのやりとりは時に艶めくが、一線を越えることはない。絶妙な距離に留められているゆえ、その仲は緊張感を孕（はら）み、独特の色気を醸し出す。主役のみならず、数多いサブキャラクターも、しなやかに強く美しい。中華風の世界観をベースに、男たちがカンフーバトルを繰り広げるさまは、どこまでも甘美で華やかだ。

2020年はシリーズ25周年にあたり、特別番外編『龍花艶舞――四龍島夜曲』が電子オリジナル作品として刊行された。メディアミックスとしてドラマCD、また2013年刊行の『コバルト名作シリーズ書き下ろしアンソロジー2――ちょー聖霊と四龍島』にも読み切りが収録されている。

（嵯峨景子）

key word▼［中華］［アクション］［政治］［陰謀］［家族］

隠居志望の史官と皇女の出会いが変える世界

《翼の帰る処》妹尾ゆふ子 *Yufuko Seno*

key word ▼［ファンタジー］［歴史］［魔物］［異能］［もふもふ］

(上)装画:ことき/2008-2011年/全6巻(未完)/幻冬舎幻狼ファンタジアノベルス、(下)2012-2020年/全10巻＋番外編2巻/幻冬舎コミックス

e-book

沙漠の西にある旧帝国を去り、帝位に執着する兄皇帝の手から逃れた皇弟が起こした帝国は、征服と融合を繰り返して成立したことから、多様な民族を擁している。

かつて滅んだ古王国の末裔(まつえい)で、過去視の恩寵(おんちょう)の力を持つ尚書官・ヤエトは、病弱な身ゆえに地味な隠居生活を送ることを夢見ていた。そんなヤエトは、馬の代わりに人と心をつなげる「鳥」が大事にされ、また歴史の記録も残っていない僻地(へきち)・北嶺(ほくれい)に左遷される。閑職に就いたはずだったが、北嶺の民の世話を焼くうちに、突如北嶺の太守として赴任してきた真上皇帝の皇女の副官に任命されてしまう。

虚弱体質ゆえに何度も倒れながら北嶺のために働くうちに、ヤエトは恩寵が見せる幻視に導かれるようにして、かつて北嶺の地にあったという空飛ぶ鳥に乗った「化鳥の騎士団」の伝説や、尚書官ならではの視座を手がかりに、北嶺の地に眠る秘密に近づいていく……。

夢は隠居という他に類を見ない病弱な主人公が皇女の副官となるところから始まる《翼の帰る処》は、次期皇帝の座をめぐる継承争いと、魔界の罅(ひび)から魔物がやってくるという滅びの危機を描く壮大な物語。

物語が進むうちに、ヤエトには望んでもいない貴族の位が転がり込み、やがて念願叶(かな)って隠居の身となっても忙しいという状況に陥る。そんなヤエトと皇女をとりまく人々にそれぞれ異なる思惑があり、政争が絡んでいるために一筋縄ではいかないが、ヤエトの人たらしぶりやユーモアのある掛け合いが楽しく、端々でくすりとさせられる。また、北嶺の人々の友であり、心を通わせ合う「鳥」たちのもふもふ要素は、ヤエトのみならず読者もなごんでしまうほど魅力的だ。

静謐(せいひつ)かつ流麗な筆致の本領が発揮されるのは、目の前の情景に埋もれた歴史や人の意思の及ばぬ存在が重なる場面だ。その幻想的な描写が浮かび上がらせる世界の様相には、静かな畏怖を覚えずにはいられない。《翼の帰る処》というタイトルに込められた意味と共に、豊かな幻想の息吹と心ゆくまで物語に浸る幸せを感じさせてくれる傑作ファンタジーだ。

各巻上下構成の本編は、3作目まで幻狼(げんろう)ファンタジアノベルスにて刊行後、レーベル廃止に伴って新装版が刊行された。足かけ8年の時を経て完結した全10巻の本編のほか、2巻の番外編がある。(七木香枝)

六つの輝晶と叶わなかった夢の物語

《夢の上》多崎礼 *Rei Tasaki*

装画：天野英／2010-2012年／全3巻＋外伝1巻／中央公論新社C★NOVELSファンタジア（※2020年／全3巻／中公文庫）

e-book

叶うことのなかった夢の結晶、彩輝晶。「夢売り」の男は「夜の王」に、6つの彩輝晶に秘められた夢を見せていく。

〝夢〟の舞台となるのは、「光神サマーア」と呼ばれる巨大な時空晶が空を覆い尽くし、光神王・アゴニスタ十三世が支配するサマーア神聖教国。大陸全土を覆う時空晶は、民が光神サマーアに対する信仰心を失えば、地上に落下して人々を押しつぶすと伝えられている。恐怖が民を支配し、富と権力を握った王とサマーア聖教会が圧政を強いるこの国に、反旗を翻す者たちがいた。

夢売りが最初にみせたのは「翠輝晶」。地方領主の娘として生まれ、有力貴族に見初められて嫁いだアイナは波乱の人生を歩むも、二人の夫婦愛は最後まで失われることはなかった。

二つめの夢は「蒼輝晶」。流民出身のアーディン父子は、馬を調教する腕を見込まれ、ケナファ騎士団の軍馬を任せられる。ケナファ伯の一人娘で男勝りなイズガータと、幼馴染で彼女に忠誠を誓うアーディンは、身分違いの叶わぬ恋を胸に抱えながら騎士としてそれぞれ戦う。

連作短編が読み進めるほどにつながり、サマーア神聖教国という国の秘密と、変革への道のりという一つの物語となる《夢の上》。デビュー作『煌夜祭』同様異なる登場人物の視点で進むストーリーは、さまざまな人の想いや行動が重層的に明かされることで、より深く立体的な世界をみせる。

物語のキーパーソンとなるのが、光神王の第二王子として生まれた少女アライス。王子しか生まれないはずの光神王の血筋ながら、女として生を受けたアライスは、苦難の中で新しい世界を目指す。女を穢れた存在として扱う光神王の影響で、この国の女性の地位は低く、政事に参加することも家督を継ぐことも許されていない。そんな理不尽な世界に毅然と立ち向かうアライスやイズガータなど、女性キャラクターたちの勇敢さは、不条理な現実社会を生きる私たちの気持ちを奮い立たせてくれる。

作り込まれた重厚な世界観と、ガラス細工のように繊細な描写が美しい情景を生み出す《夢の上》は、切なくもどこか清々しい余韻が残る。読書の喜びを実感させる、極上のファンタジー小説。

外伝として発表された『サウガ城の六騎将』は、サウガ城ケナファ騎士団の個性豊かな6人の隊長の物語。本編のその後も一部登場する。『夢の上――夜を統べる王と六つの輝晶』というタイトルで本編3巻は中公文庫で再刊された。（嵯峨景子）

key word▶［幻想］［政治］［家族］［恋愛］［王宮］［連作］

繊細でナチュラル、少女の夢が紡ぐ異世界

《ヴィシュバ・ノール変異譚》水杜明珠 *Akemi Mizumori*

装画：わかつきめぐみ／1992-1996年／全11巻＋短編集1巻／集英社コバルト文庫

その花嫁衣裳があまりに美しかったので、染め師のマゼンタは思わず衣裳に手を伸ばしてしまった。ところが、胡蝶の里で花嫁の衣裳に触れていいのは、結婚する相手だけであり、花嫁は衣裳に触れた相手と結婚しなければならなかった。壊してしまった婚姻をもとに戻すには、触ってしまった衣裳よりも、さらに美しい花嫁衣裳を用意しなければならない。弱ったマゼンタは、平原一の織り手であるマルーシュに助けを求めた……。

物語の舞台は、ヴィシュバ・ノール大平原。空と大地がつながって、きまぐれな幻が姿を現す場所だ。どこともいつとも知れない大草原の小さな家に、一人の少女が住んでいる。名前はマルーシュ・ミモリ。白銀の髪に緑の瞳、生成のシンプルなワンピースや、パステルの毛糸のセーターが似合う可愛らしい女の子で、「白銀の織り姫」とも呼ばれる機織りの名手だ。好奇心の固まりのような彼女は、事件に遭遇すると躊躇することなくその渦中に飛び込んでいく。そんな彼女を、他の者にとっては魔王のような存在だが、マルーシュにはとことん優しい『地平線の彼方のお屋敷に住むお隣さん』ガディルが常に見守る。

異世界を舞台に、ささやかな冒険や、日常の不思議を描いた連作形式のシリーズで、おやつのケーキや夕食のメニューや冬支度、ハンドメイドな日常描写の楽しさは『小さなスプーンおばさん』や『赤毛のアン』や『大草原の小さな家』のようである。この不思議な世界観を支えているのは、常夜の廻境、魄の影、螺旋館、夢蟲、空中三角庭園、花魁蜘蛛といった、長野まゆみ、稲垣足穂にも通じる豊かな語彙と文字が生み出すイマジネーションであり、文学少女の心をくすぐる。そのくせ、文体は少女小説調。三人称文体ではあるが、改行やタイポグラフィを駆使し、さらに地の文に突っ込みが入る。そして、この独特な作品の空気感をわかつきめぐみのイラストが見事に表現している。

風が吹き、四季はめぐってもマルーシュは永遠の少女のままで、リリカルでふわふわしたエピソードが永遠に続くかと思われたが、ある事件をきっかけにマルーシュの時が動き始める。そもそも彼女はいったい何者でどこからやってきたのか、ガディルはなぜ彼女を庇護しているのか。まさにここから謎解きが始まろうというタイミングでシリーズはいきなり途絶してしまった。水杜明珠はこれ以降、作品を発表していない。消えたコバルト作家の中でも、その復活を望む声が最も多い一人だ。（三村美衣）

key word▼［日常］［手仕事］［夢］［冒険］［あまあま］

甘くてハードな悪魔召喚ラブファンタジー

《恋と悪魔と黙示録》 糸森環 *Tamaki Itomori*

装画：榊空也／2013-2018年／全9巻＋短編集1巻／一迅社文庫アイリス

e-book

戸籍を持たぬ「名もなき悪魔」に兄を殺され、天涯孤独となった少女・レジナ。悲劇の日から10年が過ぎ、レジナは悪魔を封じる「聖沌書」を作成する森玄使として教会に籍を置いていた。「聖沌書」とは、世に10冊しかない貴重な悪魔の戸籍書「聖陰書」を複製したものである。悪魔を憎むレジナは、自分と同じ悲劇を阻止したいと願い、日々「聖沌書」の筆写に取り組んでいた。

そんなある日、教会内で謎の召喚図を見つけたレジナは、ふとした偶然により美しい獣を呼び出してしまう。レジナが召喚した赤い獣の正体は、神であり魔でもある希少種の神魔だった。美青年に姿を変えた獣はアガルと名乗り、「あなたは特別。契約して差し上げる」とレジナに迫る。不本意な召喚ゆえレジナは神魔と契約をせず、もとの世界に帰そうとするも、アガルはレジナの魂がほしいとしつこく食い下がった。

アガルの登場に加え、さらなるやっかいごとがレジナに降りかかる。各地の教会で神に嫁ぐ花嫁が悪魔に殺される事件が発生し、レジナは本物の花嫁を守るため、身代わりを務めることになった。レジナとアガル、そして調査のために派遣された森玄使ヴィネトの三人は、事件解決に向けて調査を進める。教会が禁じる悪魔の召喚図を多数隠し持ち、邪教団と接触する現場を取り押さえられたのは、レジナが信頼を寄せる人物だった。彼の無実を信じるレジナは、教会のやり方に異議を唱え、自らも異端者として疑われながらも、彼の潔白を証明しようとするが——。

独特の造語がふんだんに登場し、作り込まれたファンタジー世界が魅力的な《恋と悪魔と黙示録》。波乱の運命を背負った少女と、一途な神魔のロマンスを描く物語は、中盤までは甘酸っぱいラブストーリーとして進む。だが第6巻以降は急展開をみせ、レジナは次々と試練に見舞われる。物語は最終的にはハッピーエンドを迎えるが、途中の容赦なくシビアな展開こそ、糸森の本領発揮といえるだろう。

個性的なキャラクターの中でも、とりわけ神魔アガルは斬新な存在感を放つ。二面性をあわせ持ったアガルは無垢で残酷な性格の持ち主だが、主であるレジナに対してだけは恭しく接し、まるでヒロインのように赤面し恥じらう〝乙女系ヒーロー〟だ。一見軽薄で飄々とした謎多きヴィネト卿も、シリーズが進む中で味わいが深まる魅力的な人物である。（嵯峨景子）

key word ▼［ラブコメ］［悪魔］［召喚］［陰謀］［ファンタジー］

真紅の破妖刀に選ばれた少女の戦い

《破妖の剣》前田珠子 *Tamako Maeda*

装画：厦門潤・小島榊／1989-2017年／本編40巻＋外伝11巻／集英社コバルト文庫

e-book

意志を持つ破妖刀・紅蓮姫に気に入られ、期せずして破妖剣士となってしまったラエスリール。

彼女に与えられた待望の初仕事は、古王国ガンディアの王女をかどわかした魔性の討伐だった。身を守る護り手の助けも得られぬまま、ラエスリールは単身で危険な戦いの場に身を投じることになる。

強大な力を持つ妖貴・亜珠と死闘を繰り広げる最中、金色の光と共に思わぬ闖入者が現れた。ラエスリールの前に姿を見せたのは、同じ魔性の父と人間の母から生まれた実弟リーダイル。しかし数年ぶりに再会した弟は、完全な魔性としての力を手にするため、姉の心臓と瞳を欲していた——。

人間を玩具のように弄ぶ魔性たちがはびこる世界ガンダル・アルスを舞台に、対魔性の専門家集団・浮上に属する破妖剣士・ラエスリールの苛酷な戦いと成長の軌跡を描く《破妖の剣》。世界に5人しかいない魔性の王を父に持ちながら、人間として生きようとするラエスリールの旅路は、周囲の人々や魔性たちの運命と絡まり合い、やがては世界の命運を賭けた大きな戦いの渦中に巻き込まれていく。

不幸な幼少期を送ったラエスリールは、人づき合いが苦手で口下手。対照的に、ラエスリールの護り手として押しかけてきた闇主は、やけに人間くさく陽気な雰囲気の魔性だ。邪険な態度を取るラエスリールと、好意をあらわにまとわりつく闇主の掛け合いは、まるで猫と大型犬のじゃれ合いを見るようでほっこりとさせられる。ラエスリールの敵として、時に味方として登場する魔性たちにもそれぞれの思惑があり、そんなキャラクターたちの複雑な愛憎劇も本作品の魅力といえよう。

本編と外伝合わせて全51巻という分量は、気軽には手を出しにくいかもしれないが、シリーズ全体が無事に完結ずみという安心感は大きい。本編は第3作の『柘榴の影』までは各1巻で完結しており、また初登場時から謎めいていた闇主の正体と二人の出会いもこの巻で明らかになるため、まずは最初の三冊を手に取ってみることをお勧めしたい。

本編の第6作となる『鬱金の暁闇』の最終巻（『鬱金の暁闇30』）をもって、本編は完結。その後に刊行された外伝、『天明の月』全3巻において本編終了後の世界が描かれ、シリーズ全体が完結した。

本編と外伝の一部が厦門潤作画、そして松元陽作画でコミカライズされた。他にもドラマCD、OVAなどがある。（嵯峨景子）

key word▼［アクション］［異能］［妖魔］［恋愛］［バディ］

魔王×悪役令嬢の乙女ゲーム転生ラブコメ

《悪役令嬢なのでラスボスを飼ってみました》永瀬さらさ *Sarasa Nagase*

key word▼［転生］［乙女ゲーム］［悪役令嬢］［魔物］［ラブコメ］

装画：紫真依／2017-2020年／全8巻／角川ビーンズ文庫

エルメイア皇国皇太子セドリックから、婚約破棄を言い渡された公爵令嬢アイリーン。彼女はそのショックで、自分の前世を思い出した。

ここは、前世でプレイした乙女ゲーム『聖と魔と乙女のレガリア１』の世界で、自分は悪役令嬢に転生。セドリックはゲームの正ヒロイン・リリアを選び、この先にあるのは死だけだ。破滅ルートを回避しようと、アイリーンは〝敵の敵は味方〟論法で、ゲームのラスボス・クロードに求婚しに出かける。

クロードはセドリックの異母兄で元第一皇子だが、魔王であることが判明し、皇位継承権を剝奪（はくだつ）された。彼は人間と魔物の間に不戦条約を結び、従者や魔物たちと共に、森の中のうらぶれた廃城でひっそりと暮らしていた。城に押しかけたアイリーンは、自分と結婚すれば魔王も魔物も守ってみせると宣言し、彼らを懐柔しようと奮闘する。当初は邪険に扱われるアイリーンだが、ある出来事がきっかけとなり、クロードとの距離が近づく。一方、元婚約者と腹黒ヒロイン・リリアは、その後もアイリーンを陥れようと暗躍。婚約を破棄されたうえに、共同の事業まで横取りされたアイリーンは、信頼できる人材を集め、己の知力を武器に二人に反撃する――。

頭が切れる行動派だが、色恋には免疫がない悪役令嬢が「あなたを飼います」と迫り、外見に反して純情な美形魔王が「君を泣かせてみたくなった」と応じる。互いの手綱を奪い合おうとする二人を中心に、魅力的なキャラとテンポのよい掛け合いで展開するラブコメは、爽快な読後感を生み出す。

序盤は悪役令嬢もののテンプレをなぞるが、クロードの登場から物語は俄然（がぜん）面白くなる。無口無表情なクロードだが、彼の感情は天候に影響を与えるため、その心の内は筒抜けだ。動揺しては雷を落とし、悲しんでは花を枯らす。そんなクロードや、彼を慕う魔物たちがたまらなく可愛らしい。

アイリーンは不利な状況に追い込まれても気丈にふるまい、どこまでも格好よく戦う最高の悪役令嬢だ。そして『聖と魔と乙女のレガリア』シリーズの正ヒロインたちも、単なる噛（か）ませ役では終わらないところが好ましい。とりわけリリアの成長が著しく、第1巻では小物すぎる悪役だった彼女は、やがて油断ならない好敵手となり、第6巻でその魅力が爆発する。

本作は「小説家になろう」に連載されたWeb小説。柚アンコによるコミカライズも展開中だ。（嵯峨景子）

沙漠をわたる風が導く少年の成長と冒険

《キターブ・アルサール》朝香祥 *Syo Asaka*

key word▼［少年主人公］［宗教］［陰謀］［成長］

装画：あづみ冬留・鈴木理華／2002-2005年／全3巻＋外伝2巻／角川ビーンズ文庫

風の民のもとへ向かい、誓約の実行を求めると伝えよ——。

少年アルセスはエラーン領主である父から命じられ、敵対する領国ディラムによって攻め込まれようとする中、風の民アル・シャマル族の住まう沙漠へと向かう。国を救うために援軍を乞うアルセスだが、父から託された誓約は援軍を約束するものではなく、自身の庇護を求めるものだと聞かされる。アルセスはそれでもなお国に戻ろうとするが叶わず、エラーンがディラムに陥落し、父が死んだことを知る。

誓約のもと、風の民の一員として暮らしを共にし、剣技や古語の教育を受けながら、アルセスは何もできないでいる自分に苛立ちともどかしさを抱えて葛藤する。

指南役であるカウスに導かれ、誓約によって結ばれた忠実な従者セレムや風の民の次代候補であるジェナーに支えられて少しずつ前を向いていくアルセスのもとに、ある日父の家臣が訪れる。

幽閉されている姉アイシアを救出し、国を取り戻すために決起を求められたアルセスは、その申し出を受け容れることを決意するのだが……。

沙漠を舞台に繰り広げられる、国を落ち延びた少年の成長を描いたファンタジー。『赫い沙原』から『皓い道途』までは、三冊をかけてアルセスを主人公とした故国奪還のストーリーが描かれる。14歳のアルセスが次代の領主としての自覚を育てていく成長譚を軸に、沙漠最大のオアシスを抱くエラーンをめぐる争いが描かれる。

その有能さを望まれながらも、自らが先頭に立つことに踏み切れないでいる敵国ディラムの第三子サイードをはじめ、物語には敵味方を問わず魅力的な人物が登場する。主従愛や兄弟愛、敵対する国の間で生まれた二つの恋といった物語の中で交差する関係性と、心が突き動かされる瞬間をとらえた描写が読者を惹きつけて離さない。

国を取り戻すアルセスの冒険には、唯一神アフドが風の民に与えた預言を書き留めた『平原の書（キターブ・アルサール）』に残る原初の言葉と正音が深くかかわる。シリーズに通底する沙漠の地に根ざした信仰は、本と知識に執着するサイードの異母弟ティルフを主人公にしたその後の物語『不機嫌なイマナ』、シリーズのキーパーソンであるカウスの秘密を解く過去編『風の呼ぶ声』で、いっそう厚みを増して描かれる。

沙漠の地に生まれた信仰と争いを清新に描き出した物語が楽しめる、心踊るシリーズだ。（七木香枝）

年の差ラブコメに見せかけたシリアス陰謀譚

《なんちゃってシンデレラ》汐邑雛 *Hina Shiomura*

装画：武村ゆみこ／2016年-／12巻-／KADOKAWAビーズログ文庫

e-book

この作品ほど、タイトルやあらすじがミスリードなシリーズもないだろう。12歳の幼妻が年上の夫の餌付けをして胃袋をつかむという、この作品が紹介される際にみられる説明は、膨大な設定を織り込み練り上げられたシリアスな異世界物語のあくまで一側面である。

33歳で独身のパティシエ・和泉麻耶（いずみまや）は事故に遭い、目覚めると異世界の王太子妃アルティリエに生まれ変わっていた。夫は15歳年上のナディルで、生後7カ月の時に政略結婚をした相手。戸惑いつつも状況を飲み込もうとする麻耶は、亡き母親の不幸な結婚の顛末（てんまつ）や、王家や四大公爵を中心とした複雑な人間関係など、アルティリエの立場について理解を深める。そして、アルティリエとして生きていく覚悟を決めた麻耶は、自身の暗殺未遂や嫌がらせを仕掛ける犯人を突き止めようと、王宮の闇に立ち向かう。さらに、形式上の夫であるナディルとも距離を縮めるべく、前世の特技であった料理を通じて心の交流を重ねていく。

本作のタイトルや作品紹介は年の差カップルによる軽めのラブコメを連想させるが、実際の内容は、異世界の王宮を舞台にしたサスペンス陰謀劇。異世界の設定が事細かに作り込まれており、第1巻はほぼ世界観や人間関係の説明に終始する。そのため、「王宮陰謀編」が終結する第3巻までをセットで読むことで、このシリーズの魅力を理解できるだろう。

主人公は12歳だが、33年分の人生経験を積んだ前世の人格が残っているため、知識をもとに冷静に考察を重ねて行動する理性的なヒロインとなっている。アルティリエとナディルの関係はシリーズが進むにつれて甘さを増すが、作中では二人が別行動する場面も少なくないため、精神的なつながりの深さに重きを置いたカップルともいえる。それゆえ、二人が直接触れ合う場面の仲睦まじさや微笑ましさが際立つ。

元パティシエという特技を活かした料理の描写も、本作における見逃せない要素だ。ワーカホリックで、三食とも軍の携帯食料でかまわないというナディルの意識改善から始まり、アルティリエは女官や料理人も巻き込み、料理革命を進める。お菓子や料理の詳細な描写は魅力的で、美味しい食べ物はいつの時代も人を幸せにすることを教えてくれる。

シリーズは王宮陰謀編、王都迷宮編、王国騒乱編と進み、現在12巻まで刊行。挿絵の武村ゆみこによるコミカライズも行われている。（嵯峨景子）

keyword▼［転生］［宮廷］［陰謀］［年の差］［食事］［サスペンス］

王道の後から始まる大人の異世界トリップ

《wonder wonderful》河上朔 *Saku Kawakami*

key word ▼〔異世界トリップ〕〔恋愛〕〔社会人〕〔切ない〕

装画：結布／2008-2010年／全2巻+スピンオフ1巻／イースト・プレスレガロシリーズ

e-book

27歳のこかげは、ごく普通の社会人。一方、妹のひなたは、異世界へと繰り返し旅をしている「選ばれた人」だった。

ひなたが旅する先は、ここではない異世界にある豊かな大国・ディーカルア。王の死をきっかけに王位をめぐるお家騒動が起こり、その混乱に乗じて隣国が攻め込んでこようとする中にトリップしたひなたは、王太子に拾われたのだという。後に国王となった王太子と恋人になったひなたは、あちら側に呼ばれるたびに大きな出来事を乗り越えては、日本に戻ってきていたのだ。

そんな選ばれたヒロインであるひなたのよき理解者であり、日本を留守にする間のアリバイ作りの共犯者であるこかげは、自分にはそんな夢みたいな出来事は降りかからないと思っていた。

ある日、異世界に旅立ったひなたが体調を崩している姿を夢に見たこかげは、ひなたを助けたい一心でディーカルアにトリップする。しかし、王宮の人々が「若き王の恋人の姉」に向ける視線はきびしいものだった。

こかげは困惑しながらもディーカルアの流儀に従おうとするが、ひなたへの気持ちを試されたことをきっかけに、王宮を出て町で働くことを決める。

個人サイトで連載されていたオンライン小説が書籍化された本作は、当時主流だった「異世界トリップした少女（ヒロイン）の物語」が一段落した後に、社会人の主人公が飛び込むという一風変わった導入から始まるストーリーで話題となった。異世界トリップものの幅を大きく広げた作品だ。

こかげの一人称は、異なる価値観を持つ世界に飛び込む苦しさをリアルに浮かび上がらせる。特別な運命を持たないこかげに降りかかる異世界の洗礼はきびしいが、だからこそ、彼女の懐深さや目の前の人を想う気持ちが周囲を動かしていく様子には、熱く心を揺さぶられる。

かたくななまでに大人であろうとするこかげの生き方は、彼女自身の恋にも深く作用する。恐れもなく突っ走るには大人になりすぎていて、けれども強くはないこかげが決めた選択には、もっとわがままになってもいいのにと願わずにはいられない。だが、そんな彼女だからこそ迎えた結末が、切なくも愛おしい。一度読めば忘れることができない、オンライン小説時代の名作だ。

上下巻の本編に加え、外伝を収録した短編集がある。3冊をとおして誰かを想う気持ちが胸に沁（し）み入る、大人の異世界トリップ譚（たん）。（七木香枝）

最強王女の痛快な無双譚

《おこぼれ姫と円卓の騎士》石田リンネ *Rimne Ishida*

key word▼［宮廷］［政治］［異能］［家族］［恋愛］［主従］［痛快］

装画：起家一子／2012-2017年／全17巻＋短編集1巻／エンターブレイン・KADOKAWAビーズログ文庫

e-book

「おこぼれ姫？　上等よ。いつかこれを国一番の褒め言葉にしてやるわ」。

ソルヴェール国王の第三子として生まれたレティーツィア（通称レティ）は〝おこぼれ姫〟と呼ばれる次期王位継承者。第一・第二王子である異母兄が本来ならば王位を継ぐが、彼らが争い続けたため、内乱を恐れた国王は奇策を講じ、レティを後継ぎに指名。彼女は〝おこぼれ〟で即位が決まる。

もっとも、建国の王・騎士王の生まれ変わりで特別な力を持つレティは、将来自分が女王になることを知っていたため、中立派を装いつつも長年水面下で準備を進めていた。ところが、王の専属騎士団・ナイツオブラウンドの人材集めでは後手に回り、スカウトに苦労する。優秀な臣下を集め、兄二人とも政治的均衡を保ち、民のため平和に治世を行う。弱冠17歳で次期女王としての覚悟を決めたレティは、重い責務に立ち向かう——。

《おこぼれ姫と円卓の騎士》は「圧倒的な強さを持つ主人公が無双する」という、少年向け作品に多い様式を少女小説に取り入れ、昇華させたシリーズだ。誰よりも卓越した力を持つ、美しく賢いレティが、〝ヒーロー〟として活躍するさまが小気味よい。自分が何をすべきなのかをよく考え、実行する勇気と行動力を兼ね備えたレティは、一方では周囲に対する思いやりや優しさも忘れず、ヒロインとして好感度の高い人物に仕上がっている。そんなレティが、騎士たちの協力を得て国政や外交に腕を振るい、女王としての資質を周囲に認めさせていくさまが説得力を持って描かれる。

本作は近年の少女向け作品としては恋愛描写が薄く、それが逆に新鮮な読後感をもたらす。理性的な王女と、彼女に忠誠を誓う第一騎士デュークの関係はストイックで、なかなかロマンスには発展しない。それゆえ、シリーズ終盤にかけての展開は盛り上がりをみせ、二人にふさわしい結末がカタルシスをもたらす。

騎士と共に、作中で重要なポジションを占めるのが第一・第二王子の存在だ。それぞれに優秀な兄たちは、貴族派閥の思惑を背負っているため表向きレティと仲良くすることができず、愛情と緊張感が入り混じった独特の距離感を保つ。ここに、レティと同腹で王位争いから身を引いた第三王子も加わり、複雑な兄妹弟の物語として最後まで読者を惹きつけて離さない。

シリーズは短編集を含めて全18巻。暁かおりによるコミカライズも全3巻で刊行。

（嵯峨景子）

衝突する信仰と復讐のダークファンタジー

《シャリアンの魔炎》ゆうきりん *Rin Yuuki*

装画：高屋未央／2003-2006年／全5巻／集英社コバルト文庫

唯一神にして太陽神ルーオレアンを戴くシャリアン聖教神国は、降り続く雨に包まれていた。長すぎる雨は神の嘆きかはたまた異教徒の呪いかと囁かれる中、謎めいた〈獣〉によって貴族が殺される事件が続いていた……。

下級貴族の娘・リリーベルは、かつて共に同じ剣士に師事していた兄弟子の聖騎士・アリエスに淡い想いを抱いていた。しかし、継母の策略によってあろうことかアリエスの父の第五夫人として嫁がされることになる。

アリエスに何も告げられないまま迎えの馬車に乗ったリリーベルは、賊の襲撃を受けて攫われてしまう。リリーベルは窮地に陥ったところを、燃える赤い髪と金の瞳を持つ〈獣〉ことルァズに助けられる。貴族と知られれば殺されると考えて身分を偽ったリリーベルは、異なる神を信じる南方人の集落に連れていかれる。

集落で暮らすうちに、リリーベルは、10年前に行われた南方遠征——シャリアンの民には異教徒を導くためと伝えられてきた〝聖戦〟が、ルァズたちの側からみれば侵略戦争であり、〈獣〉の貴族殺しよりも容赦のない虐殺であったと教えられる。そして、ルァズが戦神の女神ス・イーの部族の生き残りである炎の戦士として、たった一人で10年前に殺された同胞全ての怨みを背負い、復讐を果たす役目を担っていることをも知る。

本作は、異なる信仰の間に生まれた復讐と恋とが、時に残酷なまでに容赦なく描かれたダークファンタジー。

物語は、生まれ育った国から弾き出されたリリーベルと、腐敗する教会へ不信を抱き始めるアリエスとを行き来しながら進む。

序盤から、リリーベルには重たい運命がのしかかる。だが、辛く苛酷な展開にあっても、リリーベルは静かな強さを失わない。一見大人しく、運命に翻弄されているかのように思えるリリーベルの芯の強さは、やがて異なる信仰と文化の中で育ったルァズにも影響を与えていく。

作品に立ち込める暗がりの中で、〈獣〉であるルァズが戦女神から授かった復讐の炎が一際強い輝きを放つさまは、美しくも哀しい。復讐者と復讐される対象であるリリーベルとルァズの関係と共に、信仰と復讐が渦を巻く物語は息苦しいほどに濃密だ。端正な筆致とこまやかな設定によって丹念に積み重ねられた物語の力に圧倒される読書の醍醐味が、贅沢に味わえる。

埋もれるには惜しい作品だが、残念ながら未電子化。陰鬱さを帯びた哀しくも美しいこの物語が、また新しい読者と出会う機会が来ることを願ってやまない。（七木香枝）

key word▼［復讐］［バトル］［宗教］［神］［シリアス］

三つの物語がつなぐ円環

『めざめる夜と三つの夢の迷宮』松井千尋 *Chihiro Matsui*

装画：広瀬檣／2002年／全1巻／集英社コバルト文庫

3作の中編小説が収録された『めざめる夜と三つの夢の迷宮』は、それぞれ全く異なる場所を舞台にしながらも細部が時折交差する、なんとも不思議な余韻を残す短編集だ。

第一の作品「辺境王の帰還」は、少女の嘘と罪をめぐる物語。辺境王シェトゾーは病に倒れて一命を取り留めて以降、かつてとは性格が激変し人民の支持を集めるようになっていた。この急変について調査をする青年は、以前ある宿屋でシェトゾーの名を騙って捕まった詐欺師がなんらかの経緯で本物と入れ替わり、辺境王の座に着いているのではないかと疑う。そして、この疑惑を明らかにするため鍵を握る少女リシに証言を迫る。

続く「小さな夢の迷宮」は、魔術師の少女の登場に始まり消滅に終わる。ある時、村の山にある石碑がずれたことで人々は悪夢に苦しめられるが、魔術師の娘が現れて事態を解決した。以後少女は誰とも喋らず視線を交わすこともなく、山を見守り続けた。ある日、村長の娘ロタは婚約者と共に石碑の奥にある迷宮に迷い込み、魔術師の娘に助けられた。わがままだが善良なロタと孤独な魔術師は、迷宮の中で束の間の友情を交わす。

最後の「トリシテの伝声官」は、文字のない国トリシテが舞台となる。指で言葉を示すのは穢れとみなされるこの国では、伝声官が歴史や知恵を覚え、伝達する役割を担っていた。一位伝声官のシラは、10年前に滅ぼされたとある国の最後の生き残りの娘を奴隷として預かる。娘は言葉を発することができず、代わりに地面に線を引いてシラに何かを伝えようとした。このふるまいを通じて文字という概念を知ったシラは、文字による知識の伝達、そして声と忘却について思いを馳せる。

三つの作品は、かようにそれぞれ異なる世界を描き出す。だが読み進めていくと、作中のところどころがリンクしていることに気づくだろう。細部が微妙に絡み合うことで構造全体に円環を生み出すこの書物は、それ自体が一つの迷宮となる。

言葉と記憶がテーマの物語はそれぞれに濃密で魅力的だが、中でも「小さな夢の迷宮」は鮮烈だ。迷宮には人間の憎しみや怒りが夢の影となって溢れ、最奥には化け物が潜む。その迷宮を守り、人間を傷つけないよう一人きりで生きてきた魔術師の娘が吐露する熱い想いは切なく、ビターエンドな友愛の物語として心に刻まれる。

（嵯峨景子）

key word▶［幻想］［友情］［恋愛］［迷宮］［連作］［切ない］

王都を騒がせる怪盗の仮の姿はドジな侍女

『千の翼の都――翡翠の怪盗ミオン』樹川さとみ *Satomi Kikawa*

装画：鈴木理華／2003年／全1巻／角川ビーンズ文庫

夜の王都では、黒アゲハ（ルムラ）と呼ばれる怪盗が密やかに飛び回っている――。

王都巡検使として隊を率いる青年貴族ジューロの屋敷に勤め始めた、新入りの侍女ミオン。ドジでぼんやりした娘だが、それは世を忍ぶ仮の姿で、彼女こそがこの頃都で噂（うわさ）される怪盗ルムラの正体だった。

アカの都ガディクがかつて〈千の翼の都〉と呼ばれていた頃、そこは人間よりも小柄な種族・山野の民（リャイ）の住まう場所だった。都を築いた天人と呼ばれる種族から都の全てを受け継いだリャイだが、七十数年前に海を渡ってやってきた人間たちに騙（だま）されて土地も宝も奪われてしまったのだった。今では人間に迫害されているリャイの養い子として育ったミオンは、人間に強奪されたリャイの宝たる石〈ウァラァ〉を取り戻すために、妖精ラーを相棒に怪盗ルムラとして活動していた。

ルムラとして相対したことのあるジューロに対して反感を抱くミオンと、ルムラを追いながらも危なっかしい彼女のことが気になるジューロ。二人は、互いに少しずつ距離を縮めていく。そんな中、ミオンは彼女を逆恨みした貴族に攫（さら）われてしまう。危ないところをジューロに助けられたミオンは、「1年近くのうちに異形の怪物・鬼が都を襲う」と告げる……。

昼は侍女としてふるまい、夜は軽やかに盗みを働くミオンと、王都を守護する立場にある堅物の青年ジューロ。表向きは侍女と主、その実は怪盗と巡検使として敵と味方の立場にある二人の淡いロマンスと、都に眠る秘密が交差する。

のんびりやの侍女として働きながらも、ジューロの妹ヴィエナの危機には持ち前の能力を活かして大胆な行動に出て、またある時にはジューロに意趣返しの嫌がらせを仕掛けるなど、いきいきと動き回るミオンの姿が小気味よく、物語はテンポよく進む。おしゃべりな相棒ラーの愛ある突っ込みと共に、立場を異にするミオンとジューロのなかなかかみ合わないやりとりが楽しく、魅力的に描かれる。

二人の関係が近づくにつれ浮かび上がるのは、異なる種族の間で受け継がれ、奪われてきた都に眠る謎だ。都を奪い、奪われたことに端を発するねじれが、異種族に育てられたミオンを軸に、天人を母に持つジューロとヴィエナ、国を背負う王子がかかわり合うことで解かれていく。

追う者と追われる者の心くすぐられる関係とファンタジーの面白さが同時に味わえる、贅沢（ぜいたく）な一冊。（七木香枝）

key word▼［ファンタジー］［怪盗］［侍女］［異種族］

不思議なラジオがいざなう想像力への旅

『箱のなかの海』樹川さとみ *Satomi Kikawa*

装画：久下じゅんこ／1997年／全1巻／集英社コバルト文庫

折原雅之（おりはらまさゆき）の叔父・カズおじさんは独身で建築家。いつ見ても同じ服を身につけ、器用な手先で工作でも料理でもこなしてしまう趣味人だ。風変りなカズおじさんとの会話では、浸透圧や昆虫、パルテノン神殿など、いつもの学校生活とは少し違った話に花が咲く。ある時彼は「海賊には会いたくないか?」と言って、黒くて不格好な古いラジオをくれた。ラジオは番組欄にはない周波数を受信し、ぼくだけに不思議な物語を聴かせるのだった——。

『箱のなかの海』には9編の連作短編が収録され、各作品はそれぞれ少年を主人公にした日常パートとラジオパートとに分かれる。ラジオという装置を通じて突如別世界の物語が挿入される構成が秀逸で、日常と非日常の対比が鮮やかだ。花の代わりに鈴を咲かせた梅の木の話、自惚（うぬぼ）れ屋の妖精と人間の激しい恋の物語、世界一幸せな豆と戦争で敵を殺した男の苦い話、乗り手を探して広い海を旅する時代遅れの帆船など、海賊ラジオが奏でる寓話（ぐうわ）はバラエティ豊かで、聴く者のイマジネーションを刺激する。

想像力を掻（か）き立てる仕掛けは、小説の構成だけに留まらない。装飾的なイラストや凝ったブックデザインもまた、読者を物語に引き込むフックの役割を果たす。久下じゅんこによる美しい挿絵、本の上下を彩る飾線、日常とラジオパートで異なるフォントなど、細部まで作り込まれた造本はオブジェ的で、本書の魅力である箱庭的な世界観を視覚面からも印象づけていく。

本作は思春期の少年少女を描きながらも、青春特有の鬱屈や過剰な熱っぽさがそぎ落とされており、独特の風通しのよさを持っている。主人公の雅之は世界に対する好奇心の持ち方と、どこか老成した落ち着きが味わい深いキャラクターだ。船の模型作りが好きで、クラスメイトの少女から「きみ、枯れている」と言われてしまう男子中学生と、少年時代に郵便配達夫シュヴァルに憧れ、自分の手で理想宮を作ろうと建築家になったカズおじさん。本質的に二人は似ており、ロマンチストでありかつリアリストでもある彼らの会話のキャッチボールが楽しい。

物語はラジオの中に海を見出す話で始まり、最後は海に向かって通信を投げ入れる「星の水路」で締め括られる。日常生活を愛し、それでいて夢みることも忘れない。そんな人に届けたい珠玉のファンタジー集は、我々を想像力の旅へと誘う。（嵯峨景子）

key word▼［少年主人公］［幻想］［家族］［友情］［ラジオ］

名作小説を再解釈して描く少女の心の王国

『シンデレラ迷宮』氷室冴子 *Saeko Himuro*

key word▼［恋愛］［幻想］［友情］［成長］［文学］［リリカル］

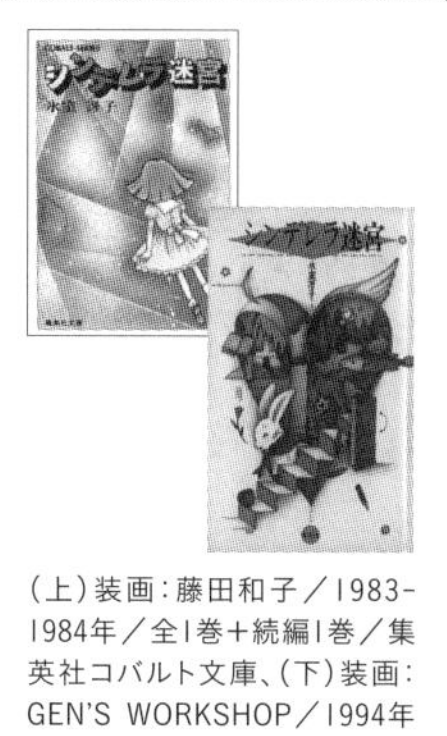

（上）装画：藤田和子／1983-1984年／全1巻＋続編1巻／集英社コバルト文庫、（下）装画：GEN'S WORKSHOP／1994年／全1巻／集英社

e-book

ある日利根(りね)は、自分の部屋とは似ても似つかぬ古びた館の一室で目覚めた。覚えているのは自分の名前だけ。部屋には利根に招かれたというソーンフィールドの奥方、湖の国の舞姫、暁の国の王女、そして〝王妃〟が集まっていた。記憶喪失の利根は、王妃の国に客人として身を寄せ、自らの身元を探すことになった。

王妃の国に招かれた利根は、心優しく美しい王妃が、敵国から嫁いだ二番目の妃として城中から憎まれ、つらい境遇にあることを知る。王妃は継子である姫への毒殺の噂(うわさ)も立てられ、心を痛めていた。やがて利根は、王妃の正体が、皆が知る『白雪姫』に登場する悪役の継母であることに気づく。だが彼女が語る身の上は、物語とは似ても似つかぬ切なく悲しいものだった。

王妃だけでなく、〝舞姫〟は『白鳥の湖』のオディール、〝王女〟は『眠れる森の美女』のオーロラ姫、そして〝奥方〟はジェイン・エア。誰もが一度は耳にしたことがある古典のキャラクターが、本来のストーリーとは異なる孤独や悲哀をにじませた姿をみせていく。物悲しく病んだこの異世界は、現実から逃げ出した利根の心の王国。そして女性たちは皆、傷ついた利根の心が生み出した分身だったのだ……。

『シンデレラ迷宮』は、古典文学を別視点でリライトするという高度なパロディと、女の子の繊細な内面描写を融合させた、氷室冴子の傑作小説。有名な物語に独自の解釈を加え、ファンタジックなテイストの中に女性心理を鋭く落とし込んだ本作は、思春期の少女から大人の女性にまで届く、どこまでも普遍的な小説に仕上がっている。物語の随所に登場するリリカルなイメージは物悲しくも美しく、とりわけ踊り子オディールの悲しみに迫った「シーラカンスの夢」は高い完成度を誇る。

続編の『シンデレラ ミステリー』は、ジェインの失踪をめぐるミステリ仕立ての作品として刊行された。また、メディアミックスとして、久石譲によるイメージアルバムや、1994年の舞台化などがある。

デビュー作「さようならアルルカン」以降、氷室はさまざまなかたちで思春期の少女の心の裡(うち)を描き続けてきた。2020年12月刊行の『さようならアルルカン／白い少女たち 氷室冴子初期作品集』（集英社）には、これまで書籍未収録だった短編も収められ、作家としての原点を確認できる。この作品集を契機に、紙媒体での氷室作品復刊が進むことを期待したい。（嵯峨景子）

column 悪役令嬢は少女小説の夢を見る

文＝青柳美帆子

集英社「コバルト文庫」レーベルが2019年をもって事実上の休刊となったことは、少女小説ジャンルにとって象徴的な出来事だった。すでに雑誌『Cobalt』は2016年5月に休刊しウェブに完全移行していたが、2019年1月には紙の文庫の刊行がなくなり、電子版「eコバルト文庫」のみの展開となった。

少女小説の代名詞といわれるレーベルが事実上幕を下ろしても、もちろん少女小説が消えたわけではない。少女小説の魂はいたるところに散らばっている。例えばケータイ小説であり、ティーンズラブ文庫であり、キャラ文芸であり、そして「小説家になろう」（以下、「なろう」）書籍化である。

電子書籍サイト「BookLive!」の2019年女性向けライトノベルランキングを見ると、トップ10作品のうち7つが「なろう」書籍化作品だ。そのうち3作品のタイトルには「悪役令嬢」というワードが含まれている。

そう、「悪役令嬢」ジャンルである。このジャンルはもともと「なろう」で主流の「異世界転生」と、乙女ゲーム（女性向け恋愛シミュレーションゲーム）の世界をもとにした「乙女ゲーム」ジャンルが合流し、2010年代前半頃に生まれた。「なろう」ではランキングがあるため、読者のニーズに作者が敏感に反応することで同趣旨の作品が増え流行し、結果的にジャンルとして確立していくことがある。「悪役令嬢」はまさにそんな「なろう」発の一大ジャンルである。

悪役令嬢もののテンプレは、（1）主人公は事故や病気などで死に、前世でプレイしていた「乙女ゲーム」の世界に転生する、（2）主人公が転生するのはゲーム内ヒロインと敵対する令嬢（＝悪役令嬢）である、（3）悪役令嬢はゲーム内では没落や死亡することになっており、主人公がその運命から逃れるために行動することで、ゲームとは人間関係や展開が異なっていく——といったもの。なおここでいう「乙女ゲーム」は強いて言えば「アンジェリーク」などが近いものの、実際はこのような明確な悪役令嬢キャラが登場するゲームはそう多くはない。あくまでも「乙女ゲーム的なもの」の借景である（乙女ゲームが小説や漫画などに入れ替わっているものもある）。

記念碑的作品を挙げるとすれば、やはり2013年連載開始の長編「謙虚、堅実をモットーに生きております！」（ひよこのケーキ）だろう。少女漫画の世界の「意地悪な悪役お嬢様」に転生していることに気づいた主人公が、没落を回避すべく「平穏無事な人生」を歩もうとするストーリーだ。2017年までは「なろう」累計ランキングで『転生したらスライムだった件』に次ぐ2位に君臨（当時は女性向け作品が「なろう」内では不利だと思われていた）。2017年以降更新がストップしている未完（いわゆる「エタった」）作品、未書籍化でありながらも、2020年7月現在も「なろう」累計ランキングで16位に留まっているビッグタイトルだ。
以降、２０２０年にいたるまで、悪役令嬢ものはさまざまなバリエーションを生み出しつつも、主人公の「運命」と「恋」、ふたつの行方を描いてきた。２０２０年にアニメ化されダークホース的な注目を浴びた『乙女ゲームの破滅フラグしかない悪役令嬢に転生してしまった…』（山口悟）は鈍感系逆ハーレムだが、この傾向はどちらかというと珍しく、『悪役令嬢は隣国の王太子に溺愛される』（ぷにちゃん）や『悪役令嬢なのでラスボスを飼ってみました』（永瀬さらさ）など、主人公はさまざまなキャラクターから好意を向けられるが、基本的にはメインヒーローは固定であることが多い。少し変わり者の（しかし特別な）少女が、定められた運命を乗り越えるために、知恵や愛や勇気でもって行動していき、それが結果としてヒーローの心をつかむのだ。

ここに少女小説の系譜を感じるのは私だけではないだろう。角川ビーンズ文庫やビーズログ文庫が融合させた「ファンタジー×恋愛（ラブコメ）」、そしてゼロ年代後半のコバルト文庫が突き進んだ一人のヒーローに愛される「姫嫁」「溺愛」。かつての少女小説読者たちの欲望は、悪役令嬢ジャンルの中に確かに息づき、引き継がれている。

なろう発の女性向け小説を、「少女小説」という括りに入れることには、「むしろ作品が受容される幅を狭める」という批判があるかもしれない。コバルト文庫の実質後継であるオレンジ文庫をはじめ、ライト文芸はすでに公には読者の性別も年齢も絞っていない。先述のＢｏｏｋＬｉｖｅ！の「男性向けライトノベル」のランキングには、少女が主人公で女性読者も多く、かつてなら少女小説レーベルで刊行されていたかもしれない『本好きの下剋上』（香月美夜）や『薬屋のひとりごと』（日向夏）がトップ10入りしている。

『このマンガがすごい！』（宝島社）の「オトコ編」「オンナ編」の区分けに飛ぶ疑問の声が年々大きくなっていくことからもうかがえるように、「本」で触れるエンタメの市場が縮小する中で、その裏返しとして対象読者の射程が広くなり、「男性向け」「女性向け」の区別が少しずつ有名無実化している。それでもやはり私は、少女たちの欲望に応えることに全力なエンターテインメントとしての悪役令嬢ものに少女小説らしさを感じていたい。２０１９年５月に小説家・紅玉いづきが刊行した同人誌『少女文学』のあとがきには、次のような一節がある。「愛する人がいる限り、少女小説は、不滅です」――魂は今でもここにある。

※参考ＵＲＬ（いずれも7月12日閲覧）
●集英社「コバルト文庫」新刊が電子書籍のみになりレーベル終了の臆測広がる　集英社は否定（ねとらぼ／２０１９年2月4日）
▸https://nlab.itmedia.co.jp/nl/articles/1902/04/news091.html
●BookLive!　ラノベ 年間ランキング ２０１９（２０１９年1月〜11月集計）
▸https://booklive.jp/feature/index/id/annualrankln

青柳美帆子（あおやぎ・みほこ）
編集・ライター。１９９０年生。

さ

た

な

は

作家別作品 INDEX

【編著者紹介】

嵯峨景子（さが・けいこ）

1979年生まれ。フリーライター、書評家、大学非常勤講師。東京大学大学院学際情報学府博士課程単位取得退学。近現代の少女小説研究をライフワークとし、出版文化やポップカルチャーなどをテーマにさまざまな媒体に寄稿する。著書に『コバルト文庫で辿る少女小説変遷史』（彩流社、2016）、『氷室冴子とその時代』（小鳥遊書房、2019）など。

三村美衣（みむら・みい）

1962年生まれ。レビュアー。ファンタジー、SF、ライトノベル、YAなどの分野で書評や文庫巻末解説などを執筆。創元ファンタジイ新人賞など、各社の新人賞選考にも携わる。著書に『ライトノベル☆めった斬り！』（共著／太田出版）。『この本、おもしろいよ！』（岩波ジュニア新書）、『SFベスト201』（新書館）などのブックガイドにも寄稿している。

七木香枝（ななき・かえ）

1989年生まれ。ライター、デザイナー、豆本作家。本好きが高じて製本をはじめ、大学院では明治・大正期の少女雑誌について研究。雑誌『彷書月刊』掲載の本にまつわる随想「本の海で溺れる夢を見た」のほか、同人誌『少女文学　第一号』（少女文学館）への寄稿などがある。

大人(おとな)だって読(よ)みたい！ 少女小説(しょうじょしょうせつ)ガイド

2020年11月30日　初版発行

編著者	嵯峨景子・三村美衣・七木香枝
発行者	武部　隆
発行所	株式会社時事通信出版局
発　売	株式会社時事通信社 〒104-8178　東京都中央区銀座5-15-8 電話03(5565)2155　https://bookpub.jiji.com/
印刷・製本	中央精版印刷株式会社

編集協力	香月孝史
装幀・本文デザイン	松田　剛（東京100ミリバールスタジオ）
イラスト	丹地陽子
編集・DTP	天野里美

ISBN978-4-7887-1704-6　C0095　Printed in Japan